JOY FIELDING

Lebenslang ist nicht genug

AF643139

GOLDMANN

Buch

Gail Walton führt ein perfektes Leben: verheiratet mit dem geradlinigen, unkomplizierten Jack, Mutter zweier reizender Töchter und weit und breit keine dunklen Wolken am Horizont. Doch dann bricht ein Alptraum über ihre Welt herein. Ihre sechsjährige Tochter Cindy wird vergewaltigt und ermordet. Gail gibt der Polizei 60 Tage Zeit, den Mörder zu fassen. Als diese Frist vorbei ist und es immer noch keine Spur gibt, macht sie sich selbst auf die Suche. Sie will keine Rache, sagt sie, nur Gerechtigkeit. In ihrer maßlosen Trauer weist Gail alle Menschen, die sich um sie bemühen, zurück: ihre Freunde, ihre Tochter Jennifer, ihren Mann. Die Suche nach Cindys Mörder ist zu ihrem einzigen Lebensinhalt geworden ...

Autorin

Joy Fielding gehört zu den unumstrittenen Spitzenautorinnen Amerikas. Seit ihrem Psychothriller »Lauf, Jane, lauf« waren alle ihre Bücher internationale Bestseller. Joy Fielding lebt mit ihrem Mann und zwei Töchtern in Toronto, Kanada, und in Palm Beach, Florida. Weitere Informationen unter www.joy-fielding.de

Joy Fielding im Goldmann Verlag:

Die Besucherin · Die Haushälterin · Home, sweet home · Blind Date · Solange du atmest · Die Schwester · Sag, dass du mich liebst · Das Herz des Bösen · Am seidenen Faden · Im Koma · Herzstoß · Das Verhängnis · Die Katze · Sag Mami Goodbye · Nur der Tod kann dich retten · Träume süß, mein Mädchen · Tanz, Püppchen, tanz · Schlaf nicht, wenn es dunkel wird · Nur wenn du mich liebst · Bevor der Abend kommt · Zähl nicht die Stunden · Flieh wenn du kannst · Ein mörderischer Sommer · Schau dich nicht um · Lauf, Jane, lauf!

(alle auch als E-Book erhältlich)

Joy Fielding

Lebenslang ist nicht genug

Roman

Aus dem Amerikanischen
von Christa Seibicke

GOLDMANN

Die Originalausgabe erschien 1984 unter dem Titel
»Life Penalty« bei Doubleday, New York.

Der Verlag behält sich die Verwertung der urheberrechtlich
geschützten Inhalte dieses Werkes für Zwecke des Text- und
Data-Minings nach § 44b UrhG ausdrücklich vor.
Jegliche unbefugte Nutzung ist hiermit ausgeschlossen.

MIX
Papier | Fördert
gute Waldnutzung
FSC® C014496
FSC
www.fsc.org

Penguin Random House Verlagsgruppe FSC® N001967

6. Auflage
Taschenbuchausgabe Mai 2014
Copyright © der Originalausgabe 1984 by Joy Fielding, Inc.
Copyright © der deutschsprachigen Ausgabe 1996
by Wilhelm Goldmann Verlag, München,
in der Penguin Random House Verlagsgruppe GmbH,
Neumarkter Straße 28, 81673 München
produktsicherheit@penguinrandomhouse.de
(Vorstehende Angaben sind zugleich Pflichtinformationen nach GPSR.)

Deutsche Übersetzung aus dem Amerikanischen von Christa Seibicke
Umschlaggestaltung: UNO Werbeagentur München
Umschlagmotiv: © Wojciech Zwolinski/Trevillion Images; FinePic®, München
LK · Herstellung: sc
Druck und Bindung: GGP Media GmbH, Pößneck
Printed in Germany
ISBN 978-3-442-47972-6

www.goldmann-verlag.de

Meinem geliebten Vater
Leo Tepperman
zum Gedenken

1

Der Alptraum begann genau siebzehn Minuten nach vier an einem ungewöhnlich warmen und sonnigen 30. April. Bis zu diesem Augenblick hatte Gail Walton sich für eine glückliche Frau gehalten, und wenn einer der Reporter, die nach jenem Tag das Haus am Tarlton Drive umlagerten, sie damals gebeten hätte, ihre Selbsteinschätzung zu begründen, wäre ihr die Antwort nicht schwergefallen.

Sie hätte die Hände ausgestreckt, mit denen sie später ihr Gesicht gegen die neugierigen Kameras und das unbarmherzig grelle Blitzlichtgewitter abschirmte, und hätte die Gründe für ihr Glück stolz an den langen, schmalen Fingern aufgezählt. Da war zuerst einmal Jack, ein geradliniger, umkomplizierter Mann, der keine Flausen im Kopf hatte. Jack war vielleicht ein bißchen ungeschliffen, aber er war ehrlich, treu und liebte seine Frau auch nach acht Ehejahren noch voller Hingabe. Die nächsten beiden Finger zählten für ihre Töchter Jennifer und Cindy. Die Mädchen waren einander nicht ähnlich, aber sie hatten schließlich auch sehr verschiedene Väter. Das brachte Gail zum vierten Grund ihres Glücks, zu ihrem Exmann Mark Gallagher... Nicht viele Frauen hatten ein so entspanntes, ungezwungenes Verhältnis zu ihrem früheren Ehepartner wie sie. Es war nicht immer so gewesen, aber in letzter Zeit hatten sie beide die erfreuliche Erkenntnis gewonnen, daß die fünf Jahre ihres Zusammenlebens doch nicht sinnlos vergeudet waren.

Gail ging auf die vierzig zu, wirkte aber – nicht zuletzt dank ihrer sprühenden Vitalität – gut zehn Jahre jünger. Sie erfreute sich bester Gesundheit. Ihre Familie bewohnte ein hübsches Haus in einer netten Stadt. Livingston, New Jersey, bot zwar nicht so viel Abwechslung wie New York, dafür aber lebte man hier sicherer und ruhiger, vor allem mit Kindern. Außerdem war New York selbst bei schlechtesten Verkehrsverhältnissen weniger als eine Autostunde entfernt, und dank Jacks beträchtlicher Einkünfte – er war Tierarzt – konnte sie sich den Ausflug in die Metropole leisten, sooft sie Lust dazu verspürte. Jacks guter Verdienst enthob sie auch der Notwendigkeit, selbst einer festen Arbeit nachzugehen. Sie hatte das Berufsleben in den Jahren nach der Trennung und Scheidung von Mark bis zum Überdruß kennengelernt. Damals mußte sie ihre kleine Tochter bei ihrer Mutter lassen, während sie als Bankangestellte den Unterhalt für sich und das Kind verdiente. Jetzt konnte sie es sich leisten, in aller Ruhe mit ihren Freundinnen zu Mittag zu essen. Wenn die anderen an ihren Arbeitsplatz zurückeilten, blieb Gail mit einem Kaffee zurück und sann über die Mischung aus Neid und Verwirrung nach, mit der die Freundinnen sich von ihr verabschiedet hatten. Man beneidete sie, weil sie keine unbefriedigende Arbeit zu verrichten brauchte. Gleichzeitig irritierte es die Frauen, daß Gail nicht zu wissen schien, wie wichtig ein Beruf unabhängig von den drei großen K für die Selbstverwirklichung jeder Frau ist. Was machte sie bloß den ganzen Tag zu Hause, wo es nichts zu tun gab, als ein sechsjähriges Kind zu betreuen?

Gail hatte es aufgegeben, den berufstätigen Freundinnen ihre Wahl plausibel zu machen. Sie genoß es ganz einfach, Hausfrau und Mutter zu sein; es machte ihr Spaß, ihre beiden Töchter zu versorgen, wenn sie von der Schule heimkamen, und sie war der festen Überzeugung, daß die sechzehnjährige sie genauso nötig brauchte wie die sechsjährige. Sie konnte sich gut daran erinnern, wie gern sie selbst als Heranwachsende ihre Mutter um sich gehabt hatte. Außerdem war sie gar nicht so untätig. Gail, die von Jugend auf eine begabte Klavierspielerin gewesen war, hatte vor einiger Zeit begonnen, Kindern aus der Nachbarschaft Musikunterricht zu erteilen. Inzwischen hatte sie fünf Schüler, einen für jeden Schultag. Die Kinder – im Alter von acht bis zwölf Jahren – kamen nachmittags um vier für eine halbe Stunde zu ihr ins

Haus. Um diese Zeit war Jennifer mit ihren Hausaufgaben beschäftigt, und Cindy hockte vor dem Fernseher; sie war ganz wild auf »Sesamstraße«.

Glück hatte Gail auch mit ihren Eltern. Beide waren gesund und wohlauf. Sie hatten sich nach der Pensionierung des Vaters eine Eigentumswohnung in Florida gekauft, gleich am Meer. Vor vier Jahren waren sie nach Palm Beach gezogen, und seitdem hatten Gail, Jack und die Mädchen sie mindestens einmal jährlich besucht. Ihre Eltern kamen einmal im Jahr nach Livingston, um die Kinder zu betreuen, während Gail und Jack sich ein paar Tage ungestörten Urlaub gönnten. Laura und Mike, enge Freunde der Waltons, beide berufstätig und kinderlos aus Überzeugung, mokierten sich oft über den ewig gleichen Trott, in den Gail und Jack verfallen seien: Florida mit den Kindern im Winter, Cape Cod allein im Sommer. Laura war Sozialarbeiterin, Mike Rechtsanwalt. Die beiden zog es ständig in exotische Länder. Letztes Jahr waren sie in Indien, im Jahr davor in China gewesen. Gail lockte weder Indien noch China. Diese Länder waren zu weit entfernt von allem, was ihr Geborgenheit einflößte: ihr Heim, ihre Familie, die Stadt, in der sie aufgewachsen war. Vielleicht *bin* ich in einen gewissen Trott verfallen, dachte Gail. Aber ich hab' ihn mir wenigstens selbst ausgesucht. Inmitten von Trubel und Aufregung hatte sie sich nie wohl gefühlt. Das war einer der Gründe für das Scheitern ihrer ersten und für den Erfolg ihrer zweiten Ehe. Mark war unberechenbar gewesen, Jack dagegen plante jeden Schritt im voraus. Mark setzte sich ins Auto – er fuhr einen ausländischen Sportwagen von leuchtender Farbe mit Metallic-Effekt – und sauste ab ins Blaue. Er wußte nicht, wo er hinwollte, und er benutzte keine Straßenkarte. Wenn er sich verfuhr – und das passierte ihm ständig –, kurvte er lieber stundenlang in der Gegend herum, als jemanden nach dem Weg zu fragen. Es schien ihm gleichgültig zu sein, ob er sein Ziel erreichte oder nicht.

Jack Walton hingegen plante jeden seiner Schritte im voraus.

Seine Zeit war genau eingeteilt, bis auf die Minute. Jeder erledigte Punkt auf seinem Terminkalender wurde ordentlich durchgestrichen. Wenn Jack irgendwohin mußte, sei es in einen anderen Ort oder auch nur in einen anderen Stadtteil, dann nahm er am Abend zuvor die Straßenkarte zur Hand und suchte sich die beste Route heraus. Alle zwei Jahre kaufte er einen neuen Wagen, immer einen weißen und stets ein amerikanisches Modell. Jack kam nie zu spät. Mark hatte Gail schrecklich nervös gemacht. Bei Jack fühlte sie sich geborgen. Das Gefühl der Sicherheit schätzte Gail mehr als alles andere in ihrem Leben. Carol, ihre Schwester, war das genaue Gegenteil. Sie ähnelte Mark, und Gail hatte oft gedacht, ihr erster Mann wäre mit ihrer jüngeren Schwester gewiß glücklicher geworden als mit ihr. Carol hatte Mark zwar angehimmelt, war aber zu rastlos gewesen, um die fünf Jahre auszuharren, die es dauerte, bis Gails Ehe zerbrach. Sie war nach New York gezogen, hatte erst mit einem Maler zusammengelebt, dann mit einem anderen, war später auf Tänzer übergewechselt und schließlich – vermutlich aus schierer Lust an Extremen – bei einem Börsenmakler gelandet. Mit ihm wohnte sie nun schon zwei Jahre zusammen. Mark hatte vor drei Jahren wieder geheiratet. Julie war eine wundervolle Frau, die Mark vergötterte und Jennifer wie ihre eigene Tochter behandelte. Auch dafür war Gail dankbar.

Mein Leben, hätte sie den Zeitungsleuten gesagt, die später eine Erklärung von ihr erbetteln wollten, als sie zu schwach und hinfällig war, um ihnen zu antworten, mein Leben ist genauso, wie ich mir's erträumt habe.

Ihr Tagesrhythmus änderte sich fast nie. Punkt sieben Uhr fünfzehn an jedem Schultag klingelte der Wecker. Es kostete sie keine Überwindung, das Bett zu verlassen. Sie war von Kind an Frühaufsteherin gewesen und liebte den Morgen ganz besonders. Sie duschte, zog sich rasch an und ging hinunter, um das Frühstück zu machen. Jack und die Kinder ließ sie noch ein Weilchen schlafen. Gail genoß diese ersten Minuten des Tages für sich allein. Während sie den Tisch deckte und Kaffee kochte, ließ sie ihre Gedanken treiben. Ohne an etwas Bestimmtes denken zu müssen, entspannte sie sich und schöpfte Kraft für die kommende Stunde, in der sie sich abhetzen mußte, um die Mädchen für die Schule fertigzumachen.

Vor allem Jennifer machte ihr Mühe. Wie die meisten Teenager drückte sie sich abends vor dem Zubettgehen und war morgens kaum wachzukriegen, gleichgültig, wie lange Gail sie schlafen ließ. Wenn sanftes Schütteln und Rufen nichts fruchteten, mußte Gail ihre älteste Tochter buchstäblich aus dem Bett zerren. Erst wenn sie wie eine zerzauste Puppe am Boden lag, öffnete Jennifer widerstrebend die Augen.

Cindy bereitete ihrer Mutter wesentlich weniger Schwierigkeiten. Seit sie ein Baby war, hatte sie sich in jeder Beziehung leichter lenken lassen als Jennifer. Gail brauchte ihr nur sanft über die Stirn zu streichen, und schon schlug das Kind die großen blauen Augen auf. Cindy reckte sich, und ihre warmen Ärmchen umfingen zärtlich den Nacken der Mutter. Dann galt es, etwas zum Anziehen auszusuchen. Aber was Gail auch vorschlug, sie stieß regelmäßig auf Protest. Denn so unproblematisch Cindy ansonsten war, sobald es um ihre Kleidung ging, hatte sie einen unbeugsamen Dickkopf. An vielen Tagen hoffte Gail insgeheim, Cindys Lehrerin möge erraten, daß die Kleine sich ihre Sachen selbst aussuchte und daß ihre Mutter weder farbenblind noch eine überspannte Exzentrikerin sei. Heute bestand Cindy, obwohl es recht warm war, darauf, ein purpurrotes Samtkleid anzuziehen, das sie von den Großeltern geschenkt bekommen hatte und das ihr inzwischen mindestens eine Nummer zu klein war. Als Gail ihr erklärte, sie habe das Kleid in letzter Zeit doch nicht mehr tragen wollen, eben weil sie herausgewachsen sei, blickte Cindy ihre Mutter unverwandt an, schob die Unterlippe vor und wartete auf Gails unvermeidliche Kapitulation.

Jack stand inzwischen unter der Dusche, und der Kaffee war fertig. Beim Frühstück ging es stets geräuschvoll zu. Jack und die

Kinder waren in Eile, und wenn die drei um halb neun das Haus verließen, goß Gail sich noch eine Tasse Kaffee ein und gönnte sich eine Verschnaufpause mit der Morgenzeitung, ehe sie die Küche aufräumte und hinaufging, um die Betten zu machen. Jack setzte die Kinder auf dem Weg zur Arbeit ab. Beide Schulen lagen in der Nachbarschaft, und so kamen die Mädchen zu Fuß heim, Cindy immer in Begleitung einer Klassenkameradin und deren Kindermädchen. Wenn die beiden gegen halb vier nach Hause kamen, wartete Gail schon auf sie. Eine halbe Stunde konnte sie mit den Mädchen besprechen, was sie in der Schule erlebt hatten. Dann begann ihr Klavierunterricht.

Die Zeit, in der ihre Töchter in der Schule waren, verbrachte Gail so wie die meisten Hausfrauen des Mittelstandes. Sie machte Besorgungen, führte Telefonate, kaufte Lebensmittel ein, ging gelegentlich zum Friseur, traf sich mit einer Freundin zum Mittagessen, erledigte auf dem Heimweg noch einiges, bereitete zu Hause das Abendbrot vor und wartete auf die Rückkehr ihrer Familie. Hätte man sie aufgefordert, ihr Leben zu beschreiben, wie es gewesen war, bis sie an jenem sonnigen Aprilnachmittag um genau siebzehn Minuten nach vier in den Tarlton Drive einbog, so hätte Gail Walton sich als typische Vertreterin der amerikanischen Durchschnitts-Hausfrau bezeichnet: mittleren Alters, Angehörige der Mittelschicht und von neutraler Gesinnung. Ihr war durchaus bewußt, daß praktisch all ihre Freunde eine solche Charakterisierung scheuen würden, und doch umfaßte sie alle Elemente eines Lebensstils, in dem Gail sich geborgen fühlte.

Sie empfand keine Sehnsucht nach ewiger Jugend. Ihre Mädchenjahre hatte sie nicht gerade in bester Erinnerung. Da sie schüchtern war und einen flachen Busen hatte, war sie von den umschwärmten Cliquen in ihrer Schule nie akzeptiert worden. Die Jungen, die Gail anhimmelte, behandelten sie wie Luft. Erst seit sie über dreißig war, fühlte Gail sich wirklich wohl in ihrer Haut. Sie war vermutlich die einzige aus ihrem Bekanntenkreis, die sich auf ihren vierzigsten Geburtstag freute. Jedenfalls war ihr bisher die *mid-life-crisis* erspart geblieben, unter der all ihre Nachbarn zu leiden schienen. Sie war weder von ihrem Schicksal frustriert, noch langweilte sie ihr ruhiges, nicht sonderlich abwechslungsreiches Leben. Gail war belesen, hielt sich über aktuelle Ergebnisse auf dem laufenden und gewann zusehends Vertrauen in ihre Fähigkeit, bei jedem Gespräch mithalten zu können. Sie gehörte keiner Partei an. Weder die Unruhen der sechziger Jahre noch der Vietnamkrieg hatten sie ins Fahrwasser der Radikalen zu ziehen vermocht, was wohl an ihrer Schüchternheit lag und an einer angeborenen Abneigung gegen harte Konfrontation und Ausschreitungen. Den einzig extrem anmutenden Schritt ihres Lebens hatte Gail unternommen, als sie das College im Jahr vor der Abschlußprüfung verließ, um Mark Gallagher zu heiraten. Sie bedauerte es oft, keinen akademischen Grad zu besitzen, allerdings nicht genug, um zurück auf die Universität zu gehen und das Versäumte nachzuholen. Sie gehörte keinem Club und keiner Kirche an. Sie respektierte das Recht eines jeden, nach eigener Fasson selig zu werden, und erwartete von den anderen die gleiche Rücksichtnahme für sich. Ihre Freunde bewunderten ihren inneren Frieden und ihre heitere Gelassenheit. Man sah in ihr die Verkörperung des wohltuenden Normalmaßes, fragte sie um Rat, verließ sich auf ihren gesunden Menschenverstand. Ihren Bekannten vermittelte Gail die beruhigende Gewißheit, die Welt könne durchaus in Ordnung sein, und ein anständiger Mensch erhalte seinen gerechten Lohn auf Erden. Hätte man sie aufgefordert, ihr seelisches Befinden in einem Wort zusammenzufassen, so hätte Gail Walton den Begriff »zufrieden« gewählt. Sie repräsentierte heute all das, was sie immer hatte sein wollen.

Doch um siebzehn Minuten nach vier an einem besonders warmen, sonnigen Aprilnachmittag wurde alles anders.

2

Sie sah die Polizeiautos, als sie um die Ecke bog, und wußte instinktiv sofort, daß sie vor ihrem Haus hielten. Panik ergriff sie. Die Tüten und Päckchen entglitten ihren Händen. Gail stand wie angewurzelt und starrte auf die Wagen. Sie hielt den Atem an, zog den Bauch ein und drückte den Rücken durch. Im nächsten Moment rannte sie aufs Haus zu. Vergessen waren ihre Einkäufe; sie sah nur die Polizeiautos. Ihre Armbanduhr zeigte siebzehn Minuten nach vier. Für sie stand in diesem Augenblick die Zeit still.

Später, viel später, als das Beruhigungsmittel, das man ihr gegeben hatte, zu wirken begann und ihre Gedanken zwischen Traum und Wirklichkeit schwebten, ging ihr wieder und wieder der Verlauf dieses Tages durch den Sinn. Sie überlegte, was hätte anders sein können, und spürte, daß es ihre Schuld war. Sie hatte die Routine durchbrochen.

Morgens, gleich nachdem Jack und die Mädchen gegangen waren, hatte Lesley Jennings Mutter angerufen. Lesley habe sich die halbe Nacht lang übergeben. In der Schule grassiere ein Virus, da habe das Kind sich wohl angesteckt. Leider könne sie heute nicht zur Klavierstunde kommen. Gail hatte die junge Mutter getröstet. Ihr fiel ein, wie sie sich früher aufgeregt hatte, wenn Jennifer einmal krank war, während sie jetzt bei Cindy die Ruhe selbst blieb. Der jungen Frau gab sie den Rat, den die besorgte Mutter gewiß auch schon vom Kinderarzt bekommen hatte: Lesley solle im Bett bleiben, keine feste Nahrung zu sich nehmen, aber möglichst viel trinken. Mrs. Jennings schien dankbar für den Rat und gestand schuldbewußt, daß sie verzweifelt nach einem Babysitter für ihre Kleine suche, weil sie unbedingt ins Büro müsse. Gail verwies sie an die Tochter einer Freundin, die vor kurzem mit der Schule fertig geworden war und sich bestimmt gern ein paar Dollars nebenher verdienen würde. Wieder bedankte Mrs. Jennings sich überschwenglich und wünschte Gail, ihre Kinder mögen von dem Grippevirus verschont bleiben, der anscheinend durch alle Schulen Livingstons geistere. Wahrscheinlich war der viele Regen in letzter Zeit schuld daran. Es sei wirklich typisch für ihre Tochter, sich ausgerechnet jetzt anzustecken, wo das Wetter sich endlich bessere. Kinder sind eben regelrechte Brutstätten für Viren, dachte Gail, als sie auflegte.

Es war ein herrlicher Tag, viel zu schön, um ihn im Haus zu verbringen. Spontan griff sie erneut nach dem Telefonhörer und rief Nancy Carter an, die flatterhafteste unter ihren Freundinnen. Gail bezweifelte, daß je ein ernsthafter Gedanke ihren oberflächlichen Sinn getrübt hatte. Nancy war zweiundvierzig. Ihr Mann hatte sie vor fünf Jahren wegen einer jüngeren Frau verlassen, und seitdem verbrachte Nancy einen Teil des Tages bei ihrer Masseuse und den Rest im Tennisclub. Sie war der geborene Käufertyp und kannte kein größeres Vergnügen, als Geld auszugeben, besonders das ihres Exmannes. Sie befaßte sich mit Astrologie, okkulten Wissenschaften und E.S.P. Nancy behauptete zwar, sie könne in die Zukunft blicken, doch als ihr Mann ihr damals eröffnet hatte, er wolle sie verlassen, um mit seiner Maniküre zusammenzuleben, da war sie als einzige aus ihrem Freundeskreis völlig überrascht gewesen. Ihre Zeitungslektüre beschränkte sich auf die Klatschspalten. Sie wäre wohl kaum in der Lage gewesen, einen der beiden Senatoren zu benennen, die ihren Heimatstaat in Washington vertraten, aber sie kannte die intimsten Details aus Dustin Hoffmans Privatleben und sämtliche Skandale der sensationslüsternen Joan Collins. Gails Freundin Laura klagte häufig über Nancys mangelnden Tiefgang, doch Gail fand ihre Oberflächlichkeit und Ichbezogenheit eher amüsant, und die strahlende Sonne heute lud förmlich ein zu einer unbeschwerten Plauderei beim Schaufensterbummel. Die Mädchen brauchten etwas Leichtes zum Anziehen. Na, und ich auch, dachte Gail. Nancy war auf dem Sprung, als Gail anrief. Sie hatte einen Termin bei ihrem Therapeuten. Die beiden Frauen verabredeten sich zum Lunch im »Nero«.

Es wurde ein vergnügliches Essen. Gail brauchte nicht viel zur Unterhaltung beizutragen. Sie saß nur lächelnd da und hörte Nancy aufmerksam zu. Wenn sie mit etwas, das Nancy behauptete, nicht einverstanden war, so behielt sie es für sich. Nancy interessierte sich sowieso nicht für die Meinung anderer Leute, sondern nur für ihre eigene. Während Nancy Carter wortreich von ihrer Sitzung beim Therapeuten berichtete, dachte Gail, ihre Freundin sei wohl egozentrischer als alle Frauen, die sie kannte. Gleichgültig, wovon die Rede war oder was auf der Welt geschah, Nancy fand stets einen Weg, es auf sich zu beziehen. Als das Gespräch auf Indira Gandhi kam und man die unsichere politische Lage diskutierte, in der sich die indische Regierungschefin befand, sagte Nancy: »Also *ich* weiß, wie ihr zumute ist. Mir ging's haargenau so, als ich für das Präsidentenamt in meinem Club kandidierte.« Ihre Ichbezogenheit war ihr größter Charakterfehler, machte in Gails Augen aber auch ein Gütteil ihres Charmes aus. Ihre Freundin Laura hingegen nahm Anstoß daran. Sie verdrehte ständig vor Empörung die Augen, wenn sie zu dritt zusammen waren. Doch Gail hatte gelernt zu akzeptieren, daß man mit Nancy Carter nur *über* Nancy Carter sprechen konnte.

Gail hörte sich an, daß Nancys Therapeut ihre Depressionen auf Schmerzen an der Wirbelsäule zurückführe (ohne die Freundin mit dem Hinweis zu unterbrechen, daß die meisten Menschen über Vierzig mit einem Rückenleiden zu kämpfen hätten). Mochten die Fehler ihrer Freunde noch so zahlreich sein, Gail wußte, daß man an ihr gegebenenfalls ebenso viele finden könnte. Wie in der Ehe, so kam es letztlich auch in einer Freundschaft darauf an, den Partner mit all seinen Schwächen zu akzeptieren, wenn man die Beziehung nicht gefährden wollte. Wer dazu nicht in der Lage war, der mußte lernen, allein zu leben. Gail war noch nie gern allein gewesen. Am wohlsten fühlte sie sich als Mitglied einer Familie. Nancy hatte sie nach Short Hills, ein exklusives Geschäftsviertel, geschleppt. Sie bummelten von Boutique zu Boutique, angeblich auf der Suche nach Kleidern für Gails Töchter, aber Gail merkte bald, daß Nancy schon nach wenigen Minuten in der Kinder- und Jugendabteilung unruhig wurde und erst dann wieder bei Laune war, wenn sie für sich etwas zum Anprobieren fand. Die Zeit verstrich wie im Flug. Als Gail auf ihre Armbanduhr sah, stellte sie erschrocken fest, daß es schon nach drei war. Da sie unmöglich vor ihren Kindern zu Hause sein konnte, rief sie in Jennifers Schule an und ließ ihr ausrichten, sie solle gleich nach dem Unterricht heimgehen und auf Cindy warten. Erst als Nancy sich verabschiedete, weil sie um halb vier einen Termin beim Friseur hatte, konnte Gail in Ruhe etwas für sich und die Kinder aussuchen. Sie war nicht mit dem Wagen in die Stadt gefahren, und das herrliche Wetter verlockte sie dazu, einen Teil des Heimwegs zu Fuß zurückzulegen. Es war Viertel nach vier durch, als sie in ihre Straße einbog. Normalerweise wäre sie um halb vier zu Hause gewesen. Normalerweise hätte sie die Kinder bei ihrer Rückkehr von der Schule daheim erwartet. Normalerweise wäre sie jetzt schon zur Hälfte mit der Klavierstunde fertig und würde im Geiste das Wochenende der Familie planen. Aber sie war von ihrer Routine abgewichen.

»Was ist hier los?« rief sie und versuchte aufgeregt, den Polizeikordon vor ihrer Haustür zu durchbrechen.

»Tut mir leid, Sie dürfen da nicht rein«, sagte ein Beamter zu ihr.

»Aber das ist mein Haus! Ich wohne hier.«

»Mom!« schrie Jennifer von drinnen.

Die Haustür flog auf, und Jennifer warf sich unter hysterischem Schluchzen in die Arme ihrer Mutter.

Gail überlief es eiskalt, dann wurden ihre Glieder taub. Wo war Cindy?

»Wo ist Cindy?« Ihre eigene Stimme klang fremd in ihren Ohren.

»Mrs. Walton«, ertönte eine Stimme neben ihr, »ich glaube, wir sollten hineingehen.« Sie spürte einen Arm um ihre Schulter und fühlte, wie jemand sie über die Schwelle zog.

»Wo ist Cindy?« wiederholte sie ihre Frage, diesmal etwas lauter.

Der Mann führte sie ins Eßzimmer und schob sie auf das grünrosa gemusterte Sofa. »Wir haben Ihren Gatten verständigt. Er ist schon unterwegs.«

»Wo ist Cindy?« Gails Augen suchten den Blick ihrer älteren Tochter. Ihr Schrei gellte durchs Zimmer: »Wo ist sie?«

»Sie ist nicht heimgekommen.« Jennifer weinte hilflos. »Ich bin von der Schule gleich nach Haus gegangen, so wie du's gesagt hast. Ich hab' hier auf sie gewartet, aber sie kam nicht. Da hab' ich bei Mrs. Hewitt angerufen und gefragt, ob Linda schon daheim sei. Das Kindermädchen war dran. Sie sagte, Linda sei's in der Schule schlecht geworden, und sie habe sie schon früher abholen müssen. Sie habe versucht, dich anzurufen, aber bei uns habe sich keiner gemeldet.«

»Sie muß sich verlaufen haben«, stieß Gail hervor. Sie verdrängte die Erkenntnis, daß es in ihrem Haus nicht vor Polizisten wimmeln würde, wenn ihre kleine Tochter sich bloß auf dem Heimweg verirrt hätte. »Sie ist sonst nie allein nach Haus gekommen. Ich hätte ihr das nicht erlaubt.«

»Mrs. Walton«, sagte der Mann neben ihr leise, »können Sie uns beschreiben, was Ihre Tochter anhatte, als sie heute morgen zur Schule ging?«

Gails Blick wanderte unruhig durchs Zimmer, während sie fieberhaft überlegte, was Cindy heute früh angezogen hatte. Sie sah nur das dunkelblonde Haar vor sich, das dem Kind über die Stirn und bis in die Augen hing. Sie hatte sich vorgenommen, den Pony zu schneiden, ehe er so lang wurde, daß Cindy nicht mehr richtig sehen konnte. Sie sah die lachenden blauen Augen, die zarte, feingeschwungene Wangenlinie, die anstelle der Pausbakken getreten war, und den kleinen, vollen Mund, in dem die beiden unteren Vorderzähne fehlten. Das purpurrote Samtkleid war mindestens eine Nummer zu klein. »Sie trug ein rotes Samtkleid, vorn mit Smokarbeit verziert und mit 'nem weißen Spitzenkrägelchen. Ich hab' ihr gesagt, es sei zu klein, und außerdem sei's heute zu warm für Samt, aber wenn sie sich was in den Kopf gesetzt hat, ist alles Reden zwecklos. Also hab' ich nachgegeben und sie das Kleid anziehen lassen.« Sie stockte. Warum hatte sie den Polizisten das alles erzählt? Sie konnte an ihrem Gesichtsausdruck ablesen, daß sie sich nicht dafür interessierten, ob Cindy der Witterung gemäß angezogen war oder nicht. »Sie trug weiße Kniestrümpfe und rote Schuhe«, fuhr Gail fort. »Ihre Sonntagsschuhe. Sie mochte weder Ballerinas noch welche zum Schnüren. Nur Schnallenschuhe. Sie trug auch nie Hosen, sondern immer Kleider und Röcke. Sie war ein sehr weibliches kleines Mädchen.« Gail hielt sich den Mund zu vor Schreck über das, was sie gerade gesagt hatte. Sie *war* ein sehr weibliches kleines Mädchen. Sie hatte über ihre Tochter in der Vergangenheitsform gesprochen. »O mein Gott!« Sie stöhnte, sank in die Kissen zurück und wünschte, das alles wäre nur ein Traum. »Wo ist mein Kind?« Ihre Stimme war kaum verständlich und schien von weit her zu kommen.

Die Haustür wurde geöffnet, und plötzlich war Jack neben ihr, nahm sie in die Arme und streifte mit den Lippen ihre Wange. »Weiß man schon Genaueres?« fragte er.

»Worüber?«

Der Beamte, der sie hereingeführt hatte, setzte sich jetzt auf einen Stuhl ihr gegenüber. Gail blickte ihm ins Gesicht, und es überraschte sie, wie jung er war. »Vor etwa einer halben Stunde wurde die Leiche eines Kindes gefunden. Und zwar in den Anlagen bei der Riker-Hill-Schule.« Er bemühte sich um einen neutralen Ton. »Ein paar Jungs haben sie auf dem Heimweg nach der Schule entdeckt. Sie nehmen jeden Nachmittag die Abkürzung durch den Park. Heute hörten sie merkwürdige Geräusche aus einem Gebüsch. Dann sahen sie jemanden davonrennen. Sie schauten nach und stießen auf die Leiche des Mädchens.« Er hielt inne, so als erwarte er, Gail würde etwas sagen. Aber sie schwieg, den Blick starr auf den sandfarbenen Webteppich zu ihren Füßen gerichtet. »Grade als wir die Unglücksstelle erreichten, kam Ihre Tochter die Straße runtergelaufen. Sie suchte ihre kleine Schwester. Wir haben sie nach Hause gebracht und Ihren Mann angerufen. *Sie* konnten wir ja nicht erreichen.« Er stockte wieder. »Wir wissen nicht genau, ob's Ihre Tochter ist, Mrs. Walton. Wir wollten es Jennifer nicht zumuten, die Leiche zu identifizieren...«

Gail hörte Jennifer schluchzen, streckte die Arme aus, zog das zitternde Mädchen an sich und wiegte sie auf ihrem Schoß wie ein Baby.

»Wo ist das Kind... die Leiche?« korrigierte Jack sich hastig. Gail spürte die Spannung in seiner Stimme und wußte, daß er seine Angst vor ihr und ihrer Tochter zu verbergen suchte.

»Unten auf'm Revier«, antwortete der Beamte. »Wir möchten Sie bitten, mitzukommen, und wenn möglich die Leiche zu identifizieren.«

Gail blickte ihn an und wunderte sich, daß Polizisten tatsächlich Dinge sagten wie »unten auf'm Revier«.

»Aber Sie sind nicht sicher, daß es Cindy ist?« Jacks Worte klangen mehr wie eine Feststellung als eine Frage.

Gail beeilte sich, ihm beizuspringen. »Bloß weil sie verschwunden ist, weil sie sich auf dem Heimweg verlaufen hat, muß doch die Leiche, die Sie gefunden haben, nicht...« Sie brach ab. Das Sprechen schmerzte zu sehr, es war, als stieße ihr jemand ein Messer in die Brust.

»Wie wurde dieses kleine Mädchen umgebracht?« fragte Jack.

Gail versuchte vergeblich, die Antwort nicht zu hören.

»Sieht aus, als habe man sie erwürgt. Möglicherweise wurde sie vorher sexuell mißbraucht.« Der Beamte senkte die Stimme, so als merke er, daß seine Sprache zu klinisch wirkte. »Das können wir natürlich erst mit Bestimmtheit sagen, wenn alle Untersuchungen durchgeführt sind.«

Gail schüttelte den Kopf. »Die armen Eltern!« Sie spürte, wie die Tränen, die in ihren Augen brannten, ihr über die Wangen liefen. »Wie furchtbar für sie, wenn sie erfahren, was mit ihrer Tochter geschehen ist. Was für ein schreckliches Unglück!«

»Mrs. Walton!« Die Stimme kam von weit her. »Mrs. Walton.« Mit jeder Nennung ihres Namens entfernte die Stimme sich weiter, bis sie nicht mehr aus demselben Raum zu kommen schien. Es war, als berühre die Hand auf ihrem Arm jemand anderen. »Mrs. Walton«, sagte die Stimme wieder, aber Gail konnte sie kaum noch hören, weil der plötzlich aufbrandende Lärm in ihrem Kopf sie übertönte. »Erkennen Sie das wieder?« fragte die Stimme. Die Hand zwang sie, etwas anzuschauen, das sie nicht sehen wollte, etwas, wovon sie schon vorhin, als ihr Mann das Zimmer betreten hatte, einen flüchtigen Blick erhascht, das wahrzunehmen ihr Gehirn sich jedoch geweigert hatte.

»O mein Gott«, flüsterte Jack und vergrub das Gesicht in den Händen. Seine Schultern zuckten unter dem Schmerz, den er nicht länger zu verbergen suchte.

Gail spürte, wie Jennifers Kopf sich fester an ihre Brust preßte, während sie selbst wie magisch angezogen wurde von der ausgestreckten Hand des Polizisten, die das schlammbespritzte rote Samtkleid emporhielt. Sie versuchte zu sprechen, aber sobald sie ein Wort formte, schoß wieder dieser brennende Schmerz durch ihren Körper, und es kam ihr vor, als werde das unsichtbare Messer tiefer in ihren Körper gestoßen. Sie blickte an sich hinunter und sah das Messer ihren Leib durchtrennen, wie ein Reißverschluß, der eine Jacke öffnet. Sie beobachtete, wie die Innereien herausquollen, und wartete ungeduldig auf ihr Ende. Aber sie wurde bloß ohnmächtig. Als sie wieder zu sich kam, erlangte sie das Bewußtsein nur für einen Augenblick. Dann gab der Arzt ihr ein Beruhigungsmittel.

3

Die nächsten Tage wanderten an Gails umnebeltem Geist vorbei wie Szenen aus einem Theaterstück während der ersten Kostümproben, bei denen die Markierungen noch nicht genau stimmen und die Schauspieler den Text noch nicht einwandfrei beherrschen.

Schauplatz der Handlung war ein kleines Zimmer auf der Privatstation des St.-Barnabas-Krankenhauses. Die cremefarbenen Wände waren mit hübschen Drucken geschmückt. Ein großer Blumenstrauß prangte auf dem Fensterbrett. In der Mitte der Bühne stand ein modernes Klinikbett. Die gestärkten weißen Laken und die sorgfältig aufgeschüttelten Kissen setzten zwar einen etwas strengen Akzent, kreierten jedoch genau die richtige Atmosphäre. Mehrere Schauspieler in Arztkitteln und Schwesternuniformen machten viel Aufhebens um die Hauptperson im Bett. Sie wischten ihr den Schweiß von der Stirn, kontrollierten die Temperatur, setzten Spritzen oder gaben ihr Tabletten. Sie landeten immer wieder einen Versprecher, wenn sie ihre Beileids- oder Trosttexte hersagten, konnten manchmal ihre Tränen nicht zurückhalten und mußten sich für eine Weile in die Kulisse zurückziehen, ehe sie von neuem geschäftig über die Bühne eilten.

Ihr galt all diese Aufmerksamkeit. Sie war die zweite Besetzung, die widerstrebend für die Hauptdarstellerin hatte einspringen müssen. Sie war völlig unvorbereitet auf diese Rolle, eingeschüchtert von ihrem neuen Rang und sprachlos, obwohl sie anscheinend den besten Text hatte und alle anderen nur darauf zu warten schienen, daß sie das Stichwort gab.

»Was ist das?« stammelte sie mühsam, als vor ihren Augen plötzlich eine ausgestreckte Handfläche erschien.

»Valium. Nehmen Sie es, das entspannt.«

Gail nahm die Tabletten. Die Schauspielerin in der weißen

Schwesterntracht zog anscheinend zufrieden ihre Hand zurück und ging nach links von der Bühne ab. Sie stieß mit einem distinguiert wirkenden Schauspieler im weißen Kittel zusammen, der kam, um Gails Puls zu fühlen.

Gail schloß die Augen. Als sie sie wieder aufschlug, saß Jack neben ihr. Er hatte seine Hand durch die Gitterstäbe vor ihrem Bett geschoben und umklammerte ihre Finger. Sie spürte, wie sehr er sich bemühte, seine Gefühle unter Kontrolle zu bekommen. Doch die Spannung stand ihm ins Gesicht geschrieben. Seine Wangen waren aufgedunsen, seine Augen starrten ins Leere. Auf der fahlen, käsigen Haut leuchteten hektische rote Flecke, die aussahen wie verrutschte Schminke. In unregelmäßigen Stößen durchdrang sein Atem die fast unerträgliche Stille. Qualvolle Sekunden lang hörte sie gar nichts, dann folgte eine Anzahl kurzer, schneller Atemstöße rasch aufeinander, so als müsse er sich immer wieder daran erinnern, Luft zu holen. Er räusperte sich mehrmals mechanisch. Als Gail die Augen lange genug offenzuhalten vermochte, um seinem Blick zu begegnen, da starrte er auf etwas, das nur er zu sehen vermochte. Sie wandte sich ab und ließ den Kopf in die Kissen zurücksinken, aus Angst, womöglich seine Vision zu erraten und sie teilen zu müssen.

»Jennifer...?« tastete sie sich vor.

»Ihr geht's gut. Ihr Vater und Julie kümmern sich um sie.«

»Hast du mit ihr gesprochen?«

»Gestern abend und auch heut früh. Heute morgen fühlte sie sich schon besser. Julie hat bei ihr geschlafen.«

»Das war nett von ihr.« Gails Worte waren ein undeutliches Genuschel. »Julie ist eine nette Frau.« Jack nickte. »Und du, was ist mit dir?«

»Ich hab' eine von den Tabletten genommen, die der Arzt mir gegeben hatte. Hat leider nicht viel geholfen. Die ganze Nacht hörte ich Cindy nach mir rufen.«

»O Gail...«

»Aber dann muß ich wohl doch für 'n paar Minuten eingenickt

sein. Jedenfalls war mir auf einmal, als hätte sie um 'n Glas Wasser gebeten. Ich hätte drauf schwören können! Du weißt ja, sie hat nachts oft Durst. Ich stand auf, ging ins Bad, drehte den Wasserhahn auf, und als ich nach einem Glas griff, da fiel mir ein ...«

»Ich hätte bei dir bleiben sollen«, sagte Gail. »Ich hab' nichts im Krankenhaus verloren. Du brauchst mich. Jennifer braucht mich. Ich muß hier raus.« Gail versuchte sich aufzurichten. Doch Jack legte ihr seine starken Hände auf die Schultern und drückte sie sanft in die Kissen zurück.

»Du kommst schon früh genug nach Hause. Laß dir noch 'nen Tag Zeit. Du mußt erst wieder zu Kräften kommen.«

»Zu Kräften«, wiederholte Gail mechanisch und versuchte, den Sinn der Worte zu erfassen. »Jedesmal, wenn mein Kopf klar wird, steht schon jemand bereit, um mir noch 'ne Spritze zu verpassen oder mir 'ne Tablette zu geben. Sie reden mir ein, das Zeug würde mir helfen, mich zu entspannen, mich besser zu fühlen. Aber das stimmt nicht. Medikamente ändern gar nichts. Sie zögern das Unvermeidliche bloß hinaus. Sie machen's den *Ärzten* und *Schwestern* leichter, aber nicht *mir*, auch wenn die Leute sich einbilden, mir zu helfen.« Sie machte eine Pause. Als sie weitersprach, war ihre Stimme nur noch ein Flüstern. »Weißt du, was ich mir die ganze Zeit wünsche?«

»Was denn?«

»Jedesmal, wenn ein Arzt mit 'ner neuen Spritze rein kommt, hoffe ich auf einen Fehler im Labor, ein vertauschtes Medikament, eine falsche Dosis. Das kommt vor, weißt du, auch Ärzten unterlaufen Fehler ... Bei jeder Spritze hoffe ich, daß es die letzte ist ...«

»Gail!«

»Entschuldige.« Gail sah die Angst in den Augen ihres Mannes. »Das hätte ich nicht sagen dürfen. Es war nicht fair dir gegenüber.«

»Ich liebe dich, Gail.«

»Weißt du, was Cindy mich mal gefragt hat? Das ist ungefähr

einen Monat her. Sie sagte: ›Mami, wenn wir sterben, können wir's dann zusammen tun?‹ Aus heiterem Himmel. Einfach so. ›Mami, wenn wir sterben, können wir's dann zusammen tun?‹ Was hätte ich ihr antworten sollen? Ich hab' ›ja‹ gesagt. Und dann fragte sie weiter: ›Hältst du mich dabei an der Hand?‹ Und ich hab' wieder ›ja‹ gesagt. Und sie fragte: ›Versprichst du's mir?‹« Gail schwieg eine Weile. »Ich hab's ihr versprochen. O Gott, Jack!« Ihr Oberkörper wiegte sich hin und her.

Gail hörte in der Ferne Sirenen aufheulen und wiegte sich in ihrem Rhythmus, immer schneller, immer heftiger. Jack trat einen Schritt zurück und machte den weißen Gestalten Platz, die vor ihren Augen verschwammen. Sie merkte auf einmal, daß die Sirenen in ihrem Innern ertönten, und wußte, daß bald wieder eine Nadel aufblitzen würde, um die Menschen um sie herum von diesem furchtbaren Schrei zu erlösen und allen Linderung zu verschaffen, die nicht unmittelbar zu leiden brauchten.

»Sind meine Eltern benachrichtigt worden?« erkundigte sich Gail später bei Jack. Sie wußte nicht, ob es noch derselbe oder bereits ein anderer Tag war.

»Ich hab' sie angerufen. Sie fliegen heute nachmittag her. Carol ist schon da. Sie wartet zu Hause auf dich. Die Ärzte sind nämlich der Meinung, du solltest im Krankenhaus möglichst wenige Besucher haben, damit du dich nicht überanstrengst.«

»Aber sie ist meine Schwester!«

»Wenn du willst, fahr' ich sie später her.«

»Von wem sind die Blumen?« Es kostete sie Mühe, ihre Gedanken zu ordnen.

»Die hat Nancy geschickt.«

»Das war nett von ihr.«

»All unsre Freunde haben angerufen und sich erkundigt, wie sie uns helfen können. Laura ist einfach großartig. Sie organisiert alles, sorgt fürs Essen...«

»Was ist mit deiner Mutter?«

»Ich konnte sie bis jetzt noch nicht erreichen. Sie macht 'ne Kreuzfahrt in der Karibik. Laura versucht sie aufzuspüren.«

»Ich sollte nach Hause kommen«, wiederholte Gail dumpf. Wie oft hab' ich das in den letzten Tagen schon gesagt? Wie lange bin ich wohl schon hier? überlegte sie. Die vielen Notizblöcke und die gespannten Gesichter fielen ihr ein. »Wo waren die Reporter?«

»Vor unserem Haus, als wir dich ins Krankenhaus brachten. Ein paar lungern immer noch da rum.«

»Was wollen sie denn?«

»Antworten, genau wie wir.«

Gail schloß die Augen.

»Draußen ist jemand von der Polizei«, sagte Jack. »Er möchte mit dir reden. Willst du ihn sehen?«

»Ja.« Gail richtete sich in den Kissen auf und betrachtete den gutaussehenden jungen Mann mit dem hellbraunen Haar, der an ihr Bett trat, ein trauriges Lächeln auf den Lippen.

»Ich bin Lieutenant Cole.« Er zog sich einen Stuhl heran. »Ich war gestern bei Ihnen.«

Was denn, erst gestern? wunderte sich Gail. So viele Träume in der kurzen Zeit? »Haben Sie den Mann gefunden?« fragte sie mit kaum hörbarer Stimme.

»Nein«, antwortete der Kommissar. »Aber die Jungs, die Cindy fanden, konnten uns 'ne Beschreibung geben.«

Er sprach sehr behutsam. »Leider ist nicht viel damit anzufangen. Wir haben sogar einen Arzt hinzugezogen, der die Jungen hypnotisierte, aber sie konnten sich lediglich darauf einigen, daß der Kerl aschblondes Haar hatte, schlank und mittelgroß war und einen jugendlichen Eindruck machte.«

»Ist das alles?« fragte Jack.

»Sie haben ihn nur von hinten gesehen. Er trug Bluejeans und eine gelbe Windjacke. Das ist 'ne ziemlich vage Beschreibung, die auf mindestens tausend Männer passen könnte, mich eingeschlossen.« Er hielt inne und fuhr dann leise fort: »Oder zum Beispiel auf Ihren Exmann, Mark Gallagher.«

»Mark?« wiederholte Gail ungläubig.

»Darf ich Ihnen ein paar Fragen über Ihren früheren Mann stellen, Mrs. Walton?«

»Bitte, fragen Sie.« Gail schüttelte die von den Betäubungsmitteln verursachte Lethargie ab. »Aber Sie verschwenden nur Ihre Zeit. Mark hätte meiner kleinen Tochter nie etwas zuleide getan.«

»Wann wurden Sie von Mr. Gallagher geschieden?«

Gail mußte einen Augenblick nachdenken. »Ach, das ist schon fast dreizehn Jahre her.«

»Macht es Ihnen etwas aus, mir zu sagen, *warum* Sie sich scheiden ließen?«

»Dafür gab's viele Gründe. Wir waren sehr jung und sehr verschieden. Mark war noch nicht reif für die Ehe. Er hatte... hatte andere Frauen.« Lieutenant Cole blickte von seinen Notizen auf. »Frauen«, wiederholte Gail. »Keine Kinder. Die Damen, die ihm gefielen, waren in jeder Beziehung erwachsen, das können Sie mir glauben.«

»Wie stand er zu Ihrer neuerlichen Heirat?«

Gail zuckte die Achseln. »Er hat mir Glück gewünscht. Ich weiß nicht, was Sie von mir hören wollen.«

Jacks Hand umklammerte die ihre.

»Welche Beziehung hat er zu seiner Tochter?«

»Er liebt Jennifer. Er ist ihr ein wundervoller Vater.«

»Wie reagierte er denn darauf, daß Jack seinen Platz einnahm?«

Gail sah ihrem Mann in die Augen. »Ich glaube, anfangs war er ein bißchen beunruhigt. Aber als er merkte, daß Jack keineswegs die Absicht hatte, ihm seine Vaterrolle streitig zu machen, da fand er sich sehr bald mit der neuen Lage ab. Jack und Jennifer kommen prima miteinander aus. Sie lieben sich aufrichtig. Aber Mark ist ihr Vater, und das weiß sie auch.«

»Wie reagierte Mark, als Sie von Ihrem jetzigen Mann ein Kind bekamen?«

Gail versuchte sich zu erinnern. »Ich weiß nicht mehr«, sagte sie schließlich. »Ich glaube nicht, daß es ihn sonderlich berührt hat.«

»War er nicht eifersüchtig?«

»Nicht daß ich wüßte. Warum sollte er auch?«

»Sie haben also nicht den Eindruck, daß er Rachegefühle hegte?«

»Rache? Wofür? Ich versteh' nicht, worauf Sie hinauswollen.«

»Reg dich nicht auf, Gail«, versuchte Jack sie zu beschwichtigen.

»Was meint er denn nur?« Gail wandte sich an ihren Mann, so als sei der Kommissar gar nicht anwesend.

»Ihr Exmann hat für die Zeit der Ermordung Ihrer Tochter kein Alibi«, sagte Lieutenant Cole sachlich.

»Er braucht doch kein Alibi!« protestierte Gail schwach, während sie versuchte, diese Information zu verarbeiten.

Lieutenant Cole blätterte in seinen Aufzeichnungen. »Er hat zu Protokoll gegeben, daß er zwischen zwei und drei Uhr nachmittags eine Dame in West Orange fotografiert habe. Sein nächster Termin war um vier. Er sollte Zwillinge aufnehmen, nicht weit von Ihrem Haus.« Er machte eine Pause, damit die Fakten sich ihrem Gedächtnis einprägten. »Man braucht keine Stunde von West Orange nach Livingston.«

»Sie verschwenden Ihre Zeit, Lieutenant.« Gail fühlte ihre Augenlider schwer werden.

»Was wissen Sie über Jennifers Freund?«

»Eddie?« Jacks Erstaunen rüttelte sie wieder wach.

»Eddie Fraser«, las Lieutenant Cole laut und deutlich aus seinem Notizbuch vor. »Sechzehn Jahre alt, Obersekundaner, Einserschüler.«

»Eddie und Jennifer gehen in dieselbe Klasse«, ergänzte Jack. »Seit fast einem Jahr sind die beiden befreundet.«

»Um Gottes willen, so glauben Sie mir doch! Eddie hat's nicht getan.« Gail wimmerte. Sie spürte, wie die aufsteigende Angst ihr Herz umklammerte. »Sie vergeuden wertvolle Zeit. Eddie ist ein netter Junge, ein gewissenhafter Schüler. Er möchte Arzt oder Rechtsanwalt werden. Er ist unheimlich verknallt in Jennifer. Und er hat unsere Cindy sehr lieb.«

Sie brach unvermittelt ab.

»Haben Sie je etwas Ungehöriges an seinem Verhalten Cindy gegenüber bemerkt?«

»Ungehörig? Was meinen Sie damit?«

»Hat er das Kind je auf eine Weise angesehen, die Ihnen Unbehagen verursachte? Wenn die beiden miteinander spielten oder sich balgten, haben Sie da jemals beobachtet, daß er ihre Beine streichelte? Hat er ihr vielleicht mal einen Klaps auf den Po gegeben und vergessen, die Hand zurückzuziehen? Oder...«

»Aufhören! Hören Sie sofort auf damit! Das ist doch Wahnsinn. Eddie hätte Cindy nie was Böses getan. Er ist ein netter, lieber Junge, immer höflich, immer zuvorkommend und hilfsbereit.« Gail blickte zu Jack auf. »Ist es nicht so?« Jack nickte schweigend.

»Wir haben Eddie gern, und er mag uns auch. Na ja, anfangs waren wir nicht begeistert über eine so enge Freundschaft, einfach weil die Kinder noch so jung sind. Wir dachten, es sei zu früh für Jennifer, sich auf einen bestimmten Jungen zu kaprizieren. Aber als wir Eddie näher kennenlernten, gefiel er uns so gut, daß wir zu der Ansicht gelangten, sie könne es wesentlich schlechter treffen. Und das wird sie vielleicht in den nächsten Jahren auch. Denn man darf nicht vergessen, daß die beiden erst sechzehn sind. Wir wollten ihre... ihre Leidenschaft«, sie stockte, »nicht durch ein Verbot steigern. Aber wir stellten den beiden gewisse Bedingungen. Sie dürfen nicht unter der Woche miteinander ausgehen, und Freitag- und Samstagabend muß Jennifer spätestens um eins zu Hause sein. Eddie hat sich stets an unsere Abmachungen gehalten. Wir hatten nie Ärger mit ihm. Verstehen Sie denn nicht?« Sie wandte sich dem jungen Kommissar zu. »Eddie kann's nicht gewesen sein. Er liebte Cindy wie seine eigene Schwester. Ich weiß, daß er nur in diesem Sinne an sie gedacht hat.«

»Er hat für die fragliche Zeit kein Alibi«, wiederholte Lieutenant Cole das Argument, das er zuvor gegen Mark Gallagher ins Feld geführt hatte. »Er will nach der Schule direkt nach Hause gegangen sein, um sich auf eine Klassenarbeit vorzubereiten.«

»Wenn er das gesagt hat, dann war's auch so«, versicherte Gail.

»Leider war zur fraglichen Zeit niemand sonst im Haus, der seine Anwesenheit bezeugen könnte.«

»Das ist doch einfach lächerlich.« Gail schloß die Augen. Sie würde sich keine Fragen mehr anhören, ehe der Kommissar nicht bereit war, ihre Antworten zur Kenntnis zu nehmen. Eddie war kein Kinderschänder. Und ein Mörder erst recht nicht. Genausowenig wie Mark Gallagher. Die Polizei verplemperte ihre Zeit, statt draußen nach dem Täter zu suchen.

»Was tun Sie, um den Mörder zu finden?« Sie wußte instinktiv, daß es der nächste Morgen war, als sie diese Frage stellte. Sie wußte es, obwohl niemand sich vom Fleck gerührt zu haben schien. Die Sonnenstrahlen fielen schräger auf den Blumenstrauß am Fenster, die Schwestern wirkten frischer, tüchtiger, ihre Handlungen schienen präziser. Sie bewegten sich so zuversichtlich, als gäbe es wirklich einen Grund dafür. Man hatte vergessen, ihnen zu sagen, daß kein Grund vorhanden war.

Gail hatte den größten Teil der Nacht dem gesichtslosen Mörder ihrer kleinen Tochter gegenübergestanden. Sie hatte ihn töten wollen, es aber nicht fertiggebracht. Sie hatte die Chance verpaßt, den Tod ihres Kindes zu rächen und so wenigstens einen Teil ihrer Schuld abzutragen. Sie wußte, daß es der nächste Morgen war, weil sie sich noch müder fühlte als am Abend zuvor.

»Was tun Sie, um den Mörder zu finden?« wiederholte sie und überlegte, ob der Kommissar ihre Frage beim ersten Mal nicht gehört oder ob sie vielleicht nur in Gedanken gesprochen hatte.

»Wir tun, was in unsrer Macht steht.« Die Beteuerung des Kommissars klang wie eine eingelernte Floskel. »Jeder verfügbare Mann ist auf den Fall angesetzt. Wir haben alle vorbestraften Sexualverbrecher des Staates überprüft. Ihr Mann hat sich bereits die Fotos angesehen, um festzustellen, ob ihm einer von den Kerlen bekannt vorkommt. Wir möchten auch Sie darum bitten, wenn Sie sich wieder etwas kräftiger fühlen.«

»Ich werd' mir die Bilder jetzt ansehen.«

Er holte bereitwillig einen Stapel Fotos aus der Tasche. Gail betrachtete sorgfältig jedes Gesicht. Einige waren jung, andere nicht, manche wirkten auf den ersten Blick unsympathisch, andere sahen recht gut aus. Keiner kam ihr bekannt vor. Sie gab Lieutenant Cole die Fotos zurück. »Die sind alle so... normal«, sagte sie schließlich verwundert. Sie hatte erwartet, daß man das Böse an den Zügen eines Menschen ablesen könne.

»Wir führen eine Serie von Tests durch«, sagte Lieutenant Cole.

»Tests? Was denn für Tests?«

»Der Mörder hat eine deutliche Fußspur im Schlamm hinterlassen. Davon machen wir 'nen Abdruck. Ferner werden Speichel-, Blut- und Samentests vorgenommen.«

Die letzten Worte trafen sie wie ein Schlag in die Magengrube. Der bittere Geschmack in ihrer Kehle wanderte hinauf zum Mund, sie würgte, und im nächsten Augenblick erbrach sie sich in die Schüssel neben ihrem Bett. Binnen Sekunden war eine Schwester neben ihr und hielt ihr den Kopf. Der Kommissar verschwand.

Als sie ein wenig später flach auf dem Rücken lag, Jack ihre Hand hielt und im Zimmer nichts mehr zu hören war außer ihrem Atem, überlegte sie, wieso sie noch am Leben sei, obwohl alles in ihrem Innern abgestorben schien.

Die Journalisten warteten vor dem Krankenhaus auf sie. Wie harte, flinke Kieselsteine schleuderten sie Gail ihre Fragen entgegen, bedrängten sie mit ihren Körpern und mit ihren Kameras.

»Haben Sie irgendeinen Verdacht?«

»Hat die Polizei Ihnen einen Hinweis darauf gegeben, in welche Richtung ihr Verdacht geht?«

»Gibt's Indizien oder Spuren?«

Wie im Fernsehen, dachte sie und schwieg.

»Wie stehen Sie zur Todesstrafe?«

Jemand antwortete. Später hörte sie in den Nachrichten erstaunt, daß sie selbst es gewesen war, die den Reportern erklärte, sie sei weder blutrünstig noch rachsüchtig, sondern wünsche lediglich, daß der Mörder gefaßt werde. Sie habe vollstes Vertrauen in die Arbeit der Polizei.

Woher hatte ich bloß die Kraft, das zu sagen, überlegte sie.

Sie saßen im Fond des Polizeiwagens, der sie nach Hause brachte. Jack blickte starr hinaus auf die Straße. Er ließ ihre Hand nicht los. Lieutenant Cole saß vorn neben dem Fahrer.

»Ich möchte Sie warnen«, sagte er über die Schulter. »Vermutlich warten vor Ihrem Haus noch mehr Reporter auf Sie.«

Gail nickte schweigend. In Gedanken memorierte sie den Autopsiebefund.

Während sie mit der Vorstellung kämpfte, wie man ihr schönes Kind im Dienste der Wahrheitsfindung seziert hatte, erklärte ihr die Polizei, daß Cindy Walton am dreißigsten April gegen fünfzehn Uhr dreißig von einem unbekannten Täter sexuell mißbraucht und anschließend mit den Händen erdrosselt worden sei; im wesentlichen die gleiche Information, die ihr der Kommissar gegeben hatte, als er noch gar nichts zu wissen glaubte. Nach zwei Tagen war die Polizei ungeachtet aller gegenteiligen Beteuerungen keinen Schritt weitergekommen, hatte noch keine Chance wahrgenommen, den Mörder zu fassen. Man hatte lediglich die Bestätigung dessen erbracht, was alle Beteiligten von Anfang an wußten. Aber der Körper ihrer kleinen Tochter hatte unter dem Messer des Gerichtsmediziners eine weitere Schmach erlitten, die Spur des Mörders war um zwei Tage älter, und entgegen ihrer Stellungnahme vor der Presse war Gail sich ganz und gar nicht sicher, daß man den Täter fassen würde. Der Umstand, daß die beiden Hauptverdächtigen Menschen waren, von deren Unschuld sie überzeugt war, stärkte nicht gerade ihr Vertrauen in die Fähigkeiten der Polizei. Die werden den Mörder nie finden, ging es ihr durch den Kopf, während sie den Blick auf Lieutenant Coles straffe Schultern gerichtet hielt.

Er ist ein netter Kerl; er meint's gut; er scheint uns wirklich helfen zu wollen. Aber für ihn ist Cindy eben doch bloß ein Fall. Und das ist sie auch für alle anderen, ein trauriges, ja tragisches Ereignis, gewiß, aber kein ungewöhnliches in der heutigen Zeit. Ihr Tod hat die Leute vielleicht berührt, aber ihr Leben hat er nicht verändert. Die Polizei wird tun, was in ihren Kräften steht, aber wenn man's genau betrachtet: Was können sie schon tun? Sie wußte aus der Presse, daß die Spur eines Mörders nach ein paar Tagen so gut wie verwischt ist. Gail hatte Grund zu der Annahme, daß die Polizei den Täter nicht mehr fassen würde, wenn es ihr bis jetzt nicht gelungen war, ihn zu stellen.

Der Mörder ihrer Tochter war entkommen und bewegte sich frei auf den Straßen der Stadt. Dieser Gedanke zerriß den Nebelschleier, den das zuletzt verabreichte Beruhigungsmittel über ihr Gehirn gebreitet hatte. Das ist die schlimmste Erniedrigung, dachte sie. Aber ich darf es nicht erlauben, niemals! Und in ihrem Kopf formte sich ein Plan: Wenn die Polizei den Mörder ihrer Tochter nicht finden konnte, dann mußte sie es selbst tun.

Gail war nicht sonderlich überrascht von dieser Erkenntnis. Es schien, als habe ihr Unterbewußtsein von Anfang an eine solche Absicht gehegt. Es war im Grunde ganz einfach: Sie würde den Tod ihrer Tochter rächen und den Mörder seiner gerechten Strafe zuführen. Sie würde nicht länger die hilflose Marionette bleiben, als die sie sich in ihren Alpträumen erschienen war.

Aber zuvor werde ich der Polizei eine Chance geben.

Gail lehnte sich an Jack, ließ ihren Körper ausruhen, um neue Kraft zu schöpfen. Sie blickte aus dem Fenster.

Ich werde ihnen sechzig Tage geben, entschied sie.

4

Ihre Familie empfing sie an der Haustür – mit Gesichtern, die an die düsteren Menschendarstellungen auf den Holzschnitten von Edvard Munch erinnerten, Gesichter, die in unbewältigtem Schmerz erstarrten.

»Mom!« Gail taumelte in die Arme ihrer Mutter. Ihre zitternden Körper preßten sich haltsuchend aneinander.

»Mein Liebling!« Gail hörte ihre Mutter schluchzen, doch dann fühlte sie sich von starken Armen fortgezogen.

»Daddy«, seufzte sie. Ihr Vater, ein stattlicher Mann mit sonnengebräuntem Gesicht, preßte sie fest an seine Brust und vergrub den Kopf an ihrer Schulter. Sie spürte am Gewicht seines Körpers, daß sie ihn genauso stützte wie er sie.

»Wie furchtbar«, murmelte er. »Unsere süße kleine Cindy.«

Gail versuchte vergeblich, den Kopf zu bewegen. Ihr Vater hielt sie mit eisernem Griff umklammert. Auf einmal kam sie sich vor wie in einer Zwangsjacke, mit seitlich festgepreßten Armen und unfähig, sich zu rühren. Als sie versuchte, sich zu befreien, schienen die Arme ihres Vaters sich nur noch fester um sie zu schließen. Sie fühlte sich wie ein hilfloses Tier, das langsam von einer Python getötet wird. Bei jedem verzweifelten Atemzug ihres Opfers wand die Riesenschlange sich fester um ihre Beute. Gail bekam keine Luft mehr. Er würgte sie, erdrosselte sie, preßte das Leben aus ihrem matten Körper. Mein Gott, Cindy, war es so? schrie es in ihrem Herzen. Dann riß sie sich mit Gewalt aus den Armen ihres Vaters. Verwirrt starrte er sie an. Schließlich sagte er eindringlich: »Sie werden ihn schon kriegen. Und wenn wir Glück haben, erschießt einer den Dreckskerl. Jawohl, man sollte das Schwein erschießen.«

»Aber Dave.« Die mahnende Stimme ihrer Mutter.

»Sie werden ihn finden«, wiederholte ihr Vater unbeirrt.

»Aber wenn ich's mir recht überlege, ist erschießen zu gnädig für so einen. Dasselbe gilt für die Gaskammer oder den elektrischen Stuhl. Diese Bestie sollte man langsam töten. Man müßte ihm die Eier abschneiden und ihm die Eingeweide mit bloßen Händen aus dem Leib reißen. Ich wäre dazu imstande. Das weiß ich genau!« Seine Stimme versagte. Kraftlos ließ er sich in einen Sessel fallen.

»Grausamkeit bringt uns unsere Cindy auch nicht zurück.« Gails Mutter nahm ihre Tochter tröstend in die Arme.

»Zumindest könnte dieses Schwein seine Tat nicht wiederholen«, schnaubte Gails Vater. »Und seine Visage wäre für immer von dieser Erde verbannt.«

»Ich bin ganz deiner Meinung, Dad.« Die Stimme kam aus der hinteren Ecke des Zimmers. Gail blickte über die Schulter ihrer Mutter in das Gesicht ihrer jüngeren Schwester Carol. Wie bleich und schmal sie war! Die Geschwister fielen sich in die Arme.

»Gail, o Gail, es ist so furchtbar«, schluchzte Carol.

»Carol, daß du da bist!« Gail spürte, wie ihre Glieder taub wurden. Ihre Beine versagten den Dienst. »Ich muß mich setzen«, sagte sie gerade noch rechtzeitig, ehe sie wegsackte. Arme umfingen sie und führten sie zum Sofa, wo emsige Hände ihr Kissen unterschoben und ihren Kopf gegen die Lehne betteten. Als sie wieder zu sich kam, saß sie zwischen Mutter und Schwester. Im Ohrensessel gegenüber dem Sofa erblickte sie ihren Vater. Er hatte das Gesicht in den Händen vergraben.

Jack stand immer noch am Fenster. Er schien unfähig, sich zu rühren. Er hat niemanden, der ihn trösten könnte, dachte Gail. Sein Vater war tot, und seine Mutter, mit der Gail ein herzliches, wenn auch nicht sonderlich enges Verhältnis verband, mußte erst noch gefunden werden. Jack war ein Einzelkind, und jetzt stand er ganz allein. Er hat niemanden außer mir, schoß es Gail durch den Kopf. Sie rutschte zur Seite und streckte die Hand nach ihm aus. Jack setzte sich bereitwillig zwischen sie und ihre Schwester. Aber dann waren es *seine* Arme, die sie umfingen und trösteten. Typisch Jack, dachte Gail und lehnte ihren Kopf an seine Brust.

Reglos und schweigend saßen sie da. Es gab ja auch nichts zu sagen. Der Fremde im Gebüsch hatte das letzte Wort gehabt.

Es klopfte zaghaft. Lieutenant Cole, den Gail bisher gar nicht bemerkt hatte, öffnete die Tür. Jennifer kam hereingelaufen, und Gail erhob sich gerade noch rechtzeitig, um das Mädchen aufzufangen, das weinend in ihren Armen zusammenbrach. Gail bedeckte die nassen Wangen ihrer Tochter mit Küssen. Dann merkte sie, daß Jennifer nicht allein gekommen war. Mark und Julie, Gails Exmann und seine Frau, sowie Jennifers Freund Eddie hatten ihre Tochter begleitet. Mark und Eddie, dachte Gail mit einem Blick auf den Kommissar. Seine beiden Hauptverdächtigen.

Mark und Julie traten zu ihr, und Mark nahm sie wie selbstverständlich in die Arme. Ich hatte ganz vergessen, daß er soviel größer ist als Jack, dachte Gail. Doch schon nach wenigen Augenblicken spürte sie die gleiche Atemnot, die sie in den Armen ihres Vaters empfunden hatte. Sie machte sich los und wandte sich Julie zu. In ihrer Umarmung fühlte sie sich wohler.

»Wenn wir irgendwie helfen können«, sagte Julie, »dann bitte, laß es uns wissen. Wenn du möchtest, daß Jennifer noch eine Weile bei uns bleibt...«

»Ich danke euch, aber ich glaube, im Augenblick gehört sie nach Hause. Trotzdem, vielen Dank für alles.«

»Hat die Polizei schon was herausgefunden?« Julie blickte sich nach Lieutenant Cole um.

»Die Polizei glaubt, Mark hätt's getan.« Gail lachte, und alle blickten sie verstört an. War das Lachen wirklich so laut gewesen, wie es in ihren Ohren widerhallte?

Gail wandte sich Jennifers Freund zu. »Und wenn Mark es nicht war, dann du, Duane – sagt die Polizei.« Warum sehen mich auf einmal alle so komisch an? In Gedanken wiederholte Gail ihre Worte. »Ach, Eddie«, korrigierte sie sich eilig. Sie mußte über ihren Irrtum lachen. Ich hab' gar nicht gewußt, daß unbewußte Assoziationen so lustig sein können, dachte sie. Lieutenant Cole scheint sich gar nicht wohl zu fühlen in seiner Haut. Ob er den Witz verstanden hat, der in meinem Fehler steckte? Oder ist er noch zu jung, um sich an die Zeit zu erinnern, als der Rock 'n' Roll seinen Siegeszug antrat?

Sie wußte nicht, wer sie zurück zum Sofa führte, ihr die Beine hochlegte und ein Kissen unter den Kopf schob. Jemand breitete eine Decke über sie. Man gab ihr ein Glas Wasser. Sie hörte, wie die Haustür sich öffnete und schloß. Es war jemand gegangen, doch ihre Lider waren so schwer, daß sie die Augen nicht öffnen konnte, um zu sehen, wer noch bei ihr war. Sie ließ sich von der Müdigkeit einhüllen, die während der letzten Tage wie ein drohendes Monster in ihren Muskeln gelauert hatte. Ehe sie in bleiernen Schlaf fiel, sah sie als letztes ihren sonnengebräunten Vater vor sich, wie er zusammengesunken in seinem Sessel hockte und zehn Jahre älter wirkte, als sie ihn vom letzten Sommer her in Erinnerung hatte.

Stimmen drangen an ihr Ohr, und sie schlug die Augen auf.

»Hallo«, flüsterte ihre Freundin Laura. Sie versuchte zu lächeln. »Wie fühlst du dich?«

Gail richtete sich auf, schob die Decke weg und setzte die Füße auf den Boden. »Wie spät ist es?« fragte sie. Draußen war es inzwischen dunkel geworden. Ihre Eltern, ihre Schwester und Jennifer waren nicht mehr im Zimmer. Auch der Kommissar war verschwunden. Sie fragte sich, ob sie wohl nur geträumt habe, daß all diese Leute hier in ihrem Wohnzimmer seien.

»So gegen acht«, sagte Jack. »Lieutenant Cole ist schon vor

'ner Weile gegangen. Die andern hab' ich zum Abendessen in ein Restaurant geschickt.«

»Sind die Blumen von Nancy?« fragte Gail mit einem Blick auf das riesige Bukett aus Rosen und Nelken auf dem Teetisch.

Jack nickte.

»Bist du in Ordnung?« fragte Laura.

Gail atmete tief durch. »Ich weiß nicht recht. Ich fühl' mich wie erstarrt. Wahrscheinlich kommt das von all den Medikamenten, die sie mir gegeben haben.«

»Und vom Schock«, meinte Laura.

Gail nickte schweigend. Ihr Blick irrte ziellos umher und blieb schließlich auf den Blumen haften. Rote Rosen, rosa Nelken.

»Rosa war Cindys Lieblingsfarbe.«

Laura schaute zu Boden. »Meine auch, als ich noch klein war.«

»Wirklich? Genau wie bei mir.« Ein zaghaftes Lächeln spielte um Gails Mundwinkel. »Wahrscheinlich ist es die Lieblingsfarbe aller kleinen Mädchen.«

Die Unterhaltung stockte; das Lächeln verschwand.

»Ist Nancy hier gewesen?« Gails Gedanken wanderten zurück zu den Blumen.

Jack schüttelte den Kopf.

»Du darfst nicht zuviel von Nancy erwarten«, mahnte Laura sanft.

Gail mußte beinahe lachen. »Ich hab' nie viel von Nancy erwartet. Nancy ist eben Nancy. Jeder muß auf seine Weise mit dem Schmerz fertig werden.«

Lauras Miene wurde ernst. »Wie wirst du denn damit fertig?«

»Ich weiß nicht.« Gail schüttelte nachdenklich den Kopf, erst langsam und dann immer schneller. Plötzlich zog Laura sie in ihre Arme, legte ihr die Hand auf den Nacken und zwang sie mit sanfter Gewalt, den Kopf stillzuhalten. Gails Stirn lehnte an Lauras weicher Baumwollbluse.

»Laß ihn raus«, flüsterte Laura. »Verschließ deinen Schmerz nicht in dir.«

»Ich kann nicht.« Panik schwang in Gails Stimme mit. »Ich weiß nicht mal genau, was ich empfinde. In mir streiten so viele Gefühle miteinander.«

»Welche? Sag's mir.«

Gails Blick glitt suchend durchs Zimmer, so als wolle sie die richtigen Begriffe von den Wänden ablesen. »Ich weiß nicht«, wiederholte sie nach einer Weile hilflos. »Wut, glaub' ich.«

»Gut«, erwiderte Laura. »Du solltest wütend sein. Du hast jedes Recht dazu. Das ist gesund. Sei so wütend, wie's dir paßt.«

»Aber ich bin auch böse auf *mich*...«

»Nein!« unterbrach Laura sie entschieden. »Gegen dich selbst empfindest du keinen Zorn. Das sind Schuldgefühle. Aber untersteh dich, dir die Schuld zu geben. Hörst du? Du hast dir nicht das geringste vorzuwerfen. Gail, sieh mich an! Schuldgefühle sind völlig sinnlos. Damit erreicht man gar nichts. Außerdem hast du keinen Grund, dir Vorwürfe zu machen.«

»Du verstehst das nicht«, stammelte Gail. »Aber ich bin mitschuldig.«

»Unsinn! Du hast nichts...«

»Hör mir zu«, bat Gail, und Laura schwieg. »Ich bin ausgegangen. Zusammen mit Nancy. Ich war nicht rechtzeitig zu Hause.«

»Um Himmels willen, Gail, jede Mutter hat das Recht, ab und zu auszugehen. Außerdem hätte es nicht das geringste geändert, wenn du daheimgeblieben wärst.«

»O doch!« Gail nickte heftig. »Wenn ich nicht fortgegangen wäre, hätte mich Mrs. Hewitts Kindermädchen erreicht, als sie mir ausrichten wollte, daß sie Linda vorzeitig abgeholt hat. Dann wäre ich bei Unterrichtsschluß vor der Schule gewesen und hätte auf Cindy gewartet. Wir wären zusammen nach Hause gegangen. Ihr wäre nichts geschehen. Sie wäre noch am Leben, wenn ich nur daheimgeblieben wäre. Aber ich war nicht da. O Gott, es ist alles meine Schuld!«

Lauras Stimme klang auf einmal hart und streng. Ihre Arme

hielten Gail nicht mehr tröstend, sondern fordernd umfangen. Ihre Finger bohrten sich in Gails Rücken. »Jetzt hör mir mal zu! Hör mir gut zu, damit du jedes Wort behältst, das ich dir jetzt sagen werde, und es dir ins Gedächtnis zurückrufen kannst, wann immer du wieder solche Gedanken hegst. An dem, was passiert ist, trifft dich keine Schuld. Es gibt nicht das geringste, was du hättest tun können, um das Unglück abzuwenden. Wenn, wenn, wenn! Es gibt kein gefährlicheres Wort in unserer Sprache als dieses ›wenn‹. *Wenn* ich dies nicht getan hätte, *wenn* ich doch nur jenes getan hätte. Du hast's eben nicht getan. Und daran kannst du, verdammt noch mal, nichts ändern. Mit diesem ewigen ›wenn‹ machst du dich höchstens verrückt. Hast du mich verstanden?«

Gail strich ihrer Freundin über das weiche, blonde Haar. »Ja«, flüsterte sie beruhigend. »Ich danke dir für alles.«

Sie schrak zusammen, als plötzlich Mike, Lauras Mann, neben sie trat. Sie hatte ihn bisher nicht bemerkt. »Ich glaub', wir sollten jetzt gehen«, mahnte er freundlich. »Gail braucht Ruhe.«

»Ich hab' in den letzten Tagen nichts anderes getan, als mich ausgeruht.«

»Möchtest du, daß wir bleiben?« fragte Laura.

Gail schüttelte den Kopf. »Nein, geht nur. Mike hat recht. Obwohl ich so viel geschlafen hab', bin ich müde.«

Laura beugte sich über sie und küßte sie auf die Wange. Dann trat sie zur Seite, um ihrem Mann Platz zu machen. Gail spürte Mikes warmen Atem, als seine Lippen ihr Haar berührten. Im Geist sah sie einen Mann hinter einem Gebüsch. Sein geiler Mund streifte die Wange ihres Kindes. Gail schrak unwillkürlich zurück, und ein Schauer fuhr ihr den Rücken hinunter. Mike strich ihr sanft über die Wange. Gail wußte, daß seine Hand ihr Trost spenden wollte, doch seine Finger brannten wie glühende Eisen auf ihrer Haut, und als er die Hand zurückzog, da fühlte sie sich gedemütigt und verletzt. »Paß gut auf dich auf.« Mike stutzte und fügte hinzu: »Ich hab' grad gemerkt, was für 'ne leere Floskel das ist.«

Jack brachte Laura und Mike zur Tür, als das Telefon läutete. Gail versuchte sich aufzurichten, doch Jack war schneller. Er stürzte ins Zimmer und hob beim vierten Klingeln ab.

»Nancy ist dran«, sagte er und hielt die Hand über die Muschel. »Willst du mit ihr sprechen?«

Gail nickte, stand auf und nahm den Hörer entgegen. Sie freute sich darauf, Nancys Stimme zu hören.

»Wie geht es dir?« fragte Nancy. »Mein Gott, als ich's in den Nachrichten hörte, konnt' ich's zuerst einfach nicht glauben. Mir war so elend! Geht's dir einigermaßen? Du Ärmste mußt ja völlig am Boden sein. Allein der Gedanke daran, daß wir einkaufen waren, als es passierte... Ich hab' irgendwie das Gefühl, an allem schuld zu sein... So als wär' das Ganze mein Fehler...«

»Sei nicht albern, Nancy.« Gail versuchte die Freundin mit dem gleichen Argument zu trösten, das ihr Laura vor ein paar Minuten entgegengehalten hatte. »Dich trifft doch nun wirklich keine Schuld!«

»Nein, nein, und im Grunde weiß ich das ja auch...« Gail bewunderte die Geschicklichkeit, mit der Nancy im Handumdrehen die eigene Person zum Gesprächsthema gemacht hatte. Sie kann sich unmöglich vorstellen, was ich durchmache, dachte sie. Ihre beiden Kinder haben kaum Kontakt mit ihr. Als sie noch klein waren, hat sie die zwei kaum beachtet, und als sie nach der Scheidung bei ihrem Vater leben wollten, da hat Nancy sie als undankbar verstoßen. Jedesmal, wenn ich in ihrer Gegenwart den Fehler mache, von meinen Töchtern zu schwärmen, zeigt sie dieses wissende Lächeln und sagt: »Wart's nur ab, bis sie 'n bißchen älter sind, dann trampeln sie dir auf'm Kopf rum. Du wirst's schon noch erleben!« Wie sollte ausgerechnet Nancy verstehen, was in mir vorgeht? Ob überhaupt jemand begreift, was ich empfinde?

»Ich danke dir für die Blumen«, sagte Gail aufrichtig. »Es war wirklich rührend von dir, mir zwei so schöne Sträuße zu schikken.«

»Sind sie wirklich schön?« Nancys Stimme klang plötzlich unsicher. »Ich wußte nicht recht, was ich dir schenken sollte. Eigentlich war ich mir gar nicht sicher, ob du Blumen passend finden würdest...«

»Rosa war Cindys Lieblingsfarbe«, sagte Gail aus dem Wunsch heraus, etwas von ihrem Kind mit ihrer Freundin zu teilen.

Ein unbehagliches Schweigen folgte.

»Wir sollten wohl besser Schluß machen, damit du dich ausruhen kannst«, meinte Nancy schließlich. »Ich ruf' dich morgen wieder an. Oder nein, vielleicht solltest *du mich* anrufen. Dann brauch' ich keine Angst zu haben, daß ich störe oder dich bei irgendwas Wichtigem unterbreche. Machst du das, Gail?«

»Bitte?«

»Rufst du mich morgen an, wenn du 'n Moment Zeit hast?«

»Ja, sicher«, antwortete Gail mit klangloser Stimme.

»Versprichst du's mir?«

Mami, wenn wir sterben, können wir's dann zusammen tun? Hältst du mich dabei an der Hand? Versprichst du's mir?

»Ich versprech's dir«, sagte Gail und legte auf.

In dieser Nacht träumte Gail, sie und Cindy bestiegen einen überfüllten Bus. Es schien immer enger zu werden, je weiter sie sich zur Mitte zwängten. Der Bus hatte keine Sitze, deshalb mußten sie stehen, eingezwängt zwischen unzähligen schwitzenden Leibern. Nach ein paar Minuten schien die Luft dünner zu werden. Der Mann hinter ihr wurde scheinbar ohnmächtig, aber weil die Leute wie in einer Sardinenbüchse zusammengepfercht waren, fiel er nicht um. Gail mußte sein Gewicht tragen. Sein Kinn bohrte sich in ihren Nacken. Aber sie spürte keinen Atemhauch. Daran erkannte sie, daß der Mann tot war. Plötzlich öffneten sich die Türen, die Menge strömte nach draußen und riß

Cindy mit sich fort. Gail suchte vergeblich nach ihrem Kind, ihre tastenden Hände griffen ins Leere. Auf einmal fand sie sich am Eingang zum Memorial Park wieder. Sie war jetzt ganz allein. Außer sich vor Angst rannte sie durch die Anlagen. Aber sie sah und hörte niemanden. Dann bog sie um eine Ecke und war plötzlich im Kaufhaus Bloomingdale in Short Hills. Hier traf sie die Leute aus dem Bus wieder, die wahllos alles kauften, was ihnen vor die Augen kam.

Gail spähte über die Köpfe der Menge hinweg auf einen jungen Mann, der zu einem Gebüsch lief. Er trug eine Bloomingdale-Tüte, die sich zu bewegen schien. Entsetzt erkannte Gail, daß Cindy in dieser Plastiktüte steckte. Verzweifelt bahnte sie sich einen Weg durch die Menge. »Kann ich Ihnen helfen?« fragte eine Verkäuferin. Sie trat vor und faßte nach Gails Arm. Gail stieß sie zurück. Die Frau rief um Hilfe, aber Gail drängte sich unbeirrt weiter durchs Gewühl. Als sie sich endlich durch die Menge gezwängt hatte, war der junge Mann im Gebüsch verschwunden. Gail rannte hin, konnte aber nichts entdecken. Sie wirbelte herum. Die Menge war wie weggezaubert. Gail war ganz allein. Sie hörte ein Geräusch und wandte sich um, aber hinter ihr war niemand. Doch dann sah sie etwas am Boden liegen, halb im Schlamm vergraben. Sie machte einen Satz, riß die Bloomingdale-Tüte an sich und machte sie auf. Im selben Augenblick ertönte aus dem Gebüsch ein seltsames Männerlachen. Die Sträucher schlossen sich um sie. Fieberhaft zerrte sie ein Päckchen aus der Plastiktüte, warf sie fort und starrte auf das zerfetzte Etwas in ihren Händen.

Ein Kinderkleid aus rotem Samt.

Sie erwachte von ihrem eigenen Schrei.

»Alles klar«, hörte sie Jack draußen vor der Schlafzimmertür zu ihren Eltern sagen. »Sie hat schlecht geträumt, aber jetzt ist's wieder gut.«

Jack kam zurück ins Bett und nahm sie in die Arme. »Ist's wirklich wieder gut?« fragte er leise.

Gail nickte und schmiegte sich fester an ihn. Sie machte die Augen ganz weit auf, so als könne sie damit die Traumbilder fernhalten.

»Möchtest du ’ne Schlaftablette?«

»Nein, bloß keine Tabletten mehr.« Sie spürte, wie die Wärme seines Körpers sie durchströmte, bis sie aufhörte zu zittern.

»Hab’ ich dich geweckt?«

»Nein. Ich hab’ nicht geschlafen.«

»Vielleicht solltest *du* ’ne Tablette nehmen? Wie spät ist es?«

Jack beugte sich vor und sah nach dem Wecker auf seinem Nachttisch. »Halb vier«, sagte er.

»Halb vier«, wiederholte Gail und wußte, daß auch er die Bedeutung dieser Stunde erkannt hatte. Cindy war gegen halb vier ermordet worden.

Jack schloß die Augen, und Gail betrachtete nachdenklich seine buschigen Brauen. Welches Grauen mußten deine Augen erdulden, als du gezwungen warst, den toten Körper unseres Kindes zu identifizieren? Wie hat sie ausgesehen, unsere Cindy? wollte Gail ihn fragen. Aber sie blieb stumm, weil sie sich vor der Antwort fürchtete.

Sie rückte noch enger an ihren Mann heran, so als könne sie dadurch die Distanz überwinden, die auf einmal zwischen ihnen bestand. Sie erkannte, daß jeder von ihnen sein Leid allein tragen mußte. All die Jahre der Vertrautheit können daran nichts ändern, dachte sie. Der Tod fordert Einsamkeit.

Sie hörte, wie ihre Eltern sich im Gästezimmer leise unterhielten. Die Besorgnis in ihren Stimmen war selbst durch die Wände erkennbar. In Gedanken lag sie wieder daheim in ihrem Kinderbett, lauschte der gedämpften Unterhaltung der Eltern, versuchte, ihre Worte zu erraten und herauszubekommen, worüber sie wohl so lachten. Jetzt lacht niemand mehr, dachte Gail.

Trotzdem empfand sie die Stimmen ihrer Eltern als wohltuend. Sie führten sie im Geiste zurück in ihre Kindheit und schenkten ihr die Illusion der Geborgenheit.

5

Sie war in einem Haus voller Musik aufgewachsen. Ihr Vater hatte den ganzen Tag gesungen. Gails Erinnerungen an ihre früheste Kindheit kreisten um den Vater, der ihr mit seinem volltönenden Bariton unzählige Lieder vorsang. Dave Harrington war ein richtiger Opernnarr. Alle seine Bekannten beneideten ihn um seine Schallplattensammlung, die mindestens drei Einspielungen aller großer Klassiker umfaßte. In einem Alter, in dem andere Kinder »Hänschenklein« singen, mühten Gail und Carol sich mit den schwierigen Arien aus »Aida« und »La Bohème« ab. Während andere Kinder vor dem Schlafengehen aus Grimms Märchen vorgelesen bekamen, gingen die beiden Schwestern zu den Klängen von »Hoffmanns Erzählungen« und »La Traviata« zu Bett.

Die Familie Harrington inszenierte zu Hause Miniopernaufführungen, bei denen der Vater stets den feurigen Liebhaber spielte, dem Carol als unglückliche Geliebte zur Seite stand. Lila Harrington, die sich eine große Tänzerin wähnte, spielte vielerlei Rollen, trug aber in fast allen lange, wehende Chiffonschals, von denen sie eine Unmenge zu besitzen schien.

Gail begleitete Eltern und Schwester am Klavier. In der Schule verriet sie kein Wort über diese Privatveranstaltungen. Wie alle Kinder genierte auch sie sich wegen der vermeintlichen Schrullen ihrer Eltern. Sie wollte ein ganz gewöhnliches Mädchen sein, so wie die anderen Kinder, deren Eltern nicht unvermittelt eine Arie anstimmten, während sie die Hausaufgaben erklärten. Carol war da ganz anders. Sie ergötzte sich an den Familienvorstellungen, bekam die Hauptrolle in jeder Schulaufführung und wollte unbedingt Schauspielerin werden. Zehn Jahre kämpfte sie nun schon darum, sich am Broadway einen Namen zu machen.

Gail hatte die Grundschule schon fast hinter sich, als sie erfuhr, daß ihr Vater nicht Opernsänger war, wie sie angenommen und ins Klassenbuch hatte eintragen lassen, sondern Kürschner. Die Neuigkeit versetzte ihr einen Schock. Für eine Weile war sie so verunsichert, daß sie selbst dann lange zögerte, wenn sie die Antwort auf eine Frage genau kannte. Gail, die schon als Kind sehr empfindsam und ein wenig ängstlich gewesen war, wuchs zu einem auffallend schüchternen jungen Mädchen heran. Diese Entwicklung mochte zwar als Reaktion auf ihre extrovertierte Familie gedeutet werden, doch vermutlich war Gail einfach von Natur aus zurückhaltend.

Carol war das genaue Gegenteil ihrer Schwester. Gail war in sich gekehrt, Carol aufgeschlossen; Gail hielt sich unauffällig im Hintergrund, Carol heckte die übermütigsten Streiche aus; Gail vermied Auseinandersetzungen, Carol dagegen war ausgesprochen streitlustig. Sie war ein kleiner Panzer, der alles und jeden niederwalzte, der sich ihr in den Weg stellte. Freilich machte sie das auf so bezaubernde Weise, daß niemand ihr böse sein konnte, am allerwenigsten Gail, die ihre jüngere Schwester anbetete und bewunderte. Carol erwiderte ihre Liebe, und obwohl sie fast vier Jahre jünger war als Gail, beschützte sie ihre große Schwester, paßte auf sie auf und sorgte dafür, daß sie bei all dem Trubel in der Familie zu ihrem Recht kam.

Dave Harrington sang nicht nur, er war auch ein begeisterter Maler, und ab und zu machte er die verrücktesten Erfindungen. Zu Hause im Hobbyraum hingen seine zahlreichen expressionistischen, exotisch anmutenden Kunstwerke. Gail traute sich nicht, ihre Freunde dort hineinzuführen, aus Angst, sie könnten beim Anblick der zahlreichen grünen und lilafarbenen Gesichter gleich wieder davonlaufen. Als sie einmal den Mann vom Heizwerk in den Keller führen mußte, wo er den Ölstand überprüfen sollte, stolperte er über einen großen Frauenakt in leuchtendem Pink und Orange. Die Frau auf dem Bild kehrte dem Betrachter den Rücken zu. Ihr üppiges Hinterteil schwebte über einem Eimer voll Wasser, in das sie den rechten Fuß getaucht harte.

Der Heizungsmann hatte von dem farbenfrohen Akt auf Gails

feuerrotes Gesicht geblickt und mit lüsternem Zwinkern gefragt: »Bist du das?« Viel später gestand ihre Mutter, sie habe für das Bild Modell gestanden, und für einen zweiten Akt ebenfalls. Letzterer stellte eine Rothaarige dar (Gails Mutter war rotblond), die sich mit wogendem Busen vor einem leuchtendgrünen Hintergrund rekelte. Ein purpurfarbenes Hündchen war diskret in ihrem Schoß plaziert. Eins seiner langen Schlappohren zeigte himmelwärts.

Im Vergleich mit Dave Harringtons Erfindungen waren seine Gemälde freilich ganz harmlos. Zu seinen zahlreichen genialen Einfällen gehörten ein Keuschheitsgürtel für Hunde, ein Schirm, der sich am Hut befestigen ließ, damit seinem Träger die Hände frei blieben für Tüten und Päckchen, und eine Sonnenbrille mit eingebauten Augenwimpern. Er nahm allen Familienmitgliedern den Eid ab, über seine Erfindungen absolutes Stillschweigen zu bewahren, was in Gails Fall freilich völlig überflüssig war. Sie wäre lieber gestorben, als eins von Daddys Geheimnissen ihren Freundinnen anzuvertrauen, die alle so beneidenswert normale Väter hatten.

Erst als Gail nach der Scheidung von Mark Gallagher gezwungen war, ihre kleine Tochter Jennifer bei ihren Eltern zu lassen, damit sie ihrer Arbeit in der Bank nachgehen konnte, begriff sie, was für großartige Eltern sie hatte. Aber da war ihr Leben mit Mark schon vorbei. Begonnen hatte es mit einer ganz zufälligen Begegnung...

»Ich bin Mark Gallagher.« Diese selbstbewußte Stimme gehörte einem Mann, der offenbar wußte, was er wollte. Gail hatte von ihrem Lehrbuch zu ihm aufgesehen, und der hübsche, wenn auch ein wenig mürrisch wirkende Kunststudent der Universität Boston erwiderte ihren forschenden Blick.

»Ich weiß«, sagte sie schüchtern. Ihr Instinkt riet ihr, aufzustehen und wegzulaufen, aber ihre Neugier befahl ihr zu bleiben.

»Sie kennen mich?« Er setzte sich neben sie auf die Bank. Es war ein herrlicher Oktobertag, die Bäume leuchteten in warmen Rot- und Gelbtönen. »Aber woher denn?« Sie schwieg.

»Wie alt sind Sie?« fragte er. »Sehr alt können Sie nicht sein.«

»Ich bin neunzehn.« Es klang wie eine Verteidigung.

»Wie heißen Sie?«

»Gail. Gail Harrington.« Sie zwang sich, ihm direkt in die Augen zu schauen, verlor den Kampf und senkte den Blick auf ihren Schoß.

»Wovor haben Sie denn solche Angst, Gail?« In seinen Augen blitzte übermütiger Spott. »Sie fürchten sich doch nicht etwa vor mir?«

»Nein«, erwiderte Gail erschrocken.

»Möchten Sie mit zu mir kommen und sich meine Radierungen anschauen?« Er lachte auf.

»Danke, aber ich seh' daheim schon genug Radierungen«, antwortete sie mit ernstem Gesicht.

»Ach?«

»Mein Vater ist Maler.« Gail überlegte, warum sie das gesagt hatte. Nie zuvor hatte sie mit einem Menschen darüber gesprochen.

»Hat er Sie schon mal gemalt?«

Gail schüttelte den Kopf.

»Ich würd' Sie gern malen.«

»Warum?«

»Weil Sie etwas sehr Anziehendes haben. Sie strahlen eine seltene Ruhe aus. Die würd' ich gern auf die Leinwand bannen.«

»Ich glaub', daraus wird nichts.«

»Warum nicht?«

»Weil...«

»Weil was?«

»Warum wollen Sie ausgerechnet *mich* malen?«

»Das hab' ich doch schon gesagt. Interessanter scheint mir die Frage, was Sie dagegen haben.«

»Ich kenne Sie nicht.«

»Und wen Sie nicht kennen, den mögen Sie nicht?«

»Ich glaube nicht, daß ich Ihr Typ bin. Das ist alles.«

»Wer hat was von Typ gesagt? Ich will doch nicht mit Ihnen ins Bett gehen. Ich möchte Sie bloß malen.« Er machte eine Pause, um die Wirkung seiner Worte zu unterstreichen. »Für so 'n schüchternes Mädchen sind Sie ganz schön eingebildet.«

Gail schüttelte den Kopf. Sie hatte jetzt völlig die Fassung verloren. Sie hoffte, er würde aufstehen und gehen, betete jedoch gleichzeitig, er möge bleiben. »Einverstanden«, sagte sie, als sie merkte, daß er entschlossen war, das Schweigen nicht zu brechen. »Einverstanden«, wiederholte sie und nickte. »Ich bin einverstanden.«

Mark Gallagher hatte Gail überwältigt und eingeschüchtert. Schon als sie zum erstenmal neben ihm die Straße entlangging, spürte sie, wie gefährlich dieser Mann war. Er strahlte eine elektrisierende Kraft aus, die sich am augenfälligsten in seinen Bildern manifestierte. Er malte wildbewegte Strudel in grellen Farben. Während den primitiven, fast kindlich anmutenden Werken ihres Vaters eine harmonische Ausgewogenheit innewohnte, zeigten Marks Bilder keine Struktur; sie gehorchten weder Stilprinzipien noch Kompositionsgesetzen. Die Farben flossen ineinander, das Zusammenspiel der Töne wirkte auf den unbefangenen Betrachter erschreckend, ja bestürzend, denn ständig fanden sich benachbarte Farben im Widerstreit miteinander. Es schien fast so, als wolle Mark Gallagher verhindern, daß seine Bilder so gut wurden, wie sie es mit ein wenig mehr Überlegung durchaus hätten sein können. Überlegen und Planen waren freilich nicht nach seinem Geschmack, doch er richtete sich nach keinem anderen. Das Bild, das er von Gail malte, war seltsam und unirdisch, ja erschreckend, weil ihm jegliche klare Begrenzung fehlte. Ihr Körper floß einfach mit der Wand zusammen, die als Hintergrund diente.

Bevor Mark zur Musterung ging, drohte er lauthals, er würde eher nach Kanada fliehen, als Soldat zu werden. Aber man befand ihn für untauglich, und zwar weil er hoffnungslos, ja in gefährlichem Grad farbenblind war. Die Erkenntnis, daß er anderen nicht die Vision vermitteln konnte, die er im Geiste vor sich sah, und daß seine exzentrischen Geniestreiche keinem launischen Künstlergeist entsprachen, sondern nur einem körperlichen Gebrechen, bewog Mark, das Malen aufzugeben. Statt dessen wandte er sich nun der Fotografie zu. Porträts und Landschaften. Nur in Schwarzweiß.

Schon bald nach der Hochzeit begann Mark mehr Zeit als nötig mit einigen seiner Kundinnen zu verbringen, und nach fünf turbulenten Jahren mit gelegentlichen Seitensprüngen und eindrucksvollen Gesten der Reue (er kaufte ihr zum Beispiel einen Stutzflügel von dem Geld, das er den Damen abgeknöpft hatte, mit denen er eine Affäre hatte) setzte Gail einen Schlußstrich unter ihre Ehe. Sie hatte Mark nie wegen eines Treuebruchs zur Rede gestellt, das wäre zu schmerzlich für sie gewesen. Sie konzentrierte sich ganz auf Jennifer und auf ihr Klavierspiel. Als sie auszog, nahm sie nur diese beiden mit, und für eine ganze Weile blieben sie ihr einziger Lebensinhalt.

Mark zahlte den Unterhalt für seine Tochter, wann immer er flüssig war. Aber er verdiente nur unregelmäßig und neigte dazu, das eingenommene Geld gleich wieder auszugeben, falls es nicht ohnehin zur Tilgung seiner Schulden draufging. Als Gail ihn verließ, empfand sie keine Trauer, eher Erleichterung. Die ersten Jahre nach der Scheidung herrschte zwischen ihnen die unter Ex-Ehepartnern übliche Spannung, doch im Lauf der Zeit kehrte Ruhe ein, und zwischen ihnen entwickelte sich aufrichtige Zuneigung. Als Gail und Jack Walton heirateten, da konnte sie Mark mit Fug und Recht als ihren Freund bezeichnen. Ihre erste Begegnung mit Jack verlief ganz anders als die mit ihrem Exmann.

»Der Herr da hat ein Problem.«

Gail blickte vom Schreibtisch auf und sah das Mädchen fragend an. »Um was handelt sich's denn?«

»Wir haben einen Scheck von ihm als ungedeckt retourniert, und nun behauptet er, sein Konto sei gar nicht überzogen.«

Gail, die erst vor kurzem befördert worden war, nahm die Mappe mit den Kontoauszügen entgegen und überprüfte sie aufmerksam. »Sieht aus, als ob er recht hätte«, sagte sie mit einem Blick auf den etwas verärgert wirkenden Mann, der jedoch geduldig vor dem Schalter wartete. »Ich werd' selber mit ihm sprechen.« Gail ging lächelnd auf ihn zu. Sie war aufgeregt, ganz ohne Grund natürlich. Er gefiel ihr, noch ehe sie ein Wort mit ihm gewechselt hatte, auch wenn sie nicht wußte, warum.

Jack Walton war kleiner und stämmiger als Mark, aber er wirkte seltsamerweise größer, schien mehr Raum einzunehmen. Er sieht aus wie ein Wikinger, dachte sie, obwohl er keinen Bart trug und sein Haar braun war anstatt blond. Er wirkt einfach... tüchtig... ja, so als gäb's kein Problem, das er nicht lösen könnte.

»Was ist Ihr Spezialgebiet, Dr. Walton?« fragte Gail, nachdem der Buchungsfehler behoben war.

»Ich bin Tierarzt.« Er lächelte. »Falls Sie 'ne kranke Katze daheim haben, steh' ich Ihnen gern mit Rat und Hilfe zur Verfügung.«

Nun war es an Gail zu lächeln. »Ich werd' mir eine besorgen«, sagte sie. Anderthalb Jahre später waren sie verheiratet, und Gail hatte diesen Schritt seither noch kein einziges Mal bereut. So wie sie gleich bei der ersten Begegnung mit Mark Gallagher gespürt hatte, daß er nicht zu ihr paßte, so wußte sie vom ersten Augenblick an, daß Jack Walton der Richtige für sie war. Seine Züge wirkten ein wenig grob und schienen selbst verwundert darüber, daß sie alle zu ein und demselben Gesicht gehörten. Doch seine blauen Augen blickten sanft und gütig in die Welt, und wenn er lächelte, bildeten sich auf seiner Stirn lustige Falten.

Gail verblüffte ihren ganzen Freundeskreis, als sie gleich nach der Hochzeit ihren Beruf aufgab, um sich ausschließlich ihrer Tochter zu widmen. Jennifer war ein scheues kleines Mädchen; darin schlug sie ihrer Mutter nach. Doch unter Gails geduldiger, verständnisvoller Führung blühte sie merklich auf. Ebenso sicher wie in der Wahl ihres zweiten Ehemannes war Gail sich über die Richtigkeit ihrer Entscheidung, zu Hause zu bleiben. Jack gab sich alle Mühe, das Vertrauen des Kindes zu erringen, das sich freilich anfangs gegen ihn sträubte. Doch schließlich wurde seine Beharrlichkeit belohnt. Die beiden wurden die besten Freunde, was sich als sehr hilfreich erwies, als Gail ein Jahr später merkte, daß sie schwanger war.

Vom Augenblick ihrer Geburt an war Cindy in jeder Beziehung anders als Jennifer; die beiden waren so verschieden, wie Gail und ihre Schwester es als Kinder gewesen waren.

Jennifers Geburt waren achtundzwanzig Stunden schmerzhafter Wehen vorangegangen, die Gail allein durchstehen mußte, während Mark sich in irgendeiner Bar betrank. Als Cindy zur Welt kam, half Jack bei der relativ leichten Entbindung. Cindy gehörte zu den Babys, die von Anfang an das Richtige zur rechten Zeit tun, was für Gail eine große Erleichterung bedeutete, für Jennifer dagegen eine Menge Probleme mit sich brachte. Sie stand dem Familienzuwachs vom ersten Tag an ablehnend gegenüber. Doch da der Altersunterschied zwischen den beiden Mädchen fast zehn Jahre betrug, hielten sich die Schwierigkeiten in Grenzen, und Gail war dankbar dafür. Von Jahr zu Jahr besserte sich das Verhältnis ihrer beiden Töchter zueinander, jedes Jahr schien schneller zu verstreichen als das vorangegangene, und so manches in ihrer Umgebung veränderte sich mit dem Weggang von Nachbarn und Bekannten, die sich woanders ein neues Leben aufbauten.

Sobald ihr Vater pensioniert wurde, flohen Gails Eltern vor den kalten New-Jersey-Wintern und zogen gen Süden. Vier Jahre lebten sie nun schon in der Eigentumswohnung in Palm Beach. Ihre Mutter stellte dauernd die Möbel um (Gail mußte sich bei jedem Besuch erst wieder zurechtfinden) und entspannte sich bei langen Spaziergängen am Strand. Ihr Vater sang und malte immer noch gern, hatte sich jedoch ernüchtert aus dem

Zirkel der Erfinder zurückgezogen. Die übrigen eher konservativen Hausbewohner sahen in ihm einen verschrobenen Exzentriker. Ihren Vater kümmerte das nicht weiter. Er hatte sich einen Walkman angeschafft, der ihn vor unliebsamem Klatsch abschirmte, wann immer der alte Herr sich am Swimming-pool sonnte. Wie ein Hörgerät trug er sein Radio mit sich herum, und ein Knopfdruck blendete alle Geräusche in der Umgebung aus. Anfangs fühlten sich einige Sonnenanbeter von der Musik und von Dave Harringtons lautstarkem Gesang gestört. Aber schon bald zogen die, denen seine improvisierten Konzerte auf die Nerven gingen, ans andere Ende des Pools, während alle, die Gefallen an seinen Darbietungen fanden – und ihre Zahl stieg von Jahr zu Jahr – sich entzückt um seinen Liegestuhl scharten. »Dads Groupies!« So nannte Lila Harrington scherzend die meist reichen Witwen, die zu den glühendsten Bewunderern ihres Mannes gehörten.

Carol hatte an der Columbia-Universität den Magistergrad in Theaterwissenschaft erworben und sich in New York niedergelassen, wo sie mit mäßigem Erfolg auf kleinen und großen Bühnen spielte. Hie und da war ihr Name bei Mitschnitten von Broadway-Aufführungen zu lesen, aber nur selten stand er in leuchtenden Neon-Lettern über dem Theatereingang. Carol war immer noch unverheiratet; sie wechselte ihre Lebensgefährten ziemlich regelmäßig im Zwei-Jahres-Rhythmus.

Sogar Mark Gallagher hatte sich verändert, seit er mit Julie verheiratet war. Er war erfolgreich, beständig und monogam. Jedenfalls hatte Gail den Eindruck, bis Lieutenant Cole ihr mitteilte, er habe ihren Exmann von der Liste der Verdächtigen gestrichen. Mark hatte der Polizei Namen und Adressen einer Frau gegeben, mit der er angeblich die Stunde zwischen seinen beiden Terminen verbracht hatte. Diese Frau habe sein Alibi bestätigt. Gail fragte sich, ob Julie wohl von dieser Frau wisse, und während sie noch darüber nachdachte, spürte sie wieder die bittere Enttäuschung, die sie angesichts der Demütigungen und Verletzungen in ihrer ersten Ehe empfunden hatte.

Es hatte Gail Vergnügen bereitet zu beobachten, wie die Zeit verging und wie dies oder jenes sich im Lauf der Jahre veränderte. Aber sie war eine mehr oder minder unbeteiligte Zuschauerin geblieben. Sie hatte miterlebt, wie Freunde ihre Partner tauschten und ihre Ideale wechselten, wie sie eine Aufgabe durch eine andere ersetzten und sich bitter über Kinder beklagten, die nur die Kopie ihrer Eltern waren.

Natürlich las Gail in der Zeitung von all den Greueltaten, die tagtäglich verübt wurden. Aber sie war mit der Vorstellung aufgewachsen, daß die Menschen in der freien Welt sich ihr Leben nach eigenem Gutdünken einrichten konnten und jedem das Schicksal zuteil wurde, das er verdiente.

Unmittelbar nach Cindys Tod verlor sie als erstes diese Illusion.

6

»Wir möchten Sie bitten, in der Kirche und auf dem Friedhof auf unbekannte Gesichter zu achten«, sagte Lieutenant Cole.

»Wie? Was haben Sie gesagt?« Gails Stimme zitterte, ihre Finger waren eiskalt, und ihre Hände bewegten sich unruhig in ihrem Schoß.

Der Kommissar antwortete mit einer Geste, die er gewiß nicht auf der Polizeischule gelernt hatte. Teilnahmsvoll nahm er Gails Hände in die seinen. Solch instinktive Reaktionen waren typisch für Richard Cole, den Gail während der letzten Woche immer weniger als Polizeibeamten, sondern zunehmend als Freund kennengelernt hatte. Er besuchte Gail und ihre Familie täglich, hielt sie über den Stand der Untersuchungen auf dem laufenden, über die Spuren, die er verfolgte, die Geständnisse von Spinnern, die er geprüft und verworfen hatte, kurz, er berichtete ihr von dem üblichen mühsamen Stückwerk einer Morduntersuchung. Manchmal kam er nach Dienstschluß auf dem Heimweg vorbei, um mit ihr zu reden. Er war dabei gewesen, als Gail und Jack die alten Fotoalben mit den Bildern ihres toten Kindes studierten. Er hatte ihnen zugehört, wenn sie ihre Erinnerungen ausbreiteten, und obwohl Gail ahnte, daß er dadurch etwas zu erfahren hoffte, was ihn auf die Spur des Mörders führen könnte, war sie ihm doch dankbar für seine Aufmerksamkeit, für seine Bereitschaft zuzuhören. Viele ihrer Freunde, die anriefen, um ihr Beileid auszudrücken, oder die sie besuchten, reagierten verlegen, sobald Gail von Cindy zu sprechen begann. Sie versicherten ihr, es sei nicht gut für sie, »daran« zu denken. Gail hörte also auf, von Cindy zu reden, aber sie tat das nicht um ihret-, sondern um der anderen willen.

»Es gibt Mörder, die zum Begräbnis ihres Opfers gehen«, erklärte Lieutenant Cole. »Ihren kranken Geist versetzt ein solches Schauspiel in eine Art Machtrausch. Es ist so ähnlich wie mit dem Autor eines Theaterstücks, der die Reaktion des Publikums nach dem letzten Akt abwartet. Der Mörder schwelgt einerseits in der freiwillig eingegangenen Gefahr, gefaßt zu werden, und andererseits im Anblick des Unglücks, das er verursacht hat. Wann sonst bietet sich ihm die Gelegenheit, seine Macht zu fühlen?«

Gails Magen rebellierte. »Sie glauben also, daß er hinkommt?«

»Die Möglichkeit besteht. Kirche und Friedhof werden natürlich überwacht. Wenn Ihnen ein Unbekannter auffällt, oder wenn Sie jemanden sehen, der Ihnen merkwürdig vorkommt – sei es, daß er lächelt oder sonstwas tut, was auf Beerdigungen ungewöhnlich ist –, dann lassen Sie's mich wissen. Ich werde ständig in Ihrer Nähe sein.«

Gail nickte und zwang sich, den Worten des Kommissars zu folgen. Der Mann, der ihre Tochter umgebracht hatte, würde vielleicht auch zu ihrem Begräbnis kommen! Welch grauenhafte Vorstellung. Sie rief sich die widerlichen Anrufe ins Gedächtnis zurück, die sie in dieser letzten Woche erhalten hatte: Zornige Stimmen verurteilten sie als Mutter; religiöse Fanatiker behaupteten, Gott bestrafe sie für ihre Sünden; gemeine Menschen quälten sie, indem sie die Stimme eines kleines Mädchens imitierten und »Mami!« riefen. Vor einer Woche hätte sie es noch nicht für möglich gehalten, daß es solche Monster gab, Leute, die vorsätzlich andere peinigten, die doch schon so viel Schmerz und Leid ertragen mußten. Aber diese eine Woche hatte sie gelehrt, daß manche Menschen zu allem fähig sind und daß es keinen Abgrund gibt, der ihnen zu tief ist. Wie hatte sie nur fast vierzig Jahre auf dieser Welt leben können, ohne das zu erkennen?

Genau sieben Tage waren seit dem 30. April vergangen.

Gails Blick wanderte zur Morgenzeitung auf dem Wohnzimmertisch. »Die Zeitung schreibt, es könne eine Verbindung bestehen zwischen Cindy und dem kleinen Mädchen, das vor einem Jahr getötet wurde...«

»Eine solche Verbindung existiert nicht«, widersprach Lieutenant Cole entschieden. »Ich möchte wissen, woher die Journalisten manchmal ihre Informationen beziehen. Karen Freed wurde überfahren. Der Täter beging Fahrerflucht. Ein Sexualdelikt lag nicht vor. Zwischen den beiden Fällen besteht wirklich nicht die geringste Verbindung.« Gail zuckte zusammen, als der Kommissar ihre Tochter einen Fall nannte.

Sämtliche Zeitungen gefielen sich in theatralischen Zornesausbrüchen und beschworen die Polizei, den Killer aufzuspüren, ehe er erneut zuschlage. Doch in Wahrheit bezweckten die Verleger damit nur eine Steigerung ihrer Auflagen. Vielleicht hatte auch der Mörder eine Nummer dieses Blattes gekauft. Gail schaute versonnen auf die aufgeschlagene Zeitung. Ja, vielleicht kommt der Mörder zur Beerdigung, dachte sie.

Die Fernsehkameras folgten ihnen vom Wagen bis zur Kirche und später von dort auf den Friedhof. Gail beobachtete sie ebenso unbeteiligt, wie sie in der letzten Woche allem Geschehen ringsum begegnet war. Nur wenn sie sich in Gedanken damit beschäftigte, den Mörder ihrer Tochter zu finden, fühlte sie sich lebendig. Nach außen hin widmete sie sich den Menschen, die sie brauchten. Sie nahm Jennifer in die Arme, legte ihre Hand auf die ihres Mannes und ihre Wange an die der Mutter. Innerlich beobachtete sie jeden Schritt, den sie tat, so als sähe sie einer Schauspielerin in einem nicht synchronisierten ausländischen Film zu, dessen Untertiteln sie nicht zu folgen vermochte. Sie bewegte sich aufs Stichwort von einem Zimmer ins andere, aß, wenn man sie dazu aufforderte, ja sie brachte es bisweilen sogar fertig zu lächeln. Aber ihr Inneres war starr und empfindungslos.

Scheinbar aufmerksam lauschte sie den Worten des Pfarrers, und vielleicht hätte sie seine Predigt sogar Satz für Satz wiederholen können. Aber sie begriff nichts von dem, was er sagte, genausowenig wie der Pfarrer, ungeachtet all seiner tröstlichen Worte, eine Vorstellung davon hatte, was sie empfand. Wie sollte er auch? dachte sie. Ich fühle gar nichts.

Die Kirche war über und über mit Blumen geschmückt. Gail entdeckte Nancys Kranz sofort. Es war der größte. Nancy hatte sie vor zwei Tagen besucht und ihr erklärt, sie könne nicht zur Beerdigung kommen, weil es einfach zu schmerzlich für sie sei. Sie hoffe, nein, sie *bete* darum, Gail möge das verstehen. Gail hatte versucht, mit ihr über Cindy zu reden, aber Nancy war in Tränen ausgebrochen und hatte Gail angefleht, von etwas anderem zu sprechen. Gail war verstummt, und Nancy hatte die Unterhaltung allein bestritten.

Jetzt sprach der Pfarrer über ihr Kind, wie man leichten Herzens über jemanden sprechen kann, den man nicht richtig kannte, und Gail brachte es nicht fertig, ihm noch länger zuzuhören.

Wir möchten Sie bitten, in der Kirche und auf dem Friedhof auf unbekannte Gesichter zu achten... Es gibt Mörder, die zum Begräbnis ihres Opfers gehen. Gail wandte den Kopf zurück. War er da? Mit forschendem Blick suchte sie die Kirchenbänke ab.

Der Schmerz der Trauergäste schien sich zu vertiefen, je weiter vorn sie saßen. Die Kirche war überfüllt, und Gail stellte erstaunt fest, daß sie längst nicht jedes Gesicht kannte. Sie entdeckte Cindys Lehrerin, deren tränenüberströmtes Gesicht unsagbares Leid ausdrückte. Gail wandte sich rasch ab, als sie spürte, wie das unsichtbare Messer in ihrer Brust zustieß. Mehrere Nachbarn waren gekommen, Gail nickte ihnen zu. Sobald ein Mundwinkel zitterte oder jemand schwer schluckte, blickte sie rasch in eine andere Richtung.

In ihrer Familie war sie vor Gefühlsausbrüchen relativ sicher. Die letzte Woche hatten sie alle wie unter einer Glasglocke gelebt. Das Warten darauf, daß die Polizei die Leiche zur Beerdigung freigab, hatte viel Kraft gekostet. Und der heutige Tag kommt ihnen vor wie ein Schlußpunkt, dachte Gail. Cindys Begräbnis ist das Signal für die anderen, ihr gewohntes Leben wieder aufzunehmen. Nach einer Weile, wahrscheinlich schon in ein paar Tagen, wird Jack wieder zur Arbeit gehen, Jennifer wird in die Schule zurückkehren, meine Eltern werden nach Florida fliegen, und Carol wird nach New York fahren. Alle werden zu ihrer Routine zurückfinden. Die Anteilnahme der Öffentlichkeit wird von neuen Schlagzeilen in Anspruch genommen werden. Cindy wird vom Leben zur Statistik befördert.

Gail schaute ihren Vater an, der am Ende der Reihe saß. Seine dunkle Haut wirkte wie Leder, sein graues Haar war schütter geworden, und seine blauen Augen, um die früher fast immer ein lustiges Zwinkern spielte, waren stumpf und wäßrig. Neben ihm saß Gails Mutter. Ihr Gesicht war unter der Sonnenbräune fahl und abgespannt, das kurze, rotblonde Haar hatte sie unter einem ihrer vielen Chiffonschals verborgen, die gefalteten Hände zitterten. Carol, die rechts neben ihrer Mutter saß, beugte sich vor und legte ihr die Hand auf den Arm. Carols Hand war ruhig und sicher, aber ihr Gesicht wirkte genauso aufgewühlt wie das ihrer Mutter. Gails Schwester, die ungeachtet ihrer Zähigkeit immer schon zart und zerbrechlich schien, hatte in der letzten Woche noch an Gewicht verloren. Sie rauchte zwei Schachteln Zigaretten pro Tag, obwohl sie dieses Laster angeblich schon vor einem Jahr aufgegeben hatte. Carol hatte Cindy gar nicht so gut gekannt. Sie war die schöne Tante aus New York gewesen, die ein paarmal im Jahr zu Besuch kam, bezaubernd lächelte und Geschenke mitbrachte. Cindy hatte sie zum letztenmal im vorigen Advent gesehen, als Carol im Chor von »Joseph und der wundersame bunte Traummantel« mitwirkte. Wenn Nichte und Tante auch große Anziehungskraft aufeinander ausgeübt hatten, waren sie sich doch im Grunde fremd geblieben. Trotzdem war Carols Gesicht jetzt schmerzverzerrt und vom vielen Weinen geschwollen.

Jack starrte blicklos vor sich hin, wie er es in der letzten Woche oft getan hatte. Er sah aus wie früher, und doch hatte er sich völlig verändert. Ihm ist etwas genommen worden, dasselbe wie mir, dachte Gail. Wenn ich ihn anschaue, ist mir, als blickte ich in einen Spiegel. Ob er sich innerlich ebenso leer fühlt wie ich mich?

Jacks Hand wanderte ruhelos zwischen seinem Knie und dem Schoß seiner Frau hin und her. In der letzten Woche hatten sie sich oft wie Kinder an den Händen gehalten, aber jetzt umschlang Gail mit beiden Armen ihre Tochter. Jennifer hielt den Blick gesenkt, ihr weißer Rock war feucht von Tränen. Ihr schulterlanges, glattes blondes Haar fiel nach vorn und verdeckte ihr Gesicht. Mit den Händen zog sie bald an ihrem Taschentuch, bald schlug sie sich damit auf die Knie. Rechts von Jennifer saß Sheila Walton, Jacks Mutter, die erst gestern abend aus der Karibik zurückgeflogen war, nachdem Jack sie endlich aufgespürt hatte. Sie hat den abwesenden Blick derer, die noch unter Jetlag leiden, dachte Gail, doch dann korrigierte sie sich: Nein, wir alle laufen seit einer Woche mit diesem Ausdruck herum.

Hinter ihr saßen Mark und Julie, Laura, Mike und andere aus ihrem Freundeskreis. Gail sah sich nach Lieutenant Cole um, konnte ihn jedoch nicht finden.

Ein paar Reihen weiter hinten begannen die Gesichter zu verschwimmen. Gail hielt angestrengt nach einem Ausschau, das nicht hierher gehörte, doch es war unmöglich. Alle gehörten dazu. Niemand gehörte dazu.

»Der da drüben«, flüsterte sie Lieutenant Cole zu. Er war am Ende des Gottesdienstes aus dem Nichts aufgetaucht, hatte ihren Arm genommen und geleitete sie aus der Kirche. Gail deutete mit dem Kinn auf einen dunkelhaarigen Mann. Lieutenant Cole flüsterte dem Kollegen neben sich etwas zu. »Und den im blauweiß gestreiften Anzug kenn' ich auch nicht.« Gail sah dem blonden jungen Mann mit den hängenden Schultern nach, als er ins Freie trat. Der Verdächtige hatte aschblondes Haar, erinnerte sie sich. »Oh, und der da!« Sie streckte die Hand aus, ließ sie aber gleich darauf erschrocken wieder sinken.

Um Lieutenant Coles Lippen spielte ein trauriges Lächeln. »Der gehört zu meinen Leuten.«

Erstaunt blickte Gail ihn an. »Der ist bei der Polizei?«

»Als Spitzel, ja.«

Spitzel. In Gedanken wiederholte Gail das Wort, während sie an der Seite des Kommissars die Kirche verließ. Draußen begegnete ihnen Eddie Fraser mit seinen Eltern. Gail versuchte ihm zuzulächeln, doch sie brachte nur eine verzerrte Grimasse zustande. Jack hatte den Arm um Jennifers Schulter gelegt. In der letzten Woche hatten die beiden sich zusehends enger zusammengeschlossen, während Gail sich immer weiter von ihnen entfernte. Ob sie das wohl gemerkt haben?

Gail sah zu, wie der kleine Sarg in die Erde gesenkt wurde, sie hörte das Schluchzen ringsum, doch in ihr blieb alles stumm. Ihre Augen waren trocken, ihr Körper schien regungslos. Einem unbeteiligten Beobachter, etwa dem Kameramann oder dem Fernsehzuschauer, der am Abend die Übertragung des Trauergottesdienstes sah, erschien sie als ein Wunder an Kraft, eine außergewöhnlich gefaßte Frau, wie der Nachrichtensprecher es formulierte. Ein Kommentator stellte gar in aller Öffentlichkeit die Frage, woran diese Frau wohl am Grab ihres Kindes gedacht habe. Es hätte ihn gewiß enttäuscht zu erfahren, daß sie an gar nichts gedacht hatte. Ihr Kopf war völlig leer. Der Fremde im Gebüsch hatte all ihre Gedanken ausgelöscht.

Gleich als der Wagen die Einfahrt erreichte, spürte sie, daß etwas geschehen sein mußte. Das Haus war nicht mehr so, wie sie es verlassen hatten. Vor der Haustür lagen Glasscherben. »Mein Gott«, flüsterte Gail.

»Was ist passiert?« fragte Jennifer.

»Ruf die Polizei an«, sagte Jack mit ruhiger Stimme.

Ein Streifenwagen war ihnen gefolgt, und in Minutenschnelle hatten die Beamten das Haus umzingelt. Bei der Durchsuchung achtete man sorgfältig auf Fingerabdrücke.

»Ich glaub' nicht, daß wir was finden werden«, gestand Lieutenant Cole, als sich die verstörte Familie im Wohnzimmer versammelt hatte. Der Raum war völlig verwüstet. Die Stereoanlage und der Farbfernseher waren verschwunden, außerdem fehlten Geld und ein paar Schmuckstücke. »Wer das getan hat, der wußte vermutlich, daß die gesamte Familie bei der Beerdigung sein würde. Der Fall hat ja genug Aufsehen erregt. Der Täter muß sich genau den rechten Zeitpunkt ausgesucht haben. Ein gewiefter Einbrecher nimmt keine Rücksicht auf das Leid seiner Opfer.«

»Glauben Sie, daß der Mann, der Cindy getötet hat...«

»Unwahrscheinlich«, unterbrach Lieutenant Cole. »Sehr unwahrscheinlich.«

»Aber nicht ausgeschlossen?« hakte Gail nach.

»Nein, ausgeschlossen nicht.«

»Schweine!« erklärte Dave Harrington jedem, der in seine Nähe kam. Gail sah ihren Vater verständnislos an. In ihr regte sich nichts. Diese zusätzliche Schmach berührte sie nicht mehr.

Als die Polizei fort war und ihr Mann Jennifer zu Mark und Julie brachte, bei denen sie die Nacht verbringen sollte, begann Gail, die Sachen aufzuräumen, die achtlos im Haus verstreut lagen. Schubladen hatte man auf dem Boden ausgeleert. Tische waren umgeworfen, zerbrochene oder zertretene Nippsachen lagen auf dem Teppich. Das Besteck war im Eßzimmer verstreut. Chromargan war den Dieben wohl nicht wertvoll genug erschienen. Gail bückte sich und hob ein großes Messer auf. Sie fuhr mit der Schneide an ihrem Zeigefinger entlang und sah überrascht ein kleines Rinnsal Blut über die weiße Haut laufen.

»Gail! Um Gottes willen, was machst du denn da?« schrie Carol erschrocken.

Gail blickte verwirrt zu ihr auf und wußte nicht, was sie sagen sollte. Also schwieg sie und ließ sich von Mutter und Schwester in die Küche führen, das Blut abwaschen und den Finger verbinden.

»Ich werd' das Besteck wegräumen«, sagte Carol und wandte sich brüsk ab. Das Kofferradio ist weg, dachte Gail. »Daddy hat recht«, fuhr Carol fort. »Wer so was tut, ist ein Schwein. So einer verdient's nicht, zu leben. Man sollte diese Kerle zusammentreiben und abknallen.«

»Carol, ich bitte dich«, mahnte ihre Mutter leise. »Solche Reden helfen uns doch auch nicht weiter.«

»Mir schon«, entgegnete Carol gereizt. »Was ist bloß los mit solchen Leuten? Haben die denn gar kein Gefühl?«

»Anscheinend nicht«, sagte Gail. Sie war selbst überrascht, daß ihre Stimme so gefaßt klang.

»Geht's dir gut?« Carol trat zu ihr und legte den Arm um sie. »Du siehst gar nicht gut aus. Was schaust du denn so? Gail, hörst du mich?«

Gail erkannte die Angst in den Augen ihrer Schwester. Aber sie begriff nicht, was Carol sagte. Sie spürte nur ihren Atem im Gesicht und versuchte sich von ihr loszumachen. Sie wich ihrem Blick aus. Carol nahm ihr die Luft und ließ ihr keinen Raum zum Atmen.

Gail versuchte zu sprechen. Sie wollte ihre Schwester bitten, ein Stück beiseite zu gehen, wollte ihr erklären, daß ihr nichts fehle außer Platz, doch als sie den Mund öffnete, zuckten ihre Lippen wieder so hilflos wie vorhin in der Kirche, und sie brachte kein Wort heraus. Ehe sie das Bewußtsein verlor, merkte sie noch, daß die Einbrecher außer dem Radio auch die Küchenuhr von der Wand gestohlen hatten.

»Wie geht's dir?« Ihre Mutter saß neben ihr auf dem Bett und wiegte sie, wie sie es früher getan hatte, als Gail noch ein kleines Mädchen gewesen war. Gail nickte schweigend. »O nein«, sagte ihre Mutter. »Das reicht mir nicht. Ich bin doch deine Mutter. Sag mir, wie du dich fühlst.«

»Ich wünschte, das könnte ich«, antwortete Gail aufrichtig. »Mir ist, als hätte mich ein Lastwagen überfahren, und jedesmal, wenn ich glaube, ich könnte wieder aufstehen, kommt er zurück und walzt mich aufs neue nieder. Vom Kopf bis zu den Zehen ist mein Körper wie erstarrt, aber noch nicht starr genug. Ich wünschte, ich wäre tot.«

Ihre Mutter nickte und schwieg eine Weile. »Wir müssen weiterleben«, sagte sie schließlich. »Uns bleibt keine andere Wahl. Du mußt an die Menschen denken, die dich brauchen, die auf dich zählen. Dein Mann, deine Tochter.«

»Jack ist erwachsen. Und Jennifer ist auch kein Kind mehr. Sie kämen ohne mich aus.«

Zum erstenmal spiegelte sich Angst in Lila Harringtons Augen. »Was sagst du da?« Ihre Stimme klang so eindringlich, wie Gail sie noch nie gehört hatte.

»Ach, nichts.« Gail schüttelte den Kopf.

»Weich mir nicht aus. Gail, ich flehe dich an, mach keine Dummheiten! Unsere Familie hat schon genug Unheil erlebt. Mach's nicht noch schlimmer.« Ihre Schultern bebten, sie begann zu schluchzen, und nun war es Gail, die ihre Mutter in den Armen wiegte.

»Ich werd' keine Dummheiten machen, Mom, ich versprech's dir. Bitte verzeih mir, ich weiß einfach nicht mehr, was ich sage.«

»Du hast geredet, als wolltest du dich umbringen.«

»Ach, das war doch nur dummes Zeug. Ich hätte gar nicht den Mut dazu.« Sie lachte, obwohl sie wußte, daß sie das nicht hätte tun sollen. »Außerdem hab' ich ja auch gar keine Waffe. Entschuldige, das war schon wieder eine dumme Bemerkung.«

Ihre Mutter setzte sich auf und blickte sie forschend an. »Gail, vielleicht solltest du einen Arzt aufsuchen. Laura hat vorhin angerufen und mir die Adresse von einem genannt, der sehr gut...«

»Ein Psychiater?«

»Ja. Sie meinte, fachkundige Hilfe könnte dir und Jack nur guttun.«

»Er würde mir bloß erzählen, ich hätte 'ne verquere Kindheit gehabt und 'ne überspannte Mutter. Aber das weiß ich auch so.« Ihre Mutter verzog keine Miene. »Mom, ich brauch' keinen Psychiater. Ich weiß selbst, was mir fehlt. Ich muß allein damit fertig werden, auf meine Weise, verstehst du? Aber das braucht ein bißchen Zeit.«

»Natürlich mußt *du* damit fertig werden. Aber er könnte dir dabei helfen. Laura hat mir auch eine Gruppe genannt, zu der du Kontakt aufnehmen solltest...«

Gail lächelte. »Laura ist eine treue Seele. Sie möchte immer anderen helfen.«

»Dann laß dir doch auch helfen! Bitte, Gail, hör auf sie. Ruf diese Leute an.«

»Was ist denn das für 'ne Gruppe?«

»Ich hab's aufgeschrieben. Der Zettel liegt in der Küche. Es heißt so ähnlich wie ›Selbsthilfeverband der Opfer von Gewaltverbrechen‹. In dieser Organisation kommen betroffene Familien zusammen und versuchen sich gegenseitig zu helfen.«

»Ich bin nie ein Gruppentyp gewesen, Mom.« Gail wünschte plötzlich, daß es anders wäre. »Außerdem kann ich mir nicht vorstellen, wie die mir helfen sollten.«

»Aber ein Versuch könnte doch nicht schaden.«

Gail schüttelte den Kopf. »Ich weiß nicht. Wahrscheinlich hast du recht.«

»Ich hab' solche Angst um dich.« Ihre Mutter schluchzte und preßte die Hand vor den Mund.

»Das brauchst du nicht.« Gail seufzte. »Ich komm' schon zurecht. Ich brauch' nur ein bißchen Zeit.«

»Aber wirst du dir diese Zeit nehmen?«

Das Telefon klingelte, und die Frage blieb unbeantwortet im Raum stehen. Gail streckte mechanisch die Hand aus und nahm den Hörer ab. »Hallo?«

»Gail!« Lieutenant Coles Stimme klang ermutigend. »Wie geht's Ihnen?«

»Danke«, antwortete Gail automatisch. »Lieutenant Cole ist dran«, flüsterte sie ihrer Mutter zu, die sich ängstlich vorbeugte. »Das Haus ist wieder so ziemlich in Ordnung.« Aber mein Leben nicht, dachte sie.

»Ich wollte mit Ihnen über die beiden Männer reden, die Sie mir in der Kirche gezeigt haben.«

»Ja?«

»Der Dunkelhaarige heißt Joel Kramer. Seine Tochter Sally nimmt anscheinend Klavierunterricht bei Ihnen.« Gail nickte schweigend. »Er wollte nur sein Beileid bekunden. Sein Alibi ist hieb- und stichfest.«

»Und der andere?«

»Christopher Layton, er unterrichtet an Cindys Schule. Wir haben auch ihn überprüft. Er ist sauber.«

»Also keine Spur«, sagte Gail.

»*Noch* nicht«, korrigierte der Kommissar. »Aber wir stehn ja erst am Anfang, und wir geben nicht auf.«

»Halten Sie mich auf dem laufenden?«

»Ich ruf' Sie morgen an.«

Gail legte den Hörer auf. »Er ruft morgen wieder an«, sagte sie zu ihrer Mutter.

7

»Zeit zum Aufstehen, Spätzchen.«

Jennifer hob den Kopf aus den Kissen und blinzelte ihre Mutter an.

»Ich bin schon wach.«

»Und ich auch«, meldete sich Carol vom Sofa her. »Ihr braucht also nicht zu flüstern.«

Gail trat ans Fenster und öffnete die rosaroten Vorhänge. Draußen lachte ein heller Sommertag. »Bist du sehr aufgeregt?« Sie wandte sich nach ihrer Tochter um, deren gerötete Augen verrieten, daß sie kaum geschlafen hatte. Jennifer schüttelte den Kopf. »Eigentlich nicht. Ist ja bloß Englisch. Ich hab' alles gelesen, was drankommt. In Englisch hab' ich doch immer gut abgeschnitten.«

»Ich weiß noch, wie aufgeregt ich vor meinen Abschlußarbeiten war«, sagte Gail.

Carol lachte. »Du warst das reinste Nervenbündel. Wir durften nicht mal telefonieren, wenn du gelernt hast. Alle mußten auf Zehenspitzen gehen«, fuhr sie zu Jennifer gewandt fort, »bis deine Mutter ihr Examen hinter sich hatte. Ich weiß noch, wie Mom einmal sogar das Telefon mit aufs Klo nahm, nur um unser Prinzeßchen nicht zu stören.«

»Jetzt übertreibst du aber!« protestierte Gail.

»Nein, das ist die reine Wahrheit. Du warst damals echt unausstehlich.«

»Angst hab' ich im Grunde bloß vor Mathe«, meinte Jennifer. »Aber dabei wird Eddie mir helfen.«

Gail versuchte zu lächeln, aber die Nennung von Eddies Namen traf sie wie ein stechender Schmerz. Es war, als habe ihr jemand ein Messer zwischen die Rippen gestoßen. Eddie hatte kein Alibi beibringen können. Die Polizei hielt ihn nach wie vor für verdächtig.

Es war der 1. Juni. Ein Monat war seit Cindys Ermordung vergangen.

»Sieh nur zu, daß du die Prüfungen alle gut hinter dich bringst, und dann kannst du bei deinem Vater anfangen.«

»Ich kann's kaum erwarten«, sagte Jennifer. Aber es klang nicht mehr so begeistert wie noch vor ein paar Wochen, als sie überglücklich gewesen war, in den Sommerferien als Mark Gallaghers Assistentin arbeiten zu dürfen.

»Ich mach' das Frühstück.« Gail ging zur Tür.

»Ich hab' keinen Hunger!« rief Jennifer ihr nach.

»Für mich bitte nur Kaffee«, sagte Carol.

»Ihr werdet was essen. Alle beide«, bestimmte Gail und ging die Treppe hinunter. Jack war schon fort. Ein Notfall hatte ihn früher als gewöhnlich in die Praxis gerufen. Gail machte frischen Kaffee, ließ ein Ei ins sprudelnde Wasser plumpsen und zerteilte eine Grapefruit. Sie deckte den Tisch, und als sie Schritte auf der Treppe hörte, schaltete sie den Toaster ein.

»Das ist zuviel!« wehrte Jennifer ab. »Das kann ich unmöglich alles essen.«

»Dann iß soviel, wie du schaffst.«

»Für mich nur Kaffee«, wiederholte Carol.

Am Ende tranken sie alle drei nur Kaffee. Fünf Minuten später sprang Jennifer auf, küßte Mutter und Tante auf die Wange und machte sich auf den Weg zur Schule.

»Viel Glück!« rief Gail ihr vom Fenster aus nach. Carol räumte den Tisch ab. »Was soll ich mit dem Ei machen?«

»Tu's in den Kühlschrank.« Gail zuckte die Achseln. »Vielleicht ißt's heute mittag jemand.«

»Hier sammelt sich 'ne ganze Menge von Fünf-Minuten-Eiern an.« Carol lachte und legte das Ei zu den anderen, die Gail in dieser Woche umsonst gekocht hatte.

Punkt acht Uhr dreißig klingelte das Telefon.

»Wer von uns geht heute dran?« fragte Gail.

»Ich werd' mich opfern.« Gail seufzte. »Sie rufen ja schließlich meinetwegen an.« Sie nahm den Hörer ans Ohr, und ohne sich zu vergewissern, wer am Apparat war, sagte sie: »Morgen, Mom.«

»Wie geht's dir, Liebes?« fragte Lila Harrington.

»Unverändert, genau wie gestern.« Gail bemühte sich, ihrer Stimme einen fröhlichen Klang zu geben. »Es ist wirklich nicht nötig, daß du jeden Tag morgens *und* abends anrufst.«

»O doch, das ist *es!* Ich weiß nämlich nicht, ob es richtig war, daß wir schon so früh nach Florida zurückgeflogen sind.«

»Aber natürlich war das richtig. Mom, sieh mal, du und Dad – ihr könnt doch nicht ewig bei mir bleiben und Händchen halten. Ihr habt euer eigenes Leben. Außerdem wart ihr fast einen ganzen Monat hier.«

»Wir hätten ruhig noch 'nen Monat bleiben können.«

»Mir geht's gut, Mom. Glaub mir.«

»Hast du geweint?« Diese Frage stellte ihre Mutter ihr seit drei Tagen.

Gail war drauf und dran zu schwindeln, doch dann fiel ihr ein, daß sie ihre Mutter noch nie hatte täuschen können.

»Nein.«

Einen Moment lang herrschte Stille in der Leitung. »Was Neues von der Polizei?«

»Seit gestern abend nicht, nein.«

»Laß mich mal kurz mit Carol sprechen.«

Gail übergab den Hörer ihrer Schwester und versuchte nicht auf das zu hören, was Carol sagte. Nur widerwillig waren ihre Eltern vor drei Tagen nach Palm Beach geflogen, nachdem Gail ihnen immer aufs neue eingeredet hatte, es sei besser für alle Beteiligten, wenigstens dem äußeren Anschein nach wieder zum Alltag zurückzukehren. »Ihr müßt euer eigenes Leben führen«, hatte sie gesagt. Ihre Eltern waren erst einverstanden gewesen, als Carol versprochen hatte, noch ein paar Wochen bei ihrer Schwester zu bleiben. Und nun riefen sie zweimal täglich an und erkundigten sich nach ihr.

Aus irgendeinem Grund waren sie der Meinung, Gail werde erst dann über den Berg sein, wenn sie einen Zusammenbruch erlitten und sich ausgeweint habe. Aber Gail hatte seit dem Tag des Unglücks keine Träne vergossen. Gern hätte sie ihren Eltern den Gefallen getan und sie beruhigt, doch ihre Augen widersetzten sich hartnäckig und blieben trocken.

Gail betrachtete ihre jüngere Schwester. Die Leute behaupteten, sie sähen sich ähnlich. Beide waren groß, schlank und blaß, und beide bewegten sich mit charmanter Lässigkeit. Carol zündete sich eine Zigarette an, und als sie den Rauch einzog, sah Gail, wie hohl ihre Wangen waren. Sie wiegt bestimmt zehn Pfund weniger als ich, dachte Gail und schätzte mit den Blicken die Figur ihrer Schwester ab. Ihre Hüften und ihre Taille waren immer noch mädchenhaft schmal; man sah ihr an, daß sie noch keine Schwangerschaft hinter sich hatte. Unwillkürlich betastete Gail ihren Bauch, während Carol über eine Bemerkung ihrer Mutter lachte. Es war ein angenehmes, leises Lachen, das Wärme verbreitete und zum Mitlachen einlud, ohne aufdringlich zu erscheinen. Es ist schön, sie bei mir zu haben, dachte Gail.

»Spricht Jennifer eigentlich mit dir über Cindy?« fragte sie, als Carol aufgelegt hatte.

Carol schüttelte den Kopf. »Nein. Sie schläft übrigens zur Zeit sehr unruhig. Heute nacht hat sie sich dauernd rumgewälzt. Sie ist fast jeden Morgen um sechs Uhr wach. Wenn ich zu ihr rüberschaue, sitzt sie reglos auf der Bettkante und starrt ins Leere. Einmal hab' ich sie gefragt, ob sie gern über das, was geschehen ist, reden möchte, aber sie hat nein gesagt, und ich wollte sie nicht drängen.«

»Hoffentlich kommt sie mit den Prüfungen zurecht«, sagte Gail, um das Thema zu wechseln.

»Das schafft sie schon, mach dir nur keine Sorgen.« Carol legte den Arm um ihre ältere Schwester. »Bist du mir böse, wenn ich mich noch mal hinlege? Ich hab' letzte Nacht auch nicht viel geschlafen.«

»Aber nein, geh nur.«

Als Lieutenant Cole eine halbe Stunde später anrief, war Gail allein in der Küche.

»Wir prüfen 'ne Spur in East Orange«, sagte er. »Gestern abend haben wir 'ne Meldung reingekriegt. 'n Typ da ist anscheinend in letzter Zeit durch seltsames Benehmen aufgefallen.«

»Was ist denn das für eine Meldung? Und was meinen Sie mit ›seltsam‹?« fragte Gail, die sich genau mit den Untersuchungsmethoden der Polizei vertraut machen wollte.

»Wahrscheinlich steckt nichts dahinter«, dämpfte der Kommissar ihre Erregung. »Einer unserer Informanten hat 'nen Rumtreiber entdeckt. 'nen jungen Mann, der dauernd von dem Mord erzählt, nichts Genaues, nur das übliche Gerede. Was so in den Zeitungen stand. Aber wir schicken jemanden hin, um die Sache zu überprüfen, für alle Fälle.«

»Was heißt das, Sie ›schicken jemanden hin‹? Werden Sie einen Haftbefehl erlassen? Durchsuchen Sie sein Zimmer?«

»Für eine Durchsuchung bräuchten wir schon etwas handfestere Gründe als nur diese Verdachtsmomente. Schließlich können wir niemanden wie 'nen Kriminellen behandeln, bloß weil er sich für einen kürzlich begangenen Mord interessiert.«

»Und was werden Sie jetzt tun?«

»Wir schleusen einen Spitzel ein.«

»Einen Spitzel?« Gail erinnerte sich, daß er das Wort bereits auf dem Friedhof gebraucht hatte. »Meinen Sie so wie im Fernsehen?«

Lieutenant Cole lachte. »So ähnlich. Allerdings ist die Arbeit eines Spitzels in Wirklichkeit längst nicht so aufregend wie auf dem Bildschirm. Vor allem geht sie wesentlich langsamer voran.«

»Was genau tut so ein Spitzel?«

»Er wird sich in derselben Pension ein Zimmer nehmen, in der unsere Verdachtsperson wohnt. Er heftet sich ihr an die Fersen, versucht sich mit ihr anzufreunden und ihr Vertrauen zu gewinnen. Wenn wir den Eindruck haben, der Verdacht sei begründet, dann schlagen wir zu und nehmen möglicherweise eine Verhaftung vor. Aber rechnen Sie nicht damit, Gail. Informationen wie diese überprüfen wir jeden Tag. Meistens kommt nichts dabei raus.«

»Ich verstehe. Danke, daß Sie mich weiterhin auf dem laufenden halten.«

»Ich weiß doch, wieviel Ihnen das bedeutet. Über kurz oder lang kriegen wir was raus, das verspreche ich Ihnen.«

Gail hatte sich gerade die zweite Tasse Kaffee eingegossen, als Jack anrief. Der kleine Hund, um dessentwillen er heute so früh aus dem Haus geeilt war, sei gestorben, erzählte er. Gail versuchte ihn zu trösten. Sie wußte, wie niedergeschlagen er jedesmal war, wenn er ein Tier verlor, besonders, wenn es sich wie in diesem Fall um einen Hund handelte, der überfahren worden war, weil es dem Eigentümer grausam erschien, ihn an der Leine zu führen. »Ich versuche heute abend früher heimzukommen«, sagte Jack.

Gail berichtete von ihrem Gespräch mit dem Kommissar. Genau wie Lieutenant Cole warnte auch Jack sie vor übereilten Hoffnungen. Gail versuchte gar nicht erst zu erklären, daß einzig die Hoffnung, Cindys Mörder zu finden, sie noch aufrecht hielt. Ihre Familie war zumindest dem Anschein nach ihrem Rat gefolgt und hatte ihr normales Leben wieder aufgenommen. Doch Gails Leben hatte im wesentlichen in der Betreuung und Erziehung eines sechsjährigen Kindes bestanden. Jetzt war das Kind tot, und für Gail gab es kein normales Leben mehr.

Mami, wenn wir sterben, können wir's dann zusammen tun? Hältst du mich dabei an der Hand? Versprichst du's mir?

O Cindy, mein süßer Engel, merkst du denn nicht, daß ich mein Versprechen gehalten habe? Vor Gails brennenden, trokkenen Augen stieg das Bild ihrer schönen Tochter auf. Als dieser Unmensch dich tötete, da hat er auch mich umgebracht. Als er dir das Leben nahm, da löschte er auch das meine aus.

Wir sind zusammen gestorben, mein Schatz. Genauso, wie ich dir's versprochen habe.

Gail bewegten diese Gedanken in ihrem Herzen, und dabei fiel ihr ein, daß der Mörder ihr das Recht verweigert hatte, die Hand ihres Kindes zu halten. Er hatte ihr mit einem Schlag alles genommen und ihr Leben vernichtet.

Gails Blick wanderte zum Küchenfenster. Sie stellte sich vor, der Mörder ginge frei und unbeschwert an ihrem Haus vorbei, ein widerliches Lächeln auf dem Gesicht.

Sie erhob sich so hastig, daß sie die Kaffeetasse umstieß. Die dunkle Flüssigkeit ergoß sich über das weiße Tischtuch und tropfte auf den Fußboden. Es sah aus wie Blut. Gail wischte den verschütteten Kaffee nicht auf; in Gedanken war sie immer noch mit dem Mörder ihrer Tochter beschäftigt. Sie würde ihn finden und seiner gerechten Strafe zuführen, dazu war sie fest entschlossen. Diese Aufgabe war alles, was der Mörder ihr gelassen hatte.

Sie schaute auf den Kalender an der Wand neben dem Telefon. Dreißig Tage waren seit Cindys Tod verstrichen. In weiteren dreißig Tagen lief die Frist ab, die Gail der Polizei gesetzt hatte.

8

Gail schlug die Morgenausgabe des »Newark Star« auf. Was soll ich nur tun? Sie hatte keinen Plan. Sie kannte sich weder mit der Psyche von Verbrechern noch mit der von Verrückten aus. Wo soll ich anfangen? überlegte sie. Die Polizei verfolgt »Spuren«. Aber ich habe keine. Ihr Blick fiel auf eine Schlagzeile, und bald darauf war sie in den Bericht von einem Raubüberfall auf dem Raymond Boulevard vertieft.

Eine achtzigjährige Frau war mit schweren Verletzungen ins Krankenhaus eingeliefert worden, nachdem jemand versucht hatte, ihre Handtasche zu stehlen. Der Täter wurde von Passanten als jung, groß und blond beschrieben. Er war ohne die Tasche geflohen, die nur drei Dollar enthielt. Zuvor aber hatte er die alte Frau wiederholt auf den Kopf und in die Rippen geschlagen. Das Opfer würde vermutlich nicht überleben.

Ohne lange nachzudenken, sprang Gail auf und lief durchs Wohnzimmer in den kleinen Arbeitsraum. Sie suchte die eingebaute Bücherwand gegenüber dem Fernseher nach dem Regal ab, in dem Jack Stadtpläne und Karten aufbewahrte. Als sie es gefunden hatte, zog sie die Straßenkarten von New Jersey heraus und nahm sie mit in die Küche. Sie faltete den Stadtplan von Newark auseinander und suchte den Raymond Boulevard. Auf dieser Straße hatte ein blonder junger Mann eine alte Frau zu Tode geprügelt.

Sie nahm die Zeitung zur Hand und blätterte um. Zwei Verletzte waren die Opfer eines Einbruchs in der Broad Street. Gail suchte die Straße auf dem Stadtplan. James Rutherford, neunzehn Jahre alt, ohne festen Wohnsitz, wurde des Verbrechens beschuldigt, war aber auf Kaution freigekommen.

Gail las die Zeitung von der ersten bis zur letzten Seite, von der ersten Schlagzeile bis zur letzten Reklame. Über den Polizeiberichten brütete sie wie ein Detektiv. Sie markierte auf der Karte jeden Ort, an dem ein Verbrechen stattgefunden hatte, und prägte sich die Beschreibung des Täters sorgfältig ein.

Auf Kinder waren im letzten Monat keine weiteren Anschläge verübt worden. Über den Mord an Cindy stand nichts mehr in der Zeitung. Für die Öffentlichkeit hatte ein kleines Mädchen namens Cindy Walton nur so lange existiert, wie die Medien über sie berichteten, und selbst dann hatte sie nur in schwarzen Buchstaben und lächelnden Fotos gelebt. Die Leser würden gewiß heute noch einräumen, daß dieses kleine Mädchen ein tragisches Schicksal erlitten hatte, aber die Nachricht war Schnee von gestern.

Es wurde zur täglichen Routine.

Sobald sie morgens allein war, nahm Gail sich den Stadtplan vor und suchte die Orte heraus, die sie in einschlägigen Zeitungsmeldungen angestrichen hatte. Schon nach ein paar Tagen zeichnete sich eine gewisse Struktur ab: Manche Gegenden wiesen wesentlich zahlreichere Markierungen auf als andere. Besonders Schwerverbrechen ließen sich auf bestimmte Bezirke lokalisieren.

»Was machst du da?« fragte Carol, als sie Gail eines Morgens überraschte.

Gail faltete eilig den Stadtplan zusammen und legte die Zeitung beiseite. »Hier in Newark entsteht eine neue Siedlung von Eigentumswohnungen. Ich hab' nur mal nachgesehen, wo genau das ist.«

Gail spürte, wie sie errötete.

»Ist noch Kaffee da?« Carol akzeptierte die Lüge ohne weiteres.

Gail goß ihr eine Tasse ein.

»Hat Mom angerufen?«

»Ja, hat sie«, antwortete Gail. »Jack übrigens auch. Der kleine Pudel, um den er sich soviel Sorgen machte, ist wieder auf dem Damm. Aber ein relativ gesunder Dalmatiner, an dem er irgend 'nen harmlosen Eingriff vornehmen mußte, ist in der Narkose gestorben.«

»War Jack sehr geknickt?«

»Klang eigentlich nicht so«, überlegte Gail laut. »Wahrscheinlich hat der Pudel ihn drüber weg getröstet.« Nach einer Pause sagte sie: »Die Polizei hat angerufen.«

»Und?«

»Diese Spur, die sie verfolgten – es war falscher Alarm. Ich meine den Typ in East Orange. Es hat sich rausgestellt, daß er an dem Tag, an dem Cindy ermordet wurde, im Gefängnis saß.« Gail seufzte tief.

»Du weißt doch, daß ich heute nachmittag nach New York

fahre«, sagte Carol nach einer Weile. »Ich muß zum Vorsingen für Michael Bennetts neues Musical. Möchtest du mich nicht begleiten?« Gail schüttelte den Kopf. »Ich lass' dich aber nur ungern allein.«

»Ich bin doch nicht allein. Jennifer wird zu Hause sein. Sie hat doch jetzt so viel zu lernen.«

»Ich werd' nicht lange wegbleiben.«

»Mach dir keine Gedanken, du kannst unbesorgt fahren.«

»Zum Abendessen bin ich zurück.«

»Ich werde damit auf dich warten.« Gail lächelte.

»Bist du auch sicher, daß du nicht mitkommen möchtest?« fragte Carol noch einmal, ehe sie das Haus verließ.

»Ich bleibe gern hier, wirklich«, versicherte Gail. Sie zog sich ins Arbeitszimmer zurück und schaltete den neuen Fernseher ein, den Jack angeschafft hatte, nachdem das alte Gerät gestohlen worden war.

Mit der Fernbedienung wählte sie rasch einen Kanal nach dem anderen. Draußen fuhr Carols Wagen an. Gail versuchte sich auf ein Programm zu konzentrieren, aber die hanebüchenen Probleme der Familienserien langweilten sie, und von der Hysterie der Ratespiele fühlte sie sich abgestoßen. Sie wechselte von einem Sender zum anderen, bis plötzlich eine wohlbekannte Musik ertönte und Ernie und Bert aus der »Sesamstraße« über den Bildschirm tollten.

Wie gebannt sah Gail fast eine Stunde lang zu. Sie stellte sich vor, ihre kleine Tochter säße neben ihr, legte den Arm um ihre Schulter und lachte an den Stellen, an denen Cindy gelacht hätte.

»Was machst du denn da, Mom?« fragte eine ängstliche Stimme hinter ihr.

Gail wandte sich um. Jennifer stand in der Tür. Gail schwieg. Sie wußte selbst nicht, was sie tat, wie hätte sie also die Frage ihrer Tochter beantworten können? Jennifer trat zu ihr, nahm ihr den Fernbedienungsapparat aus der Hand und drückte auf »Aus«. Ein paar Minuten lang schwiegen sie beide.

»Bist du mit den Aufgaben fertig?« fragte Gail, sobald sie ihre Stimme wiedergefunden hatte.

»Ich wollte grade rüber zu Eddie, damit er mir 'n bißchen hilft. Diese Matheaufgaben sind echt bescheuert.«

»Das Beste heben sich die Lehrer eben immer bis zuletzt auf.« Gail lächelte.

»Ich bin froh, daß diese Woche bald rum ist.« Jennifer legte den Fernbedienungsapparat auf den Tisch. »Aber vielleicht sollte ich doch lieber hierbleiben.«

»Sei nicht albern. Du brauchst wirklich Hilfe in Mathe. Mir geht's gut. Ich hatte sowieso 'nen Spaziergang vor.«

»Gute Idee«, sagte Jennifer so laut, daß Gail die Erleichterung aus ihrer Stimme heraushörte. »Dann kannst du mich ja bis zu Eddies Haus begleiten.«

Sie gingen schweigend nebeneinander her. Ein warmer Sommerwind wehte ihnen entgegen, aber die beiden schienen völlig versunken in den Anblick ihrer Schuhspitzen.

»Da sind wir«, sagte Jennifer, und als Gail verdutzt aufblickte, sah sie das rote Ziegelhaus der Frazers vor sich. Ich hab' gar nicht gewußt, wie nahe Eddie wohnt, ging es ihr durch den Kopf.

»Streng dich an, damit du was lernst!« rief sie ihrer Tochter nach, die schon die Stufen zur Eingangstür hinauflief.

Jennifer winkte und verschwand im Haus. Gail erhaschte einen flüchtigen Blick auf Eddie, ehe die Tür sich hinter Jennifer schloß. Sein Haar ist braun, dachte sie. Oder könnte man es noch aschblond nennen? Vielleicht, wenn die Sonne drauf scheint? Zielbewußt ging sie die Straße entlang. Ein paar Minuten später stand sie vor der Riker-Hill-Schule. Hier hatte Cindy die erste Klasse besucht. Gleich darauf fand sie sich in dem kleinen Park wieder, wo man am letzten Nachmittag im April Cindys Leiche gefunden hatte.

Die Sonne strahlte vom wolkenlosen Himmel, der Boden war fest und trocken. Gail holte tief Luft. Sie kam sich vor, als betrete sie unbefugt geweihten Boden. Die kleine Anlage konnte man eigentlich gar nicht als Park bezeichnen. Eine frischgestrichene Bank glänzte grünschillernd im Sonnenlicht. Gail näherte sich ihr vorsichtig, so als fürchte sie, die Farbe sei noch feucht. Langsam setzte sie sich. Sie zwang sich, ruhig und gleichmäßig zu atmen. Gail verbrachte fast den ganzen Nachmittag auf dieser Bank. Nichts regte sich. Doch dann war der Park plötzlich voller Kinder. Die Schule war aus; Buben tobten lärmend an ihr vorbei, neugierige Blicke streiften sie. Gail erhob sich rasch und ging zurück nach Hause. Sie beeilte sich mit den Vorbereitungen fürs Abendessen, um fertig zu sein, ehe Jack, Jennifer und Carol heimkamen.

Ihre Schwester kehrte niedergeschlagen aus New York zurück. Das Vorsingen hatte nicht so geklappt, wie sie es sich erhofft hatte. »Das mußt du dir mal vorstellen: Plötzlich hatte ich den Text eines Liedes vergessen, das ich normalerweise im Schlaf singen kann! Na, und danach ging einfach alles in die Hose!« Jack grübelte immer noch darüber nach, woran morgens der Dalmatiner gestorben sei, und Jennifer machte sich Sorgen wegen ihrer Matheprüfung. Niemand hatte sonderlich Appetit, und Gail konnte ihr hastig zubereitetes Abendessen fast unberührt wieder abtragen.

An dem Nachmittag, an dem Jennifer ihre letzte Prüfung hatte, saß Gail zu Hause und wartete aufgeregt auf ihre Tochter. Widerstrebend wanderte ihr Blick zu der neuen Wanduhr. »Sie müßte schon hier sein«, sagte sie zu Carol.

»Wahrscheinlich geht sie mit ihren Freunden noch die Aufgaben durch.«

»Aber nach den anderen Prüfungen ist sie nie so spät gekommen.«

Carol zuckte mit den Schultern. »Heute ist der letzte Tag. Vielleicht ist sie mit ihren Klassenkameraden losgezogen, um ein bißchen zu feiern.«

»Hatte sie das denn vor?«

»Gesagt hat sie's nicht.« Carol lächelte. »Aber du weißt doch, wie Teenager sind. Wahrscheinlich ist ihnen die Idee ganz spontan gekommen.«

»Das sieht Jennifer aber gar nicht ähnlich.« Gails Stimme verriet Angst. »Wenn sie weggehen wollte, hätte sie mich angerufen. Mein Gott, Carol, glaubst du, daß ihr was passiert ist?«

Gails von Natur aus blasses Gesicht war auf einmal kreideweiß.

»Gail, bitte!« Carol setzte sich neben sie. »Komm, beruhige dich! Jennifer fehlt nichts. Sie hat sich nur ein bißchen verspätet, das ist alles. Jetzt entspann dich; ich bring' dir was zu trinken.«

Aber Gail schien sie gar nicht gehört zu haben. »Da draußen laufen 'ne Menge Verrückte frei rum. So ein Wahnsinniger könnte doch auf die Idee kommen, nachdem er eine Schwester umgebracht hat, sei nun die andere an der Reihe...«

»Gail...«

»Oder ein Ungeheuer hat gelesen, was mit Cindy geschehen ist, und macht sich nun den Spaß, ihre große Schwester zu jagen...« Gail sprang auf und lief aus dem Zimmer.

»Gail, so warte doch! Wo willst du denn hin?« Gail öffnete die Haustür und trat hinaus in den Garten. »Komm zurück, ich bitte dich! Hör zu, ich versichere dir, daß Jennifer nicht in Gefahr ist!«

»Ich geh' sie suchen.«

»Ja, aber wo denn?«

Zu spät. Gail war schon auf der Straße. Sie hörte hinter sich eine Tür zuschlagen, und gleich darauf rannte ihre Schwester atemlos neben ihr her.

»O mein Gott, o mein Gott!« stöhnte Gail immer wieder.

»Gail, ich flehe dich an, beruhige dich doch! Du darfst dich nicht jedesmal so quälen, nur weil Jennifer sich ein bißchen verspätet. Weißt du überhaupt, wo du hinwillst?«

Gail antwortete nicht. An der nächsten Ecke bog sie in die McClellan Avenue ein. Auch Carol verstummte. Sie mußte sich gewaltig anstrengen, um mit ihrer Schwester mitzuhalten. Ungeachtet ihres Schweigens war Gail dankbar dafür, Carol neben sich zu wissen. Sie bog noch ein zweites und ein drittes Mal ab. Endlich stand sie vor dem roten Ziegelhaus. Entschlossen lief sie die Stufen zum Eingang hinauf und hämmerte mit der Faust gegen die Tür.

»Wo sind wir denn hier?« fragte Carol.

»Vielleicht ist sie bei Eddie«, gab Gail statt einer Antwort zurück. Sie klopfte laut und ungestüm, aber im Haus rührte sich nichts. Trotzdem trommelte Gail fieberhaft weiter gegen die Tür. »Es ist niemand zu Hause«, sagte Carol nach einer Weile. »Gail!« Sie nahm ihre Schwester beim Arm. »So hör doch, es ist sinnlos.«

Gail blickte sich ein paar Minuten lang hilflos um, dann rannte sie, ohne ein Wort zu sagen, wieder hinaus auf die Straße.

»Wo willst du denn jetzt hin?« rief Carol, die verzweifelt versuchte, mit ihr Schritt zu halten.

Sie kamen an einem kleinen Laden vorbei, über dessen Schaufenster zu lesen stand: »Nichts ist unmöglich.« Das Geschäft war kürzlich in Konkurs gegangen. Alles ist möglich, dachte Gail im Vorübergehen und beschleunigte ihre Schritte. Bald erreichten sie Jennifers Schule. Aber schon als sie über den Hof gingen, wußte Gail, daß die Türen verschlossen waren. Das Gelände lag da wie ausgestorben.

Gail wandte sich um und lief zu ein paar Jugendlichen, die draußen auf der Straße standen und rauchten. »Hat einer von euch Jennifer Walton gesehen?« fragte sie atemlos.

Die drei, zwei Mädchen und ein Junge, blickten Gail verwundert an. Die Aufregung in ihrer Stimme erschreckte sie. Schweigend schüttelten sie den Kopf.

»Seid ihr auch ganz sicher?«

»Also ich kenn' gar keine Jennifer Walton«, sagte der Junge.

Gail dachte: Er ist schlank, und sein hellbraunes Haar könnte für aschblond durchgehen.

»Gail! Nun komm schon. Du hast doch gehört, sie kennen Jennifer nicht«, drängte Carol.

Gail machte auf dem Absatz kehrt. Sie bog um eine Ecke, dann um eine zweite und lief so lange kreuz und quer durch die Gegend, bis sie die Orientierung verlor. Aber dann stand sie plötzlich vor dem kleinen Park, sah das Gebüsch und die frischgestrichene grüne Bank vor sich.

»Ist das die Stelle, wo...?« Carol brach ab.

Gail antwortete nicht. Ihr Blick war wie gebannt auf den Fleck Erde hinter der Bank gerichtet.

»Komm, laß uns heimgehen«, bat Carol.

»Du brauchst dich nicht zu fürchten.« Gails Stimme klang auf einmal unheimlich ruhig.

»Ich fürchte mich ja auch nicht. Ich halte es bloß für keine gute Idee, hierherzukommen.«

»Es ist so still hier.« Gail schien den Lärm nicht zu hören, den ein paar ballspielende Kinder veranstalteten. Sie setzte sich auf die Bank. »Vor ein paar Tagen, als du in New York warst, bin ich schon mal hiergewesen. Ich hab' den ganzen Nachmittag auf dieser Bank gesessen.«

Carol sah sie entsetzt an. »Aber *warum*, um Himmels willen?«

»An dem Tag haben keine Kinder hier gespielt«, fuhr Gail fort, ohne Carols Frage zu beachten. »Wahrscheinlich hatten ihre Mütter ihnen verboten herzukommen. Nur ein paar besonders Mutige haben nach der Schule die Abkürzung durch den Park genommen. Aber jetzt ist schon wieder allerhand los hier. Bald werden auch die schmierigen alten Kerle in den Regenmänteln wieder auftauchen. Ich muß wissen, wer sich hier rumtreibt, ich muß die Anlagen beobachten.«

»Solltest du das nicht besser der Polizei überlassen?«

»Wie viele Polizisten siehst du denn auf dem Gelände?«

»Ich finde, du solltest nicht mehr herkommen«, sagte Carol eindringlich, so als sei sie die ältere Schwester, die der jüngeren Vernunft beizubringen suchte.

»Was ist denn Schlimmes an diesem Park?«

»Was ist Gutes dran?« fragte Carol zurück. »Warum quälst du dich so? Findest du es richtig, das Schicksal herauszufordern?«

»Aber das tu' ich doch gar nicht.«

»Wer sich in Gefahr begibt, kommt darin um«, orakelte Carol.

Gail blickte ihre Schwester verwundert an und mußte unwillkürlich lachen. »Wo hast du denn den Spruch her?«

»Mom hat ihn ständig im Munde geführt.«

»Wirklich? Daran kann ich mich gar nicht erinnern.«

»Vielleicht hat sie ihn auch nur zu mir gesagt.« Carol setzte sich zögernd neben ihre Schwester auf die Bank. »Ich bin ja auch dauernd ins Fettnäpfchen getreten, weißt du noch? Nie konnte ich die Klappe halten. ›Bring dich nicht in Schwulitäten‹, sagte Mutter zu mir, und ich antwortete ihr, das täte ich nie, aber ich sei eben vom Pech verfolgt. Und darauf antwortete sie: ›Wer sich in Gefahr begibt, kommt darin um.‹ Und jetzt führe ich die Familientradition fort.«

Gail lächelte und lehnte den Kopf an die Schulter ihrer Schwester. Carol legte den Arm um sie und zog sie hoch. Gail ließ es geschehen. Seite an Seite gingen sie zur Straße zurück.

»Wie klappt's eigentlich zwischen dir und Frank?« fragte Gail. Carol hatte den Mann, mit dem sie zusammenlebte, seit ihrer Rückkehr aus New York mit keinem Wort erwähnt.

»Wir haben Schluß gemacht«, erwiderte Carol sachlich.

Gail blickte sie überrascht an. »Als ich in der Stadt war, haben wir uns ausgesprochen und alles geregelt.«

»O nein! Carol, das ist meine Schuld. Wenn du nicht bei mir geblieben wärst...«

»Wenn ich nicht bei dir geblieben wäre, hätte es nur noch früher gekracht. Frank und ich, besser gesagt Frank, seine *Kinder* und ich kamen schon eine ganze Weile nicht mehr so recht miteinander aus. Ich wünschte, ich könnte dir von einem hochdramatischen Finale erzählen, vielleicht, daß er mich in den Armen eines anderen überraschte. Doch in Wahrheit haben wir bloß nach etwas über zwei Jahren festgestellt, daß all unsere Auseinandersetzungen nicht der Mühe wert sind. Also beschlossen wir, alles gerecht zu teilen. Er hat die Stereoanlage gekriegt – ich die Platten; ich hab' die Wohnung behalten, er hat die Möbel mitgenommen. Er ist mit seinen Kindern ausgezogen, und ich hab' meinen gesunden Menschenverstand wieder. Und von nun an werden wir alle glücklich und zufrieden leben bis an unser seliges Ende.« Sie zuckte mit den Schultern. »Für mich war's sowieso Zeit für 'ne Abwechslung.«

Schweigend kehrten die beiden Frauen zum Tarlton Drive zurück.

»Was wetten wir, daß Jennifer längst daheim ist und sich den Kopf darüber zerbricht, wohin ihre unberechenbare Tante ihre Mutter verschleppt hat?« Carol drückte Gail an sich. Aber das Haus war leer, und Gail geriet erneut in Panik. »Sie wird jeden Moment hier sein«, versicherte Carol hastig. »Bitte, reg dich nicht auf. Sie kommt gleich, das weiß ich.«

Es war zehn Minuten vor fünf, als Jennifer das Haus betrat.

»Wo bist du gewesen?« Zum erstenmal seit Cindys Tod brach Gail in Tränen aus.

»In Don's Restaurant. Mit einigen aus meiner Klasse. Wir haben 'nen Hamburger gegessen und die Prüfung gefeiert. Wieso?« fragte Jennifer plötzlich erschrocken. »Was ist denn los? Ist was passiert?«

»Deine Mutter hat sich Sorgen gemacht«, erklärte Carol, den Blick fest auf Gail gerichtet. »Du hättest zu Hause anrufen und Bescheid sagen sollen, daß du später kommst.«

»Hab' ich ja versucht! Gleich als wir im Restaurant ankamen, wollte ich Mom anrufen. Aber es hat niemand abgenommen. Was ist denn nur los? Ich dachte, Mom hätte bestimmt nichts dagegen, wenn ich mit den andern weggehe. Das hab' ich ja früher auch gemacht...«

»Aber jetzt ist's anders als früher.« Carol sah zu, wie Gail schluchzend auf einen Küchenstuhl sank. »Deine Mutter hatte

Angst, dir sei was zugestoßen. Sie hat sich große Sorgen gemacht.«

Jennifer lief zu ihrer Mutter. »Aber ich *hab'* ja angerufen. O Mom!« Sie kniete neben Gail nieder. »Es tut mir so leid. Bitte, hör auf zu weinen. Mir ist nichts passiert. Und mir wird auch nichts passieren. Ich bin doch schon groß, ich kann selbst auf mich aufpassen. Du hättest dich nicht zu ängstigen brauchen.«

Gail schluchzte hemmungslos. Die so lange zurückgehaltenen Tränen brachen sich unaufhaltsam Bahn. »O Mom, bitte, entschuldige. Bitte, Mom, sag was, sprich mit mir.«

»Ich hab' dich lieb«, stammelte Gail unter Tränen. »Wenn dir was zustieße... ich könnte es nicht ertragen.«

»Ich hab' dich doch auch lieb.« Jetzt fing Jennifer ebenfalls an zu weinen. »Ich würde alles drum geben, damit du wieder froh sein könntest. O Gott, ich wünschte, ich wäre tot und nicht Cindy.«

Gail preßte ihrer Tochter die Hand auf den Mund. »Liebes, so was darfst du nicht sagen! So was darfst du nicht mal denken!«

»Ich hab' dein Gesicht gesehen, als du an dem Nachmittag heimkamst, und ich war da, aber Cindy nicht. Ich weiß, daß du dir gewünscht hast, ich wäre tot... Ich versteh's sogar... sie war noch so klein...«

»Und das hast du die ganze Zeit mit dir rumgetragen? Jennifer, Spätzlein, es ist nicht wahr. Ich schwör's dir. Kein Wort davon ist wahr. Ich hab' dich lieb, mehr als alles auf der Welt.«

Sie nahm ihre Tochter in die Arme. Jennifer schmiegte sich schluchzend an ihre Mutter.

»Mein Kind, mein Schatz, ich liebe dich so sehr. Verzeih mir, daß ich nicht gemerkt hab', was du durchgemacht hast. Ich dachte, du wolltest nur nicht über Cindy sprechen, weil's dir unangenehm war.«

»Ich war gemein zu ihr, Mom.« Jennifer schluchzte.

»Was redest du da?« Gail machte keine Anstalten, sich die Tränen abzuwischen, die ihr über die Wangen liefen.

»Sie hat mich gestört, als ich lernen wollte. Da hab' ich sie aus meinem Zimmer rausgeschmissen.« Jennifer zitterte am ganzen Körper. »Und einmal hat sie meine Schuhe anprobiert. Ich kam dazu und hab' sie angebrüllt, sie habe meine Sachen durcheinandergebracht und müsse alles wieder aufräumen. Ich hab' sie so angeschrien, daß sie anfing zu weinen. Einmal hab' ich sie erwischt, wie sie in meiner Handtasche kramte. Sie hatte sich mit meinem Lippenstift das ganze Gesicht vollgeschmiert. Da hab' ich gesagt, sie sähe doof aus, richtig häßlich. Mein Gott, Mom, wie konnte ich nur so gemein zu ihr sein?«

Gail strich ihrer Tochter das Haar aus dem Gesicht. »Du warst nicht gemein zu ihr. Du warst die beste große Schwester, die ein kleines Mädchen sich nur wünschen kann. Hörst du mich?« Jennifer nickte. »Du brauchst dir keinen Vorwurf zu machen, bloß weil du sie mal angebrüllt hast, wenn sie sich danebenbenommen hat oder dir ganz einfach auf die Nerven gegangen ist. Das ist doch ganz natürlich. So was passiert jedem von uns. Es zählt nur, was du wirklich für sie empfunden hast.«

»Ich hatte sie ehrlich lieb.«

»Ja, das weiß ich. Und Cindy wußte das auch. Sie hatte dich auch sehr, sehr lieb.«

Gail vergrub ihr Gesicht im Haar ihrer Tochter und weinte und weinte. Als Jack nach Hause kam, weinte sie immer noch. Carol und Jack waren erleichtert darüber, und ihre Eltern gewiß auch. Carol rief sie noch am selben Abend an und versicherte ihnen, Gail würde bald wieder auf dem Damm sein. Sie habe heute geweint. Doch dann weinte Gail Tag für Tag, und ihre Familie begann erneut, sich Sorgen um sie zu machen.

9

»Die Umwelt erwartet von uns, daß wir drüber wegkommen«, sagte die Frau leise. »Man erwartet von uns, daß wir nach einer gewissen Zeit wieder zu unserem alten Leben zurückfinden. Wenn wir den Leuten erklären, daß es unser altes Leben nicht mehr gibt, so verstehn sie das nicht. In ihren Augen schwelgen wir in Selbstmitleid. Sie glauben einfach, mit der Zeit müsse man es überwinden. Die Zeit vergeht, viel Zeit, vielleicht Jahre, und die Menschen um uns werden ungeduldig. Sie befürchten, man sei nicht mehr ganz bei Verstand. Trauer, sagen sie, sei ein edles Gefühl, aber es dürfe nicht zur Selbstzerstörung führen. Das sei nicht normal. Wir versuchen ihnen zu erklären, daß uns etwas widerfuhr, was *nicht* normal ist, und darauf erwidern sie, das Leben gehe weiter. Wir nicken. Was bleibt uns anderes übrig. Niemand weiß schließlich besser als wir, wie recht sie haben: Das Leben geht weiter!« Sie lachte ein bitteres Lachen.

Die Frau war nicht größer als einsfünfzig und wog kaum mehr als achtzig Pfund. In ihrem blonden Haar mischten sich helle und dunklere Strähnen. Die Wimperntusche war verschmiert und lief ihr in dünnen, schwarzen Rinnsalen über die Wangen. Ihre Stimme war nur ein Flüstern. Wenn sie auch zu den Anwesenden sprach, so redete sie im Grunde doch mehr mit sich selbst. Obwohl zehn Leute um sie versammelt waren, fühlte diese Frau sich unverkennbar allein, so wie jeder von ihnen in Wahrheit allein war.

»Sie war zu einer Freundin gegangen, mit der sie zusammen Schularbeiten machen wollte. Das tat sie fast jeden Tag. Ich hab' sie immer wieder gefragt – gelöchert, wie sie's nannte –, ob es wirklich was brächte, wenn sie mit ihrer Freundin zusammen lernte. Ich hatte meine Zweifel, ob die beiden tatsächlich ernsthaft arbeiteten. Aber sie blieb dabei, daß sie viel davon profitiere, weil Peggy – so hieß das andere Mädchen – viel klüger sei als sie und ihr vieles beibringen könne. Was sollte ich dem entgegenhalten? Ich bin schließlich nur die Mutter, nicht wahr?« Die Frau schluckte, senkte den Kopf und wischte sich die Augen. »Ich wußte es nicht besser.« Sie sah Gail an, die ihr unbeweglich gegenübersaß und kaum zu atmen wagte. »Also ist sie losgezogen wie gewöhnlich. Es war an einem Dienstagabend, so gegen halb acht. Sie wollte um zehn zurück sein. Ich hab' mir im Fernsehen einen Film angeschaut. Danny, mein Sohn, war schon zu Bett gegangen. Mein Mann und ich, wir sind geschieden; ich lebte allein mit den Kindern. Anfangs hab' ich nicht sonderlich auf die Zeit geachtet. Aber während eines Werbespots fällt mein Blick auf die Uhr, und da ist es schon Viertel vor elf. Das sieht Charlotte gar nicht ähnlich. Sie kommt immer pünktlich nach Hause. Sie war ein braves Kind. Zuerst dachte ich noch, sie hätten vielleicht mehr Zeit für die Aufgaben gebraucht. Oder meine Tochter hätte lange auf den Bus warten müssen. Peggy wohnte nicht weit von uns, aber ich wollte nicht, daß Charlotte nachts allein zu Fuß unterwegs war. Außerdem war die Bushaltestelle direkt vor Peggys Haus. Ich hab' also gewartet; es wurde elf, der Film war zu Ende, und ich begann ärgerlich zu werden. Ich überlegte, ob ich bei Peggy zu Hause anrufen sollte oder nicht. Jeder weiß doch, wie verhaßt Heranwachsenden das Gefühl ist, die Eltern spionierten ihnen nach. Schließlich dachte ich: Verdammt noch mal, wenn's ihr peinlich ist, soll sie eben nächstes Mal pünktlich sein! Ich griff zum Telefon und rief bei Peggy an. Ihre Mutter versicherte mir, Charlotte sei bereits über eine Stunde fort. Mit dem Bus hätte sie nur ein paar Minuten bis nach Hause gebraucht. Allmählich machte ich mir Sorgen. Um Mitternacht war ich völlig aufgelöst. Ich rief ihre sämtlichen Freundinnen an, holte jede aus dem Bett, bei der sie vielleicht hätte sein können. Zuletzt wußte ich mir keinen anderen Rat mehr, als die Polizei einzuschalten. Aber das war reine Zeitverschwendung. Der Beamte meinte, Charlotte sei wahrscheinlich mit ihrem Freund zusammen. Ich sagte, sie habe keinen Freund, sie sei ein sehr schüchternes Mädchen. Da lachte der Polizist am anderen Ende und versicherte mir, alle siebzehnjährigen Mädchen hätten einen Freund, und nur ihre Mütter hielten sie für schüchtern. Er fragte mich, ob wir gestritten hätten oder ob sie einen Grund gehabt habe, von zu Hause fortzulaufen. Ich verneinte das. Er fragte nach meinem geschiedenen Mann. Ich erklärte, ich hätte ihn seit der Scheidung nicht mehr gesehen. Er sagte, Charlotte sei wahrscheinlich zu ihrem Vater gegangen. Ich fragte, wie das möglich sei, da meine Tochter genausowenig eine Ahnung habe, wo er sich aufhielte, wie ich. Er behauptete, Teenager wüßten vieles, was sie ihren Müttern verschwiegen. Ich solle mich beruhigen und den nächsten Morgen abwarten. Meine Tochter würde mich bestimmt anrufen. Außerdem könne die Polizei sowieso erst dann etwas unternehmen, wenn das Mädchen seit vierundzwanzig Stunden vermißt werde. Der Beamte riet mir, schlafen zu gehen. Morgen nachmittag würde er jemanden vorbeischicken – falls Charlotte bis dahin nicht von selbst wieder aufgetaucht sei.

Ich wußte, daß sie keinen Freund hatte und auch nicht bei ihrem Vater sein konnte, den sie schließlich seit acht Jahren nicht mehr gesehen hatte. Ihr mußte etwas zugestoßen sein, sonst hätte sie mich zumindest angerufen. Aber die Polizei hörte nicht auf mich. Sie blieb bei der Theorie, meine Tochter sei von zu Hause weggelaufen. Daran konnten auch die Aussagen ihrer Freunde und ihrer Lehrer nichts ändern, die alle beteuerten, Charlotte sei nicht der Typ, einfach davonzulaufen, und von ihrem Vater habe sie nie gesprochen. Eines Nachmittags – Charlotte war inzwischen seit sechs Tagen verschwunden – hatte ich mich hingelegt. Ich hatte keine Nacht mehr richtig geschlafen, seit sie verschwunden war. Plötzlich hörte ich einen Wagen vorfahren, und als ich aus dem Fenster sah, erkannte ich ein Polizeiauto. Im ersten Moment sprang ich erfreut auf, denn ich dachte: Jetzt haben sie mein Kind gefunden und bringen's mir. Doch die Polizisten waren allein. Sie gingen sehr langsam, so als wollten sie eigentlich gar nicht ins Haus kommen. Plötzlich fühlte ich mich furchtbar elend. Charlotte und ich, wir hatten uns immer sehr nahegestanden, besonders, seit ihr Vater uns verlassen hatte.

An alles, was danach geschah, erinnere ich mich nur verschwommen. Ich versuchte es zu verdrängen. Die Polizisten sagten, sie hätten eine Leiche gefunden. Möglicherweise sei es Charlotte, aber einwandfrei könne das nur durch ein zahnärztliches Gutachten festgestellt werden. Die Leiche habe auf einem Feld gelegen, die Verwesung habe bereits eingesetzt; außerdem hätten Tiere den Körper angenagt. Es dauerte noch einen Tag, ehe wir mit Sicherheit wußten, daß die Tote meine Charlotte war. Man hatte sie vergewaltigt und zu Tode geprügelt, wahrscheinlich mit einem stumpfen Gegenstand. Dazu gehörte nicht viel. Sie war nicht größer als ich.

Fast ein Jahr lang ging ich nicht mehr aus dem Haus. Danny zog zu meinem Bruder. Charlottes Vater meldete sich erst einen Monat nach ihrem Tod. Als er endlich anrief, gab er mir die Schuld. Ich widersprach ihm nicht. In meinen Augen hatte er sogar recht. Auch ich gab mir die Schuld.«

Sie brach ab, und im Raum herrschte für ein paar Minuten tiefes Schweigen. Dann begann die zierliche Frau wieder zu sprechen.

»Wie gesagt, ich verkroch mich fast ein Jahr lang im Haus. Ich habe in der Zeit über fünfzehn Kilo abgenommen. Eine Nachbarin überredete mich schließlich dazu, zum Arzt zu gehen, und der steckte mich einen Monat ins Krankenhaus. Als ich rauskam, versuchte ich mich umzubringen. Das erste Mal schaffte mich meine Nachbarin grade noch rechtzeitig in die Klinik. Als ich's ein zweites Mal probierte, fand mich mein Sohn. Danny war meinem Bruder weggelaufen, weil er nach Hause wollte. Beim Anblick des Jungen wußte ich, daß ich mir nicht das Leben nehmen durfte. Ich habe nie mehr Hand an mich gelegt, auch wenn ich immer noch den Wunsch habe, es zu tun.

Das ist jetzt vier Jahre her. Danny ist zweimal sitzengeblieben, und er hat fast jede Nacht Alpträume. Seine Lehrer haben mich gewarnt, daß er dieses Jahr das Klassenziel wieder nicht erreichen wird, wenn er sich nicht schleunigst am Riemen reißt. Ich hab' versucht zu arbeiten, aber ich kann mich auf keiner Stelle lange halten. O Gott, es wird immer schlimmer. Aber warum erzähle ich Ihnen das? Sie wissen ja alle, wie das ist. Sie sind die einzigen, die mich verstehen.«

Sie blickte sich unter ihren Zuhörern um. In den Augen der Leute standen Tränen. Schweigend bekundeten sie ihr Verständnis. Gail wagte kaum zu atmen. Warum bin ich hier? Warum hat Jack unbedingt darauf bestanden, daß wir herkommen? Ich muß hier raus, weg von diesen Menschen, dachte sie.

Die zierliche Frau fuhr in ihrem Bericht fort. »Etwa eine Woche nachdem man Charlottes Leiche gefunden hatte, nahm die Polizei zwei Jugendliche fest. Beide unter achtzehn. Sie waren geständig. Ihre Tat hatte keinen besonderen Grund, gaben sie zu Protokoll. Sie wollten bloß rauskriegen, was für ein Gefühl es sei, jemanden sterben zu sehen. Auf Charlotte waren sie ganz zufällig verfallen. Sie kurvten mit einem Wagen durch die Gegend, den sie gestohlen hatten. Da sahen sie Charlotte an der Bushaltestelle stehen, zerrten sie ins Auto und fuhren mit ihr hinaus aufs Feld.« Die Frau blickte sich mit hilfloser Gebärde im Zimmer um. »Sie waren nicht volljährig, verstehen Sie. Deshalb kamen sie nicht ins Gefängnis. Man schickte sie in ein Erziehungsheim. Der eine ist schon wieder auf freiem Fuß, der andere wird in ein paar Monaten entlassen. Und da sie minderjährig sind, gelten sie noch nicht mal als vorbestraft.« Sie sah zu Boden. »Ich weiß selbst nicht, was ich mir erhoffte. Ich vertraute wohl darauf, daß in unserem Lande die Gerechtigkeit triumphiert. Als die Mörder meiner Tochter gefunden wurden, schien mir das ein Beweis dafür, daß dem Recht Genüge getan werde. Heute weiß ich es natürlich besser. Ich glaube nicht mehr an Gerechtigkeit. Das Recht meiner Tochter auf ein langes, glückliches Leben verblaßt neben dem Recht ihrer Mörder, wenn ein geschickter Anwalt es in die Hand nimmt. Er kann die ohnehin schwachen Gesetze im Handumdrehen nach eigenem Gutdünken zerpflücken, und das im Namen der Gerechtigkeit. Kann mir jemand von Ihnen eine Frage beantworten?« Die Frau blickte der Reihe nach in jedes Gesicht, aber ihr Tonfall ließ keinen Zweifel daran, daß ihre Frage rein rhetorisch war. »Kann mir jemand erklären, warum es so viele hervorragende Anwälte gibt, aber nur wenige kompetente Anklagevertreter?« Sie schluckte hörbar. »Wie lange wird es dauern« – diesmal flehte ihre Stimme um Antwort – »wie lange wird es dauern, bis ich mich von diesem Haß befreien kann, an dem ich langsam ersticke?«

Gail hatte das Gefühl, als sei die letzte Frage direkt an sie gerichtet. Sie beugte sich zu ihrem Mann hinüber. Sie wollte fort von hier. Warum hatte er sie hergebracht? Spürte er denn nicht, welche Qual dieser Abend für sie bedeutete?

»Jack«, flüsterte Gail, doch er hing seinen eigenen Gedanken nach. Sie berührte seinen Arm, versuchte, seine Aufmerksamkeit zu erregen, ohne die Gruppe zu stören. Zehn Leute saßen da beisammen, die eines gemeinsam hatten: Ihr Leben war unwiderruflich zerstört worden, und zwar durch einen sinnlosen Gewaltakt, dem sie hilflos ausgeliefert waren. Wie viele solcher Organisationen gab es in den Vereinigten Staaten? Wie viele Menschenleben wurden auf solch grausame Weise zerstört?

»Ich habe ein paar Bilder von Charlotte mitgebracht«, fuhr die zierliche Frau fort. Sie holte einen Stapel Fotos aus ihrer Handtasche und reichte sie herum. »Auf dem ersten ist Charlotte noch ein Baby. Ich weiß nicht, warum ich das mitgebracht hab'.« Sie kicherte verschämt. »Wahrscheinlich wollte ich Ihnen zeigen, was für ein hübsches Baby ich hatte. Die anderen Bilder wurden aufgenommen, als Charlotte siebzehn war; das letzte machte ich drei Wochen vor ihrem Tod. Sie hatte so schönes, langes blondes Haar, in das sie richtig vernarrt war. Ich konnte sie nicht mal dazu bewegen, es auch nur einen Zentimeter kürzen zu lassen.« Sie hielt inne und sah zu, wie die Fotos von Hand zu Hand wanderten. Gail spürte ihren Blick auf sich ruhen, als sie die Bilder in

Empfang nahm. Sie betrachtete das pausbäckige, strahlende Baby und das lächelnde blonde Mädchen, das nun tot war. Rasch schob sie Jack die Fotos zu. Vergebens bemühte sie sich, ihm zu signalisieren, daß sie fort wolle, daß sie es nicht mehr aushielte.

Wie kann er nur ruhig dasitzen und sich das anhören? Und die anderen, wie halten die das aus? Gail blickte sich im Kreis der Leute um, die der Schmerz zusammengeführt hatte.

Das Treffen fand in West Orange statt, im Haus von Lloyd und Sandra Michener. Sie hatten die Gruppe vor drei Jahren gegründet, sechs Monate, nachdem ihre Tochter auf dem Heimweg vom Kino erstochen worden war. Laura hatte ihr zwar erklärt, wie diese Selbsthilfeorganisation aufgebaut war – »ähnlich den anonymen Alkoholikern, weißt du« –, doch auf so viel Direktheit war Gail nicht gefaßt gewesen.

»Darf ich euch Gail und Jack Walton vorstellen«, hatte Lloyd Michener sich an die Runde gewandt. »Ihre sechsjährige Tochter Cindy wurde vor sieben Wochen ermordet.« Keine Beschönigungen, kein Versuch, die grausame Wahrheit zu verschleiern. Dieses Stadium hatte die Gruppe längst hinter sich.

Lloyd Michener hatte sie mit den Anwesenden bekannt gemacht: Sam und Terri Ellis, deren vierzehnjähriger Sohn bei einem Überfall auf einen Laden in der Nachbarschaft umgebracht worden war; Leon und Barbary Cooney, deren zwölfjährigen Sohn ein älterer Mitschüler in der Pause beim Streit ums Milchgeld erstochen hatte; Helen und Steve Gould, deren Babysitter durchgedreht und ihre kleine Tochter erwürgt hatte; und Joanne Richmond, deren siebzehnjährige Tochter Charlotte zwei Halbstarke auf einem Feld vergewaltigt und zu Tode geprügelt hatten.

Gail hatte schon bei der Begrüßung gespürt, wie ihre Nervosität sich von Minute zu Minute steigerte und wie Übelkeit in ihr hochstieg. Am liebsten hätte sie auf dem Absatz kehrtgemacht und wäre davongerannt.

Lloyd Michener schien ihre Gedanken zu erraten. »Ich kann mir vorstellen, was Sie jetzt durchmachen. Uns allen ist es anfangs genauso ergangen, glauben Sie mir.« Er griff nach ihrer Hand. »Hier dürfen Sie frei von der Leber weg sprechen. ›Richtet nicht, auf daß ihr nicht gerichtet werdet!‹ So lautet unser Wahlspruch. Nichts, was Sie sagen, wird uns schockieren. Ihr Abscheu kann nicht größer sein, als der unsere es war. Lassen Sie sich von uns helfen, Gail.« Er spürte ihr Widerstreben, auch wenn er es nicht verstand.

Er hatte ihre Hand losgelassen und sich Joanne Richmond zugewandt. »Joanne hat sich bereit erklärt, uns heute abend ihre Geschichte zu erzählen. Sie brauchen nur zuzuhören«, erklärte er Gail. »Gewöhnlich beteiligen sich neue Mitglieder bei ihren ersten Besuchen nicht an der Diskussion. Aber das bleibt natürlich ganz und gar Ihnen überlassen.«

Gail hatte ihm schweigend zugehört. Sie schwieg auch jetzt, als Joanne Richmond ihren Bericht beendet hatte und ihre Fotos wieder einsammelte.

»Wollen wir ein paar Minuten Pause machen und einen Kaffee trinken?« schlug Sandra Michener liebenswürdig vor.

»Ich möchte gehen«, sagte Gail zu Jack.

»Aber...«

»Es ist sinnlos, darüber zu diskutieren. Ich muß hier raus, ob du nun mitkommst oder nicht!«

Sie wirkte so entschlossen, daß Jack nachgab. »Ich geh' mit«, sagte er widerstrebend.

Gail lief unverzüglich in die Diele hinaus und wartete an der Haustür auf Jack. Sie hörte ihn mit Lloyd Michener sprechen, der auch jetzt wieder genau zu wissen schien, was in ihr vorging.

»Das ist durchaus nichts Ungewöhnliches. Neulinge gehen oft mitten in der Sitzung raus. Es ist schwierig, ruhig dazusitzen und sich all das Leid anzuhören, vor allem, wenn man selbst so ziemlich das gleiche durchgemacht hat. Versuchen Sie Ihre Frau zu überreden, das nächste Mal wiederzukommen. Aber wenn sie sich weigert, dann kommen wenigstens Sie. Das rate ich Ihnen dringend. Der Volksmund sagt, das Unglück bringe die Menschen enger zusammen. Doch das ist ein Irrtum. In Wirklichkeit verhält es sich genau umgekehrt. Die Betroffenen kommen mit ihren Schuldgefühlen nicht zu Rande, und das belastet sogar die beste Ehe. Nach unseren Erfahrungen landen siebzig Prozent derer, die keine Hilfe von außen suchen, vor dem Scheidungsrichter. Bitte kommen Sie wieder. Es ist wichtig.«

Jacks Antwort hörte sie nicht. Wahrscheinlich hatte er nur genickt. Ein paar Minuten später saßen er und Gail im Wagen und fuhren schweigend nach Hause.

10

Am letzten Morgen ihrer selbstgesetzten Frist von sechzig Tagen rief Gail den Kommissar an.

»Ich bin's«, sagte sie verlegen, als Lieutenant Cole sich meldete. Er erkannte ihre Stimme sofort. »Sie dürfen mich jederzeit anrufen, Gail. Das wissen Sie doch. Wie war's bei der Selbsthilfegruppe?«

»Ach ... so ...« Gail wollte nicht über die Sitzung sprechen. Sie hatte genug von den Diskussionen mit Jack, Carol und Laura, die stundenlang versucht hatten, sie zu überreden, am nächsten Treffen teilzunehmen. Gail war fest entschlossen, das nicht zu tun.

»Gruppen wie die der Micheners haben schon vielen Menschen geholfen«, tastete der Kommissar sich weiter vor.

»Das hab' ich auch gehört.« Gail wechselte das Thema: »Sagen Sie, gibt's was Neues?«

»Wir haben ein Psychogramm des Mörders erstellt.«

»Und was ist das?«

»Wir haben aufgrund mehrerer psychiatrischer Gutachten den geistig-seelischen Hintergrund dieses Mannes bestimmt. Warten Sie 'n Moment, ich les' Ihnen den Bericht vor.« Gail hörte Papier rascheln. »Ah, da haben wir's.« Er machte eine wirkungsvolle Pause. »Nach Meinung der Experten ist der Mörder ein Einzelgänger. Möglicherweise hat er 'n Vorstrafenregister, aber wohl nur für kleinere Vergehen. Wahrscheinlich stammt er aus einer zerrütteten Familie, obwohl das heutzutage nichts Besonderes ist. Seine Mutter war entweder zu dominant oder zu labil.«

Wie auch immer, die Mutter ist in jeder Familie schuld, dachte Gail.

»Er dürfte kaum feste Bindungen haben«, fuhr Lieutenant Cole fort. »Er war ein schlechter Schüler und möglicherweise gar ein Tierquäler. Seinen Vater hat er entweder nicht gekannt, oder er ist von ihm mißhandelt worden.«

Gail ordnete die Informationen. »Im Grunde läuft's also darauf hinaus, daß jeder der Mörder sein könnte.«

»Nein. Wir tappen zwar im dunkeln...«

»Aber was wissen Sie denn schon?«

»Nun, selbst unter Berücksichtigung aller Wenn und Aber steht doch fest, daß wir einen jungen Mann suchen, der ziemlich kontaktarm ist, einen Sonderling und Außenseiter der Gesellschaft, der aus einem zerrütteten Elternhaus stammt. Nach meiner Theorie hat er keinen festen Wohnsitz, sondern logiert in einer Pension, irgendwo hier in New Jersey. Früher oder später wird er sich verraten, und dann schnappen wir ihn.«

»Aber wenn er nun gar nicht mehr in New Jersey ist?«

Lieutenant Cole antwortete nicht gleich. Schließlich stellte er ihr eine Gegenfrage. »Spielen Sie Bridge?«

»Nein.«

»Meine Frau und ich, wir spielen einmal die Woche. Wissen Sie, beim Bridge muß man nicht nur Glück haben, da kommt's auch auf die Strategie an. Wenn zum Beispiel einer reizt, den Stich aber nur kriegen kann, falls ein bestimmter Spieler eine bestimmte Karte hat, so muß er aus taktischen Gründen beim Bieten annehmen, daß diese Karte genau da ist, wo sie sein sollte. Das gleiche trifft auch auf Verbrecherjagden zu. Wenn wir annehmen, der Mörder habe den Staat verlassen, können wir gleich aufgeben. Wir haben nur dann eine Chance, den Mann zu fassen, wenn er sich noch in New Jersey aufhält. Also gehen wir davon aus, daß er hier ist. Verstehen Sie, was ich meine?«

Gail ging auf seinen Vergleich nicht ein. Statt dessen stellte sie die Frage, die sie während der letzten zwei Monate gewiß schon hundertmal gestellt hatte: »Was unternehmen Sie jetzt?«

»Wir halten Augen und Ohren offen. In ganz Essex County haben wir Männer in einschlägigen Pensionen postiert. Wir beschatten Verdächtige. Vielleicht setzen wir eine Belohnung aus für sachdienliche Hinweise, die zur Ergreifung des Täters führen.«

»Kann ich irgendwas tun?«

»Gönnen Sie sich Ruhe.« Der Kommissar schien besorgt. »Sie müssen wieder zu Kräften kommen. Gehen Sie weiter zu den Treffen der Selbsthilfegruppe. Versuchen Sie wieder ein normales Leben zu führen.«

»Das haben Sie mir alles schon so oft gesagt.« Gail bemühte sich, ihn ihre Ungeduld nicht merken zu lassen. Er wollte ihr doch nur helfen, das wußte sie. »Ich möchte ja bloß wissen, ob ich was *tun* kann.«

»Ich hab' Sie schon verstanden. Aber Sie können nichts tun, glauben Sie mir.«

»Ich komm' mir so nutzlos vor.«

»Ja, ich weiß.«

»Ach, gar nichts wissen Sie!«

Lieutenant Cole schwieg eine Weile. Als er wieder sprach, klang seine Stimme beunruhigt. »Gail, versuchen Sie Geduld zu haben. Wir tun, was in unserer Macht steht.«

Sie nickte. »Ich melde mich bald wieder.«

Gail legte den Hörer auf und ging ins Arbeitszimmer. Auf dem dunkelgrünen Ledersofa lagen aufgeschlagen die Fotoalben, die sie am Vorabend durchgeblättert hatte. Sie setzte sich und nahm eins auf den Schoß. Einmal mehr blickte sie bestürzt auf die lächelnden Gesichter ihrer bis vor zwei Monaten noch so glücklichen Familie. Da waren Aufnahmen von Kostümfesten, Geburtstagsfeiern, Ferien in Florida. Ein wenig ängstlich saß die zweijährige Cindy bei Ebbe auf einem Felsen im Meer. Ihre besorgte Mutter war nicht im Bild. Cindy räkelte sich neben ihrem Großvater auf einem Liegestuhl; Cindy als Dreijährige, wie sie ganz allein mit Schwimmflügeln im Planschbecken badete; ein Jahr später, wie sie ohne Hilfe schwamm; Cindy als Fünfjährige auf dem Sprungbrett.

In Gedanken paarte Gail jede glückliche Erinnerung mit einer schmerzlichen. Mal hatte sie ihre Tochter zu hart angefaßt, mal sie zu streng getadelt. Es kostete sie besondere Überwindung, die Bilder anzuschauen, die Cindy am Klavier zeigten.

Im allgemeinen war sie eine geduldige Mutter, und auch bei ihren Schülern hatte sie in der Regel unerschütterliche Langmut bewiesen, doch wenn ihre Jüngste sich an der Tastatur abmühte, wurde Gail zum unerbittlichen Tyrannen. Sobald Cindy ihre Übungen vernachlässigte oder auf dem Klavierhocker herumzappelte und trödelte, wurde Gails Stimme schrill vor Ärger. Nicht selten war Cindy am Ende der Stunde in Tränen aufgelöst, und Gail konnte ihre eigene Stimme nicht mehr ertragen.

Wenn Gail jetzt das Klavier anschaute, sah sie in Gedanken Cindys tränenverschleierte Augen. Schließlich mied sie das Instrument. Den Eltern ihrer Schüler teilte sie mit, daß der Unterricht bis auf weiteres ausfallen müsse. Sie schienen eher erleichtert als enttäuscht darüber.

»Gail«, sagte eine sanfte Stimme hinter ihr, »glaubst du nicht, es sei an der Zeit, die Alben wegzulegen?«

Gail blickte auf. Carol war noch im Nachthemd. »Ich hab' sie angebrüllt.« Gail schluchzte. »Ohne Grund.« Sie vergrub das Gesicht in den Händen.

»Schön, du hast sie 'n paarmal angeschrien.« Carol schien ratlos. »Du warst also nicht die perfekte Mutter. Na und? Du bist schließlich nur 'n Mensch, oder? Du wirst weiterhin Fehler machen. Du wirst auch in Zukunft mal jemanden ungerecht behandeln. Das passiert doch jedem von uns.« Carol stockte und blickte ihre Schwester hilflos an. »Ich weiß, ich rede schon wieder wie unsere Mutter, aber sei's drum.« Sie zwang Gail, ihr in die Augen zu sehen. »Wichtig ist, daß du dein Bestes gegeben und dich nach Kräften bemüht hast, eine gute Mutter zu sein. Mensch, jetzt predige ich fast genau wie *du!* Weißt du nicht mehr, was du zu Jennifer gesagt hast? Es komme nur darauf an, daß sie Cindy geliebt und daß die Kleine es auch gefühlt hat. Sie sei die beste große Schwester gewesen, die ein Kind sich nur wünschen könne. Warum kannst *du* das nicht auch beherzigen? Warum willst du nicht einsehen, daß du die beste Mutter warst, die ein kleines Mädchen sich wünschen kann? Gail, denk doch mal, wie wenige Kinder heutzutage das Glück haben, ihre Mutter den ganzen Tag für sich zu haben. Cindy war ein rundum glückliches Kind...« Gails Miene ließ sie stocken. »Entschuldige, ich kann mir denken, wie das in deinen Ohren klingt. Aber deswegen brauchst du mich nicht gleich aufzufressen. Du weißt doch, wie ich's gemeint hab'!«

Gail saß reglos da, das geöffnete Fotoalbum auf dem Schoß. Sie blickte in das zarte Gesicht ihrer jüngeren Schwester, sah die Augenränder, die verrieten, daß Carol an Schlaflosigkeit litt. Dann schloß sie das Album und legte es neben sich. »Was soll ich denn deiner Meinung nach tun? Sie vergessen? Soll ich mit den Fotos meine Erinnerungen wegschließen und so tun, als habe es Cindy nie gegeben?«

Carol schüttelte den Kopf. »Nein, Gail, nein. Niemand verlangt, daß du Cindy vergißt. Aber du darfst auch *dich* nicht vergessen. Du mußt weiterleben. Du hast eine Familie, die dich liebt, einen wunderbaren Mann, der dich anbetet. Wir müssen doch alle irgendwie weitermachen...«

Gail lächelte wehmütig. »Du redest wirklich wie Mutter.«

»Ich weiß.« Carols Stimme schwankte zwischen Lachen und Weinen. »Das hab' ich ja gesagt.«

»Ist schon gut.« Gail schluchzte. »Mutter ist nicht das schlechteste Vorbild.« Sie drückte ihre Schwester an sich, dann sammelte sie die Fotoalben ein und stellte sie in die hinterste Ecke des Bücherregals. »Du hast ganz recht.« Als sie sich wieder zu Carol setzte, klang ihre Stimme entschlossen und gefaßt. »Ich bin froh, dich bei mir zu haben. Aber ich meine, es wird Zeit, daß auch du deinen Rat beherzigst und wieder dein eigenes Leben führst. Du hast meinetwegen schon genug versäumt.«

Carol nickte. »Ich muß zugeben, ich hab' in den letzten Tagen manchmal daran gedacht, nach New York zurückzufahren.« Ihr Blick wanderte zu den Fotoalben im Regal. »Es scheint dir wieder besserzugehen. Außerdem sind Jack und Jennifer bei dir. Ich weiß, es wird dir an nichts fehlen.« Sie hielt inne. »Im übrigen – Anruf genügt«, fügte sie mit erzwungener Fröhlichkeit hinzu. »Wenn du mich brauchst...«

»Dann meld' ich mich, keine Sorge. Wann willst du denn fahren?«

»Ich dachte, nach dem Unabhängigkeitstag?«

»Nach 'm 4. Juli?« Gail nickte zustimmend. »Weißt du, was? Ich mach' jetzt einen kleinen Spaziergang.«

»Soll ich mitkommen? Ich brauch' mich nur schnell anzuziehen?«

»Nein, laß nur. Ich bleib' nicht lange.«

Gail war geradezu erleichtert darüber, daß Carol nach New York zurück wollte. Zwar hatte sie die Schwester nach wie vor gern um sich, aber vor ihr lag eine Aufgabe, die sie nur allein bewältigen konnte.

Gail blickte auf das Gebüsch, auf das zertretene Gras rings um die grüngestrichene Bank und dachte: Carol hat recht. Es ist Zeit, sich der Gegenwart zu stellen, oder, wie Lieutenant Cole es heute früh formuliert hat, Zeit, wieder ein normales Leben zu führen.

Für Gail gab es nur einen Weg, das zu verwirklichen: Sie

mußte den Mann finden, der ihr Leben zerstört hatte. Der Kommissar hatte ihn einen Sonderling genannt. Wenn man's ironisch deutet, dann paßt der Begriff auch auf mich, dachte Gail. Als sie um die Bank herumging und ins Gebüsch eindrang, war sie nicht mehr die schmerzerfüllte Mutter, die ihren Erinnerungen nachhing, sondern ein Detektiv auf Spurensuche. Sie kniete nieder und fuhr mit der Hand über den weichen Boden, tastete nach der Stelle, wo ihre Tochter gelegen hatte, erfühlte das Gewicht des Unbekannten, der ihr Kind niederwarf. Sie wußte nicht genau, wonach sie suchte, aber sie war fest entschlossen, so lange weiterzusuchen, bis sie etwas gefunden hatte.

Es war Ende Juni. Der Mord war am 30. April geschehen. Nur noch ein paar Tage bis zum 4. Juli, dachte Gail, stand auf und warf einen letzten Blick auf die Anlage. Es ist genug Zeit verschwendet worden. Die sechzig Tage sind um.

11

Gail beschäftigte sich am Wochenende hauptsächlich mit der Lektüre von Presseberichten über anormales Sexualverhalten. Sie erfuhr, daß die Welt voll sei von Menschen, die entweder dem Gruppensex frönten oder es auf Friedhöfen und Kirchenbänken trieben, während andere gleichgeschlechtliche Partner bevorzugten und wieder andere sich mit Tieren oder mit den lieben Dahingeschiedenen vergnügten. Manche liebten Züchtigungen, andere Sodomie; die einen standen auf Exhibitionismus, die anderen auf Voyeurismus. Manche schlugen gern; anderen gefiel es, sich schlagen zu lassen.

Sie lernte sämtliche Fachausdrücke. Einige gängige Begriffe – wie etwa Homosexualität, Lesbianismus und Sodomie – waren ihr schon geläufig. Auch Masochismus, Sadismus und Vergewaltigung kannte sie. Neu waren Ausdrücke wie Nekrophilie, Koprophagie und Pädophilie.

Pädophilie – auf Kinder gerichteter Sexualtrieb Erwachsener. Die Artikel bestätigten vieles von dem, was Lieutenant Cole ihr bereits gesagt hatte, daß sämtliche Triebtäter fast ausschließlich männlichen Geschlechts seien, in der Regel jung, daß sie Frauen entweder haßten oder fürchteten, daß sie aber auch sich selbst haßten und ihre eigenen Bedürfnisse fürchteten. Ihre Eltern waren häufig Bestien, die sie als Kinder mißhandelt oder vernachlässigt und dadurch ihr Schicksal bis zu einem gewissen Grad vorherbestimmt hatten. Kleine Grausamkeiten steigerten sich im Laufe der Zeit. Es gab wenig Möglichkeiten, solchen Menschen zu helfen, aber noch weniger, andere vor ihnen zu schützen.

Männer, die kleinen Mädchen nachjagten, waren in der Regel zurückhaltend, wenn nicht gar feige. Sie töteten mehr aus Angst vor Entdeckung, als aus dem Wunsch, ihrem Opfer weiteres Leid zuzufügen, wenngleich es auch Geistesgestörte gab, denen das Morden an sich höchsten Lustgewinn verschaffte.

Die Gesellschaft hatte ihre Haltung gegenüber sexuell Abartigen im Laufe der Jahre geändert. Strikte Ablehnung war gleichgültiger Duldung gewichen. Heute herrschte die Meinung vor, Erwachsene dürften in ihren vier Wänden miteinander tun, was immer ihnen Spaß machte – vorausgesetzt, alle Beteiligten seien einverstanden. Privatclubs und sogar öffentliche Badeanstalten wurden zur Plattform für dieses zunehmend anerkannte neue Sozialverhalten.

Selbst krankhaft Abartige, Sexualpsychotiker, die ihre Triebe befriedigten, ohne zu fragen, die Menschen vergewaltigten und sinnlos Leben zerstörten, ohne sich um das Alter ihrer Opfer zu kümmern, durften inzwischen auf ein gewisses Mitgefühl rechnen und wurden nicht mehr für ihre Taten verantwortlich gemacht.

Tageszeitungen und Illustrierte waren voll von Berichten über grobe Verstöße gegen die sogenannte Gerechtigkeit. Gail saß im

Ohrensessel im Wohnzimmer, auf dem Schoß eine Zeitung, neben sich eine Tasse Kaffee und zu ihren Füßen einen Stapel Illustrierte. Im Geiste ging sie noch einmal alle Meldungen durch, die sie in den neuesten Ausgaben von »Time Magazine« und »Newsweek« gelesen hatte.

In Kanada war der Großvater eines zwölfjährigen Mädchens angeklagt worden, seine Enkelin sexuell belästigt zu haben. Der Richter hatte die Klage abgewiesen, nachdem eine ausführliche Befragung des Mädchens ergeben hatte, daß die Kleine sich nicht erinnern konnte, wann sie zum letztenmal in der Kirche gewesen war. Der Richter argumentierte, ohne religiöse Erziehung könne das Kind die Bedeutung einer Aussage unter Eid, die es hätte machen müssen, nicht verstehen. Da das Mädchen aber die einzige Zeugin der Anklage war, wurde das Verfahren gegen den Beklagten niedergeschlagen.

Gail hatte diesen Bericht dreimal gelesen, um sicherzugehen, daß sie ihn verstand und nichts übersehen hatte. Als sie überzeugt war, richtig gelesen zu haben, ließ sie die Zeitung auf ihren Schoß sinken und blickte hinüber zu Jack, der sich auf dem Sofa in einen Spionageroman vertieft hatte. Sie fand, die Bedeutung des Artikels liege klar auf der Hand: Kinder zählten nicht als vollwertige Menschen; man würde immer wieder abartige Erwachsene freisprechen.

Eine andere Meldung betraf eine Frau, die schon vor einiger Zeit unter höchst verdächtigen Umständen zwei Kinder verloren hatte – eines war im Alter von sieben Monaten in der Badewanne ertrunken, und das andere hatte angeblich aus Versehen irgendein Gift geschluckt. Nun war diese Frau angeklagt, den Tod ihrer drei Monate alten Tochter durch absichtliche Vernachlässigung herbeigeführt zu haben. Sie wurde für schuldig befunden und zu einer Haftstrafe von zwei Jahren verurteilt. Sie erklärte feierlich, daß sie noch viele Babys zu bekommen gedenke, sobald sie aus dem Gefängnis entlassen werde, und daß niemand sie daran hindern könne, so viele Kinder zu haben, wie Gott ihr schenke.

Wieder hatte Gail die Zeitung auf ihren Schoß sinken lassen und über die Bedeutung des Gelesenen nachgedacht. Man durfte also Kinder töten, folgerte sie, besonders, wenn es sich um die eigenen handelte. Auch in diesem Fall zählten Kinder nicht als vollwertige Menschen. Die Mörderin von wahrscheinlich drei wehrlosen Kindern war zu nur zwei Jahren Gefängnis verurteilt worden.

Die Sonntagsausgabe der »New York Times« brachte ähnliche Meldungen: Ein Mann, der seine Frau erschossen hatte, war mit der gleichen Haftstrafe belegt worden wie jene Frau, die ihre Kinder umgebracht hatte, und zwar mit der Begründung, er habe echte Reue gezeigt, und es sei nicht zu erwarten, daß er noch einmal eine Gewalttat begehen werde. Zwei Männer waren freigesprochen worden, nachdem der zuständige Richter zu dem Schluß gelangt war, die Frau, die sie vergewaltigt und mit der sie Unzucht getrieben hatten, habe ihren Handlungen zugestimmt. Er bezog sich dabei auf Fotos, die einer der Männer gemacht hatte und auf denen das Opfer unter Tränen lächelte, während es mißbraucht wurde. Diese Bilder genügten dem Richter als Beweis, um die Anklage fallenzulassen, obwohl die Frau aussagte, die Männer hätten ihr gedroht, sie zu töten, falls sie nicht in die Kamera lächle. Der Richter entschied, die Frau habe sich augenscheinlich amüsiert. Ihre beiden anschließenden Selbstmordversuche und die anhaltende Depression ließ er nicht als Gegenbeweis gelten. Er urteilte, die Frau sei eindeutig erst nach der Tat von Reue befallen worden.

Unter der Rubrik »Vermischtes« brachte eine Zeitung zwei Berichte, die nur mittelbar zum Thema gehörten. In Florida hatte ein Mann zwei Jugendliche erschossen, die versucht hatten, in seinen Laden einzubrechen. Der Meldung zufolge hatte er einen der beiden getötet, als der ihm mit vorgehaltener Pistole befahl, die Kasse zu öffnen. Dann war er ruhig auf den zweiten jungen Mann zugegangen, der sich angstvoll duckte, und hatte ihm eine Kugel in den Kopf gejagt. Der Ladenbesitzer wurde nun in seiner Stadt wie ein Held gefeiert und gab Interviews, in denen er strahlend verkündete, jeder Amerikaner habe das Recht, sein Eigentum zu schützen.

In einem anderen Fall war ein Einbrecher in New York von einer Gruppe aufgebrachter Bürger überrascht worden, als er einen alten und beliebten Kaufmann erschoß. Statt die Polizei zu benachrichtigen, nahmen die Leute selbst die Verfolgung auf. Sie erwischten den Dieb, fielen über ihn her und rissen ihm in ihrem furchtbaren Rachedurst die Augen aus dem Kopf.

Gail las diese beiden letzten Meldungen noch einmal und empfand dabei eine Mischung aus Ekel und seltsamer Befriedigung.

»Geht's dir gut?« fragte Jack unvermittelt. Gail blickte auf und merkte, daß er sie aufmerksam betrachtete. Das Buch lag unbeachtet in seinem Schoß.

»Ja«, antwortete sie. »Warum fragst du?«

»Du hast gezittert.«

»Ach, wirklich?« murmelte Gail verwundert. Sie zuckte die Achseln und faltete die Zeitung zusammen.

Jack sah auf seine Armbanduhr. »Es ist fast Mitternacht. Ich glaube, ich leg' mich hin. Kommst du auch?«

»Ich wollte eigentlich auf Jennifer warten.«

»Wozu? Sie ist doch mit Eddie zusammen, nicht wahr?«

»Ich dachte bloß, ich sollte auf sie warten, für den Fall, daß sie sich mal aussprechen möchte. Du weißt doch, ich kann sowieso nicht einschlafen, ehe ich sie heimkommen höre.«

»Vielleicht möchtest *du* dich aussprechen?« fragte Jack mit sanftem Nachdruck. »Bist du traurig, weil Carol morgen abfährt?«

Gail schüttelte den Kopf. »Nein. Es ist Zeit, daß sie geht.«

»Es ist Zeit für so manches.« Jack trat zu ihr und nahm ihre Hand in die seine. »Zeit, daß wir uns wieder mit unseren Freunden treffen…«

»Ich weiß.«

»Laura und Mike haben uns für nächste Woche wieder zum Essen eingeladen...«

»Tut mir leid wegen dieses Wochenendes. Aber mir war einfach nicht nach Feiern zumute.«

»Das verstehe ich ja, und sie auch. Auch mir war nicht sonderlich nach Feiern. Aber ein ruhiges Abendessen mit Freunden würde uns vielleicht guttun.«

»Ja, vielleicht.«

Jack kniete neben ihrem Sessel nieder. »Ich liebe dich«, sagte er.

»Ich liebe dich auch.«

»Wie geht's dir? Wie geht's dir *wirklich?«* fragte er eindringlich. »Sieh mich an. Versuch mir nichts zu verheimlichen.«

»Ich könnte dir nie etwas verheimlichen.« Sie schob die Zeitung beiseite. »Wie's mir geht, willst du wissen? Was soll ich darauf antworten?« Nach einer langen Pause setzte sie hinzu: »Ich bin einsam. Ich glaube, ich empfinde nichts so stark wie meine Einsamkeit. Sie fehlt mir so sehr.«

Jacks Augen füllten sich mit Tränen, und er drehte den Kopf zur Wand. »Sieh mich an«, wiederholte sie leise seine Worte. »Versuch mir nichts zu verheimlichen.«

»Sie fehlt mir auch.« Seine Stimme klang rauh und unnatürlich.

»Du hast deine Arbeit, das ist wenigstens etwas. Die lenkt dich ab, beschäftigt dich.«

»Ja, das stimmt. In vieler Hinsicht war die Arbeit meine Rettung. Aber an manchen Tagen, da kommt irgendein Mann mit seiner kleinen Tochter rein, und die beiden weinen, weil ihre Katze überfahren wurde. Doch ich kann das Tier kaum sehen, weil ich nur Augen habe für das kleine Mädchen, und dann wünschte ich, ich hätte mehr Zeit mit meiner eigenen Tochter verbringen dürfen. Du hattest solches Glück, weißt du, weil du die ganze Zeit mit ihr zusammensein konntest, auch wenn es dadurch jetzt besonders schwer für dich ist.« Er schüttelte den Kopf. »Meine Arbeit leidet darunter«, sagte er nach einer Weile.

»Was meinst du damit?«

»Ich denke, es hat was mit dem Interesse zu tun. Meine Arbeit ist mir irgendwie gleichgültig geworden.«

»Aber Jack, du hast doch deinen Beruf immer so geliebt.«

»Ja. Doch wenn erst einmal so etwas geschehen ist, fällt es schwer, sich darüber aufzuregen, ob eine Katze lebt oder stirbt. Mein Gott, das sind doch bloß Tiere.« Er hielt inne und schüttelte den Kopf. »Obwohl ich zugeben muß, daß ich vor ein paar Tagen das niedlichste Hündchen in der Praxis hatte, das du dir vorstellen kannst. Weißt du, ich hab' wahnsinnig viel zu tun. Man könnte fast meinen, ich sei der einzige Tierarzt im Bezirk Essex. Kommt wahrscheinlich von all der Publicity. Na, wie auch immer, ich habe jedenfalls noch nie so viele Patienten gehabt.«

»Erzähl mir mehr von diesem kleinen Hund«, bat Gail.

»Es war eigentlich eine Sie, weißt du. Nicht reinrassig, sondern halb Pudel, halb Pekinese. Klingt wahrscheinlich nach 'ner schaurigen Mischung, aber das war sie ganz und gar nicht. Im Gegenteil, ein hübsches kleines Hündchen mit aprikosenfarbenem Fell. Unheimlich lebendig. Promenadenmischungen sind meistens viel aufgeweckter als Reinrassige. Hatte Schmerzen an den Hinterläufen. Das kommt bei Pudeln oft vor. Wirklich erstaunlich«, fuhr er, ganz in Gedanken versunken, fort, »aber eigentlich sieht sie weder aus wie ein Pudel noch wie ein Pekinese. Eher wie ein Cockerspaniel. Ich weiß nicht, woher das kommt.« Traurig lächelte er Gail an. »Sieht ganz so aus, als hätte *ich* das Bedürfnis gehabt, mich auszusprechen.«

»Ist schon gut. Ich bin zum Zuhören aufgelegt.«

»Die Besitzer wollen mit ihr züchten«, fuhr Jack fort. »Sie haben mir angeboten, ich dürfe mir das Schönste aus dem ersten Wurf aussuchen.«

»Du möchtest einen Hund?« fragte Gail erstaunt. »Du hast

doch immer gesagt, du hättest in der Praxis genug Tiere um dich.«

»Diese Hündin hat's mir irgendwie angetan. Ich weiß selber nicht recht, wieso. Jedenfalls können wir's uns ja mal überlegen.«

»Ein junger Hund«, sagte Gail nachdenklich.

»Du, die machen mehr Arbeit als ein Baby.«

»Auch das könnten wir bekommen.«

Ein paar Sekunden lang schwiegen sie beide.

»Man kann ein Kind nicht durch ein anderes ersetzen«, sagte Gail schließlich behutsam.

»Das weiß ich.«

»Ich fürchte, ich kann über so was noch nicht sprechen«, flüsterte Gail.

Jack strich ihr über die Schultern. »Ich geh' zu Bett.« Er stand auf und streckte ihr seine Hand entgegen. »Kommst du mit?«

Gail sah ihm in die Augen. »Das kann ich auch noch nicht. Bitte sei mir nicht böse.«

»Warum sollte ich böse sein? Ich hab' sehr viel Geduld.«

»Ich liebe dich«, sagte Gail und dachte, er hätte etwas Besseres verdient.

»Das weiß ich. Bleib nicht zu lange auf.«

Gail sah ihm nach und überlegte, wie ihr Exmann Mark mit einer solchen Tragödie fertig geworden wäre. Höchstwahrscheinlich hätte er einen Monat lang seinen Kummer im Alkohol ertränkt und sich dann aus dem Staub gemacht. Ihre Ehe wäre unter dem Druck zerbrochen. Er wäre in seinen Sportwagen mit Metallic-Lackierung gesprungen und dem Sonnenuntergang entgegengefahren. Er hätte versucht, seine Erinnerungen mit Hilfe von Frauen und Alkohol zu vergessen. Auf jeden Fall hätte er ihr nie das Mitgefühl und Verständnis entgegengebracht, womit Jack Walton ihr begegnete.

Sie stellte sich vor, wie Jack sich jetzt oben im Schlafzimmer auszog. Nackt wirkte sein starker Körper erstaunlich verletzlich. Seit dem Unglück hatten sie nicht mehr miteinander geschlafen.

Sex mit Jack gehörte zu den wundervollen Uberraschungen ihrer zweiten Ehe. Marks Rolle als Liebhaber war zwar eine seiner besten gewesen, aber dafür mußte im Bett auch alles nach seinen Vorstellungen ablaufen. Er trug seinen Sex-Appeal wie ein Markenzeichen vor sich her, und eine nicht erstklassige Leistung im Bett hätte für ihn eine tiefe Demütigung bedeutet, eine Art schlechte Reklame. Gail wußte, daß attraktive Männer nicht unbedingt umwerfend im Bett sind, weil sie oft zu sehr in den eigenen Körper verliebt sind, um auf die Bedürfnisse ihrer Partnerin zu reagieren, aber Mark hatte nicht zu dieser Kategorie gehört. Er wußte den Körper einer Frau wirklich zu schätzen. Leider mußte Gail bald erfahren, daß er so ungefähr *jeden* Frauenkörper schätzte, und mit der Zeit vergällte diese bittere Erkenntnis ihr die Freude am Sex. Gail hatte Jack von Anfang an für einen fähigen Liebhaber gehalten. Aus seiner stattlichen Erscheinung schloß sie, daß er in der Kunst der Liebe erfahren sein würde, stark und doch behutsam, aber nicht sonderlich originell oder forschend. Ihre Einschätzung war freilich nur zum Teil richtig. Als Liebhaber überraschte Jack Walton sie immer von neuem. Er war wirklich stark und behutsam zugleich. Aber er konnte auch leidenschaftlich und schüchtern sein, herausfordernd und hingebungsvoll, sanft und verspielt. Nach fast neunjähriger Ehe war ihr Verlangen nacheinander immer noch so stark wie in den Flitterwochen.

Doch das galt nur bis zum Nachmittag des 30. April. Bis zu dem Tag, an dem ein Fremder, der im Gebüsch lauerte, mit seiner perversen Lust jedes Verlangen in ihr getötet hatte.

Gail wartete, bis sie Eddies Wagen vorfahren hörte, ehe sie die Zeitungen zusammenräumte und hinauf ins Schlafzimmer ging.

Jack schlief schon, als Gail sich neben ihn legte. Durch die Dunkelheit spähte sie zu ihm hinüber, bis sie seine Züge erkennen konnte. Ihr Blick blieb auf seinen sanft geschwungenen halbgeöffneten Lippen haften.

Er ist so stark, dachte sie. So fürsorglich. Er gibt sich solche

Mühe. Sie wußte, daß sie ihn, all seinen gegenteiligen Beteuerungen zum Trotz, enttäuschte und im Stich ließ.

Gail legte den Kopf auf das Kissen neben dem seinen, starrte hinauf an die Decke und dachte: Er wäre ohne mich besser dran.

12

Ein Geräusch riß sie aus dem Schlaf.

Jemand war an der Haustür. Aber es hatte nicht geklingelt; sie wußte, daß auch niemand geklopft hatte. Es war ein anderes Geräusch, und es dauerte eine Weile, ehe sie begriff, daß das, was sie hörte, das Klirren von Glas war. Sie setzte sich mit einem Ruck auf. Jack lag nicht mehr neben ihr. Es war Tag, und sie schien allein im Haus zu sein. Sie warf einen Blick auf den Wecker neben dem Bett. Es war zehn Uhr.

In ihrem Kopf jagten sich die Gedanken. Carols Bus nach New York ging fahrplanmäßig um acht Uhr fünfundvierzig. Jack wollte sie zur Bushaltestelle fahren. Jennifer sollte Punkt neun mit der Arbeit bei ihrem Vater beginnen. Das bedeutete, sie hatte den Aufbruch ihrer ganzen Familie verpaßt.

Hatte sie wirklich so fest geschlafen?

Hatten die anderen vergeblich versucht, sie aufzuwecken? Sie war tatsächlich furchtbar müde gewesen, das Ergebnis ihrer jüngsten Nachforschungen hatte sie niedergedrückt, und Jennifer war erst kurz vor zwei Uhr morgens heimgekommen. Sie würde mit ihr darüber reden müssen. Zwei Uhr war selbst in den Sommerferien zu spät für ihr Alter.

Gail stand auf und trat ans Fenster. Sie zog den blauen Vorhang zurück und schaute hinunter in den Hof. Sie fühlte sich benommen. Ihr war, als bewege sie sich in Zeitlupe, jeder Schritt wirkte schleppend und mühsam. Ihre Schwester war abgefahren, ohne sich von ihr zu verabschieden. Während sie noch darüber nachdachte, hörte sie wieder das Geräusch von zerbrechendem Glas.

Gail erstarrte. Jemand versuchte einzubrechen.

Eine Weile stand sie wie angewurzelt und wußte nicht, was sie tun sollte. Wer immer sich da unten zu schaffen machte, glaubte offenbar, es sei niemand im Haus. Was würde er tun, wenn er sie hier fand? Vor kurzem hatte sie einen Artikel über eine alte Frau gelesen, die getötet wurde, als sie einen Einbrecher in ihrer Wohnung überraschte. Der Raubmörder war zu fünf Jahren Gefängnis verurteilt worden.

Gail blickte zum Telefon und überlegte, ob sie Zeit genug habe, die Polizei anzurufen. Dann fiel ihr Blick auf den silbernen Knopf an der Wand über dem Telefon, den Alarmknopf. Ein Druck darauf genügte, um im Polizeirevier ein Notsignal auszulösen. Gail war dagegen gewesen, als Jack diese Alarmvorrichtung nach dem Einbruch zusammen mit der elektronischen Sicherungsanlage installieren ließ. »Die kommen nicht wieder«, hatte sie damals argumentiert. Aber nun waren sie doch gekommen.

Sie hörte, wie jemand das Schloß an der Innenseite der Tür aufbrach, und wußte, daß dieser Jemand in wenigen Sekunden ins Haus gelangen und gleich darauf die Treppe heraufkommen würde. Sie hatte noch Zeit, den Alarmknopf zu drücken, und der Ton würde den Einbrecher bestimmt verjagen. Ihre Hand tastete schon nach dem Knopf, hielt aber mitten in der Bewegung inne.

Der Atem stockte ihr, als sie begriff, daß sie den Mann gar nicht verjagen wollte. Vielleicht war es Cindys Mörder.

Lieutenant Cole konnte sich geirrt haben, als er es für unwahrscheinlich erklärte, daß Cindys Mörder und der Einbrecher, der ihr Haus ausgeraubt hatte, identisch seien. Das psychiatrische Gutachten ging davon aus, daß der Täter ein Strafregister wegen früherer Bagatelldelikte habe. Es wäre möglich, dachte sie und hielt den Atem an. Mein Gott, alles ist möglich.

Jedenfalls würde sie bleiben, wo sie war, und auf ihn warten. Sie würde sich nicht von der Stelle rühren.

Plötzlich hörte sie vom Flur her eine Stimme.

»Mom!« rief Jennifer. »Was ist das für 'n Krach?«

Gail sah ihre Tochter in der Tür stehen. Fragend blickte Jennifer sie an. »Wieso bist du noch hier?«

»Ich hab' verschlafen. Ich war ziemlich lange aus, letzte Nacht«, gestand Jennifer kleinlaut. »Ich hab' Dad angerufen. Er sagte, ich brauch' erst heute nachmittag zu kommen.« Angst spiegelte sich auf ihrem Gesicht. »Was ist das für ein Lärm, Mom?«

Sie war also nicht allein im Haus. Jennifer war da. Sie konnte nicht hier stehenbleiben und auf den Mann an der Tür warten. Sie mußte ihr Kind beschützen.

Im nächsten Augenblick hörte sie, wie die Haustür nachgab. »O mein Gott«, flüsterte sie und packte Jennifers Hand, während unten in der Diele Schritte erklangen und gleich darauf von Zimmer zu Zimmer tappten. »Schnell«, zischte sie Jennifer zu und zog sie an der Hand hinter sich her in den Flur. Sie wußte nicht, in welche Richtung sie laufen sollte. Sie wandte sich nach links, machte kehrt und rannte denselben Weg zurück. Jennifer fiel vor lauter Verwirrung über ihre eigenen Füße, ihre Hand löste sich aus der ihrer Mutter, sie stürzte zu Boden und stöhnte laut auf vor Schmerz.

Gail hetzte zurück, griff nach Jennifers Hand, zerrte sie hoch und schubste sie vor sich her den Flur entlang. Jennifer stieß einen Schreckenslaut aus. »Sei still«, mahnte Gail. Ihre Panik wuchs, als die Männer – sie stellte fest, daß es zwei waren und daß der Jüngere hellbraunes Haar hatte – den Treppenabsatz erreichten. Gail stieß ihre Tochter zurück ins Elternschlafzimmer, und sie schlug die Tür hinter sich zu.

»Hilf mir«, keuchte Gail. Gemeinsam schleppten sie erst einen Sessel und dann ein Tischchen vor die Tür. »Drück auf den Alarmknopf«, befahl Gail. Jennifer gehorchte, und Gail zerrte die schwere Frisierkommode, die am Fußende ihres Bettes stand, als zusätzliche Barrikade vor die Schlafzimmertür. Im selben Augenblick, in dem die Männer von außen gegen die verrammelte Tür hämmerten, löste Jennifer den Alarm aus. Sofort heulte die Sirene auf, aber die Einbrecher ließen sich dadurch nicht abschrecken. Gail packte ihre Tochter, zog sie fest an sich und lief mit ihr nach nebenan ins Bad. Jennifer fing an zu weinen, während Gail in wilder Hast das Schränkchen unter dem Waschbecken ausräumte. Sie warf alles auf den Boden. »Kriech da rein«, befahl sie und wunderte sich, wie mühelos ihre Tochter in das winzige Versteck paßte. »Sei ganz still und beweg dich nicht.« Sie versuchte Jennifer zu beruhigen und redete ihr ein, daß bestimmt bald Hilfe komme. Aber bis dahin müsse sie unbedingt in ihrem Versteck bleiben. Dann stopfte Gail rasch alles, was auf dem Boden lag, in einen Hängeschrank, lief zurück ins Schlafzimmer, schaltete die Gegensprechanlage ein, die mit der Haustür verbunden war, und begann um Hilfe zu schreien. Gewiß würden die Passanten, die draußen vorbeigingen, sie hören, und gleich würde jemand ins Haus kommen und ihnen zu Hilfe eilen. Sie blickte auf den Alarmknopf – wo blieb nur die Polizei? Gail sah, wie die Möbelstücke vor der Schlafzimmertür nachgaben, und wußte, daß ihr nur noch wenige Minuten blieben, ehe es den Männern draußen gelingen würde, die Tür aufzubrechen. Verzweifelt schrie sie aufs neue in die Sprechanlage und verstummte erst, als sie sah, wie die Tür sich langsam öffnete.

Mit wild klopfendem Herzen rannte sie ins Bad und verriegelte die Tür hinter sich. Doch das Schloß konnte man selbst mit einer Haarnadel öffnen, und Gail wußte, daß es nicht lange standhalten würde. Ein kräftiger, gut gezielter Stoß, und die Tür würde aufspringen. Sie sah hinüber zum Fenster und spielte einen Moment lang mit dem Gedanken hinauszuspringen. Sie befanden sich zwar im zweiten Stock und würden sich bei dem Sturz vielleicht ernsthaft verletzen, aber Gail entschied, das sei immer noch besser, als sich dem sicheren Tod zu überlassen.

Denn die beiden Verrückten, denen es inzwischen gelungen war, bis in ihr Schlafzimmer vorzudringen, würden sie und ihre Tochter umbringen. Vergebens sah sie sich nach etwas um, womit sie die Fenster zertrümmern könnte.

Die Männer waren an der Badezimmertür. Sie lachten und unterhielten sich laut und ausgelassen darüber, wem die Ehre zuteil werden sollte, die Tür aufzubrechen, und welche der beiden Frauen sie sich zuerst vornehmen würden. Gail riß Jacks Rasiermesser aus dem Medizinschränkchen und sprang gerade noch rechtzeitig zurück, ehe die Tür aufflog.

»Raus aus dem Versteck, raus aus dem Versteck«, parodierte einer der beiden Männer in vulgärem Singsang ein altes Kinderlied. Während sein Kumpan das Schlafzimmer auf den Kopf stellte, steuerte der Kerl – es war der junge mit den hellbraunen Haaren – zielbewußt auf das Schränkchen unter dem Waschbekken zu, so als weise ihm eine geheimnisvolle Zaubermacht den Weg. Er bückte sich, um die Tür zu öffnen, doch da machte Gail einen Satz auf ihn zu, umschlang seinen Kopf mit beiden Armen und riß ihn zurück. Das Rasiermesser fuhr über seinen Hals und hinterließ eine Spur, die aussah wie von roter Tinte. Der Mann stieß einen gurgelnden Laut aus und sank zu Boden. In seinen Augen spiegelte sich eher Verwunderung als Schmerz. Als der andere ihm zu Hilfe eilen wollte, entdeckte Gail, daß auch er jung war und die gleiche Haarfarbe hatte wie der andere.

Gail spürte, wie starke Arme sie um die Taille faßten und in die Luft hoben. Sie strampelte heftig, bis es ihr gelang, einen Fuß erst vor- und dann zurückzuschwingen und ihrem Angreifer damit genau zwischen die Beine zu treten. Er schrie laut auf vor Schmerz und ließ Gail los. Sie wirbelte herum und stieß ihm das Rasiermesser in die Kehle, ehe er hinfiel. Blut schoß aus der Wunde und spritzte gegen die Wände. Sie hatte die Halsschlagader getroffen. Gail holte aus und trat ihm noch einmal zwischen die Beine. Dann erst entdeckte sie die Pistole, die bei dem Handgemenge heruntergefallen sein mußte. Sie hob die Waffe auf und zielte damit auf den Kopf des Mannes. Dreimal hintereinander drückte sie ab. Als nichts mehr übrig war von seinem Gesicht und als das Blut sein hellbraunes Haar dunkel gefärbt hatte, ging Gail ganz ruhig hinüber zu dem zweiten Mann und erschoß auch ihn. Dann entglitt die Pistole ihren Händen, und sie stürzte zu Boden.

»Mami«, ertönte eine verängstigte Stimme vom Waschbecken her. Gail raffte sich auf, lief zu dem Schränkchen, öffnete es und half ihrer Tochter heraus. Jennifers Arme umschlangen ihren Nacken. Vor Erleichterung schloß Gail die Augen. Sie bettete den kleinen Körper in ihren Schoß und preßte ihn gegen ihr blutverschmiertes Nachthemd. Mutter und Tochter wiegten sich sanft vor und zurück.

»Ich habe dich gerettet«, wiederholte Gail ein ums andere Mal im Rhythmus ihrer Bewegung. Doch als sie auf ihre Tochter hinuntersah, da war es Cindy und nicht Jennifer, die sie in den Armen hielt. Sie preßte Cindy fest an ihre Brust. »Ich habe mein wunderschönes Baby gerettet.«

Mit einem Ruck setzte Gail sich im Bett auf und sah nach der Uhr. Es war kurz vor sieben.

Jack lag schlafend neben ihr. Behutsam beugte sie sich vor und stellte den Wecker ab.

Alles war nur ein Traum gewesen.

Aber dieser Traum war anders als die erdrückenden Träume voller Frustration, die sie bisher heimgesucht hatten. Das waren Alpträume gewesen, weil Gail sich in ihnen nicht wehren konnte. Nacht für Nacht hatte sie dem Mörder ihrer Tochter gegenübergestanden, aber jedesmal war sie unfähig gewesen, sich zu rühren, hatte auch nicht den kleinsten Schritt machen können, um ihr Kind zu rächen. Wenn sie schreiend aus jenen Träumen erwachte, war sie in kalten Schweiß gebadet gewesen, ihr Kopf hatte gedröhnt und ihr Herz wild geklopft.

Jetzt empfand sie nur eine seltsame Ruhe und die gleiche merkwürdige Befriedigung, die sie schon am Abend zuvor überkommen hatte, als sie von dem Ladenbesitzer in Florida las, der die beiden Möchtegern-Einbrecher niedergeschossen hatte, und von den aufgebrachten New Yorkern, die Selbstjustiz geübt hatten.

Jack bewegte sich neben ihr. Gail beobachtete ihn, während er an der Grenze zwischen Schlaf und Bewußtsein schwebte. Ob auch er solche Träume hatte?

Sie sah an ihrem Nachthemd hinunter. Das blaßrosa Mieder zeigte nicht einen der verräterischen roten Flecken ihrer Phantasie. Ihre Hände waren sauber und trocken.

Sie stand auf, ging ins Bad, stellte sich neben die Wanne und betrachtete das fröhliche Tapetenmuster, während sie die kühlen Fliesen unter ihren Füßen spürte.

Normalerweise wäre sie jetzt unter die Dusche gegangen.

Aber heute morgen schien das ein zu jäher Auftakt für den Tag. Sie brauchte ein langsameres, sanfteres Erwachen.

Sie ließ sich ein Bad ein. Nach wenigen Minuten lag sie friedlich in der Wanne, blickte auf die in ihrer Phantasie mit Blut bespritzten Wände und hing dem Traum nach, sie habe ihre kleine Tochter gerettet.

13

Fast unmerklich änderte sich während der kommenden Wochen der Rhythmus im Haushalt der Waltons. Gail stand zwar morgens immer noch als erste auf. Sie machte nach wie vor das Frühstück für Mann und Tochter, räumte den Tisch ab, sobald die beiden gegessen hatten, und verabschiedete sie, wenn sie das Haus verließen, Jack, um in seine Praxis zu fahren, Jennifer, um ihrem Vater zu assistieren. Gail wusch ab wie immer, ging hinauf, machte die Betten und holte Fleisch fürs Abendbrot aus der Gefriertruhe. Dann nahm sie sich die Morgenzeitung vor, daneben griffbereit die Straßenkarten von New Jersey. Sie war Lieutenant Coles Meinung: Im Interesse ihrer Nachforschungen mußte sie davon ausgehen, daß Cindys Mörder den Staat nicht verlassen hatte. War er fortgezogen, gab es keine Hoffnung mehr, ihn zu finden. Gail redete sich ein, der junge Mann mit dem aschblonden Haar, der ihre sechsjährige Tochter vergewaltigt und umgebracht hatte, sei immer noch irgendwo in Reichweite. Er lebte zurückgezogen in New Jersey, vielleicht sogar noch in Livingston. Es kam nur darauf an, ihn aufzuspüren.

Sie beschloß, sich auf dieselben Viertel zu konzentrieren wie die Polizei – East Orange, Orange, eventuell auch Newark, Bezirke mit hoher Fluktuationsrate, in denen ein Durchreisender leicht anonym bleiben konnte und wo der Begriff »ohne festen Wohnsitz« nicht nur eine griffige Formulierung für die Presse war. Aber im Gegensatz zur Polizei würde Gail sich nicht geschlagen geben.

Ungeachtet ihrer Entschlossenheit war sie nervös. Schließlich war sie nur ein Amateur. Die Polizisten waren Profis und hatten trotzdem nichts erreicht. Immerhin hatte sie in den letzten vierzehn Tagen die meiste Zeit darauf verwandt, sich vorzubereiten. Auf den Karten kannte sie sich inzwischen bestens aus, und es gab kaum noch etwas, das sie hätte aus Büchern und Zeitungen lernen können. Lieutenant Cole wußte nichts Neues zu berichten. Sie hatte lange genug gezögert.

Am Morgen des 18. Juli spürte Gail, daß es an der Zeit sei, die Karten wegzulegen und hinaus auf die Straße zu gehen. Hatte sich Sharon Tates Vater nicht einen Bart wachsen lassen, Hippie-Kleidung angezogen und mit den Aussteigern am Sunset Strip zusammengelebt, als er auf der Suche nach den unmenschlichen Mördern seiner Tochter war? Gail würde es ihm gleich tun.

Jack war beim Frühstück ungewöhnlich gesprächig, vielleicht weil er spürte, daß sie mit ihren Gedanken woanders war.

»Gestern hatte ich einen deutschen Schäferhund in der Praxis. Eine unvorstellbar ulkige Geschichte! Das Tier war angeblich als

Wachhund abgerichtet, aber es war einer der sanftesten Hunde, der mir je untergekommen ist. Unvorstellbar, daß der jemandem was zuleide tun könnte.«

»Na, und was war so lustig?« fragte Jennifer lächelnd, bereit, sich über seine Geschichte zu amüsieren.

Gail sah ihren Mann über den Tisch hinweg an und versuchte, ein interessiertes Gesicht zu machen, doch in Gedanken saß sie bereits hinter dem Steuer ihres Wagens.

»Tja, anscheinend ist jemand bei den Besitzern des Hundes eingebrochen. Alle schliefen. Der Hund war unten im Flur, wo er seinen Schlafplatz hatte. Alles blieb ruhig. Aber als Mr. und Mrs. Simpson am nächsten Morgen hinunterkamen, hatte man ihnen das halbe Haus ausgeräumt. Und der verdammte Köter saß da und wedelte mit dem Schwanz. Er hatte die ganze Nacht keinen Laut von sich gegeben. Nicht ein einziges Mal gebellt. Die Einbrecher hatten in aller Seelenruhe absahnen können. Na, die Simpsons riefen die Polizei, und die kam auch gleich. Und stellt euch vor, der Hund hat einen Polizisten gebissen!«

Jennifer quietschte vor Vergnügen.

Gail blickte Jack unverwandt freundlich an, zeigte aber sonst keinerlei Reaktion.

»Mom, das ist 'ne lustige Geschichte, findest du nicht auch?« fragte Jennifer.

»Was?« Gail schrak auf und kehrte in die Realität zurück. »Entschuldigt, aber ich war nicht bei der Sache. Ich hab' die Pointe nicht mitgekriegt.«

Jack schüttelte den Kopf. »Es war nichts Wichtiges.«

»Kommt ziemlich oft vor in letzter Zeit, daß du nicht bei der Sache bist«, maulte Jennifer.

»Tut mir leid«, sagte Gail aufrichtig. »Erzähl die Geschichte noch mal, Jack. Ich möchte sie gern hören, bestimmt.«

Gehorsam wiederholte Jack den bescheidenen Witz, und Gail konzentrierte sich fest aufs Zuhören. Doch jetzt fehlte seiner Erzählung die Spontaneität, und als er geendet hatte, lachte niemand. »Wahrscheinlich hättest du dabeisein müssen«, meinte Jack, unverhohlene Enttäuschung in der Stimme.

»Nein«, widersprach Gail matt, »es war eine sehr gute Geschichte. Der Hund hat den Polizisten gebissen. Das ist wirklich lustig.«

»Ich muß gehen.« Jennifers Stimme verriet ihren Ärger. Sie stand auf, beugte sich vor und küßte ihre Mutter auf die Stirn. »Bis später.«

»Wiedersehen, Baby«, sagte Gail. »Gib gut auf dich acht.«

Jennifer, die schon auf dem Weg nach draußen war, blieb an der Küchentür stehen. »Ich bin kein Baby, Mom«, sagte sie bedächtig.

»Nein, natürlich nicht«, bestätigte Gail. »Was sollte denn das heißen?« wandte sie sich an Jack, sobald die Haustür hinter ihrer Tochter ins Schloß gefallen war.

»Jennifer behauptet, du behandeltest sie neuerdings wie ein kleines Kind.«

»Wie ein kleines Kind? Bloß weil ich ›Baby‹ zu ihr sage? Es ist ein Kosewort, weiter nichts. Das weißt du doch. Und *sie* weiß es auch. Ich hab' sie schon immer ›Baby‹ gerufen oder ›Spatz‹ und...«

»Das war vorher. Sie hatte nichts dagegen, daß du sie ›Baby‹ nanntest, solange sie das Gefühl hatte, du behandelst sie wie eine Erwachsene.«

»Sie ist aber nicht erwachsen. Sie ist doch erst sechzehn.«

Jack zuckte die Achseln. »Ich will nicht mit dir streiten. Du hast mich gefragt, was mit Jennifer los ist.«

»Was noch? Offenbar hat sie dir gründlich ihr Herz ausgeschüttet.«

»Das ist alles.«

»Jack...«

»Sie ist ein bißchen verletzt, weil du nicht mehr Interesse für ihre Arbeit bei ihrem Vater gezeigt hast. Sie sagt, sie hätte verschiedene Male versucht, dir von ihren Erlebnissen mit Mark zu erzählen, aber du würdest buchstäblich wegtreten, wenn sie mitten drin ist. Sie hat Angst, du seist böse auf sie.«

»Warum sollte ich ihr böse sein?«

»Sie denkt, es paßt dir vielleicht nicht, daß sie für Mark arbeitet.«

»Das ist doch albern. Sie müßte wissen, daß mir das nichts ausmacht.«

»Außerdem hat sie Angst, du könntest ihr böse sein wegen der Sache mit Cindy, von der sie dir erzählt hat, daß sie gemein zu ihr gewesen ist...«

Auf einmal verlor Gail die Geduld. »Das ist lächerlich. Sie weiß, was ich davon halte. Wir haben es besprochen. Ich hab' ihr gesagt...«

»Dann sag's ihr eben noch mal. Sie braucht das Gespräch mit dir, Gail. Sie braucht deine Liebe und deine Anerkennung.«

»Sie *hat* meine Liebe und Anerkennung!«

»Sie braucht deine Aufmerksamkeit.« Er schenkte ihr ein zaghaftes Lächeln. »*Ich* brauche deine Aufmerksamkeit auch.«

Gail senkte den Kopf. »Entschuldige. Ich war in letzter Zeit zu sehr von anderen Dingen in Anspruch genommen. Und ich war launisch. Ich will versuchen, mich zu bessern.«

»Jennifer ist wirklich Feuer und Flamme für ihre Arbeit.« Jack lachte. »Du solltest mal hören, wie sie über Stative und Belichtungsmesser redet, und die Fotografie ist ja auch ein recht faszinierendes Gebiet. Gail...«

»Ja?«

»Was hab' ich gerade gesagt?«

Gail sah die momentane Verärgerung in seinem Blick. »Entschuldige, ich habe nicht zugehört, was du gesagt hast...«

Jack stand auf. »Ich geh' jetzt wohl besser.« Er beugte sich zu ihr hinunter und küßte sie auf die Stirn, wie Jennifer es vorhin getan hatte. »Ich ruf' dich nachher mal an.«

»Vielleicht bin ich außer Haus«, sagte sie rasch.

»Oh? Wo willst du denn hin?«

»Ich dachte, ich fahr' ein bißchen spazieren.«

»Wär' eigentlich keine schlechte Idee, den Wagen mal überholen zu lassen«, sagte Jack im Hinausgehen. »Den letzten Inspektionstermin haben wir ja verpaßt.«

Als er aus dem Haus war, goß Gail sich eine zweite Tasse Kaffee ein. Sie fühlte sich gereizt, und ihr war nicht wohl in ihrer Haut. Ihr war nicht bewußt geworden, wie abwesend sie in letzter Zeit gewirkt hatte, so sehr, daß Jennifer es bemerkt und sich dadurch verletzt gefühlt hatte. Und Jack auch. Sie stellte die Tasse hin. Sie würde sich in Zukunft besonders anstrengen müssen, um den beiden ihr Interesse zu beweisen. Das ist wichtig, sagte sie sich und griff nach der Morgenzeitung.

Auf Seite 20 stand eine bemerkenswerte Geschichte. Ein Achtzehnjähriger hatte unter starker Drogeneinwirkung mit einem Hammer die Mutter seines besten Freundes erschlagen. Ein mitleidiger Richter hatte den Jungen unter Berufung auf seine ohnehin ausgeprägte Suizidalität zu drei Jahren Haft auf Bewährung verurteilt. »Auf Bewährung«, wiederholte Gail laut. Sie hatte diesen Begriff früher zwar schon tausendmal gehört, aber erst vor kurzem war ihr seine volle Tragweite klargeworden. Eine Frau war tot; ihr Mörder lief frei herum. Auf Bewährung. Die Gesellschaft würde seine Strafe verbüßen.

Ein kurzer Artikel auf Seite 5 fesselte ihre Aufmerksamkeit. Sie überflog ihn, stand dann rasch auf und suchte auf dem Telefontischchen nach einem Rotstift. Als sie ihn gefunden hatte, kehrte sie damit zu ihrer Zeitung zurück, las den Artikel ein zweites Mal und unterstrich die für sie wichtige Information. Übers Wochenende waren in ein und derselben Straße in Newark drei Einbrüche verübt worden. Sie unterstrich den Straßennamen: Washington Street. Ein Leihhaus, ein Herrenbekleidungsgeschäft, sowie eine Spar- und Darlehenskasse waren allesamt von einem einzelnen bewaffneten Banditen überfallen worden. Der Mann, der auf einen Kunden geschossen und ihn verletzt hatte, als dieser ihm den Fluchtweg versperren wollte, war der Beschreibung nach ein Weißer Mitte Zwanzig, hatte aschblondes Haar, war etwa einen Meter fünfundsiebzig groß und schlank. Alles paßte mit der Beschreibung zusammen, welche die Jungen von dem Mann gegeben hatten, der nach Cindys Ermordung aus dem Park gerannt war. Gail ließ die Zeitung auf den Tisch sinken. Allein in der Gegend von Livingston gab es mindestens hundert junge Männer, auf die diese Beschreibung zutraf.

Das Telefon klingelte.

»Ich lasse keine Ausrede gelten«, sprudelte Laura fröhlich los, sobald Gail sich gemeldet hatte. »Heute lade ich dich zum Lunch ein. Du darfst das Restaurant aussuchen.«

Gail versuchte abzuwehren. »Laura, ich kann nicht...«

»Wenn du 'nen Termin beim Zahnarzt hast, dann sag eben ab. Wenn du beim Gynäkologen angemeldet bist, vergiß es. Und wenn du schon eine Essenseinladung hast, dann laß sie sausen. Ich werde dich ausführen, und ich lasse mir keinen Korb geben. Also, wo möchtest du essen?«

Gail raschelte nervös mit der Zeitung. »Zur Zeit hab' ich mittags eigentlich keinen Hunger...« Sie brach ab, als ihr Blick auf die Anzeige fiel. »Maestro's« stand da in schwungvollen Lettern. »Die Nummer eins der italienischen Küche.« Die Adresse war Washington Street.

»Gail, ißt du etwa nicht ordentlich?« hörte sie Lauras besorgte Stimme.

»Maestro's«, sagte Gail.

»Was?«

»Du hast gesagt, ich darf mir das Restaurant aussuchen. Ich möchte gern ins Maestro's.«

»Davon hab' ich noch nie gehört.«

»Es ist angeblich die Nummer eins der italienischen Küche.«

»Fein, ich esse gern italienisch. Wo ist denn dieses Lokal?«

»In der Washington Street.«

Einen Moment lang herrschte Schweigen in der Leitung. »Washington Street? Meinst du Washington Street in Newark?«

»Ja«, antwortete Gail entschlossen. »Ich hab' gehört, es sei ganz phantastisch.«

»Himmel, Gail, gibt's denn nichts, was günstiger gelegen ist? Ich meine, in einer hübscheren Gegend? Ich dachte zum Beispiel an Mayfair Farms.«

»Maestro's.« Gail blieb fest.

»Also gut, Maestro's«, willigte Laura nach kurzem Zögern ein.

»Ich hol' dich um zwölf ab«, sagte Gail.

Ohne Laura Zeit für weitere Fragen zu lassen, verabschiedete sie sich und legte auf.

»Gail, was machen wir hier?« Laura beugte sich weit über den Tisch und flüsterte, als seien sie beide Mitglieder einer geheimen Verschwörung.

»Wir essen zu Mittag.« Gail lächelte.

»Du vielleicht. Ich bin so aufgeregt, daß ich keinen Bissen runterkriege.«

»Schade, der Salat schmeckt köstlich.« Gail lachte.

»Gail, hast du dich mal umgesehen? Das ist hier der reinste Gangstertreff, verdammt noch mal.«

»Laura, übertreibst du nicht ein bißchen...«

»Nein, ganz und gar nicht. Sieh dich doch um. Na los! Mach's nur nicht zu auffällig.«

Gail legte die Gabel beiseite und ließ den Blick langsam durch den großen, schwach erleuchteten Raum wandern, obgleich das eigentlich ganz überflüssig war. Sie hatte das Lokal gleich beim Eintreten gründlich in Augenschein genommen, genau wie die Washington Street in all ihrer schäbigen Armseligkeit. Im Vorbeifahren hatte sie jede zersprungene Fensterscheibe registriert, den schlurfenden Schritten eines Wermutbruders nachgeschaut und das Gekicher der alten Stadtstreicherin gehört, die an einer Ecke die Abfalltonnen durchwühlte. Als sie das Lokal betraten, hatten Gails Augen sich in Sekundenschnelle an das schummrige

Licht gewöhnt. Sie stellte fest, daß die Gäste zum größten Teil relativ gut gekleidet waren; vermutlich Geschäftsleute. Ihr war klar, daß sie Cindys Mörder hier nicht finden würde, aber es war immerhin ein Anfang.

Die beiden Frauen bestellten Salat und Spaghetti. Gail stellte überrascht fest, daß sie großen Appetit hatte. Sie sprach ihrem Salat herzhaft zu, während Laura nur in ihrer Schüssel herumstocherte.

»Entspann dich doch, Laura.« Gail blickte die Freundin über den Tisch hinweg an. »Niemand wird hier reinkommen und uns über den Haufen schießen.«

»Ach nein? Weißt du noch, was in diesem Restaurant in New York passierte? Vier harmlose Typen nahmen nichtsahnend an der Bar einen Drink, als ein Kerl mit 'ner Maschinenpistole reinkam und auf sie losballerte. Und dann stellte sich heraus, daß er die Falschen erwischt hatte.«

»Jeden Tag sterben unschuldige Menschen«, sagte Gail schlicht.

Laura, die gerade halbherzig ihren Salat in Angriff nahm, hielt mitten in der Bewegung inne.

»Entschuldige«, bat Gail, »ich hab's nicht so gemeint.«

»Was machen wir hier, Gail?« wiederholte Laura langsam ihre Frage.

»Wir essen zu Mittag«, antwortete Gail wie zuvor. »Sag mal, hast du Nancy in letzter Zeit gesehen?«

»Sie hat mich letzte Woche einmal in ihren übervollen Terminkalender zwängen können. Aber leicht war das nicht. Zwischen Friseurbesuch, Massage und Vorbereitungen der nächsten Modenschau hat sie schon Schwierigkeiten, eine Maniküre einzuschieben, von 'nem Lunch ganz zu schweigen.«

»Ich glaube, sie war sehr verletzt, daß Larry sie damals verließ«, sagte Gail mehr zu sich selbst als zu ihrer Freundin. »Wir hätten ihr vielleicht mehr Verständnis entgegenbringen sollen.«

»Vielleicht. Aber mein Mitleid hat sie sich verscherzt, als sie so rachsüchtig wurde und anfing, Larry bis aufs Hemd auszunehmen.«

»Larry konnte das Geld verschmerzen. Wie willst du beurteilen, wer im Recht war?« Gail dachte an den Abend bei Lloyd Michener. »Richtet nicht, auf daß ihr nicht gerichtet werdet«, wiederholte sie laut das Motto der Gruppe.

»Wahrscheinlich hast du recht. Wie dem auch sei, du kannst damit rechnen, daß du im September die Einladung im Briefkasten hast.«

»Was denn für 'ne Einladung?«

»Na, für die Modenschau! Nancy organisiert sie dieses Jahr. Ich glaube, sie sagte, am 15. Oktober.«

»Ich denke, ich bleib' diesmal zu Hause.«

»Kommt überhaupt nicht in Frage. Hör mal, ein paar Stunden an einem kalten Herbstnachmittag zwischen albernen, oberflächlichen Frauen sind genau das Richtige für dich. Ich hab' mich schon oft gefragt, wie so hohle Köpfe so viel Lärm machen können.«

»Laura...«

»Ja, ich weiß, ich übe schon wieder negative Kritik. Aber dazu sind Clubs wie der von Nancy schließlich da. Es gibt sie, damit wir anderen darüber herziehen können. Ich würde diese Modenschau um nichts in der Welt verpassen. Und du genauso wenig! Also, tu mir den Gefallen und komm mit. Es würde mir keinen Spaß machen, wenn niemand da wäre, mit dem ich über die andern lästern könnte. Bitte. Mir zuliebe.«

Gail nickte stumm. Der 15. Oktober schien sehr weit weg.

Laura spießte ein Stück Tomate auf ihre Gabel und führte es zum Mund. »Hast du schon mal daran gedacht, eine Arbeit anzunehmen?«

»Ich? Was sollte ich denn tun?«

Laura zuckte die Schultern. »Vielleicht könntest du zurück auf die Uni und deinen Abschluß nachholen.«

»Das wär 'ne Möglichkeit.«

»Und bis es soweit ist – was machen eigentlich deine Klavierstunden? Hast du vor, wieder Unterricht zu geben?«

»Nein, das kann ich nicht«, antwortete Gail rasch. Der Kellner kam an ihren Tisch, räumte die Salatschüsseln ab und erschien gleich darauf mit den Spaghetti. »Ich hab' ein paarmal versucht, mich ans Klavier zu setzen und zu spielen, aber nicht mal das bringe ich fertig. Meine Hände fangen an zu zittern. Ich sehe Cindy vor mir...«

»Ich finde, du brauchst eine Beschäftigung, bei der du aus dem Haus kommst.«

»Genau das habe ich mir auch überlegt«, sagte Gail und wikkelte Spaghetti um ihre Gabel. Aber sie wußte, daß sie und Laura keineswegs an dasselbe dachten.

14

Den Rest des Sommers verbrachte Gail zwischen Hausarbeit und ihren Ausflügen nach Newark und East Orange.

Sie fuhr von einer heruntergekommenen Straße zur nächsten und beobachtete dabei die Geschäfte, in die kürzlich eingebrochen worden war; ungefähr so, wie sie sich vorstellte, daß der Täter es vor seinem Überfall gemacht hatte. Prüfend betrachtete sie die Leute, die ein und aus gingen, und alle, die in der Nachbarschaft herumlungerten, immer auf der Suche nach jemandem, auf den die Beschreibung von Cindys Mörder paßte. Anfangs stieg sie fast nie aus dem Wagen.

Um vier Uhr nachmittags war sie stets wieder zu Hause, um rechtzeitig das Abendessen für Jack und Jennifer herzurichten. Wenn ihr Mann und ihre Tochter heimkamen, fanden sie Gail regelmäßig in der Küche, wo sie letzte Vorbereitungen für die Mahlzeit traf. Die beiden hatten keine Ahnung von dem, was Gail tagsüber trieb.

»O Mann, bin ich erschossen«, stöhnte Jennifer eines Abends und ließ sich auf ihren Stuhl in der Küche fallen.

»War wohl 'n harter Tag, wie?« fragte Gail, die gerade den Braten auf den Tisch stellte.

»Sieht gut aus«, sagte Jack und bediente sich.

»Hoffentlich schmeckt's auch«, meinte Gail besorgt. Auf dem Rückweg von East Orange war sie in einen Verkehrsstau geraten und deshalb zu spät nach Hause gekommen. Sie fürchtete, das Fleisch sei in der kurzen Zeit nicht gar geworden.

»Ich weiß nicht, wie Dad das jeden Tag schafft«, sagte Jennifer. »Also die Leute... da gibt's welche, die können nicht zwei Sekunden lang stillsitzen. Bei andern muß man kopfstehen, um sie zum Lachen zu kriegen, so steif sind die. Manche meinen aber auch, sie seien ein Gottesgeschenk für die Kamera. Wie die sich in Positur werfen, also das müßtet ihr mal sehen! Aber Dad wird mit allen prima fertig. Er hat so wahnsinnig viel Geduld. Er hört den Leuten zu, wenn sie ihm erzählen, welches ihre Schokoladenseite ist und welche Stimmung das Bild einfangen soll, und dann macht er die Aufnahme einfach so, wie er es von Anfang an vorhatte.«

Gail lächelte. Das hörte sich ganz nach Mark an.

»Manchmal denke ich, dieses Bild wird gut, weil die Frau, die er fotografiert, so schön ist. Aber Dad meint, ich soll abwarten. Und dann stellt sich tatsächlich raus, daß die Frau nicht fotogen war. Doch Leute, die gar nicht besonders hübsch sind, lassen sich zum Teil phantastisch fotografieren. Dad sagt, ob einer fotogen ist oder nicht, das sei angeboren.«

Gail setzte sich und nahm ein kleines Stück Fleisch. »Die Arbeit macht dir also Spaß, ja?« Sie war sehr stolz auf ihre Tochter und freute sich, daß Jennifer sich offenbar so glänzend bei der Arbeit unterhielt.

»Ich kann's gar nicht fassen, daß der Sommer schon halb rum ist.« Jennifer seufzte.

»Ist er das?« fragte Gail ehrlich erstaunt.

»Morgen haben wir den 1. August.«

»Den 1. August.« Gail war wie betäubt. Die Zeit verging so schnell, bald war sie abgelaufen. Und ich habe nichts erreicht, dachte Gail.

»Gail...« Jacks Stimme klang besorgt. »Geht's dir gut?«

»Ja, sicher.« Gail zwang sich, ihre Gedanken wieder auf die Unterhaltung zu konzentrieren. »Ist das Fleisch durch?«

»O ja, genau richtig«, versicherte Jack. »Was haltet ihr davon, wenn wir heute abend ins Kino gehen?«

»Klingt großartig«, rief Jennifer prompt.

»Ich weiß nicht«, sagte Gail gleichzeitig. »Geh du nur ruhig mit Jack«, setzte sie hinzu.

»Ach, komm doch mit, Gail. Es wird uns allen guttun, mal rauszukommen.«

»Wir gehen doch am Freitag aus«, erinnerte ihn Gail. Carol hatte am Wochenende angerufen und ihr mitgeteilt, sie habe Karten für die neueste Broadway-Sensation. Die ganze Familie sei eingeladen, und sie lasse keine Ausrede gelten.

»Aber bis Freitag ist's doch noch so lange«, maulte Jennifer. »Heute ist erst Dienstag.«

»Das reicht als Abwechslung für eine Woche«, sagte Gail, und ihr Tonfall ließ erkennen, daß sie die Diskussion für beendet hielt. »Jetzt iß, bevor alles kalt wird«, ermahnte sie ihre Tochter.

Jennifer warf Jack über den Tisch hinweg einen flehenden Blick zu.

»Wir gehn ins Kino«, versprach er ihr. »Wenn deine Mutter ihre Meinung noch ändern sollte, kann sie ja mitkommen.«

Gail lächelte, aber sie wußte, daß ihr Entschluß endgültig war, und die beiden wußten es auch.

Als sie tags darauf nach East Orange fuhr, beschloß Gail, daß es nun an der Zeit sei, aus dem Auto auszusteigen.

Sie begann diese neue Phase ihrer Unternehmung damit, ein Konto bei der Zweigstelle einer Bank einzurichten, auf die in jüngster Zeit eine Reihe von Uberfällen verübt worden war. Während sie in der langen Schlange vor dem Schalter wartete, betrachtete sie eingehend die anderen Kunden. Es waren fast ebenso viele Schwarze wie Weiße unter ihnen. Die meisten waren mittleren Alters, und die Frauen befanden sich weit in der Überzahl. Der Schalterraum sah aus wie der jeder anderen Bank.

Gail fragte sich, was sie eigentlich hier tue, und steuerte schon wieder auf den Ausgang zu, als die Tür sich öffnete und ein schlanker, junger Mann mit aschblondem Haar hereinkam. Ein paar Minuten lang lungerte er in der Halle herum, trat von einem Fuß auf den anderen und blickte dauernd von einer Seite zur anderen. Gail verfolgte wie gebannt jede seiner Bewegungen. Er wippte vor und zurück. Jetzt verschwanden seine Hände in den Taschen. Sein rastloser Blick glitt über die Kunden hinweg und blieb kurz auf Gail haften. Er betrachtete sie von Kopf bis Fuß, dann wandte er sich ab. Hatte er sie als Ziel für seine Kugel ausersehen? Gail überlegte fieberhaft und versuchte, seinen Blick wieder auf sich zu ziehen. Aber der junge Mann kümmerte sich nicht mehr um sie, sondern hatte nur noch Augen für ein junges Mädchen in engen roten Elastikhosen. Gail sah ihn zu einem Schalter schlendern, an dem Ein- und Auszahlungsscheine auflagen. Sein Blick ließ die Hosen des Mädchens nicht los.

Gails Schlange rückte ein paar Schritte auf. Plötzlich spürte sie, wie jemand dicht hinter sie trat. Als sie den Kopf wandte, erkannte sie das Profil des jungen Mannes.

Sie wollte ihn ansprechen, aber da fühlte sie, wie ein harter Gegenstand sich zwischen ihre Rippen bohrte. Sie hob den Ellbogen und erkannte den schwarzen Lauf einer Pistole. Atemlos wartete sie auf den nächsten Schritt. Aber nichts geschah, und als sie sich noch einmal umdrehte, sah sie hinter sich nicht den jungen Mann, sondern einen Herrn mit Aktentasche, der ihr einen Stups gegeben hatte, damit sie vorrücke. Sie war an der Reihe.

Gail eröffnete ein Konto, zahlte aber nur zehn Dollar ein. Die Bankangestellte schien das nicht zu berühren. Gail wurde in einem Viertel der Zeit abgefertigt, die sie mit Warten verbracht hatte. Sie trödelte noch ein paar Minuten und tat so, als suche sie etwas in ihrer Handtasche, während sie in Wahrheit herauszubekommen versuchte, was der junge Mann vorhatte. Gleichzeitig beobachtete sie die Kommenden und Gehenden, wobei ihr wieder einmal klar wurde, auf wie viele junge Männer doch die Beschreibung schlank und blond paßte. Ich darf mich nicht entmutigen lassen, ermahnte sie sich, nachdem der junge Mann sich nach einem geglückten Annäherungsversuch mit der Rotbehosten an ihr vorbei zum Ausgang gedrängt hatte, als sei sie Luft.

In den nächsten zwei Tagen eröffnete Gail Konten in einer ganzen Reihe von Banken und Sparkassen aller zwielichtigen Gegenden von Essex County. Sie verbrachte Stunden hinter dem Steuer, aber noch mehr Zeit damit, zu Fuß die Straßen auszukundschaften. Dabei hielt sie die Augen offen und wartete.

Sie wurde häufiger Gast der vielen Leihhäuser in Newark und East Orange. Anfangs verwirrte sie das ungemein breitgefächerte Warenangebot. Am ersten Tag ließ sie sich auf keine Geschäfte ein. Wann immer jemand fragte, ob sie etwas Bestimmtes suche, schüttelte sie den Kopf und murmelte undeutlich ihr stereotypes »Ich seh' mich nur mal um.« Am nächsten Tag brachte sie von zu Hause einige Sachen mit (eine alte Brosche, allerhand Plunder, der seit Jahren unbenutzt herumlag) und versetzte sie. Dafür bekam sie insgesamt achtzehn Dollar, die sie auf eins ihrer neuen Konten einzahlte.

Am Mittwoch war Gail zum Lunch in einer der einschlägigen schäbigen Imbißstuben eingekehrt. Sorgfältig prägte sie sich die Gesichter der Gäste ein, die hier zu Mittag aßen. Am Donnerstag brachte sie sich ihr Essen in einer Papiertüte von zu Hause mit und verzehrte es in einem nahe gelegenen Park in Gesellschaft von Männern, die in ihren Papiertüten freilich nur billigen Wein versteckt hatten. Sie fing zahlreiche mißtrauische Blicke auf und merkte, daß ihre Kleidung daran schuld war. Sie sah einfach zu wohlhabend aus, um als Gast solcher Parks und Imbißketten glaubhaft zu wirken. Sie würde ihr Aussehen verändern müssen. Im Geiste ging sie auf der Suche nach passenden Kleidungsstükken ihre Garderobe durch.

Am Freitag fuhr sie widerstrebend nach Manhattan, um sich mit ihrer Schwester zum Lunch zu treffen. Carol hatte darauf bestanden, daß sie früher in die Stadt käme, damit die beiden Schwestern ein paar Stunden für sich allein hätten. Jack hatte diesen Vorschlag unterstützt. Seine Sprechstundenhilfe würde ihn und Jennifer am Abend in ihrem Wagen nach New York mitnehmen. Gail hatte schließlich eingewilligt, aus Angst, eine Szene heraufzubeschwören oder etwas zu sagen, das mißverstanden werden könnte. Sie hielt es für wichtig, allen den Eindruck zu vermitteln, sie freue sich gleich ihnen auf den Abend in New York. Innerlich empfand sie freilich nur Leere.

Jack hatte seinen Beruf; Jennifer hatte ihren Ferienjob und die Gesellschaft von Vater und Stiefvater. Mann und Tochter schienen sehr gut ohne sie auszukommen. Gail wurde einfach nicht mehr gebraucht, auch wenn alle Welt ihr das Gegenteil einzureden versuchte. Abgesehen von gelegentlichen kleinen Ausrutschern hielten Gails Familie und ihre Freundin die Rolle, welche sie ihnen vorspielte, für echt, und sie war zunehmend darauf bedacht, ihre wahren Gefühle zu verbergen.

Was aber sind meine wahren Gefühle? überlegte sie auf der Fahrt nach Manhattan. Sie hatte keine. Sie war innerlich tot. Eine Broadway-Show würde kaum genügen, um sie ins Leben zurückzuholen, auch wenn sie lachen würde und klatschen und so tun, als amüsiere sie sich ebenso gut wie die anderen.

In Wahrheit fühlte sie sich nur dann lebendig, wenn sie dem Tod auf der Spur war. Aber es wäre sinnlos, das jemandem erklären zu wollen. Alle würden ihr besorgt raten, sich in psychiatrische Behandlung zu begeben. Keiner würde sie verstehen. Aber verstand sie sich denn selbst?

Carol hatte einen Tisch im Russischen Tea-room bestellt. »Ich weiß, daß es 'n Touristenlokal ist und ziemlich ausgeflippt, aber was soll's?« Sie lachte, und Gail stimmte ein. »Du siehst gut aus. Aber 'n bißchen dünn.«

Die beiden Schwestern gingen über den Broadway in Richtung Siebenundfünfzigste Straße. Gail beobachtete unterwegs die Straßenhändler und betrachtete aufmerksam die heruntergekommenen Läden rechts und links.

»Ich hatte vergessen, wie dreckig es hier ist«, sagte Gail, während sie einen Bogen um eine Lache Erbrochenes machten. »Jetzt ist's verhältnismäßig sauber hier«, widersprach Carol. »Vor ein paar Jahren sah's noch ganz anders aus.«

Gail blickte in die Schaufenster der zahlreichen Elektrogeschäfte, aber die schienen jetzt mehr Videokassetten mit Pornofilmen anzubieten als Stereoanlagen. An der Ecke sah Gail eine Gruppe von Menschen, die einen einzelnen Mann umringte. Er schwenkte irgend etwas in der Luft und sprach mit kräftiger, erhobener Stimme.

»Komm, wir gehen auf die andere Seite«, meinte Carol.

»Worüber redet der?« Gail achtete nicht auf den Rat ihrer Schwester und trat auf die Gruppe zu.

Was der Mann in der Hand hielt, war eine Petition, die härtere Strafen für Gewaltverbrechen forderte. Gail lauschte wie gebannt der Erzählung des Mannes, dessen Sohn vor zehn Monaten bei einem versuchten Diebstahl erstochen worden war. Der Unterschriftensammler berichtete weiter, daß der jugendliche Täter schon kurz nach dem Mord gefaßt und vor Gericht gestellt worden sei. Nach zahlreichen Aufschüben sei die Verhandlung endlich zum Abschluß gebracht worden. Man habe den Schuldigen wegen Totschlags zu einundzwanzig Monaten Gefängnis verurteilt. Der Schock über dieses milde Urteil wurde noch verstärkt, als die Polizei dem Vater des Ermordeten mitteilte, daß der Täter wahrscheinlich schon nach sieben Monaten wieder auf freiem Fuß sein werde.

»Komm, wir gehn«, flüsterte Carol beklommen und zerrte Gail am Ärmel.

Gail befreite sich sanft aus dem Griff ihrer Schwester und versuchte von den Gesichtern der Umstehenden ihre Reaktion auf die Worte des Mannes abzulesen.

Immer mehr Leute blieben stehen. Sie hörten aufmerksam, fast respektvoll zu. Auf ihren Gesichtern spiegelte sich Anteilnahme, sogar Erschrecken und vielleicht auch Bewunderung, als der Mann weitererzählte, daß er nach dem Prozeß seinen Arbeitsplatz aufgegeben habe und durch die Staaten gereist sei, um eine landesweite Unterschriftenkampagne zu starten, die härtere Strafen für Gewaltverbrechen forderte. Er rühmte sich, inzwischen fast eine Million Unterschriften gesammelt zu haben.

Gail trug sich in die Liste ein, und Carol schloß sich ihr an. Eine Frau neben ihnen war der Ansicht, eine solche Aktion würde nicht viel nützen, da Politiker an notorischer Taubheit litten, wenn nicht gerade eine Wahl vor der Tür stehe. Doch auch diese Frau hatte unterschrieben.

»Ich habe jede Petition unterschrieben, die mir je vor die Augen kam«, erklärte sie den beiden Schwestern. »Ich habe mich auch immer wieder für die Wiedereinführung der Todesstrafe eingesetzt...«

»Wozu soll die Todesstrafe denn gut sein?« mischte sich eine andere Frau ins Gespräch. »Die hat noch niemanden abgeschreckt. Wir müssen lernen, uns geistig und körperlich von all diesem Haß zu befreien. Sonst werden wir nie in Frieden leben. Wir müssen uns zu Gott bekennen und einsehen, daß sein Weg der einzig wahre ist...«

»Ich kann mir nicht vorstellen, daß Gottes Wille geschieht, wenn Unschuldige sterben und ihre Mörder ungeschoren davonkommen.«

»Verschont uns mit diesen Sonntagsschuldebatten über die Existenz Gottes«, meldete sich ein untersetzter Mann unwirsch zu Wort. »Wenn es einen Gott gibt, dann hat Er zumindest auf mein Leben nicht den geringsten Einfluß.« Die Frau, die zuvor von Gott gesprochen hatte, bekreuzigte sich und flüsterte ein Gebet für die Umstehenden. »Worum geht's denn wirklich? Was man unterschreibt oder wen man hier in New York wählt, ist völlig unerheblich. Unser Gouverneur hat versprochen, sein Veto gegen jede von der Legislative verabschiedete Gesetzesvorlage zur Wiedereinführung der Todesstrafe einzulegen, genau wie's auch sein Vorgänger getan hat. Außerdem würde sich durch die Wiedereinführung der Todesstrafe auch nichts ändern.«

»Es wäre ein Anfang«, sagte jemand.

»Ich bin nicht für die Todesstrafe«, rief ein Mann hinter Gail. »Das bringt doch nichts.«

»Ich bin ganz Ihrer Meinung«, sagte eine Frau, die sich bisher nicht an der Diskussion beteiligt hatte. »Mit der Todesstrafe wären wir bloß ebenso barbarisch wie die Mörder.«

»Blödsinn!« rief der Untersetzte.

Carol zerrte wieder an Gails Ärmel. »Gail, komm doch endlich.«

»Wenn man wenigstens drauf hoffen dürfte, daß die Gerichte solche Kerle lebenslänglich einsperren...«

»Darauf können Sie lange warten.«

»Die sind eher wieder draußen, als Sie glauben«, sagte der Mann mit der Unterschriftenliste bitter. »Alle Welt hat Mitleid mit ihnen. Sie sind unverstanden. Sie hatten eine unglückliche Kindheit. Tja, das ist ihr Pech. Ich bin jedenfalls der Meinung, wir sollten endlich aufhören, uns so verdammt viel um die Verbrecher zu sorgen. Statt dessen wär's endlich an der Zeit, sich auch mal um die Opfer und deren Familien zu kümmern. Wir müssen nämlich für den Rest unseres Lebens mit dem fertig werden, was diese Mörder angerichtet haben.«

»Das ist ein überholtes Argument.«

»Ich wüßte nicht, was daran überholt sein soll.«

Die Stimmen folgten rasch aufeinander, fielen eine über die andere wie ein Haufen Dominosteine. Gail konnte nicht mehr unterscheiden, wer sprach. Sie schloß die Augen und lauschte auf den Klang der zornigen, verworrenen Stimmen. Die Gesichter waren unwichtig. Sie brauchte die Leute nicht zu sehen, um sie wiederzuerkennen. Sie sah all diese Sprecher tagtäglich in ihrem eigenen Spiegelbild.

»Gail, jetzt hab' ich wirklich genug. Laß uns zum Essen gehen.«

»Ich möchte weiter zuhören.«

»Ich nicht«, sagte Carol ungestüm und wandte sich zum Gehen. »Wir haben die Petition unterzeichnet. Mehr können wir nicht tun. Also komm endlich.« Gail rührte sich nicht. »Gail, ich gehe. Die Hälfte der Leute, die diese blöde Liste unterschrieben haben, sind Taschendiebe und Gauner. Ich will hier weg.«

»Ich treffe dich im Restaurant«, sagte Gail.

»Gail!«

Gail wandte ihre Aufmerksamkeit wieder der Menge zu. Wie nebenbei registrierte sie, daß Carol den Platz neben ihr geräumt und jemand anders ihn eingenommen hatte.

»Die Todesstrafe versucht einen Mord durch einen zweiten zu rächen. Wie können Sie das richtig finden?«

»Die Gesellschaft hat das Recht, gewaltsam gegen Verbrecher vorzugehen.«

»Niemand hat das Recht zu töten.«

»Unsere ermordeten Kinder macht nichts wieder lebendig.«

»Darum geht's doch gar nicht.«

»Worum denn dann?«

»Es geht darum«, hörte Gail eine Stimme sagen, während sie im Geiste sah, wie jemand ihre Tochter in den Schlamm warf, »es geht darum, daß gewisse Subjekte ihr Leben einfach nicht verdienen.«

»Genau.« Der Mann neben ihr nickte bekräftigend.

Dann schien der Versammlung der Zündstoff auszugehen, und die Leute zerstreuten sich allmählich.

Gail sah sich nach Carol um, aber die war verschwunden. Sie mußte ihr nachgehen und sie um Entschuldigung bitten. Gail wandte sich in Richtung des Russischen Tea-rooms, da bemerkte sie einen blonden jungen Mann, der sie aus einiger Entfernung beobachtete.

Als ihre Blicke sich trafen, wandte er rasch den Kopf und ging davon. Er wirkte ziemlich befangen und blickte sich mehrmals nach ihr um. Gail gab sich alle Mühe, ihn im Auge zu behalten, aber er verschwand gleich darauf im Fußgängerstrom.

Angestrengt spähte sie in die Menge, aber der junge Mann war wie vom Erdboden verschluckt. Gail ging langsam weiter, schaute unterwegs in jedes Schaufenster und überlegte, was sie wohl an dem Jungen so magisch angezogen haben mochte.

Er hatte sie beobachtet. Ob er sie von den Zeitungsfotos her kannte? Hatte er gewußt, wer sie war? War Cindys Mörder womöglich nach New York geflohen, um hier zwischen vielen anderen Illegalen und Unerwünschten unterzutauchen? War es möglich, daß sie auf so wunderbare Weise auf ihn stieß? Nein, das ist verrückt, dachte Gail. Ihre Schwester fiel ihr ein, und sie wollte gerade kehrtmachen, um zurück zur Siebenundfünfzigsten Straße zu gehen, da sah sie ihn auf der anderen Straßenseite. Er betrat gerade einen der Läden, die euphemistisch als »Buchhandlungen für Erwachsene« firmieren.

Gail holte tief Luft und überquerte die Straße. Sie öffnete die Tür zu dem Geschäft und spürte, wie mehrere Augenpaare sich auf sie richteten, als sie eintrat und langsam hinter dem Jungen her die erste Regalreihe entlangschritt.

Worauf sie auch immer gefaßt gewesen sein mochte, das, was sie sah, überraschte sie doch und erfüllte sie mit Ekel. »Zwanzig neue Mösen« nannte sich ein Blatt lakonisch und zeigte im Innenteil die entsprechenden Großaufnahmen. Gail blätterte flüchtig in den am wenigsten anstößigen Heften, die sie finden konnte, während sie sich unaufhaltsam ans andere Ende des Ladens durchdrängelte.

Die nächste Reihe enthielt fast nur Beiträge zum Thema Züchtigung und Folter. Gail sah Fotos von Frauen, die ausgepeitscht wurden, Frauen, die in Ketten lagen oder mit Brenneisen gemartert wurden. »Wie vergewaltige ich eine Jungfrau?« lautete die Überschrift eines Artikels. Auf einem einprägsamen Foto wurde eine Frau in einen Fleischwolf gesteckt.

Gail schloß die Augen und versuchte, den Brechreiz zu unterdrücken. Mit zitternder Hand schob sie die Illustrierte zurück in das Fach. Sie dachte an Jennifer, die bei ihrem Vater die Kunst des Fotografierens erlernte. Was waren das für Leute, die *solche* Bilder machten? Und was für Männer, vor allem aber Frauen posierten für diese Aufnahmen?

Sie erreichte den letzten Gang. Auch hier das gleiche Angebot – nur noch drastischer. »Männer, die Knaben lieben«, las sie, nahm das Heft aus dem Regal und betrachtete das Foto eines etwa dreißigjährigen Mannes und eines höchstens vierzehnjährigen Jungen. »Verirrtes kleines Mädchen« lautete ein anderer Titel. Die zugehörigen Abbildungen zeigten ein junges Mädchen, das hergerichtet war wie ein Kind. Ihr langes Haar war zu Zöpfen geflochten und mit Schleifen geschmückt. Ihr knabenhafter Körper steckte in einem kurzen, offenen Leibchen. Sie trug Kindersöckchen und dazu passende Schuhe. Da sie keinen Schlüpfer anhatte, sah man, daß ihr Schamhaar abrasiert war. Mehrere Männer mittleren Alters streichelten das Mädchen.

Was mache ich nur hier? fragte sich Gail, plötzlich von Panik ergriffen. Sie hatte das Gefühl, unbedingt frische Luft zu brauchen, und rannte zum Ausgang. Aber da tauchte aus dem Nichts ein ausgestreckter Arm auf und versperrte ihr den Weg.

Gail fuhr zusammen und sah sich dem jungen Mann gegenüber, dem sie gefolgt war. Er war größer, als sie angenommen hatte, vielleicht über einsachtzig, und trotz seines schlanken Wuchses sehr muskulös.

»Suchen Sie mich?« fragte er spöttisch lächelnd.

Gail rang vor Verblüffung nach Luft. Hinter ihm lud ein

Schild die Kunden ein, sich im Nebenzimmer das beachtliche Filmangebot vorführen zu lassen.

»Gehn wir zusammen ins Kino?« Der Spott in seiner Stimme war unverkennbar.

Gail zwang sich, ihn anzuschauen. Seine kleinen Augen hatten einen stechenden Blick. Sein Teint war unrein, Nase und Mund waren schmal, die Haare ungleichmäßig lang und nicht gekämmt. Er war weder blond noch braun. Sie schätzte ihn auf etwa zwanzig.

Er trat dichter an sie heran. »Warum laufen Sie mir nach?« fragte er und näherte seine Lippen ihrem Gesicht. »Kann ich vielleicht was für Sie tun? Soll ich's Ihnen besorgen, gleich hinterm Vorhang da drüben? Sie brauchen nur zu sagen, wie Sie's haben wollen, Lady, ich mach's Ihnen.«

Gail versuchte, etwas zu erwidern, aber ihre Stimme versagte.

Er brachte sein Gesicht dem ihren noch näher, streckte die Hand aus und faßte sie am Hinterkopf.

»Hübsches Haar«, sagte er und versuchte, sie an sich zu ziehen.

»Bitte...«, flüsterte sie.

»Bitte? Oh, das gefällt mir. Ich mag's, wenn meine Frauen brav und höflich sind.«

Gail schlug mit beiden Händen zu. Ihre plötzliche Reaktion überraschte sie fast ebenso wie den jungen Mann. Er ließ sie los und trat einen Schritt zurück, unsicher, was das zu bedeuten habe. Ehe er sich wieder fassen konnte, stürmte Gail an ihm vorbei. Dabei warf sie einen Stapel Zeitschriften um und sah entsetzt auf die Bilder gefesselter und geknebelter Frauen, die ihr leblos vor die Füße fielen. Im nächsten Augenblick stand sie draußen auf der Straße. Sie rang nach Luft und betete, der junge Mann möge sie nicht verfolgen.

Was hatte sie sich nur dabei gedacht, ihm in den Laden nachzugehen? Selbst wenn man außer acht ließ, wie unwahrscheinlich es war, den Mörder hier zu finden, konnte dieser Junge nicht der sein, den sie suchte. Er war zu groß, zu frech, zu unverschämt. Und er hatte offenbar keinerlei Probleme mit älteren Frauen. Er war nicht der Typ, der sich an Kindern vergriff, es sei denn, das Kind war alt genug, um es mit ihm aufnehmen zu können. Sein Interesse richtete sich auf größere Beute. Gail faßte sich langsam wieder, straffte die Schultern und machte sich auf den Weg zum Russischen Tea-room.

Als sie dort eintraf, hatte Carol bereits das zweite Glas Wein bestellt. »Entschuldige, daß ich dich einfach so stehengelassen habe«, sagte sie, ehe Gail die Chance hatte, ihre Verspätung zu erklären.

»Nein, ich muß mich bei dir entschuldigen«, beteuerte Gail aufrichtig.

»Das reicht«, entschied Carol und winkte dem Ober. »Ich hab' einen Bärenhunger.«

Carol hielt Wort und erwähnte den Vorfall weder Jack noch Jennifer gegenüber, als sie abends im Theater zusammentrafen.

Es wurde ein vergnügter Abend, und am Ende waren sich alle einig, daß sie bald wieder zusammen ausgehen sollten.

15

Nachdem sich zwischen Highway 280 und New Jersey Turnpike eine Reihe besonders abscheulicher Morde ereignet hatte, fuhr Gail jeden Tag dort entlang. Zunächst ging es ihr darum, den genauen Tatort zu bestimmen. Aber selbst nachdem sich auf ihren ersten Streifzügen herausgestellt hatte, daß es keinerlei Anhaltspunkte gab, weder eine Polizeisperre noch Blutspuren auf der Fahrbahn, die ihren Ausflügen die Langeweile genommen hätten, fuhr sie weiterhin täglich die gleiche Strecke.

Die Presseberichte mit ihren unklaren Formulierungen waren wenig hilfreich. Ihre Tatortbestimmung beschränkte sich auf die

Angabe Highway 280, westlich vom New Jersey Turnpike. Die schrecklichen Verbrechen waren allerdings in allen Einzelheiten dargelegt.

Der erste von insgesamt vier Morden hatte sich am 16. September zugetragen, kurz nach Mitternacht. Eine junge Frau, Alter zweiunddreißig, hatte den Abend mit Freunden in New York verbracht und befand sich auf der Heimfahrt. Sie war allein im Wagen. Das Auto, das ihr auflauerte und sie von der Straße abdrängte, hatte genau auf solch eine Gelegenheit gewartet, wie die Polizei aus den Reifenspuren in der Nähe des Tatorts schloß. Man hatte die Frau die Böschung hinuntergeschleppt, sie ausgezogen, mit einer abgesägten Schrotflinte bedroht, sie sexuell mißbraucht und sie anschließend umgebracht.

Zwei Tage danach wurde kurz nach zweiundzwanzig Uhr wieder ein Wagen in ähnlicher Weise von der Straße abgedrängt. Nach Aussage eines hysterischen Kraftfahrers, der den Überfall im Vorbeifahren gesehen hatte, sich aber erst mehrere Tage später bei der Polizei meldete, wurden die Insassen des Wagens, ein Mann und eine Frau um die vierzig, mit vorgehaltener Waffe zum Aussteigen gezwungen und ins hohe Gras am Straßenrand geführt. Niemand als ihr Mörder vermochte ihre Furcht, ihr Entsetzen zu ermessen. Die Polizei konnte nur von ihren grauenvollen Wunden berichten. Beide Opfer waren vergewaltigt worden. Auf beide hatte man mehrmals geschossen; beide hatte man nach ihrem Tod verstümmelt im Straßengraben liegenlassen, wo Autofahrer auf dem Weg zur Arbeit sie am nächsten Morgen entdeckten. Der Zeuge, der mit angesehen hatte, wie das Paar in den Tod geführt wurde, behauptete, er habe nur einen Schützen gesehen. Es sei ein Weißer gewesen, der noch jung zu sein schien und vermutlich blondes Haar habe. Aber es sei dunkel gewesen, und er habe solche Angst gehabt, daß er seine Beobachtungen nicht beschwören könne.

Die Polizei versicherte, der fragliche Straßenabschnitt werde streng kontrolliert. Trotzdem kam es in der nächsten Woche zu einem zweiten Mord: Ein junger Mann, der noch spät nachts von einem Rendezvous heimkehrte, wurde von der Straße abgedrängt und auf die gleiche Weise umgebracht wie die drei anderen Opfer.

Die Polizei bezweifelte den Medien zufolge zwar entschieden, daß der Mörder noch einmal an derselben Stelle zuschlagen werde, riet aber dennoch den Kraftfahrern, die nachts zwischen den Staaten New Jersey und New York verkehren mußten, die Bundesstraße 24 zu benutzen oder eine andere für sie geeignete Alternativstrecke zu wählen. Der Highway 280 zwischen New Jersey und New York war von nun an nach Einbruch der Dunkelheit wie ausgestorben.

Tagsüber freilich herrschte weiterhin ebenso reger Verkehr wie bisher. Niemand glaubte, daß der oder die Mörder am Tage zuschlagen würden. Gail fuhr gewöhnlich vor zwölf Uhr mittags auf den Highway und kehrte gegen vier nach Hause zurück. In der Zwischenzeit schaffte sie die Strecke zwischen beiden Staaten zweimal. Gelegentlich hielt sie unterwegs für ein paar Minuten am Straßenrand an und versuchte sich das Entsetzen zu vergegenwärtigen, das ein Mensch empfinden mochte, der aus seinem Wagen gezerrt und mit vorgehaltener Waffe gezwungen wurde, die Böschung hinunterzugehen. In den Tod.

Nach ein paar Tagen stieg sie aus und ging zu Fuß den Randstreifen neben dem belebten Highway entlang. Die Vorbeifahrenden warfen ihr seltsame Blicke zu, schauten aber gleich wieder in eine andere Richtung. Niemand hielt an, um zu fragen, ob sie Hilfe brauche. Sie richtete ihre Aufmerksamkeit auf das hohe Gras, durchstreifte es mit den Füßen und fragte sich, ob es hier wohl Schlangen gebe. Sie stellte sich vor, sie würde die Böschung hinuntergeführt, gezwungen, sich auszuziehen und hinzulegen. Sie glaubte, im Gras zu versinken wie in einem offenen Grab. Sie spürte das kalte Metall eines Gewehrlaufs, der über ihre Schenkel fuhr und brutal in sie eindrang. Sie hörte das Klicken des Abzugs, sah, wie ihr Körper explodierte und empfand… nichts.

»He, was, zum Teufel, machen Sie denn da?«

Gail fuhr herum und sah einen silberfarbenen Ford neueren Modells, aus dessen Seitenfenster sich ein Mann mittleren Alters mit gelichtetem Haar lehnte. »Was ist los mit Ihnen?« fuhr der ärgerlich fort. »Sind Sie verrückt? Wissen Sie denn nicht, was auf dieser Straße passiert ist? Es ist verdammt gefährlich, hier auszusteigen! Müssen Sie vielleicht mal pinkeln? Dann warten Sie gefälligst bis zum nächsten Rasthaus!«

Gail dankte dem Mann für seine Fürsorge und kehrte verschüchtert zu ihrem Wagen zurück. Er wartete, bis sie eingestiegen war, ehe er weiterfuhr. Als er Gail überholte, schüttelte er verständnislos den Kopf.

Ich habe nichts erreicht, dachte sie nervös, ohne auf den Verkehr zu achten. Ihre Ausflüge nach Newark und East Orange waren vergeblich gewesen. Jeder ist schuldig, entschied sie zynisch. Es gibt keine Unschuldigen.

Am hellichten Nachmittag würde sie gewiß keinem Mörder auf dem Highway begegnen. Ihre Erkundungsfahrten waren völlig sinnlos gewesen.

Nach ein paar Tagen gab Gail es auf, am Nachmittag über den Highway 280 zu fahren. Von jetzt an würde sie ihr Glück bei Nacht versuchen.

Sie wartete den Abend ab, an dem Jack wieder zu einem von Lloyd Micheners Gruppentreffen ging. Sie weigerte sich auch diesmal, ihn zu begleiten, doch kurz nachdem er gegangen war, erklärte sie Jennifer, sie sei nervös und wolle ins Kino gehen, um sich abzulenken. Als Jennifer ihr anbot mitzukommen, erinnerte Gail sie an ihre Schularbeiten und verließ das Haus, ehe Jennifer noch etwas einwenden konnte.

Der Highway bei Nacht schien einer anderen Welt anzugehören. Die Dunkelheit nahm ihm den Schutzmantel der Zivilisation und verwandelte die schlangengleichen Biegungen und Kurven in eine spürbare Bedrohung. Gail hatte das auch vor den Morden schon so empfunden, etwa an dem Abend, als sie mit Jack und

Jennifer von New York heimgefahren war. Sie war noch nie ein Nachtmensch gewesen. Als Kind hatte sie bei offener Tür geschlafen, damit das Licht aus dem Bad in ihr Zimmer fiel. Bei Tage fühlte sie sich mitten im Geschehen, dazugehörig, behütet, geborgen. Aber mit der Dunkelheit kam die Isolation. Sie fühlte sich wie ein Beobachter auf einem fremden Planeten, und diese Vorstellung hatte ihr schon immer Angst eingejagt. Als ihr jetzt, hier auf dem dunklen Highway, bewußt wurde, daß ihr Wagen weit und breit der einzige war, verstärkte sich das Gefühl der Isolation und drohte sie zu überwältigen. Sie kämpfte gegen den Impuls, umzukehren, sich in die Geborgenheit ihrer hellerleuchteten Küche zu flüchten und den nächsten Morgen abzuwarten. Da fiel ihr ein (als ob sie es je auch nur für einen Augenblick vergessen könnte), daß Cindy im hellen, freundlichen Tageslicht umgebracht worden war, daß Ungeheuer sich also nicht nur vom Mondschein leiten lassen. Ihre Augen versuchten die Dunkelheit am Straßenrand zu durchdringen. (»Gibt es echt Monster, Mama?« – »Natürlich nicht, Spätzchen.«) Ihre Hände umklammerten das Steuerrad, und sie fuhr mit erhöhtem Tempo weiter geradeaus.

Und dann sah sie den anderen Wagen.

Sie hatte schon fast die Grenze nach New York erreicht, als sie ihn entdeckte. Er war hinter ein paar Bäumen versteckt und zusätzlich durch seine dunkle Farbe getarnt. In Sekundenschnelle nahm er die Verfolgung auf und schob sich immer näher an ihren hinteren Kotflügel heran. Gail gab Gas. Doch der andere Wagen blieb dicht hinter ihr. Sie schaute in den Rückspiegel, aber die Dunkelheit und das blendende Scheinwerferlicht des anderen Wagens machten es ihr unmöglich, ihre Verfolger zu sehen. Sie erkannte nur, daß es zwei Männer waren. Plötzlich drehte der Wagen nach links ab und verschwand aus ihrem Blickwinkel. Gleich darauf war er neben ihr und versuchte, sie von der Straße abzudrängen. Gail trat das Gaspedal bis zum Boden durch, aber der andere Wagen ließ sich nicht abschütteln. Der Mann auf dem

Beifahrersitz winkte sie ungestüm auf die Standspur. Dann hörte sie die Sirene und schaute mit spürbarer Erleichterung zu dem Wagen hinüber. Der Mann auf dem Beifahrersitz winkte ihr mit irgend etwas zu, etwas, das aussah wie eine Dienstmarke, und sie begriff, daß er den Alarm ausgelöst hatte, obwohl das Auto nicht als Polizeifahrzeug gekennzeichnet war. Sie nahm den Fuß vom Gas, verringerte langsam das Tempo und kam schließlich auf dem Seitenstreifen zum Stehen. Der andere Wagen hielt direkt hinter ihr. Sie hörte die Türen schlagen und sah zwei Männer auf sie zurennen, Pistolen im Anschlag. Plötzlich fiel ihr ein, daß niemand wußte, wie den früheren Opfern aufgelauert worden war. Was wäre leichter, dachte sie, während die Männer sich ihrer Wagentür näherten und sie ihre Waffen deutlich erkennen konnte, was wäre leichter, als sich als Polizisten auszugeben. Die Polizei schafft es, jeden anzuhalten. Keiner bezweifelt die Glaubwürdigkeit einer Uniform oder Dienstmarke.

Sie spürte die Pistole an ihrer Schläfe und stieg wortlos aus. Niemand sprach ein Wort, als die Männer sie vom Wagen fort und ins hohe Gras führten. Niemand fuhr vorbei, der ihren erzwungenen Striptease hätte bezeugen können. Kein Mensch sah, wie sie nackt auf die kalte Erde gelegt wurde, eine Waffe an der Schläfe, während der andere sich an ihrem Bein hinauftastete. Vielleicht würden die beiden sie nur erschießen und ihr die Qualen der Folter ersparen. Ich bin schon genug gefoltert worden, dachte sie und sah durchs Seitenfenster in die besorgt, ja ängstlich dreinblickenden Augen des jungen Mannes, der neben ihrem Wagen stand. Sie betätigte den automatischen Fensterheber.

»Polizei, Madam«, sagte der junge Mann und hielt ihr seine Dienstmarke entgegen. Gail warf nur einen flüchtigen Blick darauf. Sie hätte ohnehin nicht zwischen einem echten Abzeichen und einer Fälschung unterscheiden können. »Würden Sie bitte aussteigen, Madam.« Es war keine Frage, sondern ein Befehl. Gail holte tief Luft und atmete dann langsam aus. Ihre Knie zitterten, als ihre Füße den Boden berührten. Das Gras streifte ihre

Knöchel. Die Luft war kühl. Es war wesentlich kälter geworden, seit sie von zu Hause losgefahren war. Der Herbst ist da, dachte sie und wunderte sich, wieso ihr das bisher entgangen war. Wie unerbittlich die Zeit doch verstrich. Der zweite Mann ging um ihr Auto herum zur Beifahrerseite und leuchtete mit einer Taschenlampe auf den Rücksitz. »Wir möchten uns den Wagen gern mal ansehen«, sagte der erste. Gail nickte. Gehörte das zu dem Spiel dazu? Sollte das Opfer sich entspannen und in Sicherheit wähnen, ehe man es zur Schlachtbank führte? »Darf ich Ihren Führerschein sehen, Madam?« fragte einer der Beamten – Gail beschloß, sich fürs erste vorzustellen, die beiden seien Polizisten. Er sprach höflich, wenn er sie auch wachsam im Auge behielt, als sie ihre Handtasche öffnete, die Brieftasche herausnahm und ihm entgegenstreckte. Aber er nahm sie nicht, trat vielmehr betont einen Schritt zurück. »Bitte nehmen Sie den Führerschein heraus«, sagte er.

Gail lächelte. Sie hatte ihn getestet. Sie wußte, daß Polizisten einen Kraftfahrer ersuchen mußten, die Papiere aus der Brieftasche herauszunehmen und ihnen separat zu übergeben. Wenn der Mann von ihr das nicht verlangt hätte, dann hätte sie jetzt die Gewißheit gehabt, daß er nicht war, wofür er sich ausgab. Aber offenbar hatte er seine Rolle gut gelernt. Sie beobachtete ihn, während er ihren Führerschein überprüfte.

»Hier ist alles in Ordnung«, rief der andere Polizist. »Würden Sie bitte noch den Kofferraum öffnen?« setzte er, an Gail gewandt, hinzu. Gail langte in ihren Wagen, zog den Zündschlüssel ab und übergab ihn dem jungen Beamten. Der warf ihn übers Autodach seinem Kollegen zu. Als er den Kofferraum öffnete, fand er ihn leer bis auf das Reserverad. Der erste Mann ging nun zurück zu seinem Wagen und gab der Zentrale telefonisch die Nummer ihres Führerscheins zur Überprüfung durch. Als er wenige Minuten später zurückkam, schien er zufrieden. Seine Pistole steckte jetzt im Halfter. »Würden Sie uns verraten, was, zum Teufel, Sie zu so später Stunde auf dem Highway verloren haben, und noch dazu allein?« fragte er. Seine Stimme schwankte zwischen Neugier und Ärger.

»Ich hatte Streit mit meinem Mann.« Es war die erstbeste Notlüge, die ihr in den Sinn kam. Gail war immer noch nicht sicher, ob diese Männer wirklich zur Polizei gehörten. Sie sah Jacks Gesicht vor sich und überlegte, ob er wohl schon zu Hause sei. Würden sie ihn anrufen und ihm erzählen, wo sie gewesen war? »Ich mußte für ein Weilchen raus, um mich abzureagieren.«

»Auf diesem Highway?« fragte der zweite Mann ungläubig. Es war der ältere von beiden. Sein Haar war dunkel, der andere aber war blond.

»Er schien mir nicht schlechter als die anderen«, sagte Gail, die nicht wußte, was sie sonst hätte sagen sollen.

»Lesen Sie denn keine Zeitung?« fragte der Jüngere. »Wissen Sie etwa nicht, was auf diesem Highway passiert ist?«

»Wir waren verreist«, sagte Gail. »In Florida. Wir sind gerade erst zurückgekommen.«

»Sie sind aber nicht sonderlich braun«, bemerkte der Ältere, der ihr mit seiner Taschenlampe ins Gesicht leuchtete.

»Ich leg' mich nicht gern in die Sonne«, erklärte sie. »Das ist nicht gesund.«

»Um diese Zeit allein auf einem Highway rumzukutschieren, auf dem in den letzten zwei Wochen vier Menschen ermordet wurden, ist auch nicht gesund.«

»Das wußte ich nicht«, sagte Gail stockend. »Wir waren doch verreist.«

»Tja, also sehen Sie zu, daß so was nicht noch mal vorkommt«, sagte der Ältere. »Wenn Sie sich abreagieren müssen, dann fahren Sie in der Nachbarschaft spazieren, aber nicht auf dem Highway. Noch besser wär's, Sie würden gar nicht erst mit Ihrem Mann streiten. Der arme Kerl hat wahrscheinlich sowieso schon Ärger genug.«

Gail dachte, daß er vermutlich recht habe. »Haben Sie eine Ahnung, wer der Mörder ist?« fragte sie.

»Wir arbeiten an dem Fall«, lautete die stereotype Antwort.

Gail nickte, so als habe die Auskunft sie beruhigt. »Darf ich jetzt gehen?« fragte sie schüchtern. Sie überlegte, ob Lieutenant Cole wohl von dem nächtlichen Abenteuer erfahren und wenn ja, was er dazu sagen würde.

Der jüngere Beamte gab ihr den Führerschein zurück, nachdem er sich noch einmal vergewissert hatte, wie sie hieß. »Hören Sie, Mrs. Walton«, sagte er so behutsam, daß Gail einen Moment lang fürchtete, er könne sie erkannt haben. »Wir wollten Sie nicht erschrecken, aber wir sind hier nicht in 'nem Fernsehkrimi, wo die Helden immer rechtzeitig auftauchen, um die bedrängte Unschuld zu retten. Hier draußen werden Menschen umgebracht. Unschuldige werden buchstäblich abgeschlachtet. Der Highway ist kein Spielplatz. Sie hatten echt Glück, daß wir Sie angehalten haben und nicht irgendein Verrückter.« Gail nickte zerknirscht. »Wir begleiten Sie noch, bis Sie vom Highway runter müssen.«

»Ach, das ist nicht nötig«, wehrte Gail ab.

»O doch, das ist es!«

»Ich danke Ihnen«, sagte Gail erleichtert.

»Nach Ihnen«, befahl der Polizist. Gail stieg wieder in ihren Wagen und ließ den Motor an. Das Polizeiauto fuhr hinter ihr her, bis sie den Highway verlassen mußte. Als sie abbog, hupte sie dankbar. Die Polizisten antworteten mit einem Handzeichen.

Jack wartete im Wohnzimmer auf sie.

»Wie war der Film?« fragte er tonlos.

»Nicht besonders.« Sie vermied es, ihn anzusehen, und wandte sich gleich zur Treppe.

»Wie hieß er denn?«

Gail blieb auf der zweiten Stufe stehen, ihr Kopf war vollkommen leer. »An den Titel erinnere ich mich nicht«, sagte sie. »Es war einer von diesen blöden Filmen mit lauter Verfolgungsjagden. Weißt du, wo ständig ein Auto hinterm andern herfährt.

Immer den Highway rauf und runter. Nichts wie Polizisten und Gangster.« Sie stockte. »Wie war's in der Gruppe?« fragte sie nach einer Weile, um Jack vom Thema abzubringen.

»Gut. Ich würde gern mit dir drüber reden.«

»Hat das nicht Zeit bis morgen früh?« fragte sie rasch. »Weißt du, ich bin so schrecklich müde...«

»Sicher.« Jack gab sich keine Mühe, seine Enttäuschung zu verbergen.

»Ich bin wirklich völlig erschöpft.« Das stimmt sogar, dachte sie.

»Gute Nacht, Gail«, sagte er leise.

Gail brachte ein winziges Lächeln zustande. »Gute Nacht«, antwortete sie und ging hinauf ins Schlafzimmer.

16

Am 1. Oktober wurde die Leiche einer neunundzwanzigjährigen Frau, Mutter von drei Kindern, am Stadtrand von Livingston gefunden. Man hatte sie vergewaltigt, mit zwei Schüssen ins Herz getötet und in einem flachen Grab verscharrt. Der Mann der Ermordeten war ein prominenter und erfolgreicher Immobilienmakler. Die Zeitungen waren tagelang voll mit Fotos der attraktiven jungen Frau und ihrer trauernden Familie.

»Glauben Sie, daß es da eine Verbindung zu unserem Fall gibt?« wollte Gail von Lieutenant Cole wissen, als sie ihn zwei Tage später endlich ans Telefon bekam.

»Nein«, antwortete er bestimmt.

»Warum nicht?« Gails Stimme klang ängstlich und gehetzt.

»Die Fälle sind zu verschieden«, erklärte Lieutenant Cole und zählte die Einzelheiten dieses letzten Mordes auf: »Veronica MacInnes war eine erwachsene Frau; sie wurde nicht erwürgt, sondern erschossen...«

»Man hat sie vergewaltigt...«

»Männer, die sich an Kindern vergreifen, vergewaltigen fast nie Frauen im gebärfähigen Alter.«

»Aber es könnte doch sein...«

»Gail«, sagte Richard Cole ruhig, »es gibt keine Verbindung.«

Gail drückte den Hörer an ihre Brust und blickte zum Küchenfenster hinaus. Dann besann sie sich, nahm den Hörer wieder ans Ohr und fragte: »Was geschieht jetzt?«

Er antwortete nicht gleich. »Ich fürchte, ich verstehe Ihre Frage nicht«, sagte er schließlich.

»Wissen Sie, wer diese Frau umgebracht hat?«

»Noch nicht. Wir haben...«

»Ich weiß. Sie verfolgen mehrere Spuren.«

»Gail...«

»Was wird nun mit Cindys Mörder?«

»Wir bearbeiten den Fall Ihrer Tochter natürlich weiter.«

»Veronica MacInnes war die Frau eines sehr vermögenden und einflußreichen Mannes. Wollen Sie mir etwa einreden, Sie hätten nicht all Ihre Männer darauf angesetzt, den Mörder dieser Frau zu finden?«

»Das schließt aber nicht aus, daß wir nach wie vor den Mann suchen, der Ihre Tochter umgebracht hat.«

»Ach nein?«

»Nein.«

Gail wollte ihm widersprechen, besann sich dann aber eines Besseren und schwieg. Es hatte keinen Sinn, mit dem Kommissar zu streiten. Sie kannte die Wahrheit, selbst wenn er sich nicht dazu bekennen durfte, und diese traurige Wahrheit lautete, daß ihre Tochter für die Polizei kein Thema mehr war. Sie würden ihre Aufmerksamkeit auf einen neuen Fall richten, den zu lösen sie noch eine Chance hatten. Die Jagd nach Cindys Mörder würde man abblasen. Die Spitzel, die noch auf den Straßen von New Jersey unterwegs waren, würde man anderswo sinnvoller einsetzen können.

Sie wollte schon auflegen, als Lieutenant Cole sie mit einer Frage überraschte. »Was sagten Sie?« fragte sie zurück, um Zeit zu gewinnen.

»Ich möchte wissen, wo Sie letzten Monat gewesen sind«, wiederholte er.

»Wie meinen Sie das?«

»Ganz einfach. Ich hab' öfter versucht, bei Ihnen anzurufen, aber Sie waren nie zu Hause. Da habe ich mich natürlich gefragt, was Sie die ganze Zeit treiben.«

Gail versuchte sich zu räuspern, verschluckte sich dabei und hustete in die Muschel. »Ich war mal hier, mal da«, sagte sie schließlich. »Wirklich nicht der Rede wert.«

»Geht's Ihnen gut?«

»Ja, danke.« Gail war jetzt sehr daran gelegen, das Gespräch zu beenden.

Als sie den Hörer auflegte, wußte sie, daß sie eine neue Phase erreicht hatte. Es war Zeit für einen weiteren Vorstoß. Sie mußte den nächsten Schritt ihres Plans verwirklichen.

In den letzten Wochen hatte sie eine Reihe von Häusern beobachtet, in denen möblierte Zimmer vermietet wurden, hatte sich die Bewohner einzuprägen versucht und darauf geachtet, wann die einzelnen kamen und gingen.

Jetzt war es an der Zeit, ihren Beobachtungsposten aufzugeben und sich unter die Leute in diesen Häusern zu mischen. Sie hatte diesen Schritt immer wieder hinausgezögert, in der Hoffnung, die Polizei würde etwas finden.

Und das hatte sie ja auch. Gail lachte bitter, als sie sich ans Steuer ihres Wagens setzte und ihn aus der Einfahrt lenkte. Sie hatte eine weitere Leiche gefunden.

Die Johnson Avenue war eine schmale, triste Straße, die im rechten Winkel auf die Broad Street zuführte. Sie wurde zu beiden Seiten von heruntergekommenen Backsteinhäusern gesäumt, von deren Holzverschalung die Farbe abblätterte. Die Stufen, die zu den Haustüren hinaufführten, waren geborsten und ausgetreten. Auf den Bürgersteigen trieb der Wind das Herbstlaub vor sich her, das zusammenzufegen sich niemand die Mühe machte.

Gail wählte diese Straße aus einer ganzen Reihe ähnlicher aus, weil sie ihr am unauffälligsten schien. Die Johnson Avenue war weder die beste noch die schlechteste Straße in diesem Viertel. Gail war mehreren jungen Männern hierher gefolgt, immer in sicherem Abstand, das Gesicht im hochgeschlagenen Kragen ihres Übergangsmantels verborgen.

Einmal hatte sie, als sie gerade um eine Ecke bog, in einer Schaufensterscheibe einen flüchtigen Blick auf ihr Spiegelbild erhascht und hätte beinahe laut losgelacht über sich: hochgeschlagener Kragen, Kopf eingezogen, hängende Schultern, schlurfender Gang. Seither hatte sie das Klischee ein wenig abgeschwächt und sich bemüht, nicht zur Karikatur zu werden, sondern so echt zu wirken wie die anderen, die diese Straße bevölkerten, so echt und so unauffällig wie sie. Es war nicht schwer. In vieler Hinsicht fühlte sie sich tatsächlich wie eine von ihnen – allein, zornig, verzweifelt. Es gab Tage, da fühlte sie sich in diesem Viertel eher daheim als in den Straßen rings um den Tarlton Drive. Hier kannte sie wenigstens die Gefahren. Aber in Livingston, in dem gepflegten Viertel für die gehobene Mittelklasse namens Cherry Hill, wo sie wohnte, ignorierte man die Gefahr. Der Mörder trieb sich irgendwo hier in diesen Straßen herum, dessen war sie ganz sicher. In einem der alten, heruntergekommenen Häuser verbarg er sich vor der Welt. Aber nicht vor ihr, jedenfalls nicht mehr lange.

Sie suchte sich das Haus Nr. 17 aus, weil es sie auf seltsame Weise anzog. Ungeachtet des bröckelnden Anstrichs und der kaputten Dachrinne konnte Gail sich vorstellen, wie das Haus früher einmal ausgesehen haben mochte – solid, massiv, ja sogar anheimelnd. Sie hatte mehrere schlanke, blonde junge Männer hineingehen sehen. Und auf eine ganze Reihe anderer paßte die etwas großzügig ausgelegte Personenbeschreibung des Mannes, den sie suchte. Er konnte sich schließlich die Haare gefärbt haben. Vielleicht hatte er sich auch einen Bart oder einen Schnurrbart stehen lassen. Möglicherweise war er inzwischen dicker geworden. Oder er hatte sich kahlscheren lassen.

Auf einem Schild im Fenster des Erdgeschosses stand: »Zimmer frei«. Man konnte für einen Tag, für eine Woche oder einen ganzen Monat mieten.

»Ich möchte gern ein Zimmer«, erklärte Gail der Frau, die ihr öffnete.

»Für wie lange?« fragte die Frau, die mit ihrem Pantoffel einen knurrenden Dobermann in Schach zu halten suchte.

»Ich weiß noch nicht«, antwortete Gail. Sie rechnete damit, in etwa einer Woche in ein anderes Haus ziehen zu müssen, wenn sie hier nichts erreichte.

»Dann zahlen Sie eben pro Nacht. Bar und im voraus«, verlangte die Frau. Gail sah, daß sie eine Zigarette zwischen den Fingern hielt. »Los, rein mit dir, Rebecca«, fauchte sie den Hund an, der sofort den Schwanz einzog.

Gail fand, Rebecca sei ein merkwürdiger Name für einen Dobermann. »Was kostet das Zimmer?« fragte sie und überlegte, ob die Frau wohl Ironie im Sinn gehabt habe, als sie ihren Hund Rebecca taufte.

»Fünfzehn Dollar die Nacht.«

»Fünfzehn Dollar«, wiederholte Gail. Sie suchte in ihrer Manteltasche nach Geld. »Das ist aber teuer.«

»Weiter unten kriegen Sie vielleicht was Billigeres«, meinte die Frau, »aber da ist's auch nicht so hübsch wie bei mir. Fünfzehn Dollar pro Nacht. Wollen Sie das Zimmer nun oder nicht? Ich kann nicht den ganzen Tag hier rumstehen und quatschen. Ich verpass' sowieso schon 'ne halbe Fernsehstunde.«

Gail überlegte, welche Serie die Frau sich wohl anschaue, wagte aber nicht zu fragen. »Schon gut, ich nehm's«, sagte sie und reichte der Frau die fünfzehn Dollar.

Die Frau zählte die Scheine nach, nickte und sagte: »Ich hol' die Schlüssel.«

Als die Wirtin sie die Treppe hinaufführte, bemerkte Gail auf der schmutzigweißen Wand Flecken, die aussahen wie Blut. »Was sind das für Flecken?« fragte sie und deutete mit dem Finger auf die häßlichen, blaß-braunen Spuren an der Wand.

Die Frau sah nur flüchtig hin. »Keine Ahnung«, sagte sie, so als sei die Frage eigentlich gar keiner Antwort wert.

»Sieht aus wie Blut.«

Zum erstenmal lächelte die Frau. »Hm«, meinte sie, »das kann gut sein.«

Gail zog es vor, nicht darüber nachzudenken, wie das Blut dort hingekommen sein mochte. Statt dessen richtete sie ihre Aufmerksamkeit auf die Beine der Frau, die vor ihr die Treppe hinaufging. Die Frau war nicht nur dünn, sie sah aus, als leide sie an Anorexie. Ihre Schenkel, die sich unter der schmuddeligen Hose abzeichneten, waren kaum dicker als Handgelenke. Komischerweise war sie tadellos frisiert, ihr Haar schien frisch gewaschen und eingelegt, ihre Nägel waren sorgfältig manikürt und in einem kräftigen Rot lackiert.

»Sind jetzt alle Zimmer belegt?« fragte Gail, als sie vor einer Tür haltmachten und die Wirtin den Schlüssel ins Schloß steckte.

»Eins ist noch frei«, sagte die Frau, stieß die Tür auf und gab Gail den Schlüssel. »Das ist es. Na?«

»Bitte?« fragte Gail unsicher zurück.

»Gehn Sie jetzt rein, oder was ist los?«

»Ja, ja«, versicherte Gail rasch. »Es ist sehr hübsch.«

»Weiter unten gibt's billigere«, sagte die Frau noch einmal, »aber die sind nicht so hübsch. Ich versuch' das Haus so sauber zu halten wie möglich. Vorschriften gibt's nur 'n paar: keine laute Musik nach Mitternacht, nicht im Bett rauchen, ich will nämlich nicht, daß die Bude abbrennt, und weder Alkohol noch Drogen im Treppenhaus. Was Sie in Ihrem Zimmer machen, ist mir egal, obwohl Sie wissen sollten, daß das hier kein Puff ist. Sie wissen schon, eben kein Bordell. Sie können natürlich Männer mitbringen, soviel Sie wollen. Bloß sorgen Sie dafür, daß es nicht auffällt.«

»Ich werde keine Herrenbesuche haben.«

Die Frau sah sie mißtrauisch an. »Nein? Na ja, Ihre Sache. Ich will nur keinen Ärger mit der Polizei. Sie wissen schon.«

»Also ich trinke nicht, ich rauche nicht, und Drogen nehm' ich auch nicht...«, begann Gail, doch die Frau war schon halb die Treppe hinunter. »Möchten Sie nicht wissen, wie ich heiße?« rief Gail ihr nach.

»Wozu?« fragte die Frau zurück, ohne sich umzudrehen. Auf dem Fußboden bemerkte Gail verstreute Zigarettenasche. Ein paar Sekunden stand sie nachdenklich in dem leeren Flur, dann betrat sie ihr Zimmer.

Das Zimmer war nicht besser, als sie erwartet hatte. Die Wände waren in verschiedenen Gelbgrüntönen gestrichen, und auf den Holzdielen lag kein Teppich. Wenigstens ist es sauber, dachte Gail erleichtert. Die Einrichtung bestand nur aus dem Allernötigsten: in der Mitte ein Doppelbett mit einer billigen, blaugeblümten Tagesdecke darüber; ein farblich undefinierbarer Lehnstuhl, der völlig durchgesessen war; eine billige Lampe auf einem noch billigeren Plastiktisch; eine Kommode.

Gail setzte sich aufs Bett und stellte erstaunt fest, daß es stabil war. Aber das spielte keine Rolle, denn sie würde sowieso nicht darin schlafen. Plötzlich fühlte sie sich beklommen, die Wände schienen auf sie zuzukommen und sie zu erdrücken. Sie eilte ans Fenster. Es war klein, und davor hing eine fadenscheinige blaue Gardine. Gail blickte hinunter in einen düsteren Hinterhof. Sie fühlte sich isoliert, abgeschnitten von der Straße und von ihrer Routine. Wie konnte sie hoffen, hinter diesen abweisenden Türen jemanden zu finden?

Ihr wurde übel, und sie wäre beinahe gegen den kleinen Tisch gefallen. Sie mußte zur Toilette. Wo war nur das Bad?

»Wo ist die Toilette?« fragte sie die Wirtin, als ihr Klopfen endlich Gehör fand.

Die Frau hatte die Tür nur einen Spaltbreit geöffnet. »Oh, hab' ich's ihnen nicht gezeigt? Am Ende vom Gang. Es gibt ein Klo in jedem Stock.«

»Heißt das, im Zimmer ist keins?«

»Haben Sie eins gesehen?«

»Ich dachte nur...«

»Wissen Sie, was es mich kosten würde, in jedem Zimmer 'ne Toilette installieren zu lassen? Sie machen wohl Witze? Und wer sollte die Dinger instand halten? Ich müßte dauernd Angst haben, daß einer was in den Abfluß schmeißt, was da nicht reingehört. Das dürfen Sie übrigens nicht machen. Bei mir wohnen nicht oft Frauen, deshalb vergess' ich's manchmal zu erwähnen.«

»Was für Leute wohnen denn so bei Ihnen?«

»Was soll die Frage?« Die Frau faßte die Klinke fester und schloß die Tür so weit, daß Gail nur noch ein Viertel ihres Gesichts sehen konnte. »Sind Sie von der Polizei?«

»Ich? Von der Polizei?« Gails Lachen war echt. »Nein, ich bin nur... einsam«, gestand sie und wunderte sich selbst über ihre Worte.

Die Frau entspannte sich und stieß mit dem Fuß die Tür auf.

»Wollen Sie was trinken?« fragte sie.

»Ich hätte gern eine Tasse Tee«, sagte Gail, ohne zu überlegen.

»An Tee hatte ich nicht gerade gedacht«, sagte die Frau. »Aber ich schätze, daß hier noch irgendwo 'n alter Wasserkessel rumsteht. Kommen Sie rein.«

Das Zimmer war etwa doppelt so groß wie das, welches Gail gerade gemietet hatte. Eine Tür führte in das angrenzende kleine Schlafzimmer. Außerdem gab es noch eine Kochnische und ein Bad. Die Wände waren in dem gleichen Gelbgrün gestrichen wie das übrige Haus, und die Möbel stammten samt und sonders von der Heilsarmee. Die Frau suchte in der Anrichte nach dem Kessel.

»Da ist er ja«, rief sie schließlich triumphierend. »Ich wußte doch, daß ich irgendwo einen habe. Ich glaube, ich weiß noch, wie man Wasser kocht. Setzen Sie sich und machen Sie's sich bequem.«

»Ich heiße Gail«, sagte Gail, die im letzten Augenblick beschlossen hatte, nicht zu lügen.

»Und ich bin Roseanne«, stellte die Frau sich vor, während sie am Spülbecken Wasser in den Kessel füllte und ihn aufsetzte. »Na los, nehmen Sie Platz. Vor dem Hund brauchen Sie keine Angst zu haben. Rebecca tut ihnen nichts, außer wenn ich's ihr sage. Rebecca, runter von der Couch!« Der Hund gehorchte sofort, sprang von seinem gemütlichen Plätzchen auf dem verschossenen weinroten Samtsofa herunter auf den Boden und legte sich vor den Fernseher.

Gail blickte unbehaglich zwischen dem kleinen Schwarzweiß-Fernseher und der großen schwarzbraunen Hündin hin und her. Zögernd setzte sie sich.

»Wie kamen Sie darauf, sie Rebecca zu nennen?« fragte sie und zwang sich, dem Hund zuzulächeln.

»So hieß meine Schwiegermutter.« Roseanne setzte sich neben sie und schaute wie gebannt auf die Mattscheibe. »Rebecca sieht genauso aus wie meine Schwiegermutter. Man braucht einen Hund, wissen Sie, wenn man allein lebt. Besonders in dieser Gegend. Die Männer denken, sie hätten leichtes Spiel mit 'ner alleinstehenden Frau. Aber wenn sie Rebecca sehen, nehmen sie sich in acht.«

»Sie leben also allein?« fragte Gail und überlegte, wie alt die Frau neben ihr wohl sein mochte.

»Schon seit sechzehn Jahren«, sagte Roseanne. »Es ist besser so. Mein Alter ging eines Abends weg, um 'n Viertelliter Milch zu holen…«

Sie ließ den Satz unvollendet und lauschte für einen Augenblick der Unterhaltung auf dem Fernsehschirm. Als das Programm für eine Werbeeinlage unterbrochen wurde, fuhr sie fort:

»Wenigstens hat er mir die Milch gebracht, ehe er abgehauen ist.« Sie ging in die Küche und nahm den Kessel vom Herd. »So, wollen mal sehen, ob ich noch Teebeutel habe.« Gail sah zu, wie sie in mehreren Schubfächern kramte. »Dacht' ich's mir doch! Sie sind allerdings schon ziemlich alt. Aber Tee wird nicht schal, oder?«

»Nein.« Gail lächelte.

»Ich hab' schon ewig keinen Tee mehr getrunken«, fuhr die Frau fort, während sie einen Teebeutel in eine Tasse fallen ließ und Wasser darübergoß. »Ich hab' weder Milch noch Zucker. Sie werden ihn schwarz trinken müssen.«

»Das macht nichts. Aber was ist mit Ihnen? Trinken Sie nicht mit?«

»Ich nehme nie was zwischen den Mahlzeiten.« Roseanne hielt Gail die Tasse hin. »Gucken Sie auch die Serie da?« fragte sie mit einer Geste zum Fernseher. Gail schüttelte den Kopf.

»Das ist mir die liebste von allen. Sie können sich nicht vorstellen, was da alles passiert! Ehebruch, Mord, russische Spione – und alles in derselben Familie. Das da ist Lola. Die stiftet immer alle möglichen Leute zu was an. Darum mag ich sie auch am besten leiden. Jedesmal, wenn sie auftritt, wird's spannend.«

Gail sah, wie die schöne Frau mit dem langen dunklen Haar die Arme um den Nacken eines gutaussehenden Mannes in mittleren Jahren schlang, der einen Arztkittel trug und eine gequälte Miene zeigte.

»Der, dem sie sich da an den Hals wirft, das ist Will Tyrell. Er ist mit Anne Cotton verheiratet, einer Ärztin, die seit der Hochzeit mit ihm lammfromm geworden ist. Früher war sie ganz anders. Will ist ihr vierter Mann in fünf Jahren. Sie hatte einen Nervenzusammenbruch und ermordete Ehemann Nummer drei. Da haben sie ihr dann haufenweise Pillen gegeben, von denen ist sie süchtig geworden. Dann hatte sie 'n hysterischen Anfall und war 'ne Zeitlang blind, ehe sie Will kennenlernte, ihn heiratete und so langweilig wurde. Ich hab' das Gefühl, die werden sie bald rausschmeißen aus der Serie.«

Gail verbiß sich das Lachen, als sie begriff, wie ernst Roseanne ihre Fernsehserie nahm. »Aber diese Lola, das ist echt 'n Wahnsinnstyp. Keiner weiß, wo sie herkommt, und sie lebt sehr zurückgezogen. Man sieht nie, wo sie wohnt oder so, aber sie hat immer die tollsten Kleider an, und sie bringt's fertig, im bodenlangen Nerzmantel mit nichts darunter aufzukreuzen. Dauernd ist sie hinter den Männern anderer Frauen her. Die arme Kleine, der sie zuletzt den Mann weggenommen hat, die hat sich das Leben genommen. Ich möchte wissen, ob sie Anne Cotton auch so loswerden wollen.«

»Ich hab' mir eine Zeitlang auch solche Serien angeschaut... ›Licht im Dunkel‹ hieß die eine. Und dann war da noch ›Morgen beginnt ein neuer Tag‹.«

»Oh, die hab' ich früher auch gesehen. Betrügt Erica immer noch ihren Mann, den Richard?«

Gail mußte einen Moment nachdenken. »Ich glaube, ihr Mann heißt Lance.«

»Lance? Was denn, sie hat Lance geheiratet? Diesen wilden Gauner?! Na, da hat sie sich aber angeschmiert. So was, einen netten, anständigen Kerl wie Richard stehenzulassen. Ich meine, mit anderen zu flirten ist ja gut und schön, aber ihn abschieben und Lance heiraten! Na, die verdient, was sie sich eingebrockt hat.«

Gail blickte sich unruhig um. Wieder hatte sie das Gefühl, die Wände rückten zusammen und schlössen sie ein. »Ich muß nach Hause.« Als ihr klar wurde, was sie gesagt hatte, schaute sie Roseanne ängstlich an.

Aber Roseanne war zu sehr in die Probleme von Will Tyrell, Anne Cotton und Lola-wie-immer-sie-hieß vertieft, um Gails Ausrutscher zu bemerken. Gail wischte sich mit dem Handrükken die Schweißperlen von der Oberlippe. Sie würde in Zukunft vorsichtiger sein müssen. Ein törichter Versprecher wie dieser konnte all ihre sorgfältigen Pläne zunichte machen. Sie stand so abrupt auf, daß der Hund hochschrak und die Zähne fletschte, als wolle er ihr jeden Augenblick an die Kehle springen.

»Platz, Rebecca!« kommandierte Roseanne, und langsam ließ das geschmeidige Tier sich wieder zu Boden gleiten.

»Mir ist ein bißchen schwindlig. Ich sollte vielleicht für 'ne Weile an die frische Luft«, sagte Gail.

»Sie sind mir keine Erklärung schuldig. Ich bin ja nicht Ihre Mutter.«

»Danke für den Tee.«

Roseanne winkte ab, ohne den Blick vom Bildschirm zu lösen. Gail sah sich noch einmal im Zimmer um, ehe sie hinaus in den Flur ging und die Tür hinter sich schloß. Sie schaute auf die Uhr. Es war fast drei. Zeit, sich auf den Heimweg zu machen.

An der Haustür stieß sie mit einem jungen Mann zusammen. Er war kaum über zwanzig und hatte einen unmodernen Bürstenschnitt. Sein Haar war so kurz, daß man die Farbe kaum erkennen konnte. Mit gesenktem Blick schob er sich an Gail vorbei und steuerte zielstrebig auf die Treppe zu. Sie war nicht sicher, ob er sie überhaupt bemerkt hatte. Gail horchte auf seine Schritte, während er mit seinen schweren Stiefeln die Treppe hinaufhastete, immer zwei Stufen auf einmal. Als er über ihr den Flur entlangging, war ihr, als halle das Gewicht seiner Tritte in ihrem Kopf wider. Sie riß die Tür auf und stürzte aus dem Haus. Die Luft war kühler und feuchter als am Morgen. Sie drehte sich um. Seine Schritte hatten ihr verraten, daß der junge Mann in einem der Zimmer wohnte, die zur Straße hin lagen. Gail spähte an der Hauswand hinauf. Er beobachtete sie vom Fenster aus. Doch als sie zu ihm hochschaute, verschwand er hinter dem Vorhang. Gail zögerte einen Moment, dann machte sie kehrt und ging zu ihrem Wagen zurück. Während sie die Straße entlangschlenderte, spürte sie die Blicke des Jungen im Rücken.

17

Vier Tage vergingen, ehe sie den jungen Mann wiedersah. Sie hatte sich angewöhnt, ihre Zimmertür in der Pension nur anzulehnen, damit sie auf Geräusche aus den anderen Räumen achten und die Haustür hören konnte. Gewöhnlich war es geradezu unheimlich still im Haus. Außer Schritten und Türenschlagen hörte man so gut wie nichts. Manchmal klangen Schimpfworte aus der Halle herauf, oder auf der Treppe entbrannte ein Streit, aber meist herrschte Grabesstille. In Gedanken summte Gail »The Sounds of Silence« vor sich hin. In den vier Tagen, die sie hier verbracht hatte, war es ihr nicht gelungen, mit einem der anderen Logiergäste mehr als ein paar belanglose Worte zu wechseln. Sie ging morgens gegen zehn hinauf in ihr Zimmer und wanderte zwischen Stuhl und Bett hin und her, bis es Zeit war fürs Mittagessen. Nach etwa einer halben Stunde kam sie zurück und vertrieb sich die Zeit bis zur Heimfahrt um drei so gut es ging. Sie prägte sich jeden, der in der Pension wohnte, genau ein. Von Leuten, deren Namen sie nicht wußte, merkte sie sich die Zimmernummern. Auf der ersten und zweiten Etage waren jeweils fünf Zimmer, im Erdgeschoß dagegen nur zwei, weil Roseannes Apartment relativ viel Platz beanspruchte. Die Pension konnte also zwölf Gäste aufnehmen.

Die Zimmer im Erdgeschoß bewohnten zwei alternde Schnapsbrüder mit ungewaschenem langem Haar, ungepflegtem Bart und stets finsterer Miene. Wenn Gail morgens kam, saßen die beiden nebeneinander auf den Stufen, die zur Haustür hinaufführten. Zu ihrer Verwunderung lüfteten sie jedesmal mit altmodischer Galanterie den Hut, wenn Gail vorbeiging. Aber als sie am dritten Tag den Versuch machte, mit ihnen ins Gespräch zu kommen, fragte, wie lange sie schon hier wohnten und was sie von den anderen Gästen hielten, da schauten die beiden sie an, als spräche sie eine fremde Sprache, und setzten dann ihre seltsame, bruchstückhafte Unterhaltung fort, als sei Gail überhaupt nicht vorhanden.

Die Gäste im ersten Stock hatten seit Gails Einzug schon fast alle gewechselt. Es handelte sich in der Regel um Vagabunden und Arbeitslose, Männer zwischen zwanzig und fünfzig Jahren. Aber gestern war ein merkwürdiges Paar unbestimmbaren Alters eingezogen, das nicht recht zusammenzupassen schien.

Der junge Mann, dem Gail am ersten Tag begegnet war, wohnte nach wie vor im ersten Stock in dem Zimmer mit Blick auf die Straße. Sie hatte seither zweimal bemerkt, daß er ihr vom Fenster aus nachsah, wenn sie zum Mittagessen ging.

Im zweiten Stock wohnten außer Gail eine Rothaarige, die etwa in ihrem Alter war und auch ihre Größe hatte, ein älterer, stets schlechtgelaunter Mann von kleiner Statur und schließlich ein dunkelhäutiger Typ. Das fünfte Zimmer war noch frei. Die Rothaarige hatte als einzige schon vor Gails Einzug auf dieser Etage gewohnt. Gail hatte von Anfang an nach einer Gelegenheit gesucht, um mit ihr ins Gespräch zu kommen, aber jedesmal, wenn sie einander begegneten, war die Frau in Begleitung eines anderen Mannes, und Gail hatte nicht gewagt, sie anzusprechen.

Am Nachmittag des vierten Tages hörte Gail die Schritte der Frau im Flur. Sie sprang vom Bett auf und lief hinaus. »Kann ich was für Sie tun?« Die Frau schien zwar verdutzt über diese unerwartete Begegnung, aber keineswegs erschrocken.

Gail zögerte. »Ich dachte, wir könnten uns vielleicht 'n bißchen unterhalten ...« Sie versuchte, einen zwanglosen Ton anzuschlagen, was allerdings kläglich mißlang.

Die Rothaarige stand schon vor der Tür zu ihrem Zimmer. »Worüber denn?« fragte sie mißtrauisch.

»Ach, über alles mögliche. Wär' doch nett, sich kennenzulernen, nicht?«

»Ich mach' nicht in Frauen.«

»Wie bitte?«

»Frauenkundschaft is' bei mir nicht drin. Bedaure, Schätzchen, ich geh' zwar auf'n Strich, aber ich bin nun mal nicht linksrum, da ist nix zu machen.« Sie steckte den Schlüssel ins Schloß.

»Ich möchte mich bloß unterhalten«, rief Gail ihr nach, als sie in ihrem Zimmer verschwand. »Das ist alles. Ganz bestimmt.«

Die Frau machte kehrt. »Wozu?« fragte sie verwundert.

Gail zuckte die Schultern. Sie wußte keine Antwort.

»Sie wollen also reden, hm? Na schön, kommen Sie rein und erzählen Sie mir was, während ich meinen Kram packe.«

»Sie ziehen aus?« Gail folgte der Rothaarigen in ihr Zimmer. Es war genauso eingerichtet wie Gails, befand sich aber in einem völlig anderen Zustand. Gail hatte nie in ihrem Bett geschlafen, ja es nicht einmal aufgedeckt. Das Bett der Rothaarigen dagegen wirkte, als sei es nie gemacht worden. Achtlos hingeworfene Kleider und ungepflegte Perücken türmten sich auf dem Sessel in der Ecke. Jemand hatte den Tisch mit der Lampe gegen die Wand gestoßen, sich aber nicht die Mühe gemacht, ihn wieder geradezurücken. Der Toilettentisch verschwand fast unter einem Wust von Make-up-Tuben, Cremetöpfen und anderen Kosmetika.

»Entschuldigen Sie das Durcheinander«, sagte die Frau mit einer Spur von Ironie in der Stimme. »Ich war nicht auf Besuch gefaßt.«

»Sie wollen also weg von hier?«

»Wollen? Man hat mir den Laufpaß gegeben.« Die Frau zerrte einen abgewetzten Pappkoffer unterm Bett hervor und warf ihn auf die zerwühlten Laken. Es roch nach Schweiß und Sex.

Gail spürte, wie ihr Körper sich verkrampfte. Gleich würde ihr schlecht werden.

»Darf ich die Tür auflassen? Meine steht nämlich weit offen, und meine Handtasche liegt auf dem Bett. Es wär' mir eine Beruhigung, mein Zimmer im Auge zu behalten.« Gail rang verzweifelt nach Luft. »Außerdem«, fuhr sie zögernd fort, »außerdem krieg' ich in geschlossenen Räumen leicht Beklemmungen.«

Die Frau zuckte gleichmütig die Schultern und packte weiter. »Ja, ist mir aufgefallen, daß Ihre Tür dauernd offensteht. Was mich angeht, ich bin lieber ungestört. Ist besser fürs Geschäft, wenn Sie wissen, was ich meine.«

»Arbeiten Sie schon lange als Prostituierte?« Gail bemühte sich vergeblich, ihre Naivität zu verbergen.

»Erst seit ich beim Physikum durchgefallen bin«, spottete die Frau, die jetzt die Kosmetika vom Toilettentisch einsammelte und im Koffer verstaute. »Wie heißen Sie eigentlich? Dem Typ nach müßten Sie eine Carol sein.«

Gail lächelte. »So heißt meine Schwester. Ich bin Gail.«

»Und ich Brenda. Übrigens – für 'ne ›Prostituierte‹ verdien' ich weiß Gott nicht genug. Was machen denn Sie eigentlich?«

Auf diese Frage war Gail nicht gefaßt. »Im Augenblick gar nichts, ehrlich gesagt. Ich suche eine Stelle, aber zur Zeit ist auf dem Arbeitsmarkt anscheinend alles zu.«

»Aber Sie sind doch gebildet, nicht? So wie Sie reden.«

»Nein«, widersprach Gail rasch. »Ich hab' weder ein Examen noch ein Diplom oder so was.«

»Aber die mittlere Reife?«

Gail nickte.

»Ich hab' mal 'nen Kurs für Stenotypistinnen gemacht. Bin aber nie auf mehr als zweihundert Anschläge pro Minute gekommen, und davon war noch die Hälfte falsch.«

»Ich kann überhaupt nicht maschineschreiben.«

»Also ohne das kriegen Sie garantiert keinen Job«, sagte Brenda entschieden. »Da nützt Ihnen der Mittelschulabschluß auch nichts. Haben Sie was gespart?«

»Ein bißchen, ja. Für 'n paar Wochen reicht's bestimmt.«

»Haben Sie schon mal daran gedacht, auf'n Strich zu gehn?« Gails Augen weiteten sich. »Sie würden zwar nicht das große Geld machen. Denn wenn wir ehrlich sind, haben wir beide die besten Jahre hinter uns, nicht? Aber Sie sehen gut aus, die Figur ist tadellos. Sie könnten sich leicht 'n paar Dollars nebenbei verdienen. Ich könnte Ihnen helfen, Sie ein paar Leuten vorstellen...«

»Ich glaub', das wär' nichts für mich.«

Brenda hob die Schultern und packte weiter.

»Hat Roseanne Sie rausgeworfen?«

»Heut' in aller Früh. Sie meint, ich mach's zu auffällig. Als ob sie nicht von Anfang an gewußt hätte, wovon ich lebe. Vielleicht ist sie sauer, weil sie keine Prozente bekommt. Oder es stinkt ihr, daß sie keinen Kerl mehr abkriegt, wer weiß?« Brenda lachte. »Ich halte sie ehrlich gesagt für lesbisch. Oder sie hat was mit diesem Köter.«

Gail mußte unwillkürlich an die abstoßenden Bilder in jener »Buchhandlung für Erwachsene« in New York denken, und ihr schauderte. »Wie lange haben Sie denn hier gewohnt?« fragte sie, um das Thema zu wechseln.

»'n paar Monate.« Brenda hatte inzwischen all ihre Sachen im Koffer verstaut und ließ den Deckel zuschnappen. »Wurde sowieso Zeit, daß ich abhaue. Mir ist's egal, wo ich wohne. Ein Zimmer ist wie das andere.«

»Haben Sie denn keine Freunde?«

»Freunde? Soll das ein Witz sein? Meine beste Freundin sind Sie.«

»Haben Sie sich manchmal mit den anderen Mietern unterhalten?«

»Nur mit den Zahlungskräftigen.«

»Die Leute hier ziehen ziemlich oft um, nicht?«

»So? Ist mir nie aufgefallen.«

»Doch, doch. Der junge Mann im ersten Stock ist allerdings eine Ausnahme. Wissen Sie, wen ich meine? Er wohnt zur Straße raus.«

»Nein, kenn' ich nicht«, sagte Brenda, ohne nachzudenken.

»Er ist noch sehr jung, höchstens Anfang Zwanzig. Hat einen Bürstenschnitt und guckt immer so unfreundlich.«

»Ach, jetzt weiß ich, wen Sie meinen. Richtig unheimlich, der Kerl, nicht? Ja, den kenn' ich. Hab' mal versucht, ihn anzumachen. Aber wie ich ihn frag', ob er nicht Lust hätte auf 'ne heiße

Nummer, da geht der gleich zehn Schritte zurück, als ob ich Lepra hätte! Aber so ist das nun mal, jeder nach seinem Geschmack.«

»Wissen Sie, seit wann er hier wohnt?«

»Wie?« fragte Brenda abwesend. Sie sah gerade im Schrank nach, ob sie etwas vergessen hatte.

»Ich dachte nur, daß Sie mir vielleicht sagen können, wie lange er schon hier wohnt.«

»Woher soll ich das wissen? Als ich einzog, war er jedenfalls schon da. Er ist immer allein, das ist alles, was ich von ihm weiß. Warum interessiert Sie das?« fragte sie, plötzlich mißtrauisch geworden.

Gail lachte. »Er erinnert mich an jemanden, in den ich mal schrecklich verknallt war.« Sie hoffte, Brenda würde ihr diese Lüge abnehmen.

»Nein, wirklich? Na, jedenfalls ist er's nicht, und Sie hatten früher 'nen scheußlichen Geschmack«, scherzte Brenda.

»Halt, haben Sie nichts gehört?«

Gail hielt den Atem an, das Blut pochte in ihren Schläfen. Sie spitzte die Ohren und lauschte gespannt.

»Bleiben Sie hier«, warnte Brenda. »Ich seh' mal nach.«

Gail ließ sich in den inzwischen leergeräumten Sessel fallen. Wovor fürchtete sie sich? Hatte sie Angst, der junge Mann könne sie belauscht haben? Ihre Hände zitterten, und sie preßte die Hände zwischen die Knie.

»Blinder Alarm«, sagte Brenda, als sie wenige Minuten später zurückkam. »Reine Einbildung von mir, liegt wohl am Alter.« Sie nahm den Koffer vom Bett. »So, ich muß los.« Gail stand auf. »War nett, Sie kennenzulernen, Gail. Vielleicht sehn wir uns mal wieder, wer weiß, die Welt ist bekanntlich ein Dorf.«

»Alles Gute für Sie«, rief Gail ihr nach. Wer wird wohl als nächstes in diesem Bett schlafen? dachte sie.

Sie hörte die Haustür auf- und zugehen, dann kehrte sie in ihr Zimmer zurück.

Ihre Handtasche lag offen da, der Inhalt war auf dem Bett verstreut. Gail begriff nicht gleich, was geschehen war. Fieberhaft durchsuchte sie ihre Brieftasche. Sozialversicherungsausweis, Kreditkarten und Führerschein – alles da, nur das Bargeld fehlte.

Plötzlich ging ihr ein Licht auf: Brenda! Sie hatte gar kein Geräusch gehört. Das war nur eine raffinierte List gewesen, die sie sich ausgedacht hatte, um in Gails Zimmer gehen und ihr Geld stehlen zu können. Gail hatte ihr gesagt, daß ihre Tür offenstehe und ihre Handtasche auf dem Bett liege. Großer Gott, sie hatte ihr sogar anvertraut, daß sie genügend Ersparnisse für ein paar Wochen habe!

Ich gebe einen schönen Detektiv ab, dachte Gail, während sie die Treppe hinunterhastete, um Brenda aufzuhalten. Sie hatte sich eingebildet, wichtige Informationen zu sammeln, doch in Wirklichkeit war es Brenda gelungen, alle wesentlichen Details aus ihr herauszuholen und sich mit über hundert Dollar aus dem Staub zu machen.

Auf der Straße war weit und breit kein Mensch. Der Himmel sah nach Regen aus. Der Wetterbericht hatte schon einen ungewöhnlich strengen Winter prophezeit. Gail fröstelte in ihrer dünnen Bluse. Sie machte kehrt und ging ins Haus zurück.

Er beobachtete sie vom Treppenabsatz aus. Sie war zuerst so in Gedanken versunken, daß sie ihn gar nicht bemerkte. Sie machte sich Vorwürfe. In Zukunft würde sie vorsichtiger sein müssen. Sie beschloß, alles, was sie nicht unbedingt brauchte, daheim zu lassen. Den Führerschein würde sie in ihre Hosentasche stecken und ständig bei sich tragen. Sie blickte auf und sah ihn am Geländer lehnen.

»Oh!« Sie versuchte zu lächeln, doch ihr war unbehaglich zumute. »Haben Sie mich erschreckt! Ich hab' Sie gar nicht bemerkt.«

Er schwieg.

»Kalt hier draußen, nicht?« Sie rieb sich die Hände. »Das Radio hat Regen angesagt.«

Er schwieg noch immer, sah sie nur unverwandt an, und Gail fragte sich, ob er sie von den Zeitungsfotos her kannte, ob er der Mörder ihres kleinen Mädchens war. Sie sah ihm fest in die Augen. Sag es mir, befahl sie ihm stumm. Mich kannst du nicht belügen.

Aber sein Blick war leer und verriet ihr nichts. Im nächsten Moment kam er die Treppe heruntergerannt und drängte sich wortlos an ihr vorbei. Gail hörte ihn die Tür öffnen, spürte die kalte Zugluft im Rücken, dann fiel die Tür ins Schloß, und sie stand wieder allein im Treppenhaus. Während sie noch um Luft rang, drang aus Roseannes Apartment das monotone Geleier des Fernsehers an ihr Ohr. Langsam stieg sie die Treppe hinauf.

Es hätte schlimmer kommen können, dachte sie und versuchte, das düstere Bild des Jungen zu verdrängen. Brenda hätte sie schon vor dem Mittagessen ausnehmen, oder der Parkwächter hätte statt morgens erst abends kassieren können. Was hätte sie dann gemacht? Ich wäre mit knurrendem Magen zu Fuß zurück nach Livingston gegangen, versuchte sie sich aufzuheitern.

Auf dem ersten Treppenabsatz machte sie halt und blickte den Flur entlang. Die Tür zum Zimmer des Jungen zog sie an wie die geheimnisvolle Tür in einem Alptraum. Wie ein surrealistisches und zugleich erschreckendes Bild schien sie völlig losgelöst ein paar Zentimeter über dem Boden zu schweben. Zaghaft machte Gail einen ersten Schritt darauf zu. Bei jedem weiteren Schritt redete sie sich ein, dieser Junge sei höchstwahrscheinlich nicht Cindys Mörder. Trotz seines merkwürdigen Benehmens und des wissenden Ausdrucks in seinen Augen hielt sie es kaum für möglich, dem Täter gleich im ersten Haus, in dem sie ihr Glück versuchte, über den Weg zu laufen. Andererseits hatte sie ja schon im Juli mit ihrer Suche begonnen, und mittlerweile war es Oktober geworden. Dieses Haus hatte sie sorgfältig ausgesucht. Er könnte es sein, dachte sie, als sie die Hand auf die Klinke legte. Er könnte es sein.

Die Tür war natürlich abgeschlossen. Gail war darüber enttäuscht, aber auch erleichtert. Nicht jeder war so dumm wie sie und ließ sein Zimmer offen, so daß bequem ein ungebetener Gast hineinspazieren konnte.

»Ach du meine Güte!« entfuhr es ihr laut, als ihr einfiel, daß sie genau das schon wieder getan hatte: Ihre Tür stand weit offen, und der Inhalt ihrer Handtasche war einladend auf der schäbigen blau-geblümten Tagesdecke ausgebreitet. Sie lief hinauf in den zweiten Stock.

Gail fand das Zimmer genauso vor, wie sie es verlassen hatte. All ihre Sachen waren übers Bett verstreut. Als sie ihre Papiere durchsah, stellte sie erleichtert fest, daß nichts fehlte. Sie nahm die weiße Basttasche und räumte alles wieder ein – Lippenstift, Bürste, eine Packung Tampons, die Wagenschlüssel, ihre Brieftasche mit Führerschein und Kreditkarten.

Ihr Blick fiel auf die offene Tür. Sie abzuschließen bedeutete nur bedingten Schutz, denn das Schloß war ziemlich altersschwach. Womöglich genügte eine große Haarnadel, um es aufzubrechen. Sie schaute in ihre geöffnete Handtasche. Oder eine Kreditkarte.

Sie fuhr zusammen. Ängstlich spähte sie hinaus in den Flur, als könne dort jemand ihre Gedanken belauscht haben. Tu's nicht, hörte sie eine schwache Stimme in ihrem Innern rufen. Geh da nicht rein. Er wird dir auflauern.

Aber ihre Füße bewegten sich wie von allein die Treppe hinunter, den Flur entlang, bis zu dem Zimmer an der Straßenseite. Und wenn er nun zurückkommt? Wenn er plötzlich auftaucht und mich dabei überrascht, wie ich seine Sachen durchwühle? Reglos blieb sie vor der Tür stehen. Sie zog die American-Express-Karte aus ihrer Brieftasche. »Das Zahlungsmittel, das Sie stets bei sich tragen sollten«, dröhnte der überschwengliche Werbeslogan in ihrem Ohr. Ich kann ihn vom Fenster aus sehen, wenn er zurückkommt, dachte sie. Außerdem werde ich die Haustür hören. Dann bleibt mir noch genügend Zeit zu verschwinden, bevor er raufkommt.

Sie schob die Kreditkarte in den schmalen Spalt zwischen Türfüllung und -rahmen und bewegte sie aufs Geratewohl hin und her, so wie sie es in zahllosen Fernsehkrimis gesehen hatte. Kein Grund zur Aufregung, redete sie sich ein und stellte gleich darauf halb enttäuscht, halb erleichtert fest, daß Aufregung schon deshalb fehl am Platz sei, weil sie nie und nimmer in dieses Zimmer gelangen würde. Im Fernsehen erschien es zwar ganz leicht, aber die Wirklichkeit sah anders aus, und das Schloß erwies sich als stabiler, als sie gedacht hatte.

Und dann gab die Tür nach.

Langsam, fast widerstrebend, schwang sie gegen die Wand zurück und forderte den Eindringling auf, einzutreten und das Geheimnis des Zimmers zu entdecken.

Gail holte tief Luft, spürte, wie ihre Knie weich wurden, und machte einen Schritt über die Schwelle.

Sie eilte ans Fenster und sah im Schutz der Gardine auf die Straße hinunter. Kein Mensch weit und breit. Trotzdem war es ratsam, sich zu beeilen. Er konnte jeden Augenblick zurückkommen. Sie durfte sich nicht lange hier aufhalten. Sie mußte methodisch vorgehen und alles wieder an den richtigen Platz zurückstellen. Er durfte nicht merken, daß jemand hier gewesen war.

Sie wandte sich vom Fenster ab und ließ einen prüfenden Blick durchs Zimmer gleiten. Als erstes fiel ihr auf, wie makellos sauber, wie *übertrieben* ordentlich der Raum war. Das Bett hätte eine Krankenschwester nicht akkurater machen können, der billige Plastiktisch war poliert, am Lampenschirm fand sich kein einziges Staubkörnchen, und nicht einmal eine Socke lag irgendwo herum.

Was roch nur so merkwürdig? Nach einigem Schnuppern erkannte sie den starken, betäubenden Geruch eines Desinfektionsmittels. Warum hatte sie das nicht gleich bemerkt? Und wie konnte er schlafen in diesem ätzenden Gestank, der ihn einhüllte wie eine zusätzliche Decke?

Die niedrige Kommode war ebenso blank poliert wie das Tischchen. Es standen weder Bilder darauf noch Flaschen. Keine Bürsten oder Kämme – nichts als eine spiegelnde Platte, in der sie beinahe ihr Gesicht sehen konnte.

Ein Geräusch schreckte sie auf, und als Gail ans Fenster stürzte, riß sie die Lampe um, die polternd gegen die Wand fiel. »O Gott«, seufzte sie. Draußen vor dem Eingang stritten die beiden Schnapsbrüder aus dem Erdgeschoß sich darum, wem der erste Schluck aus der gerade organisierten Flasche gebühre. Rasch stellte Gail die Lampe wieder an ihren Platz. Ihr Atem kam stoßweise. Furcht und Panik hatten sie erfaßt.

Im Lampenschirm war eine kleine Delle. Einem normalen Menschen würde das vielleicht gar nicht auffallen, aber ihr war inzwischen klar, daß sie es mit keinem Normalen zu tun hatte. Der Junge würde die Delle sofort entdecken und daraus schließen, daß jemand in seinem Zimmer herumgeschnüffelt hatte. Mit fliegender Hast bemühte sie sich, den Schaden zu beheben. Sie mahnte sich zur Ruhe, versuchte sich klarzumachen, daß sein Verdacht höchstwahrscheinlich auf die Wirtin fallen würde und nicht ausgerechnet auf sie. Gail verlor kostbare Zeit mit dem Versuch, den Lampenschirm auszubeulen. Es gelang ihr zwar, die Delle ein wenig auszugleichen, aber sie wußte, daß das nicht genügte. Schließlich stellte sie die Lampe auf den Tisch zurück, mit der Delle zur Wand. So würde er sie vielleicht doch übersehen.

Sie öffnete den Schrank. Die zwei Paar frisch gebügelten Hosen waren zwar alt und abgetragen, aber so sorgsam aufgehängt, als handele es sich um teure Exportartikel aus Italien oder Frankreich. In einer Ecke standen unauffällig eine große Flasche Lysol und eine kleine Spraydose mit einem anderen Desinfektionsmittel.

Der Junge war gestört, daran bestand kein Zweifel. Aber war er so krank, daß er ein sechsjähriges Kind vergewaltigt und getötet hätte?

Gail trat an die Kommode und zog die oberste Schublade auf. Sie war vollgestopft mit dicken schwarzen Socken. Gail sah die einzelnen Stapel durch. Es waren mindestens fünfzig Paar, alle gleich, alle ordentlich zusammengerollt, und alle dufteten nach Weichspüler.

In der zweiten Schublade bewahrte er seine Unterhosen auf. Genau wie die Socken waren auch sie ordentlich zusammengefaltet und gestapelt, jeweils fünf Jockey-Shorts auf einem Stoß. Gail zählte insgesamt sechs solcher Stapel.

In der dritten Schublade lagen die Unterhemden. Wieder waren schön säuberlich je fünf aufeinandergeschichtet. Alle waren weiß und hatten V-Ausschnitt. Drei Stapel.

Die unterste Schublade enthielt zwei Oberhemden, ein schwarzes und ein blau-grau kariertes. Sie lagen nebeneinander, die Kragen frisch gebügelt, die Taschen leer, die Ärmel nach innen gefaltet.

Gail achtete sorgfältig darauf, daß jedes Kleidungsstück wieder genauso dalag wie zuvor, ehe sie sich der nächsten Schublade zuwandte. Im selben Moment, indem sie die unterste Schublade schloß, hörte sie Schritte auf der Treppe.

Sie war so in ihre Suche vertieft gewesen, daß sie auf kein Geräusch geachtet hatte. Und jetzt kam jemand die Treppe herauf. Sie konnte nicht mehr entwischen, es war zu spät. Sie saß in der Falle.

Die Schritte hielten inne. Jetzt war er draußen auf dem Flur. Er lauerte ihr auf. Gail stand wie gelähmt mitten im Zimmer. Dann hörte sie Schlüssel klirren. Am anderen Ende des Gangs wurde eine Tür aufgesperrt. Sie wartete, bis die Tür ins Schloß fiel. Dann brach sie in Tränen aus.

Hör auf zu weinen! Mit dem Handrücken wischte sie sich die Tränen von den Wangen, dann sah sie sich ein letztes Mal im Zimmer um. Wonach hatte sie eigentlich gesucht? Hatte sie etwa gehofft, den konkreten Beweis dafür zu finden, daß dieser Mann ihre Tochter umgebracht hatte? Hatte sie von einem Indiz geträumt, das ihn als den entlarvte, für den sie ihn hielt? Das Zimmer verriet ihr nichts weiter, als daß sein Bewohner ein Reinheitsfanatiker war, und gemessen an dem, was sie gelesen hatte, gehörte dieser Tick entschieden zu den harmloseren. Vielleicht ist er ein Voyeur, dachte sie, schon auf dem Weg zur Tür. Mach, daß du raus kommst, befahl ihre innere Stimme, doch ihr Blick kehrte zurück zum Bett. Darunter hatte sie noch nicht nachgesehen. Raus hier, schnell, flehte die Stimme.

Gail ging entschlossen auf das Bett zu, kniete nieder und tastete mit der Hand den Boden ab. Sie stieß gegen etwas Hartes. Wieder ein Stapel, diesmal Zeitschriften. Gail erriet sofort, um welches Genre es sich handelte. Es waren die gleichen, die sie schon in jenem schrecklichen Laden gesehen hatte. Rasch durchblätterte sie das oberste Heft, starrte auf Fotos von gefolterten und verstümmelten Frauen. »O mein Gott«, stöhnte sie. Als sie die Magazine wieder unters Bett schob, wurden vor dem Haus aufgeregte Stimmen laut.

Er war zurückgekommen! Gail wußte es, noch ehe sie aus dem Fenster schaute. Er stritt sich mit den Schnapsbrüdern herum und versuchte sich an ihnen vorbeizudrängen. Aber sie waren störrisch und versperrten ihm den Weg. Ärgerlich blickte der Junge nach oben. Gail schrak zurück und preßte sich gegen die Wand. Hatte er sie gesehen? War sie schnell genug gewesen?

Sie hatte keine Zeit, darüber nachzudenken. Sie stürzte aus dem Zimmer. Als sie die Tür hinter sich schloß, hörte sie unten die Haustür aufgehen. Sie würden sich im Flur begegnen, und Gail wußte nicht, wohin sie sich wenden sollte. Sie entschied, es sei verdächtiger, hinaufzulaufen. Wenn sie hinunterging, hatte sie immerhin eine Chance.

Als sie auf dem Treppenabsatz zusammentrafen, beachtete er sie ebensowenig wie bei ihrer ersten Begegnung vor vier Tagen. Gail war sich nicht einmal sicher, ob er sie überhaupt gesehen hatte. Mit gesenktem Kopf und hängenden Schultern, den Blick fest auf seine blankgeputzten braunen Lederstiefel gerichtet, ging er an ihr vorbei, als sei sie Luft. Gail klammerte sich haltsuchend ans Geländer. Endlich hörte sie seine Tür zuschlagen.

18

Als sie am nächsten Morgen in die Pension kam, war der Junge ausgezogen.

»Was soll das heißen, er ist weg?« wollte Gail von Roseanne wissen, die das Bett in seinem Zimmer frisch bezog.

»Er ist in aller Frühe abgehauen.«

»Hat er Ihnen gesagt, wo er hinwollte?«

Roseanne bedachte Gail mit einem Blick voller Lebensüberdruß und schwieg. Enttäuscht sah Gail sich in dem leeren Zimmer um. Der Schrank war offen, die Hosen waren verschwunden, ebenso wie die ordentlichen Wäschestapel aus der Kommode. Roseanne steckte träge die Laken fest, warf das Kissen ans Kopfende und rollte nachlässig die billige blaugeblümte Tagesdecke darüber. »Eins muß man ihm lassen, er war pieksauber. Seine Sachen rochen immer so frisch. Mieter wie ihn verliere ich ungern. Er war ruhig und zurückhaltend, und immer allein, hatte nie Besuch.«

Gail spürte einen stechenden Schmerz in der Magengrube. Er war fort. Sie hatte ihn aus den Augen verloren. »Hat er gesagt, warum er auszieht?«

Die Hauswirtin zuckte mit den Schultern, machte sich aber nicht die Mühe zu antworten.

»Wie hieß er denn? Kennen Sie seinen Namen?«

Roseanne sah unverwandt zur Decke hinauf, als betrachte sie einen Riß im Verputz. »Ich glaub' nicht, daß er mir gesagt hat, wie er heißt. Und ich hab' wohl auch nicht danach gefragt. Wozu auch? Sie sagen einem ja doch nie ihren richtigen Namen.«

»Haben Sie sich überhaupt mal mit ihm unterhalten?«

Roseanne wandte sich Gail wieder zu. »Weshalb hätte ich das tun sollen?«

Jetzt war es an Gail, die Achseln zu zucken.

»Warum interessieren Sie sich so für den Jungen?«

»Ach, ich interessiere mich überhaupt sehr für Menschen. Es macht mir Spaß, die Leute zu beobachten und rauszukriegen, was sie in Schwung hält, warum sie bestimmte Dinge tun und andere unterlassen. Stille Wasser sind manchmal die interessantesten Typen, einfach weil man mit ihnen die meisten Überraschungen erlebt. Man kommt und kommt nicht dahinter, was sie denken.«

»Mich hat's nie gekümmert, was die Leute denken.«

»Ich find's spannend.« Gail versuchte, das Gespräch in Gang zu halten. »Man liest doch ständig von irgend 'nem geistesgestörten kranken Mörder in der Zeitung. Die Polizei verhört all seine Freunde und Nachbarn, und die lassen sich darüber aus, wie ruhig er war, daß er immer für sich allein lebte und sie eigentlich nie wußten, was in seinem Kopf vorging. Sie sind immer völlig sprachlos, wenn sich herausstellt, daß dieser unauffällige Mann in seiner Freizeit Leute umbrachte.« Roseanne warf ihr einen merkwürdigen Blick zu. »Die ruhigen Typen muß man im Auge behalten.« Gail lachte gezwungen.

»Na, dann brauchen wir uns um Sie ja keine allzu großen Sorgen zu machen.« Roseanne wandte sich zum Gehen. »Wollen Sie das Zimmer haben?«

»Wie?«

»Ob Sie das Zimmer möchten, hab' ich gefragt. Es ist freundlicher als Ihres, weil's zur Straße rausgeht, statt zum Hinterhof. Allerdings ist es dafür 'n bißchen lauter...«

»Nein, ich will das Zimmer nicht«, unterbrach Gail sie rasch. »Ich muß nämlich auch ausziehen. Und zwar heute schon.«

Roseanne zwängte sich an ihr vorbei und trat hinaus auf den Flur. »Halten Sie das, wie Sie wollen, aber Ihr Geld kann ich Ihnen nicht zurückgeben.«

»Haben Sie wirklich keine Ahnung, wo er hinwollte?«

Roseanne wandte sich um. »Er mußte noch 'n paar Leichen beiseite schaffen, das hat er erwähnt.« Ihr glucksendes Lachen hallte im Treppenhaus wider, bis sie in ihrer Wohnung verschwand. »Ich glaube, Sie sehen zuviel fern«, rief sie Gail noch zu, ehe sich die Tür hinter ihr schloß. Ein paar Minuten später stand Gail draußen auf der Straße. Wo mochte er hingegangen sein? Welches Haus hatte er sich ausgesucht? Bestimmt hatte er gemerkt, daß jemand in seinem Zimmer gewesen war. Welches Geheimnis trug er mit sich herum? In welche Richtung mochte er gegangen sein? Wie ein Polizist auf Streife machte Gail die Runde durch das heruntergekommene Viertel. Von welchem Fenster sah er wohl jetzt auf sie hinunter?

Der Tag hatte nicht gut angefangen. Sie hatte schlecht geschlafen und sich am Morgen wie zerschlagen gefühlt. Jennifer war schlechtgelaunt am Frühstückstisch erschienen und hatte beim Essen so lange getrödelt, daß sie überstürzt aufbrechen mußte, um nicht zu spät zur Schule zu kommen. Jack hatte spürbar gereizt, ja verärgert reagiert, als sie sich erneut weigerte, ihn zum nächsten Treffen des Selbsthilfeverbandes der Opfer von Gewaltverbrechen zu begleiten. Jäh wechselte er das Thema und erzählte, seine Mutter sei von ihrer Reise in den Orient zurückgekehrt. Als Gail gestand, sie habe gar nicht gewußt, daß seine Mutter fort gewesen sei, zuckte er nur die Schultern und sparte sich die Wiederholung dessen, was er seiner Frau in letzter Zeit so oft vorgehalten hatte: sie igele sich ein in ihrer kleinen Welt; und die Kluft zwischen ihnen beiden vergrößere sich unaufhaltsam.

Sie hätte Jack gern von ihren Nachforschungen erzählt, vor allem von dem Verdächtigen, dem sie auf der Spur war, aber sie fürchtete, er würde ihre Detektivarbeit für zu gefährlich halten und ihr verbieten, sie fortzusetzen. Bestimmt würde er sagen, das sei Sache der Polizei. Deshalb hatte sie geschwiegen. Bevor er in seine Praxis ging, hatte er ihr noch einmal nahegelegt, ihren Wagen noch vor dem ersten Kälteeinbruch zur Inspektion zu bringen.

Man könnte fast glauben, dieses Auto hat Ohren, dachte Gail, als sie etwa eine Stunde später erfolglos versuchte, den Wagen zu starten. Der Motor fauchte und spuckte, sprang aber nicht an. »Komm schon«, befahl sie ungeduldig und trat das Gaspedal bis zum Boden durch, womit sie freilich nur erreichte, daß zehn Minuten lang gar nichts geschah, weil zu allem Überfluß auch noch der Motor abgesoffen war. Warum habe ich nur nicht auf Jack gehört, dachte Gail reumütig. Seit Monaten riet er ihr nun schon, den Wagen überholen zu lassen. Sie war drauf und dran, auszusteigen und jemanden um Hilfe zu bitten, als der Wagen wider Erwarten doch noch ansprang. »Gott sei Dank«, seufzte sie und schwor sich, das Auto am Wochenende in die Werkstatt zu bringen.

Sie war am Morgen nach Newark gerast, hatte sich in fiebrige Erwartung hineingesteigert, aber bei ihrer Ankunft erfahren müssen, daß der Junge seinen Koffer gepackt und sich davongemacht hatte. Seinen Koffer, dachte sie und stellte sich den Schrank und die Kommode vor, die sie durchsucht hatte. Sie hatte keinen Koffer bemerkt. Und doch mußte er einen gehabt haben. Was hatte sie wohl sonst noch übersehen?

Gail verbrachte den Rest des Tages mit der Suche nach einem neuen Zimmer. Ihre Wahl fiel schließlich auf eine Absteige in der Howard Street, zwei Querstraßen von Roseannes Pension entfernt. Das Zimmer war kleiner als ihr erstes und kostete einen Dollar weniger, aber, wie Roseanne vorausgesagt hatte, ließ es an Sauberkeit zu wünschen übrig. Der Portier, ein störrischer alter Mann mit einem ausgeprägten Sprachfehler, ermahnte sie, keine lauten Partys zu feiern, war jedoch ansonsten nicht sehr gesprächig. Am Nachmittag lag sie auf ihrem Bett und hörte durch die dünnen Wände, wie nebenan ein Mann und eine Frau miteinander stritten. Ob er wohl auch hier gelandet war? Sie hatte Portiers und Pensionswirte im ganzen Viertel befragt, doch die meisten hatten behauptet, ihn nicht zu kennen. Manche räumten ein, er habe vielleicht ein Zimmer bei ihnen gemietet. Er sei frühestens heute morgen eingezogen, hakte Gail nach. Er sei leicht zu erkennen: jung, schlank, extrem kurzer Bürstenhaarschnitt. Vielleicht, wiederholte man obenhin, ohne sich die Mühe zu machen, genauer zu überlegen.

Als Gail gegen drei Uhr nachmittags zu ihrem Wagen zurückkehrte, lag die Enttäuschung wie eine Zentnerlast auf ihren Schultern. Wieder sprang der Wagen nicht an. »Fabelhaft!« Sie lächelte, um die aufsteigenden Tränen zurückzudrängen. »Einfach fabelhaft.« Sie trat dreimal aufs Gas, diesmal jedoch ganz sacht, damit der Motor nicht wieder absoff. Aber sie wartete vergeblich auf das vertraute Tuckern. Der Motor war kalt und tot.

»Mein Wagen springt nicht an«, erklärte sie dem Parkwächter. »Was soll ich machen?«

»Den AAA anrufen«, riet er.

»Ich kann nicht warten, bis die kommen. Ich muß heim, ich hab's eilig.«

Der Mann hob ungerührt die Arme. Was hatte sie auch erwartet? Es war nicht sein Auto. Es war nicht sein Problem. »Kann ich den Wagen über Nacht hier stehenlassen?«

»Macht fünf Dollar.«

»Ich bestell' den AAA morgen früh her«, versprach sie. Ihm war es offenbar völlig gleichgültig, was sie tat, solange sie die Parkgebühr bezahlte. Sie gab dem Mann, was er verlangte, und trat hinaus auf die Straße. Ein eisiger Wind peitschte ihr ins Gesicht. Es galt, auf dem schnellsten Weg nach Hause zu gelangen. »Fang bloß nicht an zu heulen«, sagte sie laut, während sie vergeblich nach einem Taxi Ausschau hielt. »Untersteh dich und weine. Diese verdammte Kiste!«

Sie ging ein Stück zu Fuß. Aber sie konnte unmöglich bis Livingston laufen. Vielleicht verkehrte ein Bus...

Sie sah die beiden erst, als sie einen von ihnen beinahe umgerannt hätte.

»Menschenskind, so passen Sie doch auf, wo Sie hinlatschen! Sie sind schließlich nicht allein auf der Welt.«

»Verzeihung«, flüsterte Gail und warf einen schüchternen Blick auf die beiden jungen Männer, einer dunkel, der andere – mit ihm war sie zusammengestoßen – blond. Blond und schlank. Es gab so viele davon. Sie begann leise zu weinen, unfähig, den Enttäuschungen dieses Tages noch länger zu trotzen.

»Nicht doch, so schlimm war's ja auch wieder nicht«, versuchte der Dunkelhaarige sie zu beruhigen. »Er hat's nicht so gemeint, ehrlich. Das ist so seine Art, verstehn Sie?«

Aber Gail konnte nicht aufhören zu weinen, obwohl sie spürte, daß die beiden sie befremdet musterten.

»Die hat 'nen Stich«, meinte der Blonde, als sie weitergingen.

»Du hättest sie nicht so anschnauzen dürfen«, tadelte der andere.

Als Gail sich die Tränen abwischte und wieder aufblickte, fand sie sich vor einem Laden für Videospiele wieder. Durch die Schaufensterscheibe konnte sie erkennen, daß drinnen eine Menge Jugendliche an den Geräten spielten, die eigentlich in der Schule hätten sein müssen. Im nächsten Augenblick stand sie im Eingang des Geschäfts und hielt die Tür mit dem Absatz einen Spaltbreit offen. Sie betrachtete die Halbwüchsigen – nicht ein einziges Mädchen war darunter, wie sie nebenbei feststellte –, die verbissen mit den komplizierten Programmen kämpften, sie sah den Ausdruck äußerster Konzentration auf ihren Gesichtern und überlegte, ob wohl einer von ihnen sich je so bei seinen Hausaufgaben anstrengte. Sie lachten; sie fluchten vor Enttäuschung; sie steckten immer wieder Geld in den Schlitz des Automaten. Nach einer Weile spürten sie den kalten Luftzug vom Eingang her und merkten, daß jemand sie beobachtete. Der Lärm verebbte, das Spiel brach ab.

»He, wollen Sie rein oder raus?« rief ihr ein Junge zu. »Das zieht wie Hechtsuppe«, schlossen sich mehrere Stimmen dem mutigen Vorreiter an.

»Kann ich Ihnen behilflich sein?« fragte der Mann an der Kasse, aber Gail ging schon wieder rückwärts hinaus, begleitet vom Gelächter der Jugendlichen.

»Ihr Sohn spielt wahrscheinlich bei der Konkurrenz«, hörte sie jemanden sagen, ehe die Tür hinter ihr ins Schloß fiel.

Der junge Mann aus der Pension war nicht im Laden gewesen. Gail hatte schon vorher gewußt, daß sie ihn hier nicht finden würde.

An der nächsten Ecke blieb sie stehen. Zwei Mädchen, nicht älter als Jennifer, standen mit ausgestrecktem Arm am Straßenrand, den Daumen nach oben. Gail beobachtete sie besorgt. Wußten diese Mädchen denn nicht, wie gefährlich es war, per Anhalter zu fahren? Na, wenigstens waren sie zu zweit. Gail seufzte. Im nächsten Augenblick hielt ein Wagen, in dem drei junge Männer saßen. Die beiden Mädchen stiegen ein. Soviel zur Faustregel, zu zweit sei man sicherer, höhnte ihre innere Stimme, während Gail schon zu der Stelle eilte, wo eben noch die beiden Tramperinnen gestanden hatten. Sie streckte den rechten Arm aus und hielt den Daumen in den Wind. Warum nicht? dachte sie. Man kann nie wissen, wen man auf diese Weise kennenlernt.

»Kann ich Sie mitnehmen?« fragte eine Stimme hinter ihr.

Rasch wandte sie sich um. Vor ihr stand einer der Jungen aus dem Videogeschäft. Er war etwa siebzehn, achtzehn Jahre alt, hatte dunkles Haar und trug enge Röhrenjeans, die sich wie eine zweite Haut um seinen hageren Körper spannten. Er betrachtete sie, als wisse er, wer sie sei. Gail fröstelte, aber nicht vor Kälte.

Die Beschreibung von Cindys Mörder paßte nicht auf ihn, aber das Aussehen eines Menschen ließ sich verändern.

»Die Busse haben dauernd Verspätung«, sagte sie, während sie neben ihm her zu einem Wagen ging.

»Wenn Sie an der Haltestelle warten, hält vielleicht eher einer. Wo wollen Sie denn hin?«

»Nach Livingston.« Sie suchte in seinem Gesicht nach einer Reaktion.

»Livingston? Das ist 'ne ganze Ecke weg. So weit fahre ich nicht.«

»Sie können mich irgendwo absetzen, wo's für Sie günstig ist.«

Sein Auto stand im Parkverbot. Der Junge hatte einen forschen Gang, die Kälte trieb ihn zusätzlich an, und Gail mußte fast rennen, um mit ihm Schritt zu halten. Der Wagen war zweifarbig lackiert, rot und grau, mindestens fünf Jahre alt, aber tadellos gepflegt. Die Sitze waren pompös mit weinrotem Samt überzogen. Weder zerknüllte Tempotaschentücher noch Kaugummipapier lagen auf dem Boden, ganz im Gegensatz zu ihrem Auto. Gail ließ sich auf den Beifahrersitz fallen. Ein Junge und sein Auto, dachte sie, als er die Zündung einschaltete und mühelos den Wagen in Gang setzte.

»Flotter Schlitten, was?« meinte der Junge stolz.

Gail verwünschte ihr Auto, das auf dem Parkplatz festsaß. »Ist auch gut in Schuß. Muß 'ne Menge Arbeit kosten.«

»Hmhm. Ist eben mein Hobby, die Karre.«

»Sie haben Glück, daß man Ihnen keinen Strafzettel verpaßt hat«, sagte sie, als er sich in den Verkehr einfädelte. Worauf hatte sie sich da nur eingelassen?

»Hier schreibt nie jemand auf. Ich parke immer an der Stelle.«

»Kommen Sie oft her?« Er nickte. »Gehen Sie nicht zur Schule?«

»Manchmal.« Er lächelte. »Sind Sie vom Schulamt?«

»Nein. Hattet ihr Angst, ich würde nach Schulschwänzern suchen?«

»Wär' ja immerhin möglich. Dachten Sie, Ihr Sohn wär' in dem Laden?«

»Haben Sie mich deshalb mitgenommen? Weil Sie rauskriegen wollten, was ich mache?«

»Nein, mir ist völlig egal, was Sie tun. Ich wollte bloß nicht, daß Sie sich einen abfrieren bei der Kälte.«

»Sie haben sich wirklich Sorgen um mich gemacht?« Gail lachte. Sie hätte gern gewußt, wo er hinfuhr.

»Na ja, Sie sehn nicht gerade so aus, wie man sich 'n Tramper vorstellt. Ich meine... ach, Sie wissen schon, was ich meine.«

»Daß ich zu alt bin?« Gail merkte überrascht, daß ihr die Unterhaltung Spaß machte.

»Nicht direkt alt, eben älter. Sie sehen aus, als hätten Sie Kinder.«

»Hab' ich auch. Aber nur Töchter.« Sie berichtigte ihren Versprecher nicht.

»Ach, ich weiß, Mädchen sind viel leichter zu erziehen. Jedenfalls hält meine Mutter mir das ständig vor.«

»Sie wäre sicher nicht erbaut davon, wenn sie wüßte, daß Sie heute nachmittag die Schule schwänzen.«

»Da haben Sie recht.« Als er um die nächste Ecke bog, fragte Gail sich wieder, wo er wohl hinfuhr. Sie hatte unterwegs nicht auf die Straßenschilder geachtet und wußte nicht mehr, wo sie sich befanden. Doch das beunruhigte sie nur flüchtig.

»Wie kommen Sie auf die Idee zu trampen?« fragte er.

»Mein Wagen ist nicht angesprungen.«

»Hab' ich's doch gewußt, daß Sie das nicht regelmäßig machen. Sie wirken irgendwie unnatürlich.« Seine Stimme bekam einen fast väterlichen Ton, was Gail amüsierte.

»Sie sollten sich wirklich in acht nehmen. Es gibt 'ne Menge Verrückte auf unseren Straßen. Man kann nie wissen, mit wem man sich einläßt. Eine Freundin von mir hat mal beim Trampen 'nen Typ erwischt, der sie auf die Fahrerseite rüberwinkte und ihr erklärte, sie müsse da einsteigen, weil die Tür zum Beifahrersitz klemmt. Mensch, da hat sie aber gemacht, daß sie wegkam, weil sie nämlich gleich kapiert hat, was läuft. Der Typ hatte den Wagen präpariert, war Absicht, daß die Tür nicht aufging. Wenn sie eingestiegen wäre, hätte sie in der Falle gesessen.« Er atmete hörbar aus. »Bei dem Mädchen hatte er Pech, die hat jede Menge Erfahrung mit 'm Trampen, die kennt sich aus, ist echt auf

Draht.« Prüfend betrachtete er Gail von der Seite. »Sie sehen nicht so aus, als würden Sie jeden Trick durchschaun.«

Den Rest der Fahrt legten sie schweigend zurück.

»Danke fürs Mitnehmen«, sagte sie, als er anhielt und sie aussteigen ließ.

»Hören Sie auf zu trampen.«

»Hören *Sie* mit dem Schuleschwänzen auf.«

Sie blieb am Straßenrand stehen und sah seinem Wagen nach. Wo war sie? Und was sollte sie jetzt tun? Sie schaute auf ihre Armbanduhr. Es war spät geworden. Jennifer würde schon von der Schule zurück sein. Wie sollte sie ihr erklären, wo sie gewesen war und warum sie in diesem Aufzug herumlief? Sie schaute an ihrer ausgebeulten Hose hinunter, betrachtete die alte, abgetragene Bluse, die der dünne graue Wickelmantel kaum verdeckte. Sie hatte ihn neulich bei der Heilsarmee erstanden. Jennifer würde sich bestimmt darüber wundern und ihr unangenehme Fragen stellen.

Was soll's, dachte sie, bis mich jemand mitnimmt, hab' ich noch genug Zeit, mir eine Ausrede zu überlegen. Sie wartete, bis der Wagen des Jungen außer Sicht war, ehe sie einen Fuß auf die Fahrbahn stellte, den rechten Arm hob und zögernd den Daumen reckte. Es dauerte fast zehn Minuten, bis ein Auto hielt. Der Fahrer, ein gutgekleideter Mann Mitte Vierzig, beugte sich vor und öffnete die Tür zum Beifahrersitz.

»Wo möchten Sie denn hin?« fragte er lächelnd.

Gail entspannte sich. Sie war zu durchgefroren und erschöpft, als daß sie es mit einem weiteren schlanken jungen Mann hätte aufnehmen können, ob er nun blond war oder nicht.

»Nach Livingston.«

Er sah einen Augenblick unschlüssig drein, doch dann nickte er. Sie setzte sich neben ihn, und er fuhr los.

»Ist Ihnen kalt?« fragte er nach einer Weile.

»Ich bin halb erfroren.«

»Wie wär's mit 'nem heißen Kaffee?« Er lächelte. »Oder lieber einem Schnaps? Zum Aufwärmen?«

»Vielen Dank, aber ich muß nach Hause.«

»Verheiratet?«

»Bei meinem Mann muß das Essen auf dem Tisch stehen, wenn er zur Tür reinkommt.« Ein unbehagliches Gefühl beschlich sie.

»Und was sagt der gestrenge Herr dazu, daß seine Frau trampt?«

»Oh, das wäre ihm ganz und gar nicht recht.« Gail merkte, daß der Mann unablässig auf ihren Busen schielte. Sie zog den dünnen Mantel fester um sich.

»Was tun Sie sonst noch, ohne daß Ihr Mann es weiß?« fragte er mit einem lüsternen Seitenblick.

Gail überhörte die Anspielung und blickte aus dem Fenster. Der Mann versuchte nicht, die Unterhaltung wieder in Gang zu bringen, und nach einer Weile erkannte Gail die vertrauten Straßen von Livingston. »Hier bin ich richtig.« Sie fühlte sich ungeheuer erleichtert. »Bitte, lassen Sie mich aussteigen.«

Er bremste. Gail wollte die Tür öffnen, doch er hielt sie zurück und legte ihr die Hand aufs Knie. »Hören Sie mal, kleine Frau«, sagte er so beiläufig, als fiele es ihm jetzt erst ein. »Ich hab' Ihnen zuliebe einen Riesenumweg gemacht. Ich finde, daß ich mir 'ne kleine Belohnung verdient habe.«

»Nehmen Sie die Hand da weg«, sagte Gail ruhig.

»Komm schon, Süße, mach's mir auf französisch.«

»›Französisch?‹« Gail schob mit der Linken seine Hand beiseite und tastete gleichzeitig mit der Rechten nach dem Türgriff. Ihr Blick, der schweigendes Einverständnis heuchelte, ließ den seinen nicht los.

»Ja, doch.« Er knöpfte seinen Hosenlatz auf. »Du weißt schon, was ich meine, komm, blas mir einen.«

Als er den Arm hob, um ihren Kopf in seinen Schoß zu ziehen, stieß Gail die Tür auf und sprang aus dem Wagen.

»Du Dreckshure du!« schrie er ihr nach. Sie hörte die Reifen quietschen, als er mit rasantem Tempo davonfuhr. Er hatte offenbar keine Lust, sich noch länger hier aufzuhalten. Gail blieb stehen. Tränen brannten auf ihren Wangen. Sie beugte sich über eine Mülltonne am Straßenrand und übergab sich.

Gail fühlte sich immer noch elend, als sie zu Hause ankam. Jennifer spielte im Wohnzimmer Klavier. Beim Anblick ihrer Mutter sprang sie auf.

»'n Abend, Mom. Du bist ja ganz blau gefroren. Wo warst du denn? Was ist das für ein scheußlicher Mantel?«

Gail verstaute ihn eilig in der hintersten Ecke des Garderobenschrankes. »Den hab' ich schon ewig.«

»Und wo ist der hübsche rote, den du sonst immer trägst?«

»In der Reinigung.«

»Was hast du denn bloß heute für Klamotten an?« Jennifer schnappte nach Luft. »Wo um alles in der Welt hast du dieses Zeug her?«

»Ich hab' Laura geholfen, die Möbel in ihrem Büro umzustellen.« Gail war überrascht, wie leicht ihr die Lügen über die Lippen kamen. »Dafür waren mir meine guten Sachen zu schade.«

»Laura?« fragte Jennifer verstört.

»Was hast du denn?«

»Nichts... Bloß hat Laura vorhin angerufen. Sie wollte dich sprechen. Sie sagte, sie versuche seit Tagen vergeblich, dich zu erreichen...«

»Hab' ich ›Laura‹ gesagt? Entschuldige, ich meine natürlich Nancy.«

»Seit wann hat Nancy ein Büro?«

»Seit ihr der Gedanke kam, sich eins einzurichten«, antwortete Gail ungehalten und ging an ihrer Tochter vorbei in die Küche. Sie machte den Kühlschrank auf, nahm die Reste vom gestrigen Abendessen heraus und stellte sie auf die Anrichte. Aber Jennifer ließ sich nicht abschütteln.

»Wo ist dein Wagen?«

Die Frage überrumpelte Gail im ersten Moment, doch dann fiel ihr wieder eine Notlüge ein: »Ich mußte ihn in die Werkstatt bringen.«

»Und wie bist du heimgekommen?«

»Zu Fuß.«

»Du bist von Harold's Garage bis zu uns gelaufen?« Jennifer schaute sie fassungslos an.

»So weit ist es nun auch wieder nicht.«

»Ach nein?«

»Jennifer, bist du mit deinen Hausaufgaben fertig?«

»Ja.«

»Ganz bestimmt?«

»Ja doch!« Jennifer nahm eine Möhre vom Teller und setzte sich an den Küchentisch.

»Laß das.«

»Was? Darf ich mich etwa nicht setzen?«

»Natürlich. Aber du sollst nicht vor dem Essen naschen. Tu nicht so, als hättest du mich nicht verstanden.«

»'tschuldige. Ich wußte nicht, daß eine Möhre dir was ausmacht.«

»Du siehst ja selber, daß ich heute abend knapp bin mit dem Essen.« Gail betrachtete zaghaft die magere Auswahl, dann wandte sie sich plötzlich brüsk an ihre Tochter.

»Fährst du manchmal per Anhalter? Sag mir die Wahrheit!«

»Ganz selten«, antwortete Jennifer widerstrebend. Sie spürte, daß Ärger in der Luft lag.

»Das ist doch das Letzte!« Gail schlug mit der Faust auf den Tisch.

»Ich tu's nicht mehr«, versicherte Jennifer rasch. »Ich bin nicht mehr getrampt seit...«

»Wenn ich je erfahre, daß du's noch mal machst, kriegst du ein halbes Jahr Hausarrest. Hast du mich verstanden?«

Jennifer betrachtete ihre Mutter mit wachsender Besorgnis. »Ja.« Sie senkte den Blick.

»Großer Gott, wie konntest du nur so leichtsinnig sein?«

»Wie kommst du ausgerechnet jetzt aufs Trampen? Ist vielleicht was passiert? Ist von unseren Bekannten jemand verletzt worden, oder was?«

»Muß erst jemand zu Schaden kommen, damit du Vernunft annimmst?«

»Warum schreist du mich so an?«

»Ich verbiete dir, jemals wieder zu trampen. Ist das klar?«

»Ja« schrie Jennifer zurück. »Ich hab' dir doch gesagt, ich tu's nicht mehr.«

Sie schwiegen beide. Gail ließ Wasser ins Spülbecken laufen.

»Und da ist noch was, worüber ich mit dir reden wollte.« Sie wählte ihre Worte mit Bedacht.

»Und das wäre?«

»Eddie.«

Jennifers Augen weiteten sich vor Staunen. »Was ist mit Eddie? Ich dachte, du magst ihn.«

»Ja. Aber ihr beide steckt jetzt seit fast zwei Jahren ständig zusammen, und ich fände es gut, wenn du dich auch mal mit ein paar anderen jungen Leuten treffen würdest.«

»Wir sind seit neunzehn Monaten zusammen«, korrigierte Jennifer ihre Mutter. »Und ich will mit niemand anderem ausgehen. Ich liebe Eddie.«

»Woher willst du wissen, ob du ihn liebst, wenn du keine Vergleichsmöglichkeiten hast?«

»Ich brauche ihn mit niemandem zu vergleichen!«

»Spätzchen, ich sag' ja auch nicht, daß du dich nicht mehr mit ihm treffen sollst. Ich rate dir nur, auch einmal andere Jungen kennenzulernen.«

»Ich will aber niemand anderen kennenlernen! Wie kommst du bloß plötzlich auf solche Ideen?«

»Schon gut, schon gut. Ich hab' ja nur einen Vorschlag gemacht. Willst du mir einen Gefallen tun und wenigstens mal drüber nachdenken?«

»Nein.«

Mutter und Tochter tauschten trotzige Blicke. »Julie hat angerufen und mich zum Abendessen eingeladen. Ich hab' gesagt, ich würde wahrscheinlich nicht kommen, aber wenn's dir recht ist, möchte ich doch hingehen. Du hast nur Reste für heute abend, und wenn ich bei Julie und Dad esse, reicht es für dich und Jack. Bist du einverstanden?«

»Nur wenn dein Vater dich abholt und wieder heimbringt.«

»Das tut er bestimmt.« Jennifer stand auf und ging ans Telefon. Gail tat so, als höre sie nicht zu, während ihre Tochter ungezwungen mit der Frau ihres Exmannes plauderte.

»Dad holt mich in 'ner halben Stunde ab.«

Gail nickte schweigend, als Jennifer aus der Küche ging.

19

Am Freitag morgen bestand Jack darauf, am Wochenende mit Gail allein wegzufahren. Sie brauchten Zeit füreinander, nur sie beide, betonte er; sie müßten für ein paar Tage aus allem heraus.

Er entschied sich für Cape Cod.

Zum erstenmal waren Gail und Jack in ihren Flitterwochen auf Cape Cod gewesen, vor neun Jahren also. Damals war es ihr zauberhaft erschienen, aber damals hatte sie das ganze Leben wunderbar gefunden. Zwar konnte selbst ein übersättigter Weltenbummler den Charme der Halbinsel nicht leugnen, aber Gail empfand ihn jetzt nicht mehr so wie früher. Hier und da hatte ein fröhlicher Anstrich den alten Holzhäusern rechts und links der Straße neues Leben eingehaucht – unwillkürlich fühlte man sich an das Wörtchen »malerisch« aus dem Patti-Page-Song erinnert; aber anderswo war der Zauberstab so ziellos und sprunghaft am Werk gewesen, daß malerische Effekte sich in Kitsch verwandelt hatten.

Selbst im Oktober waren die Touristen den Einheimischen zahlenmäßig noch überlegen. Die Dünen wirkten kleiner, die salzige Luft roch nicht mehr so angenehm wie früher. Neun Jahre lang hatte Gail Cape Cod für ein Paradies auf Erden gehalten. Jetzt wußte sie, daß es so etwas nicht gab, nirgends. Ein Ort war wie der andere. Damals hatte sie alles ringsum als friedlich und heiter empfunden, wenn sie Arm in Arm mit Jack durch diese Straßen spaziert war, doch nun störten sie jedes laute Hupen und jeder defekte Auspuff. Die einst so liebliche Brise peitschte jetzt ihre Wangen. Sie sehnte sich nach der Geborgenheit ihres Zimmers, traute sich aber nicht, Jack zu sagen, daß sie lieber ins Haus ginge.

Als sie sich zu dem Ausflug hatte überreden lassen, war ihr die Fahrt von Livingston hierher angenehm vorgekommen. Die Sonne schien, und der Wetterbericht versprach ein paar relativ milde Tage. Die Verkehrsverhältnisse waren passabel. Sie sahen unterwegs zwar zwei Unfälle, aber beide waren nicht schwerwiegend. Blitzartig war ihr angesichts eines Auffahrunfalls die Frage durch den Kopf geschossen, wie es wohl sei, wenn einen von hinten unerwartet ein Auto ramme. Was wäre es für ein Gefühl, den eigenen Körper explodieren zu sehen, während ein Auto sich hindurchfraß? Ob sie überhaupt etwas dabei empfinden würde?

Jack zog unterwegs immer wieder seine neue Karte zu Rate (»Wo sind bloß all meine Straßenkarten geblieben?« hatte er vor der Abfahrt gefragt und an der ersten Tankstelle, die sie passierten, eine neue gekauft), obgleich er den Weg genau kannte und Cape Cod wahrscheinlich sogar mit verbundenen Augen gefunden hätte.

Gail überlegte, wie Jennifer wohl mit Mark und seiner Frau zurechtkommen würde. Ob Julie sie erwartete, wenn Jennifer heute von der Schule zurückkam? Würde sie Jennifer Montag früh zeitig genug wecken oder nur daran denken, selbst pünktlich zur Arbeit zu kommen? Julie arbeitete als Sekretärin bei einem Wirtschaftsprüfer. Würde sie abends noch die Zeit und die Kraft haben, sich um einen launischen Teenager zu kümmern? Jennifer liebte ihren Vater zwar abgöttisch, aber würde er streng genug sein, ihre Hausaufgaben zu überwachen und darauf zu achten, daß sie genug Schlaf bekam? Würde er dafür sorgen, daß Gails Ausgangsverbot für Jennifer und Eddie eingehalten wurde?

Während der langen Autofahrt war Gail öfter versucht gewesen, Jack zum Umkehren zu bewegen, hatte sich aber jedesmal daran erinnert, daß sie schließlich schon Montag abend wieder zu Hause sein würden und Jennifer für ein paar Tage bestimmt sehr gut ohne sie zurechtkäme. Wahrscheinlich sogar besser, dachte sie, wenn man bedenkt, wie oft wir uns in letzter Zeit gestritten haben.

Gail war sich darüber klar, wie wichtig die kommenden Tage für sie und Jack sein würden. Er hatte recht – sie brauchten ein wenig Zeit für sich allein. Sie entfernten sich mit jedem Tag weiter voneinander. Jeder zog sich in sein Schneckenhaus zurück, um nur ja keine offene Auseinandersetzung zu provozieren, blieb mit seinem Zorn und seinen Schuldgefühlen allein, statt sich dem Partner zu stellen. Sie scheuten davor zurück, ihre Probleme offen miteinander zu diskutieren.

Gail wußte, daß Jack nicht dafür verantwortlich war. Er hatte mehrmals den Versuch gemacht, sie aus der Reserve zu locken. Anfangs hatte sie sich noch bemüht, ihm entgegenzukommen, aber sosehr sie seine Stärke früher auch bewundert und darauf gebaut hatte, jetzt verübelte sie ihm auf einmal diese Kraft. Obwohl sie es gewesen war, die darauf gedrängt hatte, daß die Familie ihr gewohntes Leben so rasch wie möglich fortsetzte, mißgönnte sie Jack die Fähigkeit, sich derart leicht wieder im Alltag zurechtzufinden.

Hör auf damit, befahl sie sich, denn sie wußte wohl, daß sie ihrem Mann gegenüber unfair war. Sie hatte keinen Grund, Jack böse zu sein (und auch Jennifer nicht), nur weil es den beiden irgendwie gelungen war, sich mit dem Unglück abzufinden. Wenn jemand Grund hatte, zu klagen und Vorhaltungen zu machen, dann war es Jack, nicht sie. Wie schafft er es nur, mir *keinen* Vorwurf zu machen? wunderte sie sich.

Er *mußte* ihr doch die Schuld geben; er *mußte* doch jedesmal, wenn er sie ansah, daran denken, daß Cindy noch leben würde, wenn Gail an jenem letzten Aprilnachmittag zu Hause geblieben wäre. Wenn ihre Blicke sich trafen, las sie jedesmal unbewußten Widerwillen in seinen Augen, und immer wenn sie versuchte, die Hand nach ihm auszustrecken, stieg der Groll – gegen was nur? – in ihr auf und hielt sie zurück.

Gail sah ihren Mann von der Seite an, während sie Hand in Hand die Straße entlanggingen. Jack schien ganz versunken in den Anblick der Schindelhäuser rechts und links vom Weg. Aber nahm er sie wirklich wahr? Oder sah er wie sie hinter jeder Gardine Cindys Gesicht, in jeder Fensterscheibe ihre Augen? Hörte auch er das unbekümmerte Lachen ihrer Tochter im Gelächter der Vorübergehenden?

»Dieses Haus haben sie neu gestrichen«, sagte er unvermittelt.

»Wie?«

»Das Haus da drüben. Das zweitletzte vor der nächsten Querstraße. Sie haben's weiß gestrichen. Es war früher blau, weißt du nicht mehr?«

»Schade, mir hat es blau besser gefallen.«

»Mir auch.«

»Wahrscheinlich wollten die Besitzer zur Abwechslung mal was anderes.«

»Und bei dem Haus da vorne hat man die Bäume gefällt.« Jack deutete auf einen Vorgarten auf der anderen Straßenseite.

»Es ist hübscher so«, sagte sie, obwohl sie sich nicht erinnern konnte, wie der Garten früher ausgesehen hatte.

»Findest du?« Es klang verwundert. »Mir hat's mit Bäumen besser gefallen.«

»Aber so kriegt das Haus mehr Sonne.«

»Das stimmt wohl.« Er zuckte die Achseln und atmete tief ein. »Ach, ich liebe den Geruch dieser Stadt.«

Gail holte tief Luft, wie Jack es getan hatte, aber sie spürte gleich darauf ein scharfes Stechen in der Brust.

»Fühlst du dich nicht wohl? Sollen wir umkehren? Oder möchtest du irgendwo einen Kaffee trinken?«

»Nein, der Spaziergang tut mir gut.« Sie versuchte, ihrer Stimme einen überzeugenden Klang zu geben, wußte sie doch, daß er sich nicht mehr so leicht täuschen ließ.

»Wie wär's, wenn wir runter zum Strand gingen?« schlug er vor.

»Einverstanden.«

»Wird es auch nicht zu kühl sein für dich?«

»Ach wo, und wenn, können wir ja jederzeit umkehren.« Daß ihnen wenigstens in diesen kleinen Dingen noch eine Wahlmöglichkeit geblieben war, tröstete sie ebenso wie die belanglose Plauderei, in die sie sich zuvor geflüchtet hatten.

Er sollte recht behalten – es war kühl am Strand, ja sogar unfreundlich, auch wenn sie beide für eine Weile so taten, als spürten sie es nicht. Jack hat ein so liebenswertes Gesicht, dachte Gail und betrachtete sein Profil, die vorspringende Nase, die vom Wind geröteten Wangen.

Ein junges Paar kam ihnen entgegen und nickte ihnen im Vorbeigehen zu. Die Gesichter der beiden waren zum Schutz gegen die Kälte tief in den Mantelkrägen vergraben.

»Diese verrückten Touristen!« Jack lachte. »Kein Einheimischer würde auf die Idee kommen, bei der Kälte am Strand spazierenzugehen.«

Gail sah dem anderen Paar nach, das durch den Sand davoneilte. Sie versuchte sich an die Stelle der Frau zu versetzen und überlegte, was die wohl dachte, während sie Arm in Arm mit ihrem Mann den Strand entlangwanderte, so wie Gail neben Jack ging. Ein ganz normales amerikanisches Ehepaar, vielleicht denkt die Frau jetzt genauso über Jack und mich nach, wie ich über sie. Gail versuchte zu erraten, welche Geheimnisse sich hinter den rosigen Wangen und den lächelnden Augen der Frau verbargen, denn jeder Mensch hatte Geheimnisse, das hatte sie inzwischen gelernt. Geheimnisse und Narben. Gail wußte, daß die Dinge nur selten so waren, wie sie zu sein schienen. Glück war nur die Illusion eines Augenblicks. Versetze dich eine Stunde lang an meine Stelle, dachte Gail. Und dann fiel ihr ein: Richtet nicht, auf daß ihr nicht gerichtet werdet.

Sie verscheuchte die unwillkommenen Gedanken mit einem Schulterzucken. Jack legte den Arm um sie und zog sie fest an sich, um sie zu wärmen.

»Laß uns umkehren«, sagte er. »Mir reicht's.« Gail nickte schweigend. »Nicht ganz dasselbe bei der Kälte, hm?«

Gail antwortete nicht. Sie wußten es ohnehin beide. Die Witterung hatte nichts damit zu tun, daß Cape Cod nicht mehr dasselbe war.

Sie gingen zurück in ihre Pension, wo sie sich eine Weile mit Mrs. Mayhew unterhielten. Sie habe sich Sorgen um sie gemacht, als sie im Sommer nicht wie gewöhnlich gebucht hätten. Das Geschäft sei allgemein nicht sonderlich gut gewesen. Die Bewohner der Halbinsel machten die allgemeine Wirtschaftslage dafür verantwortlich. Überall im Lande gingen die Geschäfte schleppender. Was solle man da machen?

Sie erkundigte sich nach Jacks Praxis – ob er auch unter den schlechten wirtschaftlichen Verhältnissen litt? Jack antwortete, Tiere würden nach wie vor krank, aber auch er habe bemerkt, daß die Leute Einsparungen machten, etwa wenn es um exklusive Tierpflege ging. Dann fragte Mrs. Mayhew nach ihren Kindern. Jack erklärte leise, sie hätten einen Todesfall in der Familie gehabt, ihre kleine Tochter sei gestorben. Er verschwieg, wie Cindy ums Leben gekommen war, und Mrs. Mayhew stellte keine weiteren Fragen. Die Unterhaltung geriet ins Stocken, und Jack führte Gail hinauf in ihr Zimmer. Wie sehr sich diese Pension doch von denen unterschied, in denen sie neuerdings verkehrte, dachte Gail, während sie den warmen Flur mit den dezenten Tapeten entlangschritten. Eine kostbare Brücke bedeckte den dunklen Holzfußboden; in der Ecke stand ein antikes Tischchen mit passender Lampe, deren matte Birne ein einladendes Licht verbreitete.

Auch ihr Zimmer, in dem gedämpfte Braun- und Altrosétöne vorherrschten, war hübsch. Das französische Bett war ebenso bequem, wie es aussah. Volkskunst von den kanadischen Küstenprovinzen schmückte die Wände. Gail sah sich beifällig um. Sie hatte dieses Zimmer von Anfang an gemocht.

»Erinnerst du dich an das Hündchen, von dem ich dir erzählt habe?« fragte Jack, während er seine Jacke auszog. Gail nickte. »Sie ist endlich trächtig und wird in ein paar Monaten werfen. Dann dauert's nur noch etwa sechs Wochen, ehe man die Mutter von ihrem Wurf trennen und die Kleinen fortgeben kann. Hast du dir überlegt, ob wir eins nehmen wollen?«

»Eigentlich noch nicht«, bekannte Gail schuldbewußt. »Aber ich werd' darüber nachdenken.«

Jack trat dicht vor sie hin. »Ich will dich nicht drängen.«

Als er sie in die Arme nahm, wußte sie, daß er nicht nur von dem Hündchen sprach.

»Das tust du nicht.« Sie spürte, daß sie es nicht länger hinauszögern durfte, daß der Moment gekommen war, wieder mit Jack zu schlafen. Sie blickte zu ihm auf und sah seinen Mund näher kommen. Als seine Lippen die ihren berührten, streckte sie die Arme aus und schlang sie um seinen Nacken.

Es war ein sanfter Kuß mit kaum geöffneten Lippen. Sie hörte ihn aufseufzen und spürte seine Hände, die über ihren Rücken strichen, behutsam, als habe er Angst, ihr weh zu tun. Er küßte ihre Wange, ihre Augenlider, ihren Nacken. Langsam fanden seine Lippen zu ihrem Mund zurück. Diesmal war der Kuß ein wenig drängender, er öffnete den Mund, und seine Zunge suchte zärtlich die ihre.

Seine Hände glitten hinunter zu ihren Jeans, umspannten ihr Gesäß und wanderten schließlich hinauf zu ihren Brüsten. Ein paar Sekunden später fühlte sie seine Finger an den Knöpfen ihrer Bluse. Ungeschickt wie ein Pennäler öffnete er sie, und ebenso schüchtern streifte er ihr das Kleidungsstück über die Schultern und ließ es zu Boden gleiten. Er fummelte ungeschickt am Verschluß ihres Büstenhalters, und einen Augenblick lang kicherten sie beide über ihr albernes Benehmen. Dann langte Gail nach hinten und hakte selbst die Ösen auf.

Jack ließ sich auf die Knie nieder, streckte die Hände nach ihren Brüsten aus und barg den Kopf zwischen ihnen. Gail streichelte sein Haar. Sie spürte, wie ihre Gürtelschnalle sich öffnete, hörte das Zurren des Reißverschlusses und fühlte ein Ziehen zwischen den Beinen, als Jack ihr die derben Jeans auszog.

Sie konnte sich nicht erinnern, wann er sich seiner Kleider entledigt hatte. Sie wußte weder, wie sie aufs Bett gekommen waren, noch in welchem Augenblick ihr Magen sich aufzubäumen begann. Sie hatte nicht absichtlich Cindys Gesicht vor ihre geschlossenen Augen geholt; sie hatte sich im Gegenteil krampfhaft bemüht, die Erinnerung an den letzten April zu verdrängen und das, was jetzt mit ihr geschah, nicht mit dem zu vergleichen, was ihrem Kind vor sechs Monaten angetan worden war.

Aber es war doch das gleiche. Sie riß die Augen weit auf und blickte Jack an. Auf einmal verstand sie den Widerwillen, den sie so lange schon spürte, ohne ihn zu begreifen. Es war seine Männlichkeit, die sie abstieß. Dieser sogenannte Liebesakt war das gleiche, was man ihrer Tochter kurz vor ihrem Tode aufgezwungen hatte.

Und auf einmal empfand sie nur noch Schmerz, ihren eigenen und den ihrer Tochter, und sie stieß einen qualvollen Schrei aus.

»Was hast du?« fragte Jack bestürzt. »Hab' ich dir weh getan?« Er löste sich von ihr, als er ihre Tränen sah. »Was hast du, Gail? Bitte, sag mir, was los ist.«

»Ich kann nicht«, schluchzte sie. »Ich kann's einfach nicht.«

Sie legte den Kopf auf ihre Knie und weinte hemmungslos. »Ich hab's versucht. Ich wollte es genauso wie du. Bitte, glaub mir. Ich wollte es wirklich. Ich liebe dich. Ich wollte mit dir schlafen, wollte, daß wir zusammen sind, aber ich kann es einfach nicht.«

»Ich hab' dich bedrängt.« Jack nahm sofort alle Schuld auf sich. »Ich hätte nicht versuchen sollen, etwas zu erzwingen, das mit der Zeit...«

»Du hast nichts erzwungen. Es liegt an mir, Jack. Nicht an dir. Du hast alles getan, was du nur irgend tun konntest. Du warst geduldig, nachsichtig und liebevoll... Es hat nichts mit dir zu tun. Auf keinen Fall...«

»Ich hätte warten können.«

»Nein.« Gail schüttelte traurig den Kopf. »Das hätte auch nichts geändert. Schau, das versuche ich dir ja gerade klarzumachen. Ich werde in einem Jahr noch genauso empfinden.« Er wollte ihr widersprechen, doch sie ließ ihn nicht zu Wort kommen. »Ich kann heute nicht mit dir schlafen... Ich werde es auch in Zukunft nicht können, ganz gleich, wieviel Geduld du aufbringen magst, ganz gleich, wie lange du auch wartest... Denn wenn du mich berührst, kann ich an nichts anderes denken als daran, daß dieses Ungeheuer das gleiche mit unserem Kind gemacht hat. Ich sehe nur die Hände dieser Bestie auf dem Körper unseres kleinen Mädchens. Ich spüre sein Gewicht auf ihrem zarten Leib und fühle, wie er mit Gewalt in sie eindringt. O mein Gott, ich würde alles darum geben, nicht so zu empfinden, aber ich komme nicht dagegen an. Wenn ich dich nackt sehe...« Ihr Schluchzen drohte ihre Worte zu ersticken. »Ich hab's versucht. Ich dachte, ich könnte es. Ein paar Minuten lang schien es, als hätte ich vergessen, daß... Aber dann war die Erinnerung wieder da, und mit ihr der Haß, der Ekel, die Scham. Ich weiß, daß ich nie mehr mit einem Mann zusammensein kann, weil das Bild dieses Unmenschen, der sich an unserem Kind vergreift, mich nicht loslassen wird. Tagsüber oder wenn ich allein bin, kann ich es einigermaßen unterdrücken, aber wenn wir beide so wie jetzt zusammen sind, dann kommt alles wieder hoch. O Gott, Jack, verlaß mich.« Sie schluchzte wild. Tränen liefen über Jacks Wangen. »Such dir eine andere Frau, und fang ein neues Leben an. Such dir eine, die dich so lieben kann, wie du es brauchst und wie du es verdienst, du lieber, wunderbarer Mann, du.« Jack wollte etwas sagen, aber sie legte ihm sanft die Hand auf die Lippen. »Nein, Jack, bitte hör mir zu. Es ist nicht fair dir gegenüber. Ich weiß, daß du mich liebst. Es wäre nicht fair von mir, dich weiter in der Hoffnung leben zu lassen, ich könne je wieder anders empfinden...«

»Du könntest...«

»Nein... ganz gewiß nicht. Trenn dich von mir, Jack. Such dir eine andere Frau. Ich bin nicht mehr dieselbe wie früher. Ich kann nie mehr so sein. Such dir eine andere. Ich werde Verständnis dafür haben.«

»So, wirst du das?« Er drehte sich um und zog ein Laken über seinen nackten Körper. »Dann versuch auch das zu verstehen: Ich liebe dich, und nichts, was du sagst oder tust oder auch nicht tust, wird mich dazu bringen, dich zu verlassen. Mich wirst du nicht los, ob dir das nun paßt oder nicht. Denn ich liebe dich, und ich brauche dich... Aber das ist es nicht allein, verdammt, du bist mein bester Kamerad, du bist mir so vertraut... Und selbst wenn dieser Verrückte mir nicht nur meine Tochter geraubt, sondern mir auch die Frau weggenommen hat, wird er mir doch nicht den besten Freund nehmen, den ich auf Erden habe. Das lasse ich nicht zu. Er hat uns genug gestohlen, Gail. Bitte, laß ihn nicht noch mehr bekommen.«

Gail beugte sich vor und bettete Jacks Kopf in ihren Schoß. So saßen sie beieinander, bis es dunkel wurde und sie unter die Decke krochen. Als Gail endlich die Augen schloß und einschlief, war sie fester denn je davon überzeugt, daß Jack ein besseres Schicksal verdiene und ohne sie leichter durchs Leben käme.

20

Das Telefon klingelte, als Gail den Mantel anzog, um aus dem Haus zu gehen.

»Hallo?«

Sie versuchte, ungeduldig zu klingen, damit die Person am anderen Ende der Leitung sofort begriffe, daß sie in Eile sei und keine Zeit für ein ausgiebiges Telefonat habe.

Sie brannte darauf, nach Newark zu fahren und ihre Nachforschungen wieder aufzunehmen.

»Na endlich!« vernahm sie Lauras triumphierende Stimme. »Ich kann's gar nicht fassen, daß ich dich endlich erreicht habe. Wo hast du denn gesteckt?«

»Jack und ich waren ein paar Tage auf Cape Cod. Wir sind erst gestern abend zurückgekommen.«

»Klingt ja fabelhaft! Wie war's denn?«

»Kalt«, antwortete Gail, die es vorzog, die eigentliche Bedeutung der Frage zu überhören.

»Wo bist du denn vor eurer kleinen Reise gewesen?«

»Wie meinst du das?«

»Ich hab' wochenlang täglich versucht, bei dir anzurufen. Aber du warst nie zu Hause.«

»Ich hab' mich nach 'nem Job umgesehen.« Gail begann sich sicherer zu fühlen, wenn sie log, als wenn sie die Wahrheit sagte. »Ich hatte zwar bis jetzt noch kein Glück, aber...«

»Du, das finde ich großartig. Wo hast du dich denn beworben?«

»Ach, praktisch überall.« Gail lachte. »Aber erzähl noch niemandem davon, auch Jack nicht, hörst du? Ich möchte ihn überraschen.«

»Keine Sorge, ich werde nichts verraten. Aber kann ich dir vielleicht irgendwie helfen? Brauchst du Referenzen?«

»Ich melde mich, wenn's soweit ist.« Gail wollte das Gespräch so schnell wie möglich beenden. »Du, entschuldige, aber ich bin auf'm Sprung.«

»Okay, laß dich nicht aufhalten. Ich wollte mich bloß vergewissern, daß du unsern Lunch nicht vergessen hast.«

»Lunch?«

»Ja doch, in Nancys Club. Weißt du's denn nicht mehr? Wir haben schon vor Monaten vereinbart, daß wir zusammen hingehen. Heute ist der 15. Oktober, und da steigt die Modenschau in Nancys Club. Du hast mir versprochen mitzukommen.«

»Ich hab's vergessen«, gestand Gail. »Entschuldige, aber das ist mir völlig entfallen.«

»Das ist aber 'n starkes Stück. Na, macht nichts. Ich bin bloß froh, daß ich dich noch rechtzeitig erwischt habe. Ich hol' dich gegen halb eins ab.«

»Laura, ich kann nicht mitkommen.«

»Aber natürlich kommst du mit, du hast es versprochen.«

»Ich habe einen wichtigen Termin...«

»Und ich habe zwei Plätze reservieren lassen *und* sie im voraus bezahlt. Du mußt mitkommen. Verschieb den Termin.«

»Ich hab' nichts anzuziehen. Du weißt, wie aufgetakelt die in dem Club immer sind.«

»Unsinn, ich hol' dich um halb eins ab. Du brauchst dich nicht mal umzuziehen.«

Gail hörte das Klicken in der Leitung. Sie schaute an sich hinunter. Sie trug ihre ältesten und schäbigsten Jeans und einen ausgeleierten schwarzen Rollkragenpullover. Als sie den Hörer auflegte, wünschte sie nachträglich, sie hätte das Telefon einfach klingeln lassen. Klar, dachte sie, ich brauch' mich nicht mal umzuziehen.

Gail kämpfte mit dem Reißverschluß eines roten Leinenkleides, als es an der Haustür klingelte.

Sie blickte auf die Uhr. Es war erst zwölf, und Laura, die

ein eher unpünktlicher Typ war, sah es nicht ähnlich, eine halbe Stunde zu früh aufzutauchen.

»Laura?« fragte sie trotzdem in die Gegensprechanlage.

»Sheila«, korrigierte die kühle Stimme ihrer Schwiegermutter.

Sheila? Was mochte die von ihr wollen?

»Ich komm' gleich runter«, versicherte Gail eilig. »Nur einen Augenblick.«

Sie zog den Reißverschluß mit einem energischen Ruck hoch und lief die Treppe hinunter. Wieso kam ihre Schwiegermutter unangemeldet vorbei? Gail öffnete die Tür. »Guten Tag«, grüßte sie freundlich.

Sheila Walton trat ein. Sie trug einen dunkelbraunen Nerzmantel und zeigte eine bittere Miene. »Du bist in letzter Zeit schwer zu erreichen. Ich hab' oft versucht, dich anzurufen, aber...«

»Jack und ich waren übers Wochenende verreist«, warf Gail ein und hoffte, ihre Schwiegermutter damit zufriedenzustellen. Ein Blick in ihr Gesicht überzeugte sie vom Gegenteil. »Und ich war sehr beschäftigt. Ich mußte oft außer Haus.«

»Das hab' ich mir gedacht.« Sheila Walton betrachtete kritisch den alten Mantel, den Gail achtlos über einen Stuhl geworfen hatte. »Wolltest du grade wieder weggehen?«

Gail nahm den abgetragenen grauen Tuchmantel auf und hängte ihn an seinen Platz hinten im Garderobenschrank. »Natürlich nicht in dem Mantel.« Sie versuchte zu lächeln, obwohl sie sich mehr und mehr in die Enge getrieben fühlte.

»Aber du gehst aus.« Es war keine Frage, sondern eine Feststellung.

»In einer halben Stunde.«

»Ich will versuchen, es kurz zu machen.«

»Bitte, komm doch ins Wohnzimmer. Darf ich dir einen Kaffee anbieten oder irgendwas anderes?«

»Nein, danke.« Sheila Walton ging vor ihr her ins Wohnzimmer und setzte sich aufs Sofa. »Ich will dich nicht aufhalten. Meinetwegen sollst du keine von deinen Verpflichtungen versäumen.«

Gail wappnete sich gegen das Klagelied von der vernachlässigten Schwiegermutter. Sie sah ein, daß Sheila dazu sogar eine gewisse Berechtigung hatte. »Entschuldige, daß ich dich nicht angerufen habe«, bat sie. »Ich hatte es vor, wirklich. Wie geht's dir denn?« Gail hatte sich in der Gesellschaft von Jacks Mutter nie sonderlich wohl gefühlt. Sie war von Haus aus kühl und distanziert, und seit dem Tode ihres einzigen Enkelkindes hatte sie sich noch mehr zurückgezogen. Ihre Reserviertheit hatte Gail früher nicht gestört, wußte sie doch von Jack, daß seine Mutter allen Menschen so begegnete. Seit dem Hinscheiden ihres Mannes – sie gehörte zu den Leuten, die das Wort »sterben« nicht in den Mund nehmen – hatte sie ausgedehnte Reisen unternommen, darunter zwei Kreuzfahrten rund um die Welt, und wann immer ihr der heimische Trott auf die Nerven ging, entfloh sie nach Europa oder in den Orient.

»Danke, mir geht's gut, und dir?«

»Ich kann nicht klagen. Wie war deine Reise?«

»Japan ist immer ein Erlebnis. Aber ich bin schon seit Wochen zurück. Ich hab' mit Jack gesprochen und dir Grüße ausrichten lassen. Aber du warst anscheinend zu beschäftigt, um zurückzurufen...«

»Sei mir nicht böse. Ich weiß, das ist keine Entschuldigung, aber ich hatte in letzter Zeit wirklich furchtbar viel um die Ohren.«

»Wo gehst du denn heute hin?« Es klang fast wie ein Vorwurf.

»Eine Freundin hat mich zum Mittagessen eingeladen. Laura. Ich glaube, du hast sie mal bei uns kennengelernt.«

»Ja, die Blonde. Sehr attraktive Frau. Ich wußte gar nicht, daß du gesellschaftlich so aktiv bist. Für mich warst du immer das Hausmütterchen, das stillvergnügt in der Küche sitzt und darauf wartet, daß die Kinder aus der Schule heimkommen. Ich hielt dich für die vollkommene Mutter...«

»Ich habe nie behauptet, daß ich vollkommen sei«, verteidigte sich Gail. Ihr war unbehaglich zumute, und sie fragte sich, wohin diese Unterhaltung führen werde.

»Aber nun gehst du mittags auswärts essen«, fuhr Mrs. Walton fort, ohne Gails Einwand zu beachten. »Du bist zu beschäftigt, um die Mutter deines Mannes nach einer langen Reise auch nur anzurufen und zu fragen, wie es ihr geht. Du mußt Freundinnen treffen, Verpflichtungen wahrnehmen.« Sie brach unvermittelt ab. »Du warst an dem Nachmittag einkaufen, nicht?«

»An welchem Nachmittag?« fragte Gail, obwohl sie die Antwort kannte.

»An dem Nachmittag, an dem Cindy verschied«, sagte Sheila Walton, und Gail spürte, daß sie schon lange auf diesen Augenblick gewartet hatte.

»Was willst du damit sagen?« Gail begann zu zittern. »Daß ich schuld bin? Daß ich sie auf dem Gewissen habe?«

»Natürlich nicht.« Sheila Walton schien zu begreifen, daß sie zu weit gegangen war. »Ich stelle nur fest, daß du mehr persönliche Interessen hast, als ich mir vorgestellt hatte. Und ich finde es tragisch, daß du ausgerechnet an dem bewußten Nachmittag mit einer Freundin ausgehen und Kleider kaufen mußtest.« Sie schluckte und blickte zur Tür. »Damit sage ich gewiß nichts, was du dir nicht selbst schon hundertmal vorgehalten hast.«

Gail sah sich hilflos im Zimmer um. »Warum tust du mir das an?« fragte sie. Hundertmal? Hunderttausendmal träfe wohl eher zu, dachte sie.

»Mein einziges Enkelkind ist nicht mehr am Leben.«

»Ein Kind, das du höchstens zwei-, dreimal im Jahr gesehen hast.« Gail stellte mit Befriedigung fest, daß ihr Pfeil ins Schwarze getroffen hatte.

»Deine Eltern haben sie auch nicht öfter gesehen«, konterte Sheila Walton, als sei damit alles wieder im Lot.

»Meine Eltern leben in Florida. Aber du wohnst gleich um die Ecke!«

»Wage ja nicht, mir vorzuwerfen, ich hätte mein Enkelkind nicht geliebt!«

»Das hab' ich nie behauptet.«

»Ich liebte es sehr.«

»Sicher.«

»Ich hätte sie nicht allein von der Schule nach Hause gehen lassen, darauf kannst du dich verlassen. Meinen Sohn habe ich nie solchen Gefahren ausgesetzt. Ich habe darauf geachtet, daß ihn immer jemand abholte, und ich hätte auch darauf geachtet, daß Cindy nicht allein gegangen wäre. Ich hätte mich nicht zu meinem Vergnügen rumgetrieben, statt...«

»Warum sagst du nur so etwas?« Gail ertrug es nicht länger, zuzuhören.

»Wie kannst du es wagen!« Sheila Walton funkelte ihre Schwiegertochter über den Tisch hinweg an. »Wie kannst du es wagen, mir zu unterstellen, ich hätte mein Enkelkind nicht geliebt.«

»Ich habe dir überhaupt nichts unterstellt.« Gail schluchzte.

»Wie kannst du es wagen«, zischte Sheila Walton aufgebracht.

»Ich bitte dich, geh, bevor noch schlimmere Worte fallen.«

»Ach ja, dein Lunch! Den hätte ich beinahe vergessen.«

Gail stürzte sich auf ihre Schwiegermutter und zerrte sie vom Sofa hoch. »Raus hier!« schrie sie außer sich vor Wut und Schmerz. »Mach, daß du rauskommst, oder ich bring' dich um. Hast du mich verstanden? Scher dich raus!« Halb schleifte und halb schubste sie die verängstigte Frau zur Tür.

»Das werde ich dir nie verzeihen.« Sheila Waltons Stimme zitterte.

»Ich werde *dir* nie verzeihen.«

Als Gail die Haustür hinter ihrer Schwiegermutter schloß, brach sie weinend zusammen.

Eine Viertelstunde später erschien eine strahlende Laura Cranston, um Gail abzuholen.

21

Gail zitterte noch immer, als Lauras Wagen vor dem Manor Club hielt. Der Page, ein schlanker junger Mann um die zwanzig mit tadellos gepflegtem braunem Haar, eilte herbei, um ihnen beim Aussteigen zu helfen. Gail betätigte die automatische Türverriegelung.

»Was machst du denn da?« fragte Laura erschrocken.

»Ich kann es nicht«, flüsterte Gail. »Bitte, Laura, ich steh' das nicht durch.«

Laura wandte sich ihrer Freundin zu und sah ihr ins Gesicht. »Aber natürlich stehst du's durch. Komm schon. Das wird dich auf andere Gedanken bringen.«

»Sie hat so schreckliche Sachen gesagt, Laura. Sie hat mir praktisch vorgeworfen, ich hätte den Tod meiner Tochter verschuldet.«

»Sie fühlte sich bloß vernachlässigt, weil du gesagt hast, daß du ausgehst. Das hat sie wütend gemacht. Sie hat wahrscheinlich selber Schuldgefühle, die sie quälen. Jedenfalls war sie nicht gerade eine Bilderbuchoma, habe ich recht? Sie macht sich bestimmt selbst Vorwürfe.«

»Ich hätte ihr nicht solche Gemeinheiten an den Kopf werfen dürfen.«

»Ach was, du kannst sie nachher anrufen und dich entschuldigen. Außerdem verlangst du einfach zuviel von dir. Hast du schon immer getan.« Laura griff nach Gails Hand. Der Page stand neben der verschlossenen Tür und beobachtete die beiden Frauen im Wagen mit wachsendem Interesse. »Hör mir mal gut zu«, fuhr Laura fort, ohne den neugierigen Jungen zu beachten. »Du hast das Unglück sehr tapfer getragen. Vielleicht sogar zu tapfer. Nach außen wirkst du wie der sprichwörtliche Fels in der Brandung. Aber wie sieht es in deinem Innern aus, Gail? Du hast alles in dich hineingefressen. All der Zorn, der sich in dir aufgestaut hat, wird sich, muß sich eines Tages irgendwie Bahn brechen. Dieser Zusammenstoß mit deiner Schwiegermutter mußte früher oder später passieren, und du wirst womöglich auch noch mit anderen Leuten aneinandergeraten.«

»Mein Gott, Laura, nur das nicht.«

»Die Menschen, die dich lieben, werden es verstehen.« Laura deutete auf den jungen Mann, der ungeduldig neben dem Wagen wartete. »Bist du bereit?« Gail nickte, und Laura drückte auf den Knopf, der die Verriegelung aufhob.

Der Page hielt Gail die Tür auf und blickte die beiden Frauen verlegen an. »Steigen Sie aus?« fragte er schüchtern.

Gail betrachtete sein Gesicht, die schmalen braunen Augen und die lange, gerade Nase. Sein heller Teint war glatt wie der eines Babys, und er hatte kräftige, ebenmäßige Zähne. Ihr Blick fiel auf seine Hand am Wagenschlag. Es war eine große Hand mit kurzen, dicken Fingern und Nägeln, die bis aufs Fleisch abgekaut waren. Sie stellte sich vor, wie diese Hand ihr an die Kehle griff. »Gail!« Laura kam ums Auto herumgelaufen und half ihr beim Aussteigen. »Deine Schuhe werden Nancy gefallen«, sagte sie und probierte ein Lächeln.

Sie mußten Schlange stehen, und als ihnen endlich ein Tisch zugewiesen wurde, fanden sie sich in der Gesellschaft von zehn anderen Frauen wieder. Gail erkannte keine von ihnen, wofür sie dankbar war. Sie schaute sich so diskret wie möglich im Saal um, den Kopf gesenkt, so als wolle sie sich am liebsten unsichtbar machen. Etwa zweihundert Frauen waren versammelt, alle phantastisch angezogen und voll gespannter Erwartung.

Gail suchte nach Nancy, konnte sie jedoch nicht finden.

»Trink ein Glas Wein«, riet Laura ihr leise. »Er ist schön trocken.«

»Wo ist Nancy?«

Laura sah sich um. »Wahrscheinlich gibt sie hinter der

Bühne die letzten Anweisungen. Du weißt doch, wie Nancy ist. Sie will immer alles unter Kontrolle haben.«

»Unter Kontrolle«, wiederholte Gail und nippte an ihrem Wein. Wie bedeutungslos solche Worte in Wirklichkeit doch waren.

»Ihr Mann ist Anwalt, nicht?« fragte eine Frau Laura über den Tisch hinweg. Laura nickte, und ein gezwungenes Lächeln huschte über ihr Gesicht. Sie hatte sich schon immer dagegen gesträubt, beruflich im Schatten ihres Mannes zu stehen. »Man hat mich als Geschworene berufen«, fuhr die Frau fort.

»Sie steht auf der Geschworenenliste«, wiederholte eine andere Frau laut, damit auch alle am Tisch es verstanden.

»Machen Sie kurzen Prozeß und hängen Sie ihn auf«, warf eine dritte ein.

»Ich will überhaupt nichts damit zu tun haben«, jammerte die erste. »Mich interessiert bloß, wie ich aus der Sache rauskomme.«

»Überhaupt nicht«, sagte Laura beiläufig. »Es sei denn, Sie können nachweisen, daß die Belastung zu groß für Ihre Familie oder für Ihre Gesundheit würde. Andernfalls müssen Sie das Amt annehmen. Das ist Ihre staatsbürgerliche Pflicht.«

»Oh, wie furchtbar! Hat man Sie schon mal als Geschworene aufgestellt?«

»Nein, das wäre auch unmöglich. Denn wie Sie richtig bemerkten, ist mein Mann Anwalt.«

»Und deshalb läßt man dich nicht als Geschworene zu?« fragte Gail mit plötzlich erwachendem Interesse. Ihr wurde auf einmal klar, wie wenig sie sich doch im Rechtssystem ihres Landes auskannte.

»Anscheinend disqualifiziert mich der Umstand, daß ich zuviel weiß oder zumindest wissen könnte. Das altbekannte Argument von der Gefährlichkeit der Halbbildung. Außerdem fürchtet man, wer mit einem Anwalt verheiratet ist, könne sich von dessen Meinung über Gebühr beeinflussen lassen.«

»Ich dachte, Geschworene dürfen nicht über den Prozeß reden, dem sie beiwohnen«, sagte eine der Frauen am Tisch.

»Es gibt vieles, was man nicht darf und trotzdem tut«, antwortete Laura, und wie aufs Stichwort wandten die Frauen sich wieder ihren Privatgesprächen zu, die sie für diese kurze Allgemeinunterhaltung unterbrochen hatten.

Gail blickte über den langen Tisch hinweg, an dem je sechs Frauen einander gegenübersaßen. In dem großen, reich geschmückten Saal waren zu beiden Seiten des Laufstegs insgesamt zwanzig solcher Tische aufgestellt. Auf allen prangte in der Mitte ein Arrangement aus frischen Blumen. Zwischen kostbarem Porzellan lockte vor jedem Gedeck ein Champagnerglas mit Fruchtsalat. Aber niemand schien willens, mit dem Essen zu beginnen. Gail überlegte, ob die Frauen wohl darauf warteten, daß jemand ein Tischgebet spreche.

»Nun erzähl mir aber von deinen Vorstellungsgesprächen«, wandte Laura sich unvermittelt an die völlig verdutzte Gail.

»Ach, die waren alle nicht sonderlich aufregend. Jedesmal die gleichen Routinefragen, nichts Besonderes.«

Ihre Antwort war zu ausweichend und Laura zu gewieft und zu hartnäckig, um sich damit zufriedenzugeben.

»Um was für Stellen hast du dich denn beworben? Mit wem hast du gesprochen? Bei welchen Firmen bist du gewesen? Nun sei doch nicht so mundfaul, erzähl mir 'n paar Einzelheiten.«

Gail zwang sich zu einem Lächeln. »Ich hab' mit so vielen verschiedenen Leuten über alle möglichen Jobs gesprochen...«

»Zum Beispiel?«

»Sekretärin, Sprechstundenhilfe...«

»Ich wußte gar nicht, daß du Steno und Maschineschreiben kannst.«

»Kann ich auch nicht.« Gail lachte. »Vielleicht hab' ich deshalb nirgends Erfolg.«

»Und wie war's in Cape Cod?«

Einen Moment lang sah Gail ihren Mann vor sich, wie er seinen nackten Körper mit dem zerknitterten Laken bedeckte, niedergeschlagen, mit hängenden Schultern. »Es war sehr nett«, sagte sie. »Nur furchtbar kalt.«

»Ja, ja, um den Altweibersommer hat man uns dieses Jahr wirklich betrogen.« Laura seufzte.

»Da ist Nancy!« rief Gail und zeigte über die Köpfe der Menge hinweg auf den erhöhten Tisch an der Stirnseite des Saals.

Nancy Carter trat ans Mikrophon.

Es dauerte ein paar Minuten, ehe die Gespräche im Saal verstummten und Nancy mit ihrer Ansprache beginnen konnte. Sie sah blendend aus in ihrer leuchtendroten Taftbluse und dem langen schwarzen Rock. Untertriebene Eleganz, der trotzdem jeder ansieht, was sie kostet, dachte Gail. Nancy sprach mit ruhiger, klarer Stimme.

»Sie hat ihren Beruf verfehlt«, flüsterte Laura, sobald Nancy ihre Rede beendet und ihnen allen guten Appetit und viel Vergnügen bei der Modenschau gewünscht hatte. »Sie hätte Königin werden sollen.«

»Aber sie sieht phantastisch aus«, sagte Gail.

»Also ich weiß nicht, ihre gefärbten Haare finde ich jedenfalls eine Katastrophe. Viel zu hart, dieses Schwarz. Na ja, wahrscheinlich ist sie inzwischen schon grau wie 'n Esel.« Laura machte sich über ihren Fruchtsalat her, und ihre Tischgenossinnen folgten ihrem Beispiel.

Nach dem Fruchtsalat gab es pürierten Lachs, dazu Spargel und weiße Kartöffelchen. Nach den winzigen Portionen zu urteilen, ging der Küchenchef davon aus, daß Frauen, die zu einer Modenschau gingen, grundsätzlich Diät hielten.

Die Kellner räumten das Geschirr ab und servierten als Nachspeise ein erdbeerfarbenes Scherbett, von dem eine Frau lautstark verkündete, daß es eigentlich ein Sorbet sei. Gail dachte, das eine sehe aus wie das andere, und als sie gekostet hatte, fand sie auch im Geschmack keinen Unterschied. Sie bemerkte, daß auch Laura nur einen Löffelvoll probierte. Auf einmal wurden die Lichter im Saal abgeblendet, und aus den Lautsprechern ertönte Rockmusik, die Standarduntermalung moderner Modenschauen. Ein Scheinwerfer flammte auf, dann ein zweiter und ein dritter, und in ihrem gleißenden Licht stolzierten drei hinreißende junge Mädchen in Frühjahrsmodellen über den Laufsteg.

Die Mannequins tänzelten mit wiegenden Schritten vor ihrem entzückten Publikum auf und ab, die Hüften leicht vorgeschoben, die Schultern gestrafft. Gail sah sie ihr Lächeln an- und abstellen wie ferngesteuerte Automaten, sie lauschte den grellen Klängen der Musik und spürte, wie eine tiefe Melancholie sie überkam. Wie konnten diese Mädchen nur jetzt schon die Mode für den nächsten Frühling vorführen?

Die Show endete ebenso unvermittelt, wie sie begonnen hatte. Allerdings war das Finale wirklich sensationell. Eine aufreizende Brünette in einem abenteuerlichen Ensemble führte zwei fauchende Leoparden über den Laufsteg. (Die kühn gemusterte Kreation war genau auf das Fell der Tiere abgestimmt.) Gail fragte sich, ob die Leoparden nicht womöglich Betrug witterten und dagegen aufbegehren würden, indem sie vom Laufsteg sprangen und sich ein improvisiertes Mittagsmahl einverleibten. Aber trotz ihres Fauchens waren die beiden Wildkatzen enttäuschend zahm.

»Das war 'n glatter Verschnitt von Oscar de la Rentas Show aus dem letzten Jahr«, spottete eine Frau, als es im Saal wieder hell wurde. Eine andere pflichtete ihr bei. »Ich hab' genau so was schon vor *zwei* Jahren bei Valentino gesehen«, behauptete die Dame, die als Geschworene nominiert worden war. »Und diese Kleine mit den Leoparden, mein Gott, die sah ja aus, als hätten die Viecher sie reinschleifen müssen.« Sie lachte ausgiebig über ihren kümmerlichen Witz.

»Was kann man schon von einem Modeschöpfer erwarten, der aus Hackensack stammt?«

»Hackensack? Soll das 'n Witz sein?«

»Ganz im Gegenteil. Angeblich hat er dort ein sehr gutgehendes Geschäft.«

»Also ich werde mich da bestimmt nicht hin verirren«, mischte sich eine andere Frau ins Gespräch. Sie erntete ringsum beifälliges Gemurmel.

Nancy Carter kam an ihren Tisch. »Na, wie hat's euch gefallen?« fragte sie erwartungsvoll.

»Großartig«, sagte die Oscar-de-la-Renta-Anhängerin.

»Bildschöne Stoffe«, schwärmte die Valentino-Geschulte, und die Runde nickte zustimmend.

»Wie fanden Sie das letzte Mannequin?« fragte Nancy weiter. »Die Dunkle mit den Leoparden.«

»Entzückend«, antwortete die Frau, ohne mit der Wimper zu zucken.

»Meine Tochter.« Nancy lachte. Ihre Stimme schwankte zwischen Stolz und Neid, als sie wiederholte: »Ja wirklich, das Mannequin ist meine Tochter.«

»Ich hätte nicht gedacht, daß Sloane schon erwachsen ist«, rief Gail verwundert.

Nancy wandte sich nach ihr um. Sie hatte Gail bisher nicht bemerkt. Alle Farbe wich aus ihrem Gesicht. »Gail, lieber Himmel, ich hatte ja keine Ahnung, daß du hier bist.« Vorwurfsvoll sah sie Laura an. »Laura, du hättest mir doch sagen können, daß du Gail mitbringst.«

»Ich wollte dich überraschen.«

»Wie geht es dir, meine Liebe?« Nancys Blick flehte um eine nichtssagende Antwort.

»Ganz gut, danke.«

»Du siehst großartig aus«, flötete Nancy, meinte aber offensichtlich das Gegenteil. »Ich freue mich so, dich hierzuhaben. Warum hast du mich nicht angerufen? Ich hab' mir solche Sorgen um dich gemacht!«

Gail zuckte mit den Schultern. Was sollte sie darauf antworten?

»Wie geht's Jack?« fragte Nancy und lächelte dabei einer Frau am Nachbartisch zu.

»Ihm geht's gut, und Jennifer auch.«

»Wie schön.« Nancy wandte sich zum Gehen. »Wie schön. Ich finde, ihr haltet euch großartig, ihr alle. Das meine ich ganz ehrlich.« Sie holte tief Luft, so als habe sie sich bei den letzten Worten völlig verausgabt.

»Du redest Scheiße.« Laura sagte es so liebenswürdig, als habe sie Nancy ein Kompliment über ihr Aussehen gemacht.

Verwundert beobachtete Gail Nancys Gesicht. Es zeigte keinerlei Reaktion. Sie hatte nichts mitbekommen, und zwar ganz einfach, weil sie nicht zugehört hatte. »Ich muß weiter«, entschuldigte Nancy sich fröhlich. »Ihr wißt ja, wie das ist, wenn man die Gastgeberin spielen muß. Ich bin dafür verantwortlich, daß alle sich wohl fühlen.« Sie wandte sich noch einmal nach Gail um, sah ihr aber nur sekundenlang in die Augen und senkte rasch den Blick. »Hör mal, du rufst mich doch ganz bestimmt an, wenn du mich brauchst, nicht wahr? Wenn ich irgendwas für dich tun kann, dir irgendwie helfen...« Ohne den Satz zu beenden, ging sie zum Nachbartisch hinüber.

Wie konnte ich diese Frau nur jemals für meine Freundin halten? dachte Gail traurig.

»Früher fandest du sie amüsant«, sagte Laura, die ihre Gedanken erriet. »Komm, laß uns gehen.« Laura schob ihren Stuhl zurück. »Ich muß zurück ins Büro.«

»Hast du sehr viel zu tun?« fragte Gail, als Laura sie heimfuhr.

»Das übliche. Alkoholiker, mißhandelte Ehefrauen, Inzest. Als Fürsorgerin sieht man nicht viel von der Sonnenseite des Lebens.«

»Inzest?«

»Ja, hier in River City.« Laura lachte leise vor sich hin. »Es sieht aus, als hätte ich dich schockiert. Dachtest du denn, wir in New Jersey machen so was nicht?«

»Ich kann mir nicht vorstellen, daß man so was überhaupt macht, egal wo«, sagte Gail aufrichtig.

»Dann hinkst du deiner Zeit aber ganz schön hinterher. Vorsichtige Schätzungen haben ergeben, daß einer von zehn Jungen und eins von vier Mädchen in ihrer Kindheit von erwachsenen Verwandten belästigt werden. Es ist die reinste Epidemie.«

Gail spürte, wie ihr Magen sich hob. »Aber was kann einen erwachsenen Mann an einem Kind reizen?« Falls Laura begriff, daß Gail nicht mehr von den anonymen Fällen der Statistiken sprach, die tagein, tagaus über ihren Schreibtisch wanderten, ließ sie es sich nicht anmerken. Sie konzentrierte sich auf den Verkehr, und als sie Gails Frage beantwortete, tat sie das nur in ihrer Rolle als Sozialarbeiterin. »Du würdest dich wundern, wie sexy einige dieser Fünf- oder Sechsjährigen sind«, sagte sie sachlich.

»Laura!« Gail rang nach Luft.

Erst jetzt wurde Laura die eigentliche Bedeutung ihrer Worte bewußt. Sie fuhr an den Straßenrand und stellte den Motor ab. »Also jetzt mal langsam. Worüber reden wir hier eigentlich?« Sie wandte sich Gail zu und blickte ihr ins Gesicht. »Ich hab' doch nicht Cindy gemeint...«

Gail ließ sie nicht ausreden. »Es ist ganz egal, wen du gemeint hast. Weißt du denn nicht, was du gesagt hast? Du hast behauptet, fünf- oder sechsjährige Kinder seien sexy!«

»Manche sind das wirklich«, verteidigte Laura sich unsicher. »Schau, Gail, du weißt nicht, was in der Welt vorgeht. Du hast nicht meine Erfahrung. In mein Büro kommen tagtäglich Menschen, deren Familienleben zu scheitern droht. Da sitzt dann die prüde Ehefrau, die sich höchstens alle halbe Jahre herabläßt, mit ihrem Mann zu schlafen, weil sie 'n neues Kleid will. Und daneben die kleine Tochter, die unverhohlen mit ihrem Vater flirtet. Vielen Männern fehlt die Kraft zu widerstehen, wenn...«

»Dann sollen sie sich, verdammt noch mal, zusammenreißen.« Gail hatte Tränen in den Augen. »Sie sollen, verdammt noch mal, aufhören, sich auf ihre Frauen rauszureden, und sich endlich auf ihre Verantwortung als Erwachsene besinnen. Wenn sie andere Frauen brauchen, dann sollen sie sich gefälligst welche suchen! Aber Frauen, verstehst du mich? Die Auswahl ist weiß Gott groß genug. Kein Mann ist gezwungen, sich an einem wehrlosen Kind zu vergreifen, das nicht einmal kapiert, was mit ihm geschieht.« Verzweifelt bäumte sie sich auf. »Du bist auf den ganzen Schwindel reingefallen. Wenn's in der Gesellschaft ein Problem gibt, halte dich nicht an den Täter, sondern an das Opfer! Gib nicht den Verantwortlichen die Schuld, sondern denen, die man am leichtesten unterbuttern kann – den Frauen! Wenn ein Mann seine fünfjährige Tochter vergewaltigt, ist seine frigide Frau dafür verantwortlich. Und seine Tochter, die so aufreizend ›sexy‹ ist. Aber den wirklich Schuldigen, den Mann, den klagt niemand an, Gott bewahre!«

»Gail, bitte beruhige dich. Ich wollte doch nicht sagen...«

Aber Gail war nicht zu bremsen. »Ich bin entsetzt darüber, daß du, eine intelligente Frau, glauben kannst, eine Fünfjährige habe einen wirklichen Begriff von ihrer Sexualität und suche bei einem Mann mehr als Zuneigung, besonders, wenn dieser Mann ihr Vater ist. Es macht mich krank zu hören, wie leicht du diesen Mann von der Verantwortung für sein Kind, ja für *alle* Kinder, entbindest. Ein Kind kann nicht die gleichen rationalen Entscheidungen treffen wie ein Erwachsener. Ein Kind läßt sich von den Erwachsenen lenken, braucht deren Führung und vertraut darauf, daß es sie bekommt. Und was tun wir, die ›Gesellschaft‹? Wir lassen es zu, daß ein Erwachsener dieses Vertrauen untergräbt und zerstört, und dann geben wir dem Kind die Schuld! Was ist nur aus dieser Welt geworden? Was tun wir unsren Kindern an?«

Gail senkte den Kopf und weinte hemmungslos. Nach einer Weile spürte sie, wie eine Hand ihr sanft über den Rücken strich.

»Verzeih mir«, sagte Laura leise. »Ich hab' geredet, ohne zu denken.« Gail hielt die Augen geschlossen. Sie fühlte instinktiv, daß Laura noch nicht fertig war, daß ein »Aber« in der Luft hing.

»Aber du mußt lernen«, fuhr Laura mit unsicherer, stockender Stimme fort, »die Dinge im richtigen Verhältnis zu sehen. Du darfst nicht ständig alles, was geschieht, mit Cindys Unglück in Verbindung bringen.«

»Ich lese täglich Zeitung, Laura.« Gails Stimme war nur ein Flüstern. »Ich verfolge einen Fall nach dem anderen, und immer wieder muß das Opfer die Schuld tragen. Ich höre den Leuten zu, Menschen wie dir, die es gut meinen. Ich höre auf das, was ihr zu sagen habt, und ihr sagt alle dasselbe – daß nämlich das Opfer irgendwie verantwortlich sei für das Verbrechen. Und der Angeklagte kommt mit Bewährungsfrist davon oder mit einer Geldbuße, und ich werde wahnsinnig bei dem Gedanken, die Polizei könne eines Tages dieses Ungeheuer fassen, das mein Kind umgebracht hat! Was dann? Man würde den Mörder vor Gericht bringen, und er würde aufstehen und sagen, meine kleine Tochter habe ihn ins Gebüsch gelockt, es sei ihre Schuld, daß sie sterben mußte, und man würde ihn laufenlassen.«

»Sie werden ihn nicht laufenlassen«, sagte Laura mit einer Gewißheit, um die Gail sie beneidete. »Er ist zweifellos ein sehr kranker Mensch. Man wird ihn in eine Anstalt stecken. Auf keinen Fall wird man ihn laufenlassen.«

In eine Anstalt, wiederholte Gail in Gedanken. In eine Anstalt. Er ist zweifellos ein sehr kranker Mensch.

»Aber vorläufig sollten wir uns um dich sorgen.« Laura zögerte. »Ich will's mal ganz vorsichtig formulieren, und bitte, versteh mich nicht falsch ... In Zeiten, wie du sie jetzt durchmachst, neigen Menschen dazu, die Verstorbenen zu verherrlichen, sie mit einem Heiligenschein zu umgeben und in etwas zu verwandeln, was sie im Leben ...«

Gail hob langsam den Kopf und sah die Freundin entsetzt an. »Die Verstorbenen!« zischte sie höhnisch. »Hier geht es um meine sechsjährige Tochter, nicht um irgendeinen namenlosen Toten, und wenn ich mich daran erinnere, daß sie mir so viel Freude gemacht hat, solange sie am Leben war ...«

»Gail, so beruhige dich doch. Genau das meine ich. ›So viel Freude‹ hat sie dir gemacht? Gail, ich erinnere mich an Tage, da brachte dein Kind dich schier um den Verstand. Manchmal, wenn ich dich anrief, wolltest du nichts weiter, als fünf Minuten für dich allein sein.«

»Sei still!« Gails zerquältes, verzweifeltes Gesicht brachte Laura zum Schweigen. »Sind das die Ratschläge, die du den Leuten gibst, wenn sie bei dir Hilfe suchen, ja? Du erinnerst eine Frau, deren Kind vergewaltigt und erwürgt wurde, daran, daß sie hin und wieder den Wunsch hatte, fünf Minuten allein zu sein? Daß sie auch nur ein Mensch war, genau wie ihr Kind? Du redest der Mutter ein, weil das Kind nicht immer vollkommen war und ihr manchmal auf die Nerven ging, solle sie, solle *ich* weniger um es trauern? Bist du wirklich so gefühllos, Laura? Bist du tatsächlich so abgrundtief dumm?«

Die beiden Frauen saßen nebeneinander wie Fremde. Sie schwiegen lange.

Als Laura endlich das Wort ergriff, zitterte ihre Stimme, und ihre Hände bebten. »Ich verstehe nicht, wie es dazu kommen konnte, daß wir uns derart überworfen haben. Ich wollte dir nichts von dem unterstellen, was du herausgehört hast. Mir ging es lediglich darum, daß du ...«

»... daß ich die Dinge so sehe, wie du es für richtig hältst?«

»Nein, ganz und gar nicht. Sieh mal, ich merke ja, daß du völlig aufgelöst bist, wahrscheinlich hat der Streit mit deiner Schwiegermutter dir so zugesetzt. Aber jetzt sprichst du mit *mir*, Gail. Ich bin deine Freundin, und ich habe dich aufrichtig lieb. Das mußt du doch verstehen.«

»Und *du* mußt begreifen, daß ich jeden meiner sogenannten Freunde ohne Bedenken opfern würde, und das gilt auch für dich, für dich ganz besonders, wenn ich dafür nur fünf Minuten mit meiner Tochter verbringen dürfte, die man mir genommen hat.«

Die beiden Frauen senkten den Blick und wandten die Gesichter nach vorn. Für den Rest der Fahrt machte keine den Versuch, das Schweigen zu brechen, denn sie wußten beide, daß es nichts mehr zu sagen gab.

22

Gail hockte auf der alten, durchgelegenen Matratze ihres Zimmers in der Barton Street 26 und überdachte die Ereignisse der letzten paar Tage.

Alles brach auseinander. Die Fassade, die sie mit so viel Mühe aufgebaut hatte, bröckelte unaufhaltsam ab. Sie geriet ständig in Streit, erst mit ihrer Schwiegermutter, dann mit Laura, und heute morgen hatte ein neuerlicher Zank mit Jennifer zu einer Auseinandersetzung mit Jack geführt. Worum war es diesmal gegangen? fragte sie sich und versuchte, sich an die Reihenfolge des Geschehens zu erinnern.

»Laura hat gestern abend schon wieder angerufen«, hatte Jennifer beim Frühstück gesagt, und als Gail nicht darauf reagierte, hatte sie ihr die Frage gestellt: »Warum willst du nicht mit ihr sprechen, Mom?«

Gail nippte an ihrem Kaffee und schwieg. Sie merkte, daß Jack von seiner Zeitung aufblickte.

»Warum willst du nicht mit ihr reden?« hatte Jennifer noch einmal gefragt.

»Laura und ich hatte eine kleine Meinungsverschiedenheit.«

»Worüber denn?«

»Nichts von Bedeutung.«

»Warum weigerst du dich dann schon die ganze Woche, mit ihr zu sprechen? Warum gehst du nie ran, wenn sie am Telefon ist?«

»Was ist mit Laura?« mischte Jack sich ein.

»Nichts«, sagte Gail.

»Scheint aber ernst zu sein, wenn du dich sogar weigerst, mit ihr zu reden.«

»Mom, was ist passiert?«

»Also wirklich, Jennifer, das geht dich nichts an! Wenn ich mit dir darüber sprechen wollte, dann hätte ich es getan. Und jetzt hör endlich auf mit der Fragerei! Bitte«, setzte sie leise hinzu.

»Ich komme zu spät zur Schule.« Jennifer sprang auf, ihre Gabel fiel klirrend auf den Teller mit Rührei, von dem sie kaum etwas gegessen hatte.

»Jennifer, du hast noch jede Menge Zeit«, sagte Jack. »Setz dich wieder hin. Ich bring' dich im Wagen zur Schule.«

»Nein, danke.« Jennifer rannte aus der Küche. Sekunden später hörten sie die Haustür zufallen.

»Meinst du nicht, daß du sie etwas zu hart angefaßt hast?«

Gail fuhr sich mit den Fingern durchs Haar und stellte fest, daß es unbedingt gewaschen werden mußte. »Es tut mir leid, das war nicht meine Absicht. Ich werde heute abend in Ruhe mit ihr sprechen.«

»Worüber hast du mit Laura gestritten?«

»Ach, nichts.«

»Das gleiche Nichts, dessentwegen du mit meiner Mutter aneinandergeraten bist?«

»Wann hast du mit deiner Mutter gesprochen?«

»Sie ist völlig durcheinander«, sagte er, ohne ihre Frage zu beantworten.

Gail holte tief Luft und sah wieder das verstörte Gesicht der alten Frau vor sich, als sie mit Gewalt aus dem Haus ihres Sohnes gedrängt worden war. »Ich werde mich bei ihr entschuldigen müssen«, sagte Gail kaum hörbar.

»Was ist passiert, Gail? Was geht hier vor? Kannst du denn nicht mit mir darüber sprechen?«

Ich wünschte, ich könnte es, dachte Gail. »Da gibt's nichts zu besprechen«, sagte sie laut. »Es wird sich schon alles von selbst regeln.«

»Da bin ich mir nicht so sicher.«

Gail zuckte nur wortlos die Schultern. Sie wollte sich nicht mit Jack zanken.

»Was ist mit Laura? Wird euer Streit sich auch von allein regeln?«

Sie hatte nicht geantwortet, und Jack war schließlich, des Wartens müde, aufgestanden und gegangen.

Was wird mit mir und Laura? fragte sich Gail jetzt. Kann eine so lange Freundschaft in ein paar Minuten zerbrechen? Wie hatte Laura nur so etwas zu ihr sagen können? Wie hatte sie Laura solche Gemeinheiten an den Kopf werfen können? Laura war immer für sie dagewesen, hatte mit ihr gelacht und geweint und sich so sehr bemüht, ihr zu helfen. Eine echte Freundin, dachte sie und verglich Laura mit Nancy, die nicht einmal wußte, was Freundschaft bedeutete. Was für interessante Erkenntnisse man doch durch ein Unglück gewinnt, stellte sie verwundert fest.

Jetzt hatte sie beide verloren, die echte und die falsche Freundin. Aber was spielte das am Ende für eine Rolle? Ihre anderen Freunde und Bekannten riefen schon seit geraumer Zeit nicht mehr an und luden Gail und Jack auch nicht mehr ein. Sie hatten zu oft eine Absage bekommen. Die Leute verlieren die Geduld, hörte sie im Geiste die Frau aus der Selbsthilfegruppe sagen.

Es ist mir egal, dachte sie und erinnerte sich daran, wie wertvoll all diese Beziehungen früher für sie gewesen waren. Jetzt konnte sie ohne Freunde auskommen. Wenn sie lernen mußte, ohne ihr Kind zu leben, würde sie bestimmt auch lernen, auf Freunde zu verzichten.

Gail sah sich in dem kahlen, weißgetünchten Raum um. Von allen Zimmern, die sie gemietet hatte, und in den letzten paar Tagen war sie dreimal umgezogen, glich dieses am meisten einer Gefängniszelle. Der Raum war winzig, kaum größer als ein begehbarer Kleiderschrank. Die rissigen Wände waren mattweiß gekalkt; auf dem schmalen Bett lag nur eine dünne, verschossene Decke von undefinierbarer Farbe. Es gab keinen Stuhl, und die einzige Beleuchtung war eine nackte Glühbirne, die von der Decke baumelte. Der Hauswirt, ein untersetzter, älterer Mann mit vorstehendem Bauch, hatte ihr weder eine Mieterordnung genannt noch sie auf Dinge hingewiesen, die in dieser Pension verboten waren. Soweit es ihn anging, durfte sie im Bett rauchen, sich auf dem Flur betrinken oder eine Schießerei im Treppenhaus veranstalten. Das Zimmer kostete zwölf Dollar pro Tag. Die Gäste unterschieden sich nicht sonderlich von den Bewohnern der anderen Häuser, in denen sie sich eingemietet hatte. Allerdings war sie noch nicht lange genug hier, um jemanden kennengelernt zu haben, außer einem offenbar geistesgestörten jungen Mann, der im Parterre wohnte und anscheinend nie das Haus verließ.

Er hatte die etwas enervierende Angewohnheit, »Alle Mann in den Schützengraben!« zu rufen, sobald jemand das Haus betrat.

Wie in allen Pensionen, wo sie bisher ihr Glück versucht hatte, ließ sie auch hier ihre Zimmertür offen, lauschte auf die Schritte im Flur und versuchte, Gesprächsfetzen aufzuschnappen. Sie hörte zwar oft ein paar zänkische, ärgerlich gerufene Worte, aber noch fehlte ihr jeglicher Hinweis, der einen der Bewohner mit dem Tode ihrer Tochter hätte in Verbindung bringen können. Doch Gail erlaubte sich nicht, an die Möglichkeit zu denken, ihre Suche könne für immer erfolglos bleiben. Sie hörte, wie sich unten die Haustür öffnete und schloß. »Alle Mann in den Schützengraben!« ertönte das gewohnte Kommando. Gail mußte unwillkürlich lächeln. Als sie Schritte auf der Treppe vernahm, glitt sie vom Bett und schlich zur Tür.

»Kostet zwölf Dollar die Nacht«, hörte sie den Hauswirt sagen, als sie am Türspalt Posten bezog.

»In Ordnung«, antwortete der Mann neben ihm und suchte in den Taschen seiner ausgewaschenen Jeans nach ein paar zerknitterten Geldscheinen. Er gab sie dem Hauswirt erst, als der die Tür des Zimmers aufgestoßen und ihm den Schlüssel ausgehändigt hatte. Gail wartete vergeblich auf einen abschließenden Höflichkeitsaustausch. Kein »Schönen Tag noch«, kein »Angenehmen Aufenthalt«, nicht mal ein schlichtes »Dankeschön«. Der Hauswirt steckte schweigend das Geld ein und wandte sich zur Treppe. Er hielt einen Augenblick inne, als er Gail erblickte, sprach sie aber nicht an. Nur seine hochgezogenen Augenbrauen bezeugten, daß er sie überhaupt gesehen hatte.

Jetzt entdeckte sie auch der Neuankömmling. »Kann ich was für Sie tun?« fragte er über den Flur hinweg. Seine Stimme schwankte zwischen Spott und Neugier.

Gail schüttelte den Kopf und zog sich in ihr Zimmer zurück. Sie zitterte am ganzen Leib. Dieser Mann kam ihr bekannt vor mit seinem bulligen Körper, dem Stiernacken und den dichten, ungepflegten dunklen Locken. Sie hatte ihn schon irgendwo gesehen, und zwar mehr als einmal.

Gail hörte die Tür zum Zimmer des Mannes zuschlagen. Im selben Moment stieß sie mit den Kniekehlen gegen die Bettkante. Sie sank auf die zerschlissene Matratze. Wo war sie diesem Mann schon begegnet?

In Gedanken ließ sie die letzten paar Tage in Newark an sich vorbeiziehen. Es hatte sich nichts Ungewöhnliches ereignet. Sie hatte mit niemandem gesprochen, war immer allein zum Essen gegangen... Halt, das war's! Harrys Imbißstube. Gestern. Sie hatte an einem Tisch ziemlich weit hinten gesessen, von wo sie das Kommen und Gehen der Gäste beobachten konnte. Das Lokal war etwa zur Hälfte besetzt gewesen. Am Ecktisch ganz vorn hatten zwei Schwarze miteinander gestritten. Ein Weißer mit beginnender Glatze hatte direkt vor Gail gesessen und ärgerlich Selbstgespräche geführt. Als er mit dem Essen fertig war, gesellte sich eine übergewichtige Frau zu ihm, die leicht angetrunken wirkte. Ganz hinten in der Ecke saß ein älteres Paar; beide blickten stumm in ihre Kaffeetassen. Drei Gäste hatten an der Theke Platz genommen – eine Frau weit über Sechzig, die mit Harry flirtete wie ein alberner Teenager, ein Schwarzer mit grüner Baskenmütze und ein etwa dreißigjähriger Weißer, der sich tief über seine Kaffeetasse beugte; ein

Mann mit bulligem Körper, Stiernacken und dichten, ungepflegten dunklen Locken.

Gail lehnte sich mit dem Rücken an die Wand hinter ihrem Bett. Im Geiste sah sie sich gestern beim Essen, dann die Rechnung bezahlen und das Lokal verlassen. Aus den Augenwinkeln hatte sie gesehen, wie der Mann mit den dunklen Locken seinen Kaffee hinunterkippte und aufstand. Aber sie hatte ihn nicht weiter beachtet.

Und doch hatte sie ihn eine knappe Stunde später wiedergesehen. Mit einem Ruck setzte sie sich auf, ihre Finger zuckten nervös. Sie war zur National State Bank gegangen, einen kleineren Betrag abzuheben. Als sie wieder auf die Straße hinaustrat, war er dagewesen. Sie hatte kaum Notiz von ihm genommen, aber jetzt sah sie ihn in der Erinnerung ganz deutlich vor sich, wie er an dem Schild einer Bushaltestelle lehnte und sich ostentativ eine Zigarette anzündete. Er hielt den Kopf gesenkt, den Oberkörper nach vorn gebeugt, die Hand vor dem Gesicht, so als sei er einzig darauf bedacht, sein Streichholz vor dem Wind zu schützen. Aber es war zweifellos derselbe Mann, den sie in Harrys Imbißstube gesehen hatte. Der Mann, der gerade ein Zimmer genau gegenüber dem ihren gemietet hatte.

Verfolgte er sie?

»Entschuldigen Sie«, sagte Gail wenige Minuten später zum Hauswirt. Sie stand vor seiner Wohnung im Erdgeschoß. »Ich wollte nur mal fragen, wer der Mann ist, der das Zimmer mir gegenüber gemietet hat.« Sie behielt die Treppe wachsam im Auge.

»Warum fragen Sie ihn das nicht selber?« Gelangweilt blickte der Hauswirt an ihr vorbei.

»Das möchte ich lieber nicht tun«, antwortete Gail ausweichend. »Ich hatte gehofft, Sie könnten mir helfen.«

»Ich hab' kein Vermittlungsbüro. Sie wollen wissen, wer er ist, also fragen Sie ihn.«

Gail begriff, daß die Unterhaltung für ihn beendet war, noch ehe der Hauswirt ihr die Tür vor der Nase zuschlug. Sie stand allein im Flur und überlegte, was sie jetzt tun solle. Möglicherweise war der Mann rein zufällig hier eingezogen; vielleicht verfolgte er sie nicht, und seine Anwesenheit im Restaurant und vor der Bank, ja sogar sein Erscheinen in dieser Pension waren nichts weiter als eine Kette von Zufällen. Möglich, dachte sie, aber höchst unwahrscheinlich.

Sie hörte Schritte aufs Haus zukommen. Die Eingangstür öffnete sich, und zwei junge Männer betraten Hand in Hand das Haus. »Alle Mann in den Schützengraben!« tönte der übliche Schrei durch den Flur. Gail zog den Mantel fest über der Brust zusammen und eilte hinaus.

Es war zwar kalt, aber windstill, als Gail eilig die Straße entlanglief. Es riecht nach Regen, schoß es ihr durch den Kopf, während sie in Gedanken immer noch in ihrem winzigen Zimmer weilte. Wieder hörte sie die Schritte auf der Treppe, sah den Mann auf der anderen Seite des Flurs, erkannte, daß sie ihn schon früher gesehen hatte, wußte, daß er ihr folgte. Warum?

»Kann ich was für Sie tun?« hatte er gefragt.

Ja, antwortete sie ihm jetzt. Sie können mir verraten, wer Sie sind. Sagen Sie mir, warum Sie mich verfolgen. Sagen Sie mir, was Sie von mir wollen.

Vielleicht bin ich der Mann, den Sie suchen, meinte er.

Nein, antwortete sie rasch und schüttelte den Kopf. Der können Sie nicht sein. Der Mann, den ich suche, ist größer, schlanker, jünger und hat helleres Haar als Sie.

Warum folge ich Ihnen denn dann?

Gail bog um die Ecke.

Sie können's nicht sein, hätte sie beinahe laut gesagt. Cindys Mörder war blond und schlanker; er war jünger und größer. Sie können nicht der Mann sein, den ich suche. Sie sind zu stämmig, zu breit gebaut, zu dunkel, zu alt.

Warum folge ich Ihnen also?

Und dann sah sie ihn. Er war größer, schlanker, blonder, jünger. Er ging etwa fünfzig Meter vor ihr her, und mit jedem Schritt vergrößerte sich der Abstand zwischen ihnen. Sie sah nur seinen Rücken, aber das genügte ihr. Er war mittelgroß, gut gewachsen und hatte langes, aschblondes Haar. Er wirkte sehr jugendlich. Er trug Bluejeans und eine gelbe Windjacke. Gail stockte der Atem. Es begann zu nieseln. Sie hatte ihn gefunden. Sie hatte Cindys Mörder gefunden.

Gail wartete ein paar Minuten, ehe sie ihm folgte. Der Junge blieb unvermittelt stehen und verschwand in einem Eckhaus. Gail näherte sich vorsichtig. Sie wußte noch nicht, was sie sagen sollte, als sie bereits auf die Klingel gedrückt hatte.

»Was gibt's?« fragte die Frau, deren graues Haar auf altmodische Lockenwickler gedreht war.

»Haben Sie ein Zimmer frei?«

»Tut mir leid, alles belegt.« Die Frau wollte die Tür schließen.

»Warten Sie«, bat Gail. »Ich suche jemanden.«

»Irene, wer ist denn da?« rief eine ungeduldige Männerstimme aus dem Innern des Hauses.

»Ich weiß nicht, wie er heißt«, fuhr Gail rasch fort, als sie merkte, daß die Frau es eilig hatte, sie loszuwerden. »Er ist etwa einsfünfundsiebzig groß, schlank und noch ziemlich jung. Er hat langes, dunkelblondes Haar. Trägt 'ne gelbe Windjacke...«

Die Hauswirtin schüttelte den Kopf.

»Er ist eben hier reingegangen, ich hab' ihn selbst gesehen.«

»Irene, wer, zum Teufel, ist denn da?«

»Ach, sei doch still. Bloß 'ne Frau, die 'n Typ mit blonden Haaren und gelber Windjacke sucht.«

»Sag ihr, sie soll im Branchenbuch nachsehen!« Der Mann lachte, offenbar stolz auf seinen dürftigen Humor. Gail hörte ihn zur Tür kommen, und einen Augenblick lang fürchtete sie, er könne der Junge sein, dem sie gefolgt war. Aber als seine massige Gestalt im Türrahmen erschien, stellte sie erleichtert fest, daß ihre Befürchtung grundlos gewesen war. Er bedeutete ihr mit einer ungeduldigen Handbewegung zu gehen.

»Warte mal«, sagte die Frau, als die Tür ins Schloß fiel. »Vielleicht meint sie Nick Rogers vom dritten Stock.«

»Ich kenne keinen Nick Rogers«, sagte der Mann, und Gail hörte drinnen Gelächter erschallen.

Sie stand vor der verschlossenen Tür und blickte hinauf zum dritten Stock. Nick Rogers, wiederholte sie stumm. Nick Rogers.

»Nick Rogers«, flüsterte sie später am selben Abend ins Telefon.

»Tut mir leid, aber ich kann Sie nicht verstehen. Sie müssen schon etwas lauter sprechen.« Lieutenant Coles Stimme klang freundlich, wenn auch etwas müde.

Gail wiederholte ihre Botschaft ein wenig lauter, versuchte aber, ihre Stimme nicht zu heben, um sich nicht zu verraten.

»Nick Rogers, Amelia Street 44 in Newark. Er hat die kleine Walton umgebracht. Im April.«

»Wer spricht, bitte?« Lieutenant Cole versuchte, gelassen zu klingen, doch sein Interesse war offenbar geweckt.

Gail schenkte der Frage keine Beachtung. Als sie weitersprach, zitterte ihre Stimme. »Mein Name tut nichts zur Sache. Nick Rogers. Amelia Street 44, Newark. Die kleine Walton. Überprüfen Sie's.«

Sie legte den Hörer auf und verbarg das Gesicht in den Händen. Sie zitterte am ganzen Körper. Hatte der Kommissar ihre Stimme erkannt? Wußte er, daß sie es war, die ihn angerufen hatte? Gail nahm die Hände vom Gesicht und starrte auf den Telefonapparat.

Sie war völlig überrascht gewesen, als Lieutenant Cole sich gemeldet hatte. Sie hatte damit gerechnet, daß irgendein diensthabender Polizist den Anruf entgegennehmen würde. Es war schon nach acht. Sie hatte angenommen, der Kommissar sei längst zu Hause. Hatte der Mann denn gar kein Privatleben? An welchem Fall er wohl jetzt arbeiten mochte? Wie würde er auf ihren Anruf reagieren? Würde er ihn ignorieren, weil sie sich geweigert hatte, ihren Namen preiszugeben? Oder würde er sich die Mühe machen, Nachforschungen anzustellen? Hatte er ihre Stimme erkannt?

»Stimmt was nicht?« Jack stand in der Tür.

Gail zuckte zusammen.

»Entschuldige, ich wollte dich nicht erschrecken.« Er trat neben sie und strich ihr sanft über den Rücken. »Geht's dir gut?«

»O ja, danke.« Gails Stimme war heiser und trocken.

»Du klingst, als kriegtest du 'ne Erkältung.«

»Ach, das glaube ich nicht.«

»Na, dann ist's ja gut.« Jack ging zum Kühlschrank und nahm die Milch heraus. »Möchtest du auch ein Glas?« Gail schüttelte den Kopf. »Mit wem hast du gerade gesprochen?«

»Wie?«

»Mir war so, als hätte ich dich telefonieren hören.«

»Nein«, log Gail.

»Führst du etwa wieder Selbstgespräche?« versuchte Jack zu scherzen.

Gail antwortete nicht, ihre Gedanken kreisten noch immer um Lieutenant Cole. Hatte er ihre Stimme erkannt? Würde er Nick Rogers überprüfen? »Gail, fehlt dir was?«

»Nein, mir geht's gut«, antwortete Gail und hoffte, sie habe die Frage richtig verstanden.

»Ich hab' mir überlegt, daß wir vielleicht für ein paar Wochen nach Florida fahren könnten…«

»Jetzt nicht«, sagte Gail tonlos.

»Ich meine ja auch nicht sofort.« Er bemühte sich um einen unverfänglichen Ton. »Ich dachte an die nächste Zeit…«

»Jetzt nicht«, wiederholte Gail.

Als sie sich wenig später nach ihm umwandte, war er nicht mehr da.

Gail wartete einen ganzen Tag lang, und als sie nichts von der Polizei hörte, rief sie Lieutenant Cole an.

»Ich wollte mich bloß mal erkundigen, ob's was Neues gibt.« Gail hoffte, daß es einigermaßen beiläufig klang.

»Ich wünschte, ich könnte Ihnen eine positive Antwort geben«, sagte er.

»Es hat sich also gar nichts getan?« Gail versuchte vergeblich, ihr Erstaunen zu verbergen. »Ich hatte so ein untrügliches Gefühl, daß sich was Neues ergeben habe...« Sie stockte, aus Angst, sich zu verraten, wenn sie noch mehr sagte.

»Wir werden schon noch vorankommen«, versicherte er.

»Wann?«

»Das kann ich Ihnen natürlich nicht im voraus sagen.«

»Was können Sie mir denn sagen?«

»Daß wir weiter an dem Fall arbeiten und nicht aufgeben.«

»Was heißt das konkret? Können Sie mir nichts Genaueres sagen? Verfolgen Sie eine neue Spur?«

»Nichts Handfestes.«

»Wie meinen Sie das? Gehen Sie denn nicht allen Hinweisen nach? Ganz gleich, wie unbedeutend sie scheinen mögen? Jeder Telefonanruf, jeder Tip, wie unwahrscheinlich er auch klingt... Prüfen Sie das denn nicht alles nach?«

»Natürlich tun wir das. Gail, worauf wollen Sie hinaus?«

»Nichts, gar nichts«, versicherte Gail rasch. »Ich hatte bloß gehofft, Sie seien ein Stück weitergekommen.«

»Das werden wir. Geben Sie nicht auf.«

»Das habe ich nicht vor«, sagte Gail und legte auf.

23

Der Abend vor Allerheiligen war kalt und stürmisch. Halloween, die Nacht der Hexen, dachte Gail, als sie aus dem Küchenfenster schaute. Die Nacht der Elfen und Kobolde, aber auch die der Freaks.

»Ich hab' dir schon vor 'ner Woche von der Party erzählt«, jammerte Jennifer hinter ihr.

»Tut mir leid, Spätzchen, aber ich kann mich nicht erinnern.« Gail suchte den Himmel nach Sternen ab. Doch es war eine finstere Nacht. »Ich hätte dir auf keinen Fall erlaubt, hinzugehen. Es ist ein Werktag, und du weißt genau, daß du unter der Woche nicht ausgehen darfst.«

»Ich hab's dir erzählt, ganz bestimmt. Du hast bloß nicht zugehört. Du hörst ja überhaupt nicht mehr zu.«

»O doch, natürlich höre ich dir zu«, sagte Gail ungeduldig, aber darauf bedacht, sich nicht in die Defensive drängen zu lassen.

»Ich hab' dir erzählt, daß Marianne an Halloween eine Party gibt, und du hast gesagt: ›Das klingt ja großartig.‹«

Gail drehte sich zu ihrer Tochter um. »Tut mir leid, Spätzlein, aber ich erinnere mich nicht. Zumindest hast du mir sicher nicht gesagt, daß die Party unter der Woche stattfindet.«

»Ist doch nicht meine Schuld, daß Halloween dieses Jahr auf einen Wochentag fällt«, jammerte Jennifer.

»Haben die Damen etwa Schwierigkeiten?« Jack kam in die Küche, vor dem Gesicht eine furchterregende Maske.

Jennifer brach in Gelächter aus und vergaß für einen Moment den Streit mit ihrer Mutter. »O Jack, wo hast du denn die aufgetrieben?«

»Ich hab' sie vor 'n paar Jahren auf einem Kostümfest getragen. Erinnerst du dich?« wandte er sich an Gail. »Bei den Thompsons.«

»Du willst doch nicht an die Tür gehen, wenn's klingelt, oder?« fragte Jennifer.

»Doch, genau das hatte ich vor.« Jack lächelte.

»Wann fängt denn deine Party an?«

»Um acht, aber Mom sagt, ich darf nicht hingehen.«

»Nanu? Warum denn nicht?«

»Frag doch *sie!*«

»Gail?«

»Ich kann mich nicht erinnern, daß Jennifer mir etwas davon gesagt hat, daß diese Party unter der Woche stattfindet.«

»Aber natürlich hat sie das«, widersprach Jack. »Neulich beim Frühstück. Da hat sie uns erzählt, daß eine Mary Sowieso...«

»Marianne«, korrigierte Jennifer, die sich dem Sieg nahe glaubte.

»Ich finde es einfach nicht richtig, daß sie heute abend weggeht.« Gails Stimme drohte sich zu überschlagen. »Die irrsten Typen ziehen an Halloween durch die Gegend. Heute abend treiben sich 'ne Menge Verrückte auf den Straßen rum, die Halloween als Entschuldigung für ihre Wahnvorstellungen benutzen. Ihr braucht nur Radio zu hören, da wird ständig davor gewarnt, Kinder ohne Begleitung Erwachsener rauszulassen. Eltern sollen die Äpfel, die man ihren Kindern schenkt, nach Rasierklingen untersuchen und sich vergewissern, daß Bonbons und Schokolade nicht mit irgendwelchen Giften versetzt sind. Den Eltern kleiner Kinder rät man sogar, Halloween dieses Jahr ganz ausfallen zu lassen. Es sei zu gefährlich.«

»Aber Mom, ich will doch nicht bei fremden Leuten Klingelstreiche machen. Ich geh' mit Freunden auf eine Party.«

»Du gehst *nicht!*«

»Warum nicht?« Jennifers Blick wanderte von Gail zu Jack.

»Jack, bitte...«

»Gail?«

»Halt dich da raus, Jack«, fuhr Gail ihn an. Gleich darauf entschuldigte sie sich. »Bitte verzeih, ich wollte dich nicht...«

»Nein, du hattest ganz recht«, unterbrach er sie rasch. »Jennifer, das geht nur deine Mutter und dich etwas an. Ich hätte mich nicht einmischen dürfen.«

»Warum nicht? Sie ist unfair, und du weißt es.«

Jack hob die Schultern, als wolle er sagen: Was kann ich dagegen machen?, und verließ wortlos die Küche.

»Warum tust du mir das an?« fragte Jennifer wütend.

»Ich möchte dich nur beschützen, nichts weiter.«

»Du beschützt mich doch nicht! Du drückst mir die Luft ab! Ich kann nicht einmal mehr atmen in deiner Nähe. Du behandelst mich wie ein kleines Kind. Aber ich bin fast erwachsen, Mom. Ich werde siebzehn. Ich lerne fleißig. Ich bringe gute Noten nach Hause. Verdammt, Mom, du kannst dich doch wirklich nicht über mich beklagen.«

»Das weiß ich, Jennifer, das weiß ich.«

»Warum machst du mir dann das Leben so schwer? Vertraust du mir denn nicht mehr?«

»Ich vertraue dir doch«, flüsterte Gail. »Ich will nur verhindern, daß man dir weh tut.«

»Mir passiert schon nichts, Mom, das versprech' ich dir.«

Mami, wenn wir sterben, können wir's dann zusammen tun? Hältst du mich dabei an der Hand? Versprichst du's mir?

»Na schön.« Gail war zu müde, um den Streit fortzusetzen. »Geh auf die Party. Aber nur dieses eine Mal. Von jetzt ab gehst du unter der Woche nicht mehr aus.«

Jennifer nickte. »Danke.«

Lange schwiegen sie beide. »Ist noch was?« fragte Gail, als sie bemerkte, wie Jennifers Blick unstet hin und her irrte.

»Mom...« Jennifer stockte, holte tief Luft und platzte schließlich mit der Frage heraus: »Hast du einen Liebhaber?«

»Was?« Gail war wie vor den Kopf geschlagen. »Wie, um Himmels willen, kommst du denn auf so eine alberne Idee?« Sie mußte unwillkürlich lachen.

»Ist sie albern?« Jennifer stimmte erleichtert in ihr Lachen ein.

»Es ist das Idiotischste, was ich seit langem gehört habe. Wie bist du bloß auf einen so absurden Gedanken verfallen?«

»Weiß ich selber nicht.« Jennifer zuckte die Achseln. »Aber du bist mit deinen Gedanken dauernd woanders. Tagsüber bist du nie zu Hause. Ich bin mittags ein paarmal heimgekommen, aber du warst nie da.«

»Warum kommst du mittags extra nach Hause?« Jennifer hob die Schultern. »Warum hast du mir nichts davon erzählt?«

»Ich hatte Angst, du würdest sagen, das ginge mich nichts an, so wie du's zu Laura gesagt hast. Ich dachte, Laura hätte vielleicht rausgekriegt, daß du ein Verhältnis hast, und daß du deshalb nichts mehr mit ihr zu tun haben willst.«

»Jennifer, ich habe kein Verhältnis«, versicherte Gail mit erzwungener Ruhe. »Nichts liegt mir ferner, das kannst du mir glauben.«

»Aber wo bist du denn tagsüber dauernd?«

»Bloß spazieren, zu Fuß oder mit dem Wagen. Einfach so ins Blaue, um mich abzulenken, weißt du?«

Jennifer trat neben ihre Mutter und legte ihr den Arm um die Schultern. Gail stellte überrascht fest, daß sie gleich groß waren. Die Kinder wachsen so schnell, dachte sie.

»Ich liebe dich«, sagte Jennifer.

»Ich liebe dich auch.«

»Die Leute sagen, mit der Zeit ertrüge man's leichter.« Jennifer holte tief Luft. »Aber sie haben keine Ahnung, nicht wahr?«

Gail zog ihre Tochter fest an sich. »Wenn du auf diese Party willst, mußt du dich langsam fertigmachen.«

»Was tust du heute abend?«

Gail lächelte. »Jemand muß dableiben und die vergifteten Äpfel verteilen«, sagte sie.

Es war schon fast zehn, und doch hatten erst drei Kinder an ihrer Tür geläutet. Das erste war als Superman verkleidet, die beiden nächsten kamen als E. T. Gail hatte mehrere Päckchen mit Süßigkeiten in ihre aufgehaltenen Beutel gesteckt und lächelnd festgestellt, daß Jennifer recht hatte, als sie voraussagte, die meisten Kinder würden genau wie in den letzten Jahren in der Maske des gummiartigen kleinen Wesens aus dem Weltraum erscheinen. Verschätzt hatten sie sich nur bei der Zahl der Kinder, die heute abend unterwegs waren. Jack hatte genug Süßigkeiten für fünfzig kostümierte kleine Halloween-Boten eingekauft. Voriges Jahr waren auch fünfzig gekommen, und vor zwei Jahren sogar über hundert. Aber mit jedem Jahr wurden die Warnungen dringlicher, mehrten sich die Berichte von Kindern, die in Schokolade verborgene Stecknadeln verschluckt hatten oder die mit furchtbaren Magenkrämpfen ins Krankenhaus eingeliefert wurden, weil sie den mit Blausäure versetzten Nußkuchen freundlicher Nachbarn probiert hatten. Im Radio riet man den Eltern, alles fortzuwerfen, was nicht fertig gekauft und originalverpackt war. Vielleicht war das der Grund dafür, daß dieses Jahr nur drei Kinder an die Tür gekommen waren. War es überall so, oder machten die Kleinen nur um ihr Haus einen Bogen? Hatten die Eltern ihre Kinder ermahnt, diesmal nicht bei den Waltons zu klingeln?

Kurz vor zehn, als Gail sich gerade anschickte, das Licht auszumachen und zu Bett zu gehen, klingelte es zum viertenmal. Sie war müde. Sie wünschte sich nichts sehnlicher, als schlafen zu gehen, was Jack schon vor einer Stunde getan hatte. Sie wußte, daß sie ihn tief verletzt hatte, obgleich er auch ihre nochmalige Entschuldigung mit der Versicherung zurückgewiesen hatte, sie habe sich nichts vorzuwerfen, er habe sich zu Unrecht eingemischt. Aber die Maske, die er so voller Freude hervorgekramt hatte, blieb achtlos auf dem Couchtisch liegen, als er Müdigkeit vorschützte und früh zu Bett ging.

Was ist nur los mit mir? Gail hatte sich diese Frage in letzter Zeit oft gestellt. Sie hatte früher alles getan, um Auseinandersetzungen zu vermeiden.

Wer immer draußen läutete, war hartnäckig. Gail ging in die Diele und öffnete vorsichtig die Tür. Was ist nur mit manchen Eltern los? dachte sie. Wie kann man die Kinder nur um zehn noch herumziehen lassen?

Aber vor der Tür standen keine Kinder, sondern Jugendliche in Jennifers Alter, ein Junge mit wild funkelnden Augen und zwei Mädchen mit krausem Haar. Ihr Lächeln und der Ausdruck des Wahnsinns in ihren Augen flößten Gail Angst ein. Wie angewurzelt stand sie da und spürte, daß sie sich fürchtete. Sollte sie Jack rufen? Wen stellten die drei mit ihren seltsamen Kostümen nur dar?

Der Junge hielt seinen Sack auf. »Eine kleine Gabe versöhnt die bösen Geister.« Er grinste hämisch.

Gail stopfte wortlos jedem der drei ein paar Süßigkeiten in ihre Beutel.

»Ist das alles?« fragte eins der Mädchen.

Gail überließ ihnen nach kurzem Zögern alle Päckchen und Tüten, die sie noch übrig hatte.

»Das ist schon besser«, sagte der Junge. »Aber was ist los mit Ihnen? Sind Sie stumm oder was?«

Gail fand ihre Stimme wieder. »Seid ihr nicht schon ein bißchen zu alt fürs Halloween-Betteln?«

»Man ist nie zu alt, um sich zu amüsieren«, antwortete der Junge mit einem lüsternen Seitenblick. »Möchten Sie, daß ich meine zwei Puppen hier wegschicke? Damit wir beide uns 'n bißchen amüsieren?«

»Ich hab' Leukämie«, sagte Gail laut und deutlich. Sie beobachtete befriedigt, wie der Junge erbleichte.

Er trat ein paar Schritte zurück. »Ach? Tut mir leid, wirklich.« Er gab seinen Begleiterinnen einen Wink. »Zeit für uns. Der alte Charlie muß noch 'n paar Häuser überfallen.«

»Charlie?« fragte Gail. Übelkeit stieg in ihr auf.

»Wir sind die Charles-Manson-Bande«, antwortete er stolz. »Haben Sie's noch nicht gehört? Man hat uns wegen guter Führung entlassen.«

Gail schlug die Tür zu und sperrte sein obszönes Lachen aus. Zitternd stand sie in der Diele und wußte nicht, was sie tun sollte. Sie dachte an Jennifer auf Mariannes Party. »Ich bin um Mitternacht zurück«, hatte ihre Tochter versprochen. Sie dachte an Jack, der oben schlief. »Ich weiß nicht, was heut abend mit mir los ist«, hatte er gesagt. »Ich kann die Augen nicht offenhalten.« Kurz entschlossen holte Gail den abgetragenen Mantel und die alte Tasche aus dem Garderobenschrank, öffnete die Haustür und trat hinaus in die kalte Nachtluft.

Es waren nur noch wenige Passanten unterwegs, als Gail auf die Uhr sah und feststellte, daß es gleich elf war. Die Umhängetasche schlug gegen ihre Hüfte, und Gail bemerkte, wie hell der weiße Bast in der Dunkelheit leuchtete. Sie lächelte. Eine weiße Basttasche Ende Oktober. Nancy würde bei ihrem Anblick in Ohnmacht fallen. Aber für ihre Freunde in den dunkleren Gegenden von Newark bedeutete eine Sommertasche im Spätherbst nichts Ungewöhnliches. Vielleicht waren sie auch nur zu höflich, um darüber zu reden. Wie dem auch sei, sie würde allen Kritikern den Gefallen tun und in Zukunft die braune Ledertasche mitnehmen, die sie voriges Jahr ausrangiert hatte, die aber noch irgendwo auf dem Speicher liegen mußte. Sie würde sie gleich morgen herunterholen, um Nancy eine Freude zu machen. Gail schmunzelte. Auf einmal fand sie sich am Memorial Park wieder. Im Schwimmbecken hatte man das Wasser abgelassen und auf den Tennisplätzen die Netze entfernt. Sie zögerte einen Moment am Eingang, ließ den Blick über das gespenstische Panorama aus schwarzen Bäumen und hellen Spazierwegen schweifen und fragte sich, ob sie absichtlich hergekommen sei. Der Park stand seit kurzem in dem Ruf, nachts ein Treffpunkt für Penner und Wermutbrüder zu sein. Wie in anderen Städten, so wurde auch hier die Bevölkerung davor gewarnt, nach Anbruch der Dunkelheit in Parks zu gehen. Gail steckte die Hände in die Manteltaschen und betrat die Anlage.

Sie ging ziemlich rasch, bis sie merkte, wie schnell sie lief, und sich zu einer langsameren Gangart zwang. Es hatte keinen Sinn zu rennen. Wenn sie schon einmal hier war, wollte sie die Gelegenheit nutzen, nach Spuren suchen und der Dunkelheit ihr Geheimnis entreißen. Der Mörder war ein Einzelgänger, der sich vermutlich viel in Parks herumtrieb. Vielleicht hatte er in diesem Park seine Schlafstelle. Vielleicht hatte sie in all den Wochen umsonst in Newark und East Orange nach dem Mörder gesucht, während dieser die ganze Zeit gemütlich in ihrer unmittelbaren Nachbarschaft kampierte? Gail verlangsamte ihre Schritte noch ein wenig, aber sie erreichte die Tennisplätze, ohne einer Menschenseele begegnet zu sein.

Sie stand mitten auf einem Spielfeld, da, wo eigentlich das Netz hätte sein müssen, und sah einen unsichtbaren Ball in hitzigem Kampf hin- und herfliegen. Die Kräfte des Guten und des Bösen. Sie kicherte, während sie zusah, wie das Böse ans Netz vorpreschte, um den entscheidenden Schlag zu führen, der seinen Sieg bedeutete. Gail wandte sich um und verließ die Tennisplätze. Sie ging auf eine Baumgruppe zu. Davor standen zwei Bänke. Auf jeder von ihnen schlief ein Betrunkener, neben sich eine leere Weinflasche. Sie suchte in den Gesichtern nach Spuren von Leben, aber ihre Züge erzählten nur von jahrelanger Verwahrlosung und Selbstzerstörung. Gail wandte den Blick ab. Sie wollte nichts mehr sehen.

Hinter sich hörte sie ein Rascheln und fuhr herum, sah aber nur ein paar Büsche. Sie lauschte, doch alles blieb still. Sie war plötzlich schrecklich müde, der kalte Wind ließ sie frösteln, und sie beschloß umzukehren. Hier würde sie nichts finden. Sie war fast am Ausgang angelangt, als etwas Hartes in ihren Rücken gestoßen wurde. Sie rang nach Luft und wandte sich um, aber ihr Gegner war stark und behende. Er warf sie brutal zu Boden, trat sie in die Rippen, packte sie an den Schultern und drehte sie mit Gewalt auf den Rücken.

Erst als sie vor Schmerz zitternd dalag, unfähig, etwas anderes zu spüren als ihre geschundenen Rippen, ging ihr plötzlich auf, daß er nicht hinter ihr her war, sondern hinter ihrer Tasche. Gail rollte sich über sie, aber ein neuerlicher Tritt in den Brustkorb warf sie herum, und sie landete würgend im Dreck. Der Mann, der sie überfallen hatte, entriß ihr die Tasche. Doch als Gail aufblickte, um sein Gesicht zu sehen – es war alles so schnell gegangen, und sie hatte nichts erkennen können, außer daß ihr Gegner groß und hager war –, da traf seine Faust mit einem heftigen Schlag ihre Wange, und sie sank halb bewußtlos auf die kalte Erde zurück.

Sie lag ganz still, lauschte den Schritten, die in der Dunkelheit verhallten, und wunderte sich, daß sie so plötzlich die Beherrschung verloren hatte. Als sie die Augen schloß, war ihr letzter Gedanke, daß sie sein Gesicht überhaupt nicht gesehen hatte.

Jack kam kurz nach zwei Uhr morgens ins Krankenhaus, um sie abzuholen.

Ein Streifenpolizist hatte eine leere weiße Basttasche am Eingang zum Memorial Park gefunden und Verdacht geschöpft. Er hatte einen Kontrollgang durch den Park gemacht, hatte Gail bewußtlos aufgefunden und sie ins Krankenhaus gebracht. Gail konnte sich nicht an die Fahrt dorthin erinnern, und es dauerte eine Weile, ehe sie begriff, daß sie den Überfall im Park nicht bloß geträumt hatte. Ein paar schreckliche Minuten lang hatte sie geglaubt, sie erwache im Krankenhaus gleich nach Cindys Tod und alles, was in den vergangenen sechs Monaten geschehen war, sei nur ein anhaltender Alptraum gewesen, den sie jetzt noch einmal von vorn durchleben müsse. Aber dann hatte der stechende Schmerz in ihrer Wange und in ihrem Brustkorb sie davon überzeugt, daß der nächtliche Überfall Wirklichkeit gewesen war.

Ihr fiel ein, daß jemand ihr etwas sehr Übelriechendes unter die Nase gehalten hatte, daß man sie wachgerüttelt und von einem Raum zum anderen gebracht, sie gestochen, betastet, geröntgt und später endlos mit Fragen bombardiert hatte. Aber sie erinnerte sich nur verschwommen an den Überfall und konnte den Täter so gut wie gar nicht beschreiben. Die Polizei schien sich im übrigen mehr dafür zu interessieren, was *sie* mitten in der Nacht im Park gesucht habe. Ob sie denn nicht wisse, daß es gefährlich sei, nachts dort spazierenzugehen. Ob sie sich mit jemandem verabredet hatte. Ob sie dort Kundschaft gesucht habe. *Wer* sie denn eigentlich sei. Am Ende hatte sie ihnen ihren Namen genannt, und sie hatten sie in Ruhe gelassen.

Gail schloß die Augen.

Als sie wenig später erwachte, standen Jack und Lieutenant Cole neben ihrem Bett. Wieder fühlte sie sich verunsichert. War heute wirklich heute oder der Tag vor sechs Monaten? Hatte sie sich alles nur eingebildet? Hatte man sie wirklich überfallen, oder war sie immer noch in den grauenhaften Schlingen jenes letzten Aprilnachmittags gefangen?

»Wollen Sie uns nicht verraten, was Sie nachts im Park verloren hatten?« fragte der Kommissar. Jack rieb sich die Augen, und Gail sah, daß er geweint hatte.

»Ich wollte bloß einen Spaziergang machen.« Sie wünschte, ihr würde irgend etwas einfallen, das ihn beruhigen könne, und merkte, wie unglaubwürdig ihre Worte selbst in ihren Ohren klangen. »Ich konnte nicht schlafen, und ich dachte, ein bißchen frische Luft würde mir guttun.«

»Und da sind Sie um Mitternacht allein durch den Park gegangen – noch dazu an Halloween?«

»Ich weiß, es war töricht...«

»Mehr als das, Gail. Es war sehr gefährlich. Sie hatten unwahrscheinliches Glück, daß dieser Kerl Sie nicht umgebracht hat und Sie mit einem blauen Auge und ein paar angeknacksten Rippen davongekommen sind.«

War das wirklich Glück? »Warum sind Sie hier?« fragte sie laut. Es mußte schon furchtbar spät sein.

»Einer der Beamten, die Sie vernommen haben, erkannte Ihren Namen wieder und rief mich zu Hause an.«

»Tut mir leid.«

»Das sollte es, weiß Gott, aber nicht um meinetwillen.«

»Ist Jennifer gut nach Hause gekommen?«

Jack nickte stumm.

»Jack, würden Sie so gut sein und einen Moment draußen warten?« bat Lieutenant Cole freundlich.

Jack gehorchte schweigend.

»Ihm fehlt doch nichts?« Der tranceähnliche Zustand ihres Mannes erschreckte Gail.

»Er ist ziemlich durcheinander, was ja auch verständlich sein dürfte. Der Anruf der Polizei hat ihn aus dem Schlaf gerissen. Er wußte nicht einmal, daß Sie ausgegangen waren. Was glauben Sie wohl, wie er sich fühlt?« Gail versuchte es sich vorzustellen, antwortete aber nicht. »Gail… gibt es irgendwas, das ich wissen sollte?«

»Was zum Beispiel?«

»Keine Ahnung. Oder doch. Vielleicht den wahren Grund für Ihren nächtlichen Spaziergang?«

»Sie kennen den Grund«, sagte sie und versuchte fieberhaft, einen zu erfinden. »Es gibt keinen besonderen Grund.« Fragend sah sie den Kommissar an. »Darf ich jetzt nach Hause?«

»Wenn es das ist, was Sie möchten.« Es klang traurig.

»Ja, genau das möchte ich.«

24

Sobald sie wieder bei Kräften war, kehrte Gail nach Newark zurück. Ihr Zimmer in der Barton Street 26 war anderweitig vergeben worden, als sie am Morgen nach dem Überfall im Park ausgeblieben war und die Miete für den nächsten Tag nicht bezahlt hatte.

Gail war nicht erstaunt darüber, sie fühlte sich sogar erleichtert. Sie überlegte, wie wohl der Mann mit den dunklen Locken ihr Verschwinden aufgenommen haben mochte; oder hatte er es vielleicht gar nicht bemerkt?

Sie ging auf dem kürzesten Weg zur Amelia Street 44. Ob die Polizei auf ihren Anruf hin überhaupt etwas unternommen hatte?

»Haben Sie ein Zimmer frei?« fragte sie die Hauswirtin, deren graues Haar auch heute bunte Lockenwickler zierten. Die Frau erkannte sie offenbar nicht wieder. Sie bemerkte zwar ihr blaues Auge, sagte aber nichts.

»Zwölf-fünfzig die Nacht, und Sie müssen im voraus bezahlen.«

»Ja, ich weiß.« Gail kramte in ihrer Tasche nach dem Geld und gab der Frau, was sie verlangte. »Wohnt Nick Rogers noch hier?« fragte sie, als die Hauswirtin sie hinauf in den ersten Stock führte.

»Hab' nie von einem Nick Rogers gehört«, sagte die Frau.

Sie erkannte ihn schon von weitem und wollte um die nächste Ecke verschwinden, doch er hatte sie bereits gesehen und kam mit raschen Schritten auf sie zu. Gail wappnete sich gegen einen Schwall von Fragen. Sie zog den abgetragenen Tuchmantel fester um die Schultern.

(»Um Gottes willen, Gail, meinst du nicht, es sei an der Zeit, daß du dir einen neuen Mantel kaufst?« hatte Jack sie gefragt, als sie vor drei Nächten vom Krankenhaus heimfuhren. Sonst hatte er nichts gesagt.)

»Gail!« Er griff nach ihrem Arm. »Mein Gott, ich kann's kaum glauben. Was, zum Teufel, machst denn du in dieser Gegend?« Er betrachtete sie von oben bis unten. »Gehst du auf einen Lumpenball?« scherzte er und fuhr mit ernster Stimme fort: »Was ist mit deinem Auge?«

»Guten Tag, Mike.« Sie ignorierte seine Fragen. »Wie geht's Laura?«

»Danke, gut. Du fehlst ihr sehr. Aber sie ist zu stolz, um dich dauernd vergeblich anzurufen. Hör mal, du hast meine Fragen nicht beantwortet. Was ist mit deinem Gesicht?«

Gail betastete automatisch die geschwollene Stelle unter ihrem linken Auge. »Ich bin überfallen worden. Jemand hat meine Tasche gestohlen.«

»O Gott! Haben sie ihn geschnappt?«

»Nein.« Gail schüttelte den Kopf und zuckte zusammen. Solch abrupte Bewegungen schmerzten immer noch. »Aber die Polizei verfolgt mehrere Spuren.« Sie fragte sich, ob Mike wohl den unterschwelligen Sarkasmus aus ihren Worten herausgehört hatte.

»Und was tust du hier?« fragte er noch einmal.

»Ich hab' einiges zu erledigen.«

»In Newark?«

»Warum nicht in Newark? Du bist doch auch hier.«

»Ich bin Strafverteidiger, und ich besuche einen Mandanten. Hör mal, es ist schrecklich kalt hier draußen. Wollen wir nicht irgendwo einen Kaffee trinken?«

»Mir nach!« Gail wußte, daß sie bei Mike mit Ausflüchten nichts erreichen würde. Sie führte ihn durch eine Seitenstraße und bog dann in eine zweite ein. »Da sind wir.« Sie standen vor Harrys Imbißstube, Gails Lieblingslokal unter den hiesigen Kneipen. »Der Kaffee ist prima hier«, sagte sie.

Mike sah sich um, als fürchte er, ein Bekannter könne ihn beim Betreten eines solchen Schuppens ertappen, dann folgte er Gail.

»Tag die Dame«, grüßte Harry von der Theke her, als er Gail erkannte. Gail lächelte ihm zu und führte Mike zu ihrem Stammplatz an einem der hinteren Tische.

Harry folgte ihnen auf den Fersen, wischte den Tisch ab und brachte zwei Glas Wasser. »Wie sieht denn der Gegner von diesem Boxkampf aus?« fragte er, legte Gail die Hand unters Kinn und drehte ihr Gesicht dem Licht zu. »Das ist ja 'n Prachtveilchen! Was darf's sein?«

»Nur einen Kaffee, bitte.«

»Für mich dasselbe«, sagte Mike.

»Ich hab' 'ne frische Lieferung von den Kirschtörtchen, die Sie so gern mögen.« Harry grinste verheißungsvoll.

»Heute nicht«, sagte Gail.

Er nickte und ging. Das schätzte Gail an Harry – er bot an und fragte, aber er bedrängte seine Gäste nie. Harry war ihr außerdem eine große Hilfe, denn er plauderte mit ihr über seine Stammgäste und hielt sie über die Ereignisse in der Nachbarschaft auf dem laufenden. Sie lächelte, als sie merkte, wie verwirrt Mike sie über den Tisch hinweg anstarrte.

»Bist du hier Stammgast?« Sein Lachen sollte eine ernstgemeinte Frage als harmlosen Kalauer erscheinen lassen.

»Ich komme ab und zu her.« Gail hob die Schultern.

Mike sah sich um. Das Lokal war klein und eng; Holztische auf der einen Seite, die Theke auf der anderen, umgeben von hohen Metallhockern. Verwaschene Grün- und Grautöne bestimmten die Farbpalette. Das Besteck war kaum besser als gewöhnliches Plastik. Außer ihnen beiden saßen nur wenige Gäste im Lokal, denn die Mittagszeit war vorbei. Gail konnte Mike vom Gesicht ablesen, welche Anstrengung es ihn kostete, sein Befremden für sich zu behalten.

»Na«, nahm er einen neuerlichen Anlauf, »wie ist es dir denn ergangen, abgesehen davon, daß man dich überfallen und ausgeraubt hat?«

»Gut, danke.« Sie nickte.

»Ich hab' gehört, du und Jack, ihr wart ein paar Tage auf Cape Cod?« Gail nickte wieder. »Und, wie war's?«

»Kalt.«

»Das hast du Laura auch geantwortet, stimmt's?« Auch diesmal nickte Gail nur.

»Wie geht's Jennifer?«

»Gut.«

»Kommt sie in der Schule klar?«

»Ja, ganz gut.«

»Schön.«

Harry brachte zwei Tassen dampfenden Kaffee an ihren Tisch. Zu Mikes Gedeck gehörten zwei Portionen Milch.

»Sie haben die Milch für die Dame vergessen«, sagte Mike.

»Sie trinkt ihren Kaffee schwarz«, antwortete Harry und ging.

»Er scheint dich besser zu kennen als ich.« Mike versuchte nicht mehr, seine Verwirrung zu verbergen.

»Wir sind zusammen zur Schule gegangen.«

Es dauerte einen Moment, ehe Mike Cranston begriff, daß Gail ihn auf den Arm genommen hatte, aber auch als der Groschen gefallen war, lächelte er nicht. »Gail, was ist los? Was machst du hier?«

»Ich trinke mit einem Freund Kaffee.« Ihr Blick sagte ihm, daß er nicht mehr aus ihr herausbekommen würde.

»Na schön, wie du willst.« Er trank einen Schluck, verbrannte sich die Zunge und goß rasch etwas Milch nach. »Hör mal«, begann er erneut, »warum hast du nie abgehoben, wenn Laura bei euch anrief? Sie hat sich diesen Streit zwischen euch furchtbar zu Herzen genommen. Du weißt, daß sie dich nie mit Absicht verletzen würde. Sie hat dich sehr, sehr gern. Könntest du sie nicht anrufen und ihr sagen, die Sache sei erledigt?«

»Nein, das kann ich nicht.«

»Warum denn nicht, um Himmels willen?«

»Weil die Sache für mich nicht erledigt ist.«

»Sie wollte dir doch nur helfen.« Mike fuhr fort, gewandt den Standpunkt seiner Frau zu vertreten: »Seit dem Tag, an dem dieses schreckliche Unglück geschah, hat sie nichts anderes versucht, als dir zu helfen, dir deinen Verlust zu erleichtern. Sie hatte Cindy wirklich lieb, Gail. Und du bedeutest ihr so viel. Sie würde sich eher die Hand abhacken, als dir absichtlich weh zu tun.« Seine Stimme versagte.

»Ich dachte, Anwälte dürfen ihre Gefühle nicht zeigen?« Gail griff über den Tisch hinweg nach seiner Hand und drückte sie.

»Ich spreche zu dir nicht als Anwalt, sondern als Freund.«

»Dann möchte ich dich bitten, ein paar Minuten lang als Anwalt mit mir zu reden. Es gibt einiges, worüber ich mir Klarheit verschaffen möchte.«

»Wirst du über das nachdenken, was ich dir gesagt habe?«

Gail nickte. »Wirst du meine Fragen beantworten?«

»Schieß los.«

»Was geschieht mit jemandem, der wegen Mordes verhaftet wird?«

»Das kommt ganz auf den Betreffenden an.« Die Antwort kam wie aus der Pistole geschossen.

»Gibt's denn da unterschiedliche Verfahrensweisen?«

»Tja, eine Menge Faktoren müssen berücksichtigt werden. Handelt es sich zum Beispiel um ein großes Tier bei der Mafia, dann wird er wahrscheinlich schon nach ein paar Stunden gegen Kaution freigelassen.«

»Selbst, wenn es um Mord geht?«

»Falls das Gericht eine Million als Kaution verlangt, und du 'ne Million auftreiben kannst, muß man dich auf freien Fuß setzen, auch bei Mord.«

»Ich dachte, Mord sei von einer solchen Regelung ausgenommen.«

»Ich sag' ja, es kommt drauf an. Wenn die Frau des Gouverneurs den Zeitungsjungen erschießt, hat sie weit größere Chancen, gegen Kaution freizukommen, als umgekehrt. Dann sind da noch die sogenannten ›mildernden Umstände‹ zu berücksichtigen. Insofern kann man zu dem Thema kaum eine allgemeingültige Auskunft geben.«

»Na schön. Aber was ist mit einem ganz gewöhnlichen Mörder, jemand, der weder Beziehungen hat noch Geld, und der auch keine ›mildernden Umstände‹ für sich in Anspruch nehmen kann?«

»Nun, der kommt bis zu seiner Verhandlung in Untersuchungshaft. Es sei denn, er ist aufgrund seines Geisteszustandes nicht in der Lage, einen Prozeß durchzustehen. In dem Fall würde er in eine staatliche Anstalt überstellt, bis man ihn juristisch für voll verantwortlich erklärt.«

»Und wenn das nicht geschieht?«

»Bleibt er in der Anstalt.«

»Für immer?«

»Möglicherweise, ja. Allerdings ist es wahrscheinlicher, daß man ihn irgendwann für prozeßtauglich erklärt; sofern er nicht völlig umnachtet ist.«

Gail lehnte sich zurück. »Und was geschieht dann?«

»Also inzwischen hat der Betreffende einen Rechtsbeistand, entweder einen Anwalt eigener Wahl oder einen vom Gericht bestellten Pflichtverteidiger, und mit dem gemeinsam bereitet er dann seine Aussage vor.«

»Ob er sich schuldig bekennen soll oder nicht?«

Mike lachte. »Ganz so einfach ist das nicht. Man muß unterscheiden zwischen vorsätzlichem Mord, Mord im Affekt, fahrlässiger Tötung, vorsätzlicher Körperverletzung mit tödlichem Ausgang; zwischen nicht schuldfähig wegen geistiger Umnachtung und verminderter Schuldfähigkeit aus dem gleichen Grund. Auch Notwehr käme in Betracht. Und so weiter, und so weiter. Die Zeiten des einfachen ›Schuldig‹ oder ›Nicht schuldig‹ sind längst vorbei.«

»Verstehe. Dann beginnt also der Prozeß?«

»Manchmal. In der Regel versucht jedoch der Anwalt, sowohl dem Staat als auch seinem Mandanten den damit verbundenen zeitlichen wie finanziellen Aufwand zu ersparen, und er strebt einen Vergleich an.«

»Was heißt das?«

»Der Angeklagte gibt etwas preis und erhält im Gegenzug einen Vorteil. Eine Art Kompromiß, wenn du so willst. Ein Status quo, auf den beide Seiten sich einigen können. Nimm zum Beispiel an, ein Typ erschießt seinen Kumpel, nachdem er ihn beim Falschspielen ertappt hat. Beide waren zur fraglichen Zeit schwer betrunken. Dann würde der Verteidiger vermutlich auf verminderte Schuldfähigkeit plädieren und versuchen, die Klage auf Totschlag zu drücken. Nehmen wir aber nun weiter an, der Beschuldigte sei im Besitz von Informationen über ein anderes Verbrechen und willens, der Polizei zu helfen, vorausgesetzt, die Anklage gegen ihn und folglich auch das Strafmaß fallen milder aus. Dann beginnt man zu handeln, und wahrscheinlich würde die Anklage zum Schluß auf *fahrlässige* Tötung lauten, was bedeutet, daß der Kerl mit ein paar Jahren Gefängnis davonkäme, ohne daß je eine Verhandlung stattzufinden bräuchte. Bei guter Führung und mit ein bißchen Glück würde der Angeklagte in weniger als einem Jahr auf Bewährung freigelassen.«

»Und das soll Gerechtigkeit sein?«

»Tja, Gail, es ist die beste, die wir haben, glaub mir.«

»Klingt nicht sehr ermutigend.«

»Dann laß mich dir verraten, wie die Alternative aussähe. Man würde dem Typ den Prozeß machen, ihn der vorsätzlichen Tötung anklagen und erst mal in einem Netz kostspieliger Aufschubsmanöver und Verzögerungstaktiken hängenbleiben. Wenn es dann endlich zur Verhandlung kommt, hat der Kerl die Chance, daß der Urteilsspruch genauso ausfällt wie im ersten Beispiel und er keinen Tag länger abzusitzen braucht.«

»Du meinst, er läuft in weniger als einem Jahr wieder frei rum?«

»Höchstwahrscheinlich. Man kann die Leute nicht ewig hinter Gitter stecken.«

»Wenn aber nun jemand des vorsätzlichen Mordes angeklagt wird?«

»Die Todesstrafe hat man zwar wieder eingeführt, doch in unserem Staat ist seit langem niemand mehr hingerichtet worden. Lebenslängliche Haftstrafen werden schon eher verhängt.«

»Und was heißt das im Klartext?«

»Zwanzig Jahre. Im Höchstfall. Wenn einer sich gut führt und Bewährung kriegt, wahrscheinlich weniger als die Hälfte davon.«

»Und der Mann, der meine kleine Tochter getötet hat?« fragte Gail ruhig. »Was bekäme der?«

»Weißt du«, begann Mike behutsam, »jemand, der eine Sechsjährige vergewaltigt und umbringt, ist ohne Zweifel geistesgestört. Aber psychische Fälle sind für die Verteidigung äußerst heikel. Die juristische Definition mißt die Zurechnungsfähigkeit des Angeklagten daran, ob er zur Tatzeit zwischen Recht und Unrecht unterscheiden konnte oder nicht. Und das ist sehr schwer festzustellen.« Er schüttelte den Kopf. »Ich meine, die Polizei wird nur dann eine Festnahme vornehmen, wenn entweder ein Geständnis vorliegt oder ein klarer Indizienbeweis. Die Geschworenen werden ihn für schuldig befinden, und er wird in Einzelhaft kommen, zum Schutz vor den anderen Gefangenen.«

»Zu *seinem* Schutz?«

»Vor dem Gesetz hat auch dieser Mann gewisse Rechte.« Mike senkte den Kopf. »Ich weiß, wie das in deinen Ohren klingen muß, und in vieler Hinsicht ist es auch der reinste Mist, aber du darfst nicht vergessen, daß diese Gesetze ursprünglich zum Schutz unschuldiger Bürger erlassen wurden.«

»Und was ist mit den Schuldigen?«

Mike zuckte hilflos mit den Schultern. »Was soll ich dir darauf antworten?« Gail sah ihn erwartungsvoll an. »Ich wünschte, ich könnte irgendwas für dich tun. Ich würde den Kerl selbst abknallen, wenn dir damit geholfen wäre.«

»Erst einmal müssen wir ihn finden.«

»Sie kriegen ihn bestimmt«, sagte Mike und änderte dabei unbewußt das Personalpronomen. Er stand auf. »Ich muß jetzt gehen. Mein Mandant wird sich schon wundern, wo ich bleibe.« Er schob einen Dollarschein unter seine leere Kaffeetasse. »Möchtest du Laura nicht etwas bestellen?«

Gail hatte das Gefühl, sie sehe ihre Freundin vor sich, und der Text eines alten Liedes aus ihrer Schulzeit fiel ihr ein. »Sag Laura, daß ich sie liebe«, sang eine klagende Stimme in den Tiefen ihres Gedächtnisses. »Sag Laura, daß sie mir fehlt.«

Aber die Worte wollten nicht über ihre Lippen. »Sag Laura...« Sie stockte, schüttelte den Kopf und senkte den Blick auf ihre Kaffeetasse.

Mike wartete darauf, daß sie wieder zu ihm aufschauen würde, doch als das nicht geschah, machte er kehrt und verließ mit entschlossenem Schritt das kleine Lokal. Gail hörte die Tür zuschlagen, aber sie sah ihm nicht nach, um festzustellen, in welche Richtung er ging.

Nach einer Weile hatte sie das unbehagliche Gefühl, jemand beobachte sie. Gail schaute auf.

Er stand an der Theke, doch ehe ihr Blick dem seinen begegnen konnte, wandte er sich ab und tat so, als interessiere er sich nur für seinen Kaffee. Gail erkannte ihn sofort. Unter der saloppen Kleidung zeichnete sich sein gedrungener Körper ab, die dunklen Locken fielen ihm tief in die Stirn.

Jetzt bestand kein Zweifel mehr – wer immer der Mann auch sein mochte, er verfolgte sie. Blieb nur die Frage nach dem Warum.

25

An ihrem vierzigsten Geburtstag machte Gail Hausputz. Es war ein Samstag, und Jack hatte ihr versprochen, etwas mit ihr zu unternehmen, aber seine Sprechstundenhilfe hatte frühmorgens angerufen und einen Notfall gemeldet.

Gail lag noch im Bett, als Jack sich mit einem Kuß von ihr verabschiedete, um in seine Praxis zu fahren. Sie spielte mit dem Gedanken, nach Newark zu fahren, doch seit gestern schneite es, zum erstenmal in diesem Winter, und die Straßen waren noch nicht geräumt. Außerdem wußte sie nicht, wann Jack zurückkommen würde. Also beschloß sie, daheimzubleiben. Sie duschte, zog sich an, stand dann lange im Schlafzimmer am Fenster und sah durch die blaue Gardine hinaus in die wirbelnden Flocken, die New Jersey seit dem gestrigen Nachmittag in einen weißen Mantel hüllten. Die Rückfahrt von Newark war dadurch gestern sehr anstrengend gewesen. Mehrmals hatte sie nur im letzten Moment einen Unfall vermieden. Beim ersten Schneefall schienen die Leute jedes Jahr das Autofahren zu verlernen. »Fahren Sie vorsichtig«, hatte der Radiosprecher gewarnt. »Achten Sie auf entgegenkommende Fahrzeuge.«

Cindy hätte sich über diesen Schnee wahnsinnig gefreut, dachte Gail und trat vom Fenster zurück. So unvorstellbar es auch schien – in sieben Wochen war Weihnachten, Gails erstes Weihnachten nach über sechs Jahren ohne ihre kleine Tochter.

Eine flüchtige Kindheitserinnerung stieg unvermutet in ihr auf. Sie sah sich als kleines Mädchen, wie sie lächelnd zu ihrem Vater aufschaute, der im gestreiften Schlafanzug mitten im Wohnzimmer stand, das Gesicht vor Zorn und Anstrengung gerötet, und sich vergeblich bemühte, den Christbaum aufzurichten. Der Baum war mit Kugeln und Lametta überladen, und der Ständer, den ihr Vater gekauft hatte, konnte ihn nicht halten. Mochte er sich auch noch so sehr bemühen, ihm seine schönsten Lieder vorsingen, ihn beschimpfen und verfluchen, es gelang ihm nicht, den störrischen Baum geradezustellen. Nachdem er sich fast eine Stunde lang geplagt, die Arme an den Ästen wund gekratzt und die nackten Füße an den winzigen Splittern der vielen zerbrochenen Christbaumkugeln zerschnitten hatte, befahl er mit schweißglänzendem Gesicht seiner inzwischen fast hysterischen Frau, den »verfluchten Baum« zu halten, während er Hammer und Nägel holen ging und die Tanne direkt am Fußboden festnagelte! »Wollen doch mal sehen, ob er jetzt immer noch umkippt«, verkündete er triumphierend seiner Frau und den beiden Töchtern, die ihm sprachlos vor Staunen zusahen.

Wie alt mochte sie damals gewesen sein? Zehn? Zwölf? Die Erinnerung war noch so frisch. Jetzt war sie vierzig. Zwischen diesem Kindheitserlebnis und heute lagen dreißig Jahre.

Irgendwann war sie erwachsen geworden und hatte selbst zwei Töchter bekommen, genau wie ihre Mutter vor ihr. Und dann war es nur noch eine, dachte sie, und ein Schauder lief durch ihren Körper, als zwei Männer vor ihrem inneren Auge auftauchten. Der eine war nicht besonders groß und hatte dichte, ungebändigte schwarze Locken; das Haar des anderen war hell, und er trug eine gelbe Windjacke.

Sie hatte den dunkelhaarigen Mann seit jener Begegnung im Restaurant Anfang der Woche nicht mehr gesehen, wohl aber mehrmals seine Gegenwart gespürt. Nick Rogers hatte sie noch nicht wiedergefunden.

(»Sind Sie ganz sicher, daß Sie keinen Nick Rogers kennen?« hatte sie die Hauswirtin ein zweites Mal gefragt und ihr eine genaue Beschreibung des Jungen gegeben. »Ich glaube, er wohnt im dritten Stock. Vielleicht ist das auch nicht sein richtiger Name.« Aber auch diesmal hatte sie keinen Erfolg gehabt. »Wer ist da, Irene?« hatte der Dicke aus der Wohnung gebrüllt, und Irene hatte Gail schroff die Tür vor der Nase zugeschlagen.)

Einen Tag vor dieser Unterredung war Gail in den dritten Stock hinaufgegangen, hatte sich ans Treppengeländer gelehnt und gewartet, aber niemand hatte eins der Zimmer betreten oder war herausgekommen. Als sie an dem Tag die Pension verließ, um zum Tarlton Drive zurückzufahren, hatte die Hauswirtin ihr mißtrauisch nachgesehen.

Gail hatte das Gefühl, sie stehe schon sehr lange reglos mitten im Schlafzimmer. Im Haus war alles still. Jennifer verbrachte das Wochenende bei Mark und Julie. Sie hatte Gail ihr Geburtstagsgeschenk – ein Paar schwarze Lederhandschuhe – schon gestern abend gegeben.

Gail fand, ihr vierzigster Geburtstag eigne sich genausogut für den Hausputz wie jeder andere Tag. Jack hatte neulich darüber geklagt, daß er seine Wintersachen nicht finden könne. Das wenigste, was sie für ihn tun konnte, war, seinen Schrank in Ordnung zu bringen.

Sie begann mit dem Schlafzimmer, räumte sämtliche Schubladen aus und machte sie sauber, ehe sie die Kleidungsstücke frisch gefaltet wieder hineinlegte. Als nächstes nahm sie sich die Schränke vor, räumte die leichten Baumwollsachen nach hinten und holte die schweren Wintersachen nach vorn. Dann kniete sie sich auf den Boden und sortierte die vielen Paar Schuhe, die unten im Schrank standen. Weiße Sandalen mußten schwarzen Pumps Platz machen, und leichte Ballerinas verschwanden hinter gefütterten Stiefeln. Plötzlich fiel ihr Blick auf eine Tragtasche, die hinter das letzte Paar Schuhe in die Schrankecke gezwängt war. Ihr Puls schlug schneller, während ihre Hand sich danach ausstreckte. Es war eine große Tüte, und sie war Gail wohlvertraut, obschon sie ihr nicht mehr vor die Augen gekommen war, seit am 30. April die Polizeiautos vor ihrem Haus gestanden hatten. Da hatte sie die Tüte auf den Bürgersteig fallen lassen und mit ihr noch einige andere, die jetzt hinter der ersten im Schrank zum Vorschein kamen. Ihre Einkäufe von jenem Tag. Sie schleppte die Tüten und Päckchen zum Bett, riß sie auf und holte die Sachen heraus, die sie gekauft hatte, während ihre Tochter hinter einem Gebüsch vergewaltigt und erdrosselt wurde, in einem friedlichen kleinen Park in der Nachbarschaft.

Irgend jemand mußte die Tüten und Päckchen gefunden und ins Haus gebracht haben. Ihr Name stand auf den beiliegenden Rechnungen. Nacheinander packte sie jedes Teil aus, ein paar Shorts und die dazu passenden Tops für Jennifer, ein hübscher Baumwollhänger; zwei bezaubernde Sommerkleidchen für Cindy.

Was hatte sie noch für sich gekauft? Was hatte sie so dringend gebraucht? Was hätte nicht bis zu einem anderen Tag, bis zu einer passenderen Zeit warten können? Sie zog ein blauweiß bedrucktes Baumwollkleid hervor. Es war sommerlich leicht, fröhlich in den Farben, doch sein Anblick erfüllte sie mit Ekel. Zusammen mit einem kessen, rotweiß gestreiften Badeanzug stopfte sie es zurück in die zerrissene Tragtasche.

Gail verstaute sämtliche Tüten und Päckchen in einer großen grünen Mülltüte und warf eine frühere Lieblingsbluse obenauf, die sie ärgerlich vom Bügel riß.

Als nächstes nahm sie sich Jennifers Zimmer vor, lüftete ihre Sachen aus und vertauschte die leichten Sommerkleider mit

Thermohosen und dicken Pullovern. Was hatte ihre Familie in den letzten Monaten eigentlich angezogen, fragte sie sich jetzt.

Sie hatte nicht darauf geachtet.

Vor Cindys Tür zögerte sie.

Seit dem letzten Apriltag hatte niemand mehr das Zimmer betreten. Nicht einmal die Einbrecher hatten sich hineingewagt. Gail stand vor der geschlossenen Tür und hielt den Atem an. Langsam streckte sie die Hand aus und legte sie auf die Klinke. Aber sie drückte sie nicht hinunter, sondern schluckte nur mühsam und sah sich um, als wolle sie sichergehen, daß niemand sie beobachte. Nach ein paar Minuten, in denen ihre Hand mit der Klinke zu verschmelzen schien, öffnete sie mit einem Ruck die Tür und trat einen Schritt zurück.

Gail erwartete beinahe, Cindy vor ihrem Bett knien und mit ihren Barbie-Puppen spielen zu sehen. Aber der Lieblingsplatz ihres Kindes war leer, und der Beutel mit den Barbies – bei ihrer letzten Zählung war Gail auf mindestens zehn gekommen –, die gewöhnlich überall im Zimmer verstreut lagen, lag schön ordentlich in einer Kiste. Der fliederfarbene Teppich war leer.

Gail ließ die grünen Mülltüten fallen, die sie die ganze Zeit über in der Linken gehalten hatte, und trat an das weiße Himmelbett. In Cindys Zimmer hatten von Anfang an diese beiden Farben dominiert: Weiß und Lila. Zuerst hatten auf weißgrundiger Tapete Zauberblumen geblüht, umgaukelt von Schmetterlingen und Vögeln. Vor zwei Jahren waren sie unter einer etwas dezenteren Tapete verschwunden, die Cindy selbst ausgesucht hatte; auf ebenfalls weißem Hintergrund prangten nun zarte, niedliche Veilchen. Der fliederfarbene Webteppich war noch derselbe. Die weiße Wiege war mit dem Himmelbett für ihre Prinzessin vertauscht worden.

Doch es gab keine Prinzessin mehr.

Gail schloß die Tür hinter sich.

»Mami, spielen wir Barbie?«

»Ach, Spätzchen, jetzt nicht.«

»Bitte. Nur ein Weilchen.«

»Na schön, aber wirklich nur zehn Minuten.«

»Is' gut. Setz dich.«

Gail hockte sich neben dem Bett auf den Fußboden und fuhr mit der Hand über den weichen Teppich. Er fühlt sich immer noch warm an, dachte sie.

»Du darfst Western-Barbie sein.«

»Und wer bist du?«

»Ich glaub', ich nehme Angel-Face-Barbie.«

Gail zog die Spielkiste zu sich heran. In diesem viereckigen Behälter bewahrte Cindy ihren Barbie-Schlafsack auf, wie sie ihn nannte. Darin schliefen alle Barbie-Puppen, wenn nicht mit ihnen gespielt wurde. Gail griff in den Beutel und zog die Püppchen eines nach dem anderen heraus.

Alle waren hübsch gekleidet und ordentlich gekämmt. Die erste trug den treffenden Namen »Meine erste Barbie«, denn sie war eigens für ungeschickte kleine Händchen gemacht und ließ sich am leichtesten von allen Barbies an- und ausziehen. Stimmt, dachte Gail, zupfte an dem gelben Hosenanzug und überlegte, wie viele Stunden sie wohl damit zugebracht hatte, die winzigen Kleidungsstücke über diese wohlgerundeten Hüften zu streifen. Als nächstes holte sie eine der beiden Western-Barbies hervor. (Jacks Mutter hatte eine gekauft, obwohl sie wußte, daß Cindy schon die gleiche besaß. Sie behauptete, das Geschäft habe nur diese eine Barbie gehabt, und Gail könne sie ja jederzeit umtauschen.) Aber Cindy liebte ihre zweite Western-Barbie ebenso wie die erste und wie alle anderen Püppchen, die Gail nun auf dem Teppich aufstellte. Der zweiten Western-Barbie fehlte ein Stiefel; Gail suchte den Beutel ab, bis sie ihn gefunden hatte, und streifte ihn über den kleinen Plastikfuß. Langsam wanderte ihr Blick von einem großen blauen Augenpaar zum nächsten. Sie lächelte, als sie Angel-Face-Barbie erkannte, deren makellose Wangen noch immer rot leuchteten von dem Make-up, das Cindy ihr aufgetragen hatte. Die Namen der anderen Puppen hatte Gail nie behalten, aber Cindy kannte sie alle auswendig. Für sie waren ihre Barbies ebenso unverwechselbar wie für eine Mutter ihre leiblichen Kinder. Die beiden Western-Barbies waren ihre eineiigen Zwillinge, und Cindy hatte nie Mühe, sie auseinanderzuhalten.

»Mach schon, spiel!«

»Na gut. ›Taaag, ich bin Western-Barbie!‹«

»Nein.«

»Nein?«

»Das spielen wir doch jetzt nicht! Du mußt sagen: ›Mein Kleid ist schöner als deins.‹«

»Ach so. ›Mein Kleid ist schöner als deins.‹«

»›Nein, ist es nicht.‹«

»›Doch, ist es wohl.‹«

»›Nein, ist es nicht.‹«

»›Doch‹ ... Cindy, wie lange soll das noch so weitergehen?«

»Mami, du hast's versprochen!«

»Ja, ja, ist schon gut. Also: ›Doch, ist es wohl.‹«

»›Du bist häßlich.‹«

»Das sagt man aber nicht.«

»Mami, ganz falsch!« Cindy zog ihren unwiderstehlichen Schmollmund. »Du mußt sagen: ›*Du* bist häßlich.‹«

»Das möchte ich aber nicht sagen.«

»Doch, das mußt du sagen.«

»Wer sagt das?«

»Ich.«

»Warum muß ich immer das sagen, was du willst? Warum darf ich nicht meine eigenen Sätze sagen?«

»Weil du nicht darfst, darum.«

»Cindy, wenn ich schon mit diesen dummen Barbies spiele, dann will ich wenigstens das sagen, was mir gefällt.«

Als Gail begriff, wie lächerlich sie sich in diesem Streit benahm, war es schon zu spät. Cindys Schmollmund verzog sich kläglich, und im nächsten Augenblick vergoß sie bittere Tränen.

»Meine Barbies sind nicht dumm.«

»Nein. Du hast ganz recht. Natürlich hast du recht. Sie sind nicht dumm.« Cindy lag inzwischen zusammengerollt im Schoß ihrer Mutter, und Gail bedeckte die Stirn ihres Kindes mit Küssen. »Ich bin dumm, ich ganz allein. Komm, laß uns weiterspielen.« Sie mußte eine ganze Weile auf Cindy einreden, ehe die Kleine sich dazu bewegen ließ, wieder an ihren Platz zu gehen.

»Also, was muß ich jetzt sagen?«

Gail betrachtete das Gesicht jeder einzelnen Puppe, ehe sie eine nach der anderen in den Sack zurücksteckte. Dann rappelte sie sich hoch und trat an den Schrank. Cindys Kleider hingen ordentlich in einer Reihe. Ein paar mußten länger, die neugekauften kürzer gemacht werden, und aus anderen war Cindy schlicht und einfach herausgewachsen. Sie wuchs so schnell. Zu schnell, hatte Gail oft gedacht. Ein Schauder lief ihr über den Rücken, als ihr das jetzt einfiel.

Gail schob die Sachen Stück für Stück beiseite und suchte nach dem purpurnen Samtkleidchen. Als sie die ganze Reihe durchgeschaut und sich überzeugt hatte, daß es nicht da war, glaubte sie sich zu erinnern, die Polizei habe es als Beweisstück behalten. Mit einem Ruck riß sie die Kleider von der Stange und stopfte sie in die grünen Mülltüten, die sie an der Tür abgestellt hatte. Binnen weniger Minuten waren der Schrank und die Kommodenschubladen ausgeräumt. Sie warf Steifftiere und andere Spielsachen auf die Kleider, sammelte Puzzles und Gesellschaftsspiele ein und legte sie samt dem Beutel mit den Barbie-Puppen obenauf. Dann band sie die Mülltüten zu und ließ sie stehen.

Sie lief in ihr Schlafzimmer, griff zum Telefon und wählte die Nummer der Heilsarmee. Sie habe Kinderkleidung und Spielzeug, stammelte sie. Die Dame am anderen Ende konnte sie kaum verstehen, weil sie weinte und die Worte halb verschluckte. Wann sie die Sachen abholen würden? Nein, nächste Woche sei zu spät... Ja, übermorgen passe ihr gut. Nein, es sei alles in Ordnung. Sie erwarte sie also übermorgen.

Gail saß auf dem Bett und bebte vor Zorn und Schmerz. Ihre Hände zitterten. Plötzlich überkam sie das unbändige Verlangen, mit jemandem zu sprechen; der Telefonhörer lag immer noch schwer in ihrer Hand. Sie rief Jacks Praxis an und erfuhr von der Sprechstundenhilfe, daß er immer noch operiere. Ob sie etwas ausrichten könne? Gail lehnte dankend ab. Sie wollte den Hörer schon auf die Gabel zurücklegen, doch ihre Finger wählten instinktiv eine andere Nummer. Das Freizeichen piepste in ihr Ohr. Sie saß da und wartete.

»Hallo?« meldete sich die vertraute Stimme.

»Nancy?« flüsterte sie.

»Wer spricht da?«

»Ich bin's... Gail.«

»Wer? Tut mir leid, aber ich kann Sie nicht verstehen. Sie müssen lauter reden.«

»Hier spricht Gail«, sagte sie, nachdem sie sich geräuspert hatte.

Einen Moment lang blieb es still. »Gail, du meine Güte, ich hab' deine Stimme nicht erkannt.«

»Ich hab' geweint.« Selbst durch die Leitung spürte Gail Nancys Unbehagen.

»Ach du armes Ding! Ich wünschte, ich könnte dir helfen. Dieses gräßliche Wetter ist schuld. Der Schnee, weißt du. Alle Welt hat Depressionen. Hast du gehört, Sally Field und Tom Selleck sind in der Stadt. Sie wollen bei uns einen Film drehen, und nun sieh dir an, was für 'n Wetter sie haben! Ich meine, kannst du dir vorstellen, was für ein Bild von New Jersey sie mit nach Kalifornien nehmen werden? Mir geht das jedesmal an die Nieren, wenn wir Prominente hier haben, und das Wetter spielt nicht mit.«

»Ich hab' Geburtstag«, unterbrach Gail Nancys Redeschwall. »Ich werde heute vierzig.«

»O Gott! Kein Wunder, daß du Depressionen hast, du armes Ding! Ich weiß noch genau, wie deprimiert ich an meinem Vierzigsten war. Den ganzen Tag bin ich im Bett geblieben. Weißt du, was du tun solltest?« Gail begriff, daß Nancy ihr nie die Chance geben würde, über das zu reden, was sie wirklich auf dem Herzen hatte. Nancy war oberflächlich und ichbezogen, aber dumm war sie nicht. Sie hatte bewußt eine Entscheidung darüber getroffen, welchen Problemen sie sich stellen wollte und welchen nicht. Gail und der wahre Grund für ihre Depressionen gehörten zu dem Problemkreis, dem sie sich nicht stellte. »Du solltest dir die Haare machen lassen. Bei mir wirkt das jedesmal Wunder. Ich hab' ein phantastisches neues Talent bei Tyler entdeckt. Malcolm heißt der Junge, ein wahrer Zauberkünstler! Ruf ihn doch einfach an. Sag ihm, du hast Geburtstag. Vielleicht kann er dich heute nachmittag irgendwo dazwischenschieben...«

»Ich bin beim Hausputz.« Gail hatte plötzlich nur noch den Wunsch, das Gespräch zu beenden.

»Was? Ist das dein Ernst? Gail, wann nimmst du endlich Vernunft an und besorgst dir eine Putzfrau? Soll ich dir eine empfehlen? Als Rosalina mal krank war und ich mir einfach nicht mehr zu helfen wußte, da hat mir jemand ein großartiges Mädchen besorgt. Warte, wie hieß sie doch gleich? Ach richtig, Daphne! Ihren Nachnamen weiß ich nicht, ist aber auch unwichtig. Sie war einfach fabelhaft! Ich hab' die Telefonnummer. Hast du was zum Schreiben?«

Gail zog die Schublade ihres Nachttischs auf, kramte Papier und Bleistift heraus und schrieb gehorsam die Nummer auf, die Nancy ihr diktierte.

»So, und jetzt rufst du sie gleich an. Hast du mich verstanden? Du solltest keinen Hausputz machen. Und schon gar nicht an deinem Geburtstag. Glaub mir, ich mein's doch nur gut mit dir. Geh zum Friseur und laß dir die Haare machen. Schon als wir uns das letzte Mal sahen, dachte ich, Gail braucht 'nen anständigen Haarschnitt. Und gönn dir 'ne Massage, du weißt doch, wie das entspannt. Gott, ich weiß nicht, in welchem Zustand meine Nerven wären, ohne meine wöchentliche Massage! Besonders, seit ich in letzter Zeit so viel mit dem Rücken zu tun habe. Hach, wie die Zeit vergeht! Jetzt muß ich aber wirklich los. Brauchst du sonst noch irgendwas?« fragte sie zaghaft.

»Nein, und hab vielen Dank.« Gail legte Papier und Bleistift zurück und machte die Schublade zu.

Als sie den Hörer wieder ans Ohr nahm, war die Leitung tot; sie preßte ihn an die Brust, bis ein aufdringlicher Piepston erklang und sie ermahnte, den Hörer aufzulegen. Erschrocken sprang sie auf und riß dabei den Apparat zu Boden. Sie beugte sich vorsichtig hinunter und legte den Hörer auf die Gabel. Das Piepsen verstummte.

Sie dachte daran, Laura anzurufen, unterließ es dann aber. Laura würde ihr sofort verzeihen und sich überdies vielmals für ihre eigenen verbalen Ausrutscher entschuldigen. Sie würde versuchen, Gail aufzuheitern und ihr dringend raten, ärztliche Hilfe in Anspruch zu nehmen. Aber Gail wollte keine ärztliche Hilfe. Und sie wollte auch keine Aufmunterung. Gail stieg die Treppe hinunter und verbrachte die nächsten Stunden damit, die Küchenschränke sauberzumachen.

Das Service, das Jack und sie bei ihrer Hochzeit angeschafft hatten, war noch fast komplett. In all den Jahren hatte sie nur einen Teller zerbrochen, und zwei Untertassen hatten in der Spülmaschine einen Sprung bekommen. Jetzt fiel ihr erst ein großer Teller aus der Hand und dann ein zweiter. Beide zerbrachen auf den harten Fliesen. Als Gail alle Schränke aus- und nach dem Säubern wieder eingeräumt hatte, lag die Hälfte des Geschirrs in Scherben im Abfalleimer unter der Spüle. Sie wußte nicht, ob sie lachen oder weinen sollte. Sie hatte dieses Lalique-Service immer gemocht, besonders das Sträußchen roter und gelber Blumen inmitten der weißen Teller mit grünem Rand. Sie hatte gelesen, daß dieses Modell ausgelaufen sei. Es würde schwer, wenn nicht unmöglich sein, die zerbrochenen Teile zu ersetzen. Cindy hatte dieses Geschirr geliebt und immer von seinen »lachenden Blumen« geschwärmt.

Gail kniete sich auf den Boden, sammelte die restlichen Scherben ein und betrachtete traurig die nun entwurzelten, verstreuten Blumen. Sie wußte, daß es große Mühe kosten würde, ihrer Familie diesen Vorfall zu erklären. Sie warf Stück für Stück in den Abfalleimer unter der Spüle. Als sie sich vorbeugte, um mit der Rechten eine halbmondförmige Scherbe aufzuheben, deren gelbe Blüte den Stiel verloren hatte, bohrte sich ein kleineres Porzellanstück in das Handgelenk ihrer Linken, mit der sie sich abgestützt hatte. Blut sickerte aus der Wunde, und Gail sah fasziniert zu, wie die Tropfen, roten Tränen gleich, in ihren Schoß fielen und auf ihren Jeans dunkle Flecken hinterließen. Aber der Schnitt war harmlos und das Blut bald gestillt.

Gail hielt den Porzellanhalbmond hoch, der einmal Teil eines Frühstückstellers gewesen war. Sie berührte damit ihr Handgelenk und mimte einen schnellen, scharfen Schnitt. Nein, das würde nicht gehen, dachte sie und fuhr sich mit der Scherbe der Länge nach über den Arm. Wenn man ins Krankenhaus wollte, schnitt man quer; wollte man sterben, schnitt man genau an der Vene entlang. Dann konnte niemand mehr die Blutung stillen. Sie drückte die Kante der Scherbe gegen ihren Arm, doch die war nicht scharf genug, um sich ernsthaft daran zu verletzen.

Was sie brauchte, war ein Messer. In der obersten Schublade verwahrte sie ein ganzes Sortiment. Sie erhob sich und warf auch diese letzte Scherbe in den Abfalleimer. Dann zog sie die oberste Schublade auf.

Die Messer lagen der Größe nach nebeneinander. Gail streckte die Hand nach einem aus, und ihre Finger umklammerten den Holzgriff. Sie nahm das Messer aus der Schublade, hielt es an ihren Arm und versuchte den Verlauf der Vene abzuschätzen. Es wäre schnell vorüber, dachte sie. Schon nach Minuten würde sie tot am Boden liegen, um sie herum eine Blutlache. Sie preßte die Klinge gegen ihre Haut.

Das Telefon klingelte.

Fast wie im Kino, dachte sie und hätte beinahe gelacht. Sie ließ es drei-, viermal klingeln, entschied aber dann, es sei ratsam, den Hörer abzunehmen. Wenn Jack anzurufen versuchte und sie sich nicht meldete, würde er womöglich Verdacht schöpfen, auf dem schnellsten Wege heimkommen und sie gerade noch rechtzeitig ins Krankenhaus bringen. Vielleicht war es aber auch Lieutenant Cole, der anrief, um ihr mitzuteilen, er habe den Schuldigen gefunden. Diesen letzten, bitteren Triumph durfte sie dem Mörder ihrer Tochter nicht gönnen.

»Grüß dich, mein Kind! Herzlichen Glückwunsch zum Geburtstag.« Es war die Stimme ihrer Mutter.

Gail lächelte. Ihre Mutter paßte auf sie auf, beschützte sie sogar, ohne es zu wissen. Sie hatte das bei ihrem eigenen Töchterchen nicht geschafft.

Gail hörte zu, wie ihre Mutter ihr versicherte, sie habe das Leben noch vor sich. Weder unterbrach sie den munteren Redeschwall, noch antwortete sie, daß der Rest ihres Lebens ein einziges Warten auf den Tod sei.

Nach dem Telefonat legte Gail das Messer in die Schublade zurück. Die Zeit dafür war noch nicht gekommen. Erst mußte sie ihre Aufgabe beenden und Cindys Mörder zur Strecke bringen. Eins nach dem anderen, beschloß sie.

26

Gail saß auf dem Bett in ihrem Zimmer in der Amelia Street 44, als es klopfte.

»Wer ist da?« Erschrocken fuhr sie auf. Sie hatte dieses Zimmer schon fast zwei Wochen, und doch geschah es zum erstenmal, daß jemand bei ihr anklopfte. »Wer ist da?« wiederholte sie, als es draußen still blieb. Wahrscheinlich die Hauswirtin, dachte sie und ging zur Tür. Sie versuchte sich zu erinnern, ob sie die Miete für heute schon bezahlt habe. Vorsichtig öffnete sie.

»Ich hab' gehört, Sie suchen mich.« Er drängte sich lässig an ihr vorbei ins Zimmer und machte die Tür hinter sich zu.

Gail antwortete nicht. Sein Anblick hatte ihr die Sprache verschlagen.

»Nick Rogers.« Er genoß sichtlich ihr Unbehagen. »Falls Ihnen der Name entfallen sein sollte.«

Er trug ein schwarzes T-Shirt und Bluejeans, die Uniform seiner Generation. Sein Haar war geschnitten worden, seit sie ihn zuletzt gesehen hatte. Ansonsten war er derselbe Junge, dem sie vor zwei Wochen bis zu diesem Haus gefolgt war und den wiederzusehen sie schon fast die Hoffnung aufgegeben hatte. Jetzt stand er vor ihr, blickte sie herausfordernd an und versuchte, sie zum Sprechen zu bringen.

Gail betrachtete sein glattes, faltenloses Gesicht. Er war höchstens zwanzig. Das Blau seiner Augen war so klar wie das Wasser in den Tropen. Die Nase war schmal und gerade, er hatte einen kleinen Mund, aber volle Lippen. Unter anderen Voraussetzungen und in einer anderen Umgebung hätte man ihn ohne weiteres hübsch nennen können. Gail war von ihrer eigenen Objektivität überrascht.

Ihr Blick glitt an seinem Körper hinunter. Er war ungefähr so groß wie Jack, etwa einen Meter fünfundsiebzig, und wog um die 63 Kilo, vielleicht auch weniger. Unter den engen, ausgewaschenen Jeans lugten seine schwarzen Lederstiefel hervor. Wie war das möglich, fragte sie sich, daß all diese Jungs, wie arm sie auch sein mochten, genug Geld für Lederstiefel hatten?

»Möchten Sie was zu rauchen?« Er zog eine selbstgedrehte Zigarette aus der Jackentasche und zündete sie an. Der schwere, süßliche Duft von Marihuana erfüllte das Zimmer. Gail schüttelte den Kopf. »Sie sollten's mal versuchen. Das würde Sie von Ihren Problemen ablenken.« Er lächelte. »Und Sie haben doch Probleme?« fügte er überflüssigerweise hinzu, ehe er ihr den Joint hinhielt.

Gail räusperte sich und versuchte, ihrer Stimme Herr zu

werden. Schließlich brachte sie ein kaum hörbares »Nein« heraus.

Wie oft schon hatte sie sich gewünscht, ihren Schmerz mit Alkohol oder Drogen betäuben zu können, dachte sie, während sie zusah, wie er inhalierte und den Rauch in der Lunge festhielt. Aber wenn sie abends mehr als ein Glas Wein trank, wurde sie nur müde und ein bißchen wacklig auf den Beinen. Scharfe Sachen dagegen schmeckten ihr nicht gut genug, um sich damit zu betrinken. Wahrscheinlich würde ihr davon bloß schlecht werden. Für Rauschgift hatte sie sich nie sonderlich interessiert. Auf dem College hatte sie einmal Hasch geraucht und später noch ein zweites Mal zusammen mit Mark. Danach war sie sicher, daß sie sich nichts daraus mache. Sie war lieber Herr der Lage, als die Kontrolle über sich zu verlieren. Kontrolle, dachte sie und starrte den Jungen an, was für ein Witz.

»Weshalb wollten Sie mich sprechen?« fragte er. Es klang fast liebenswürdig.

»Ich ...« Gail sah verlegen zu Boden. Was sollte sie jetzt bloß sagen?

»Irene erzählte mir, Sie hätten nach mir gefragt. Ich war 'ne Weile untergetaucht, hatte nämlich Zoff hier in der Gegend. Wie ich nun zurückkomme, sagt Irene zu mir, daß im ersten Stock 'ne Mieze wohnt, die nach mir sucht. Sogar meinen Namen haben Sie gewußt.«

»Ich dachte, Sie seien jemand, den ich kenne.« Gail war erstaunt darüber, wie klar und fest ihre Stimme klang.

»Ach wirklich?« fragte er neugierig. »Was dagegen, wenn ich mich setze?« Ohne ihre Antwort abzuwarten, ließ er sich mit dem Rücken zur Wand aufs Bett fallen und streckte die Beine aus. Fast genauso hatte Gail vorhin dagesessen, bis er an ihre Tür klopfte.

»Ich hab' Sie mal nachmittags auf der Straße gesehen. Sie kamen mir bekannt vor. Ich dachte, Sie seien der Sohn eines Freundes, der spurlos verschwunden war.« Die Lüge klang nicht sehr überzeugend. »Da bin ich Ihnen nachgegangen und hab' die Hauswirtin nach Ihnen gefragt. Aber sie hat behauptet, sie kenne Sie nicht.«

»Heißt der Sohn Ihres Freundes etwa Nick Rogers?« fragte er mit wohldosierter Ironie in der Stimme.

»Nein«, antwortete Gail rasch. »Natürlich nicht. Ich hab' zufällig gehört, wie Irene den Namen erwähnte, als von Ihnen die Rede war. Ich schloß daraus, daß Sie ihr einen falschen Namen angegeben hätten.«

»Und dann sind Sie hier eingezogen und haben darauf gewartet, daß ich wieder aufkreuze?« Gail nickte zögernd. »Ist das nicht 'n bißchen viel für 'n Freundschaftsdienst?« Er beugte sich vor, zog die Knie an und stützte die Arme darauf. Gail schwieg. Was auch immer sie jetzt sagte, würde der Junge ohnehin als Lüge durchschauen. »Es sei denn, man hat Sie für Ihre Schnüffelei bezahlt.«

»Bezahlt?«

»Als Privatdetektiv oder so was. Wie in ›Drei Engel für Charlie‹.« Er machte eine Pause. »Oder sind Sie von der Polizei?« Er zog ein letztes Mal an seinem Joint, warf ihn auf den Boden und nahm automatisch einen Fuß vom Bett, um die Kippe auszutreten.

»Ich bin weder von der Polizei noch arbeite ich für ein Detektivbüro«, sagte Gail.

»Aber Sie haben mir die Bullen auf den Hals geschickt, nicht?« Es war eher eine Feststellung als eine Frage. Er sah das Erstaunen in ihren Augen und stand vom Bett auf. »Sie *müssen* es gewesen sein. Sie haben die Bullen auf mich gehetzt.« Gail wich zur Tür zurück, aber der Junge kam unaufhaltsam näher. »Wer, zum Teufel, sind Sie, Lady? Was wollen Sie von mir?« Voll Verwunderung starrte Gail den Jungen an. Dann hatte die Polizei ihren Anruf also doch ernst genommen. Man hatte jemanden hergeschickt, um ihn zu verhören. Und dann hatten sie ihn laufenlassen. Warum?

»Ich bin ihre Mutter«, sagte sie leise.

»Ihre Mutter?« fragte er. »Was soll das heißen? Mutter? Wovon reden Sie eigentlich? Ich warne Sie, wenn Sie nicht bald mit der Sprache rausrücken, dann...«

»Cindy Waltons Mutter«, sagte Gail langsam. »Das kleine Mädchen, das Sie vergewaltigt und umgebracht haben.«

Nick Rogers verzog das Gesicht zu einem breiten, freundlichen Grinsen. Er schwieg ein paar Sekunden. »Das kleine Mädchen, das ich vergewaltigt und umgebracht habe«, wiederholte er schließlich. »Da müssen Sie mir schon 'n bißchen auf die Sprünge helfen. Es waren so viele...«

»Es war im letzten April.« Gail sprach ruhig, empfindungslos. »In Livingston. In einem kleinen Park nicht weit von der Riker-Hill-Schule. Sie war sechs Jahre alt. Ich bin ihre Mutter.«

»Das ist ja interessant.« Nick Rogers wiegte den Kopf hin und her. »Jetzt begreife ich endlich, was all diese Fragen zu bedeuten hatten, die sie mir auf dem Polizeirevier gestellt haben.« Er hielt inne. »Erzählen Sie weiter.«

»Ich weiß nicht, was Sie noch hören wollen.«

»Einzelheiten. Ich will Einzelheiten.«

»Sie kennen die Details.«

»Dann frischen Sie mein Gedächtnis auf.«

Gail blickte ihm in die Augen. »Meine Tochter war auf dem Heimweg von der Schule. Allein. Sie lauerten ihr im Park auf, hinter einem Gebüsch versteckt. Sie...« Gail stockte, beherrschte sich aber gleich wieder. »Sie zerrten das Kind hinter die Büsche und vergewaltigten es. Danach haben Sie meine Tochter umgebracht.« Gail spürte, wie ihr die Tränen über die Wangen liefen.

Der Junge grinste noch breiter. »Bin kein besonders netter Kerl, was?«

Gail sah den Spott in seinen Augen und stellte sich vor, wie diese Augen ihr Kind beobachteten, als die Kleine die Straße entlanghüpfte, stellte sich vor, wie er ins Gebüsch kroch und auf eine Chance zum Angriff wartete. Plötzlich warf sie sich auf den Jungen, ihre Nägel gruben sich in sein Fleisch, genau unter diesen unheimlichen Augen. Sie sah das Blut über seine Wangen laufen, wie ein rotgefärbtes Abbild ihrer Tränen.

»Du verrücktes Weibsstück!« Er packte ihre Arme und bog sie mit Gewalt nach hinten. Dann faßte er sie um die Taille, hob sie hoch und warf sie aufs Bett. Mit den Füßen bändigte er ihre strampelnden Beine, während seine Hände ihre Arme mit eisernem Griff umklammert hielten.

Gail war verblüfft über seine Kraft. Er war nur ein paar Zentimeter größer als sie und wog höchstens zehn Kilo mehr, und doch war es ihm mühelos gelungen, sie zu überwältigen und wehrlos zu machen. Was für ein leichtes Spiel mußte er erst mit ihrem Kind gehabt haben.

»Wie, zum Teufel, kommen Sie ausgerechnet auf mich?« schrie er. »Warum haben Sie mir die verdammten Bullen auf den Hals gehetzt? Glauben Sie vielleicht, das war ein Vergnügen? Meinen Sie, ich hätte nicht schon genug Schwierigkeiten? Ich *war* im Bau, Lady. Denken Sie etwa, ich wär' so scharf drauf, da wieder reinzukommen, daß ich so 'n Scheiß mache?«

»Sie haben mein Kind ermordet!«

»Ich hab' niemanden ermordet! Und wenn Sie alle Bullen des Landes auf mich hetzen oder hinter mir herlaufen, bis wir beide die Radieschen von unten begucken – diese Vergewaltigungsgeschichte werden Sie mir *nie* anhängen!«

»Sie haben aber doch gestanden.« Gail schluchzte. »Sie haben's zugegeben. Sie haben's getan, das haben Sie selbst gesagt.«

»Was reden Sie denn da für 'n Scheiß?« Er wurde zusehends wütender. Wie Schraubstöcke bohrten seine Hände ihre Gelenke in die Matratze.

»Vorhin, hier in diesem Zimmer. Sie haben so gut wie gestanden, daß...«

Gails Blick ließ den seinen nicht los. »Das war doch bloß 'n Trick.« Er lachte höhnisch. »Ich wollte Ihnen 'n bißchen Dampf machen, Ihnen zurückzahlen, was Sie mir angetan haben. Ich hab' nichts gestanden, gar nichts...«

Er ließ plötzlich von ihr ab, sprang auf den Boden und tastete mit fliegender Hast die Unterseite des Bettes ab. Seine Hände zerrten an den Laken. »Mir werden Sie diesen Scheiß nicht anhängen, mir nicht!« Er richtete sich auf und suchte die Wände ab. Dabei stieß er das Tischchen am Fußende des Bettes um. Er kniete nieder und tastete die Dielenbretter darunter ab.

»Was suchen Sie denn?«

Er war auf einmal furchtbar aufgeregt, trat von einem Fuß auf den anderen und konnte nicht einen Moment stillstehen. »*Das* hab' ich gesucht!« Er warf etwas nach ihr, das aussah wie ein Fingerhut. Das winzige Ding prallte an ihrer Wange ab und kullerte über den Fußboden.

»Was ist das?« Gail spürte, wie auch in ihr die Panik wuchs.

»Versuchen Sie mir bloß nicht die naive Unschuld vorzuspielen, Sie Flintenweib! Ich weiß genau, wie 'ne Wanze aussieht.«

»Eine ›Wanze‹? Was soll das? Wovon reden Sie?«

»Sie werden mir keinen gottverdammten Kindermord anhängen, Sie Miststück. Ist das klar?«

Gail sprang vom Bett auf und rannte zur Tür. Im nächsten Augenblick spürte sie seine Hände auf ihren Schultern. »Nein!« Sie hoffte, jemand würde ihren Schrei hören. Außer sich vor Angst tastete sie nach dem Türgriff und drückte ihn, so daß die Tür aufsprang.

Vor ihr stand der bullige Mann mit den dunklen, ungewaschenen Locken. Im ersten Augenblick dachte Gail, das sei das Ende. Sie hatte recht gehabt; er war ihr gefolgt. Er und Nick Rogers gehörten irgendwie zusammen.

»Polizei!« schrie sie, als der Mann mit den dunklen Locken nach ihrem Arm griff. Nick Rogers drängte sie beide brutal gegen den Türrahmen und rannte aus dem Zimmer. Sie hörte seine Schritte die Treppe hinunterstolpern. Der Dunkelhaarige führte sie zum Bett. »Polizei«, flüsterte sie und blickte ihn an, ehe sie auf die zerwühlte Decke niedersank. Und plötzlich, bevor er auch nur ein Wort gesprochen hatte, wußte sie, woher er kam: Er war von der Polizei.

»Wie lange haben Sie mich schon beobachten lassen?« fragte sie Lieutenant Cole knapp eine Stunde später. Sie saßen nebeneinander auf dem Bett in ihrem Zimmer in der Amelia Street 44.

»Seit Sie sich aufs Detektivspielen verlegt haben. Oh, ich bin Ihnen natürlich nicht gleich draufgekommen. Ich schöpfte Verdacht, weil ich Sie telefonisch nie erreichen konnte. Als ich Sie dann doch endlich mal erwischte, haben Ihre Ausflüchte mich noch mißtrauischer gemacht. Da beschloß ich, Ihnen nachzufahren, um rauszukriegen, wohin Sie tagtäglich verschwanden.«

»Warum haben Sie mich nicht aufgehalten?«

»Wir leben in einem freien Land. Ich kann Ihnen nicht verbieten, nach Newark zu fahren. Aber ich hielt es für ratsam, Ihnen einen Beschützer an die Fersen zu heften, deshalb schickte ich Peter hinter Ihnen her.«

»Haben Sie die Wanze in meinem Zimmer versteckt?«

»Ja, aber nicht nur hier, sondern in allen Zimmern, die Sie gemietet haben.«

»Was ist mit Nick Rogers?«

»Wir haben ihn gleich nach Ihrem Anruf überprüft.«

»Sie wußten, daß ich das war, am Telefon?«

»Nun, sagen wir, ich nahm es an.«

»Und?«

»Er behauptet, er habe keine Ahnung von dem Mord an Ihrer Tochter. Er will den ganzen April und Mai über in Kalifornien gewesen sein. Sein Alibi ist zwar noch nicht überprüft, aber wir haben auch nicht den geringsten Beweis dafür, daß er etwas mit dem Mord an Cindy zu tun hat. Wir haben uns 'nen Durchsuchungsbefehl besorgt und sein Zimmer auf den Kopf gestellt. Nichts. Seine Schuhgröße ist mindestens eine Nummer kleiner als die von dem Abdruck, der am Tatort gemacht wurde.«

»Aber er ist vorbestraft. Er war im Gefängnis, das hat er mir selbst gesagt.«

»Weil er mit fünfzehn in ein Lebensmittelgeschäft eingestiegen ist. Außerdem war's kein Gefängnis, sondern eine Besserungsanstalt. Er stand von Kind an auf seiten der Verlierer, Gail. Aber ich glaube nicht, daß er Ihre Tochter auf dem Gewissen hat.« Gail sackte zusammen, und der Kommissar legte den Arm um sie. Sie barg das Gesicht an seiner Schulter und spürte die Waffe unter seinem Jackett. »Gehn Sie nach Hause, Gail. Überlassen Sie die Polizeiarbeit uns, statt uns noch zusätzlich welche zu machen.«

»Bitte, sagen Sie Jack nichts davon«, flüsterte sie.

»Er weiß es schon.« Gail richtete sich auf und sah dem Kommissar forschend in die Augen. »Sobald ich erfuhr, was sich hier abspielte, hab' ich ihn angerufen. Ich hatte das Gefühl, das sei ich ihm schuldig. Er wartet zu Hause auf Sie. Ich bring' Sie heim.«

»Ich bin mit dem Wagen hier.« Ihre Stimme klang fremd, so als gehöre sie jemand anderem. Sie fühlte sich schwach und körperlos.

»Geben Sie mir die Schlüssel«, bat Lieutenant Cole. »Einer von meinen Leuten wird sich um Ihr Auto kümmern.«

Gail gehorchte. Sie händigte ihm die Schlüssel aus, stand auf und folgte dem Kommissar zur Tür.

Sie sah sich ein letztes Mal in dem trostlosen Zimmer um. Lieutenant Cole schien ihre Gedanken zu erraten. »Nehmen Sie Abschied, Gail«, sagte er.

27

Jack empfing sie an der Tür. Er schwieg, bis Lieutenant Coles Wagen abgefahren war und Gail die Haustür geschlossen hatte. Stumm beobachtete er sie, während sie ins Wohnzimmer ging, ohne den Mantel auszuziehen, aufs Sofa sank und blicklos vor sich hin starrte.

Gail hörte Jack hinter sich das Zimmer betreten, wußte, daß er nur ein paar Schritte entfernt von ihr stand, sie anschaute und darauf wartete, daß sie etwas sagte, ihm ihr Verhalten erklärte. Das war sie ihm schuldig, sie wußte es, doch sie fand nicht die richtigen Worte.

Es war vorbei, war alles, was sie denken konnte. Ihre Suche war zu Ende. Sie hatte ihre Tochter ein zweites Mal im Stich gelassen. Sie hatte noch ein Versprechen gebrochen.

»Gail...« Jacks Stimme versagte.

»Ein Polizist bringt meinen Wagen nach Hause«, sagte sie tonlos.

»Was kümmert mich das verdammte Auto!« fuhr er sie ungeduldig an, entschuldigte sich jedoch gleich darauf: »Verzeih mir, ich hatte mir fest vorgenommen, nicht die Nerven zu verlieren.«

»Du hast weiß Gott Anlaß, die Nerven zu verlieren.« Gail war erleichtert zu hören, daß es Vorsätze gab, die auch er nicht halten konnte.

»Aber damit erreicht man doch nichts«, sagte er müde und setzte sich neben sie. »Willst du mir nicht erzählen, was passiert ist?«

»Ich dachte, Lieutenant Cole hätte dich schon über alles informiert?«

»Er hat mir nur gesagt daß meine Frau in einer Pension in Newark sitzt und sich um ein Haar noch ein paar gebrochene Rippen eingehandelt hätte, daß er sie heimbringen wolle und es am besten fände, wenn ich hier auf sie warte.«

»Wo ist Jennifer?« fragte Gail abwesend.

»Ich hab' sie zu Julie und Mark geschickt.«

»Das war gut.«

»Sag mir jetzt endlich, was los ist, Gail«, drängte Jack.

Gail sah ihrem Mann in die Augen, sah den Schmerz, der sich tief in seine Züge eingegraben hatte, und wandte sich ab.

»Ich wollte es dir schon lange erzählen.«

»Und warum hast du's nicht getan?«

»Weil... weil ich Angst hatte, du würdest mir verbieten weiterzumachen.«

»Weitermachen, womit? Sag's mir, Gail. Ich bemüh' mich wirklich, dich zu verstehen.«

Und dann sprudelte die ganze Geschichte aus ihr heraus. Sie sah, wie Jacks Miene zuerst Neugier, dann Besorgnis und schließlich schieres Entsetzen spiegelte, während sie eine Episode nach der anderen vor ihm ausbreitete. »Ich wußte, daß ich es würde tun müssen, Jack. Ich wußte es vom ersten Tag an, als sie mir im Krankenhaus all diese Fragen wegen Eddie und Mark stellten. Ich wußte, daß weder Eddie noch Mark Cindy getötet haben konnte, und ich begriff schon damals, daß die Polizei den Mörder nicht finden würde. Aber ich beschloß, ihnen eine Chance zu geben, und das tat ich auch, Jack. Sechzig Tage habe ich ihnen gegeben. Aber natürlich haben sie den Täter nicht gefaßt, und nach den zwei Monaten war Cindy für sie nur noch eine Zahl in der Statistik. Denk nicht, daß ich ihnen das übelnehme. Für die Polizei ist unsere Tochter nur ein Fall, einer unter vielen. Sie ist nicht ihr Kind, und sie haben so viele andere Morde aufzuklären. Aber in der Zwischenzeit konnte sich der Täter in Sicherheit bringen, und irgend jemand mußte versuchen, ihn zu finden. Also begann ich mich über Triebtäter zu informieren und in der Zeitung die Polizeiberichte zu verfolgen. Ich versuchte festzustellen, wo in unserem Umkreis die meisten Verbrechen verübt werden, und dann fing ich an, mich in der betreffenden Gegend umzuschauen, vor allem in East Orange und Newark. Nachdem diese schrecklichen Morde auf dem Highway passiert waren, bin ich dort entlanggefahren, weil die Beschreibung des Verdächtigen auch auf Cindys Mörder gepaßt hätte. Ich dachte, ich könnte ihn vielleicht überführen, aber die Polizei hielt mich an und zwang mich umzukehren.«

Gail ignorierte die aufflackernde Angst in den Augen ihres

Mannes und fuhr mit ihrem Bericht fort, in der Hoffnung, Jack werde sie nicht unterbrechen. »Nachdem diese Mrs. MacInnes umgebracht worden war, mußte ich mehr tun, mich der Situation unmittelbar stellen. Ich fing an, in einer üblen Gegend Zimmer zu mieten, und verfolgte Männer, die mir verdächtig vorkamen. Ich machte gleich zu Beginn einen guten Fang, einen Jungen mit Bürstenschnitt und einem Stapel dreckiger Sexheftchen unter dem Bett.« Sie las die Frage in Jacks Augen. »Das mit den Heften weiß ich, weil ich sein Zimmer durchsucht habe. Ich hab' die Tür mit einer Kreditkarte aufgebrochen. Aber er muß davon Wind gekriegt haben, daß jemand in seinen Sachen geschnüffelt hat. Jedenfalls war er verschwunden, als ich am nächsten Morgen in die Pension zurückkam. Ich hab' ihn bis heute nicht wiedergefunden. Er *könnte* es also gewesen sein. Vielleicht war er es…« Ihre Stimme erstarb.

»Gail…«

»Jedenfalls habe ich weitergesucht. An einem Tag sprang mein Wagen nicht an«, erinnerte sie sich, »und deshalb bin ich getrampt. Ich dachte, vielleicht würde Cindys Mörder mich mitnehmen, aber natürlich kam es ganz anders. Ein Junge nahm mich ein Stück mit, ein wirklich netter Kerl, der sich um mich Sorgen machte, und dann dieser gräßliche Mann, der wollte, daß ich… Ach, ist ja egal, jedenfalls hat mich das auch nicht weitergebracht.«

»Gail…«

»An Halloween ging ich nachts im Park spazieren. Ich dachte, er würde sich vielleicht dort verstecken. Aber du weißt ja, was passierte. Vielleicht war er's wirklich. Doch das werden wir nie erfahren, denn ich konnte sein Gesicht nicht sehen.« Sie spürte Jacks wachsende Ungeduld; aus Angst, er könne sie unterbrechen, sprach sie hastig weiter; ihre Worte überstürzten sich. »Ich zog von einer Pension zur anderen. Nach einer Weile merkte ich, daß jemand mich verfolgte. Ich hielt ihn nicht für Cindys Mörder, denn die Beschreibung paßte nicht auf ihn. Aber dann sagte ich mir wieder, die Beschreibung müsse ja nicht unbedingt stimmen. Warum mochte er mir nachlaufen? Und dann sah ich *ihn*, diesen Jungen, auf den die Beschreibung genau paßte, Wort für Wort. Er trug sogar eine gelbe Windjacke. Ich nahm mir ein Zimmer in dem Haus, in dem er logierte. Ich hab' sogar die Polizei angerufen und ihn angezeigt, aber nichts geschah. Bis heute. Da stand er plötzlich vor meiner Tür, und ich fragte ihn, ob er Cindy getötet habe. Er sagte, er könne sich nicht erinnern, es seien so viele gewesen. Und ehe ich begriff, was ich tat, hatte ich mich schon auf ihn gestürzt. Wir kämpften miteinander, und dann warf er plötzlich etwas nach mir und behauptete, es sei eine Wanze. Er dachte, ich sei von der Polizei, und er schrie, es würde mir nie gelingen, ihm den Mord an Cindy anzuhängen. Ich versuchte zu fliehen, aber als ich die Tür aufmachte, stand der Mann draußen, der mich verfolgt hatte. Er war von der Polizei. Sie hatten in all meinen Zimmern Wanzen versteckt und mich belauscht. Der Kommissar sagte, er glaube nicht, daß dieser Nick Rogers der Mörder sei, weil seine Schuhgröße nicht zu dem Abdruck passe, den sie am Tatort gefunden haben...«

»Gail, hör auf...«

»Wir wissen nicht viel über Cindys Mörder, aber wir wissen doch einiges. Er ist jung, hat dunkelblondes Haar, ist schlank, mittelgroß und hat Schuhgröße 43.«

»Gail, hör endlich auf, um Gottes willen!« Jack konnte sich nicht länger zurückhalten. »Was, zum Teufel, erzählst du denn da?« Er sprang auf und lief im Zimmer hin und her.

»Daß ich versucht habe, Cindys Mörder zu finden!« rief sie. Konnte er das denn nicht begreifen!?

»Gail, hör mir mal zu. Ich möchte, daß du einen Psychiater aufsuchst.«

»Warum? Glaubst du, der kann mir sagen, wer Cindy umgebracht hat?«

»Ich schlage dir nicht vor, zum Psychiater zu gehen, ich bestehe darauf, Gail.«

»Ich brauche keinen Psychiater. Genau darum habe ich dir verschwiegen, was ich die ganze Zeit über getan habe. Ich brauche keinen Psychiater. Ich bin nicht verrückt!«

»Du meinst also nicht, daß nächtliche Autofahrten über einen Highway, auf dem ein Wahnsinniger seinen Opfern auflauert, oder die Verfolgung von Fremden und das Durchsuchen ihrer Zimmer – was noch? – ach ja, Trampen und mitternächtliche Spaziergänge im Park, bei denen man ausgeraubt wird...«

»Das hab' ich nicht gewollt!«

»Nein, da hast du verdammt recht!« schrie Jack sie an. »Ich glaube auch nicht, daß du vorhattest, dich bestehlen zu lassen. Ich denke, du wolltest dich umbringen lassen!«

»Was redest du da?«

»Merkst du denn gar nicht, was du sagst, Gail? Hast du nicht begriffen, was du mir erzählt hast? Du willst wissen, wovon *ich* rede? Ich spreche von einer Frau, die wiederholt ihr Leben aufs Spiel gesetzt hat, die von einem finsteren Loch zum nächsten zieht, sich einer Gefahr nach der anderen aussetzt und die nur darauf wartet, ja die es darauf *anlegt*, daß ihr etwas zustößt. Verdammt noch mal, Gail, du bist keinem Mörder auf der Spur. Du willst nichts weiter, als dich umbringen lassen!«

Gail lehnte sich zurück. Ihr war der Wind aus den Segeln genommen. Es wäre sinnlos gewesen zu widersprechen.

Jack hatte recht.

28

»Wie denken Sie über Ihren Besuch bei mir?«

»Was glauben denn Sie, wie ich darüber denke?«

Der Mann hinter dem wuchtigen Schreibtisch lächelte und kritzelte etwas auf den Notizblock, der vor ihm lag. »Sie bedienen sich meiner Taktik«, sagte er und wartete darauf, daß sie sein

Lächeln erwidere. Gail begegnete seinem Blick mit finsterer Entschlossenheit.

Dr. Manoff war jung. (Alle sind jung, dachte Gail, zumindest im Vergleich zu mir.) Ein Kranz schwarzer Haare umrahmte eine völlig kahle Schädelpartie, und er tat nichts, um diese Glatze zu kaschieren. Gail fand das sympathisch. Ihr gefiel auch, daß er weder einen weißen Kittel trug noch ein Jackett. Für jemanden seines Berufsstandes wirkte er überhaupt sehr salopp. Zum rosakarierten Hemd trug er eine marineblaue Krawatte, die ziemlich locker gebunden war. Das rosa Hemd sollte vielleicht dokumentieren, daß er sich in seiner Männlichkeit sicher fühle und mit seinem Image keinerlei Probleme habe. Sie war sich nicht sicher, was die blaue Krawatte bedeutete und warum sie nicht korrekt gebunden war. Versuchte er ihr zu suggerieren, er sei nichts weiter als ein Kumpel, mit dem man offen sprechen könne? Gail kam zu dem Schluß, es wäre ihr doch lieber gewesen, wenn er einen weißen Kittel getragen hätte. Dann wäre es nicht so schwierig, ihn einzuschätzen.

»Worüber denken Sie nach?« fragte er.

»Über meine Kindheit«, log sie.

»Ihre Kindheit?« Sein Interesse war geweckt.

»Meine Mutter war verrückt.«

»Möchten Sie mir von ihr erzählen?«

»Eigentlich nicht.«

»In welcher Beziehung war sie verrückt?«

Gail zuckte die Achseln. Das machte Spaß. Und es war so leicht. Kein Wunder, daß Geisteskranke es immer wieder schafften, lange vor ihrer Heilung entlassen zu werden.

»Erzählen Sie mir von Ihrer Mutter. In welcher Beziehung war sie verrückt?« wiederholte Dr. Manoff seine Frage.

»Es machte ihr Spaß, Mutter zu sein.«

»Und das finden Sie verrückt?«

»In der heutigen Zeit sieht man es so. Sie begriff nicht, daß ihre Kinder ihr die Nerven raubten, daß ihr Leben erfüllter gewesen wäre, wenn sie einen Beruf gehabt hätte, und sie konnte nicht einsehen, daß Kinder lästige Quälgeister sind, die einen bei jeder kreativen Beschäftigung stören.«

»Aber die meisten Frauen aus der Generation Ihrer Mutter blieben doch zu Hause bei ihren Kindern.« Gail konnte den Blick nicht von seinen Augen lösen. »Von wem sprechen Sie in Wirklichkeit, Gail?«

Es war also doch nicht so einfach, dachte sie und gab dem guten Doktor ein paar Pluspunkte. Sie würde es klüger anstellen müssen. Gail zwang sich, den Blick zu senken. Sie schaute in ihren Schoß.

»Wie alt sind Sie, Dr. Manoff?«

»Fünfunddreißig.«

»Ich bin vierzig.« Sie hielt inne. Beide warteten sie darauf, daß der andere weiterspräche. »Sie müßten jetzt eigentlich sagen: ›Wirklich? Sie sehen aber viel jünger aus.‹«

»Was für ein Gefühl ist das für Sie, vierzig zu sein?« fragte er statt dessen.

Gail hob die Schultern. »Alter hat für mich nie viel bedeutet.«

»Aber Sie haben das Thema angeschnitten.«

»Nur um etwas zu sagen. Ich soll Ihnen doch was erzählen, nicht?«

»Nur, wenn Sie möchten.«

»Nein, das möchte ich nicht. Ich möchte überhaupt nicht hier sitzen.«

»Warum sind Sie dann gekommen?«

»Weil mein Mann darauf bestand.«

»Sie sind also ihm zuliebe hier?«

»Nach dem, was in Newark passiert ist, hatte ich wohl kaum eine andere Wahl. Ich dachte, wenn ich einwillige und zu Ihnen komme, würde er mich für eine Weile in Ruhe lassen.«

»Möchten Sie denn in Ruhe gelassen werden?«

»Jawohl, genau das.«

Sie schwiegen beide.

»Wenn Sie sich dagegen sträuben, kann ich Ihnen nicht helfen«, sagte Dr. Manoff, als er merkte, daß sie entschlossen war, das Schweigen nicht zu brechen.

»Ich will nicht, daß Sie mir ›helfen‹.«

»Warum nicht?«

»Weil ich keine Hilfe möchte. Ich möchte sterben.«

Sie sah den Schatten, der über sein Gesicht huschte. »Ich habe zwei Söhne«, sagte er leise. »Der eine ist fünf, der andere noch nicht ganz drei Jahre alt. Manchmal habe ich Alpträume, in denen einem von meinen Jungen etwas zustößt. Ich kann mir nichts Schrecklicheres vorstellen. Und das geht, glaube ich, den meisten Eltern so.« Er schluckte, und Gail spürte, daß seine Rührung echt war und nicht gespielt. »Wir werden dazu erzogen, Verlust ertragen zu lernen. Freunde verlassen uns, Eltern sterben, ganze Völker werden ausgelöscht. Aber ich bin davon überzeugt, daß nichts auf der Welt einen Menschen auf den Verlust seines Kindes vorbereiten kann. Und wenn ein Kind so umkommt, wie Ihre Tochter... Ich kann das wahre Ausmaß Ihres Schmerzes nicht einmal erahnen. Ich will nicht versuchen, Sie zu täuschen. Ich kann mich zwar an Ihre Stelle versetzen, aber nur bis zu einem gewissen Grad. Ich glaube Ihnen, wenn Sie sagen, daß Sie sich den Tod wünschen. Ich denke, ich würde wahrscheinlich genauso empfinden.«

»Und wie wollen Sie mir dann helfen?« fragte Gail, dankbar für seine Aufrichtigkeit.

»Indem ich Ihnen zuhöre«, antwortete er schlicht.

Gail forschte in seinen Augen. »Was erwarten Sie von mir? Ich habe alle vorgeschriebenen Phasen durchgemacht. Ich war voller Haß, habe meinen Glauben verloren, habe versucht, mit Gott zu verhandeln. Ich habe so getan, als sei es gar nicht geschehen, und ich hab's, verdammt noch mal, sogar akzeptiert. Aber ich möchte immer noch sterben.« Sie stieß einen Seufzer aus, der zitternd im Raum schwebte. »Ich weiß Ihre Arbeit zu schätzen, Dr. Manoff. Ich finde es großartig, daß Sie bereit sind, Menschen zuzuhören, die sich aussprechen möchten, die das Bedürfnis haben, mit jemandem zu reden. Aber ich gehöre nicht dazu. Ich habe Ihnen nichts zu sagen.« Gail sah sich im Zimmer um. Sie suchte nach Worten, die ihr den Weg zum Ausgang ebnen würden. »In den letzten acht Monaten habe ich nur dann einen Funken Leben verspürt, wenn ich mich draußen herumtrieb und dem Tod in die Arme zu laufen suchte! Und wenn Sie bis in alle Ewigkeit hier sitzen bleiben und mir erzählen, daß mein Mann und meine Tochter mich lieben und brauchen, dann kann ich Ihnen nur antworten, daß ich das alles weiß und daß auch ich sie liebe, aber daß es mir nicht hilft. Es ändert nichts an meinem Entschluß. Ich hatte eine glückliche Natur, Dr. Manoff. Ich war eine von denen, die ein halbleeres Glas sehen und sagen, es sei halbvoll. Ich glaubte allen Ernstes, jeder neue Tag sei der strahlende Beginn meines weiteren Lebens.«

»Ich hatte mal einen Kopf voller Haare«, sagte Dr. Manoff sanft, und Gail fing an zu lachen. Dann brach sie plötzlich in Tränen aus, die sie jedoch mit einer ungeduldigen Handbewegung fortwischte. »Ich habe eine Freundin«, begann sie, nachdem sie sich die letzte Träne aus dem Augenwinkel getupft hatte. »Vor ein paar Jahren hat ihr Mann sie verlassen. Er ging mit seiner Maniküre durch. Und als er auszog, da sagte er zu meiner Freundin, meiner früheren Freundin... na ja, sie war eigentlich nie richtig meine Freundin, sondern eher eine Bekannte... Jedenfalls, als ihr Mann sie verließ, da begründete er es damit, daß er die täglichen Szenen und Kämpfe satt habe. Er wollte keinen Streit mehr.« Gail lächelte Dr. Manoff zu. »Und wissen Sie, was meine Freundin, diese Bekannte eben, wissen Sie, was die ihm geantwortet hat?« Dr. Manoff sah sie erwartungsvoll an. »Sie sagte: ›Du willst nicht mehr kämpfen? Dann leg dich hin und stirb.‹ Genau das hat sie gesagt. Und es war vermutlich die scharfsinnigste Bemerkung, die je über ihre Lippen kam«, stellte Gail mit wachsendem Erstaunen fest. »Ich hab' das nur bisher nie richtig verstanden.« Sie schüttelte den

Kopf. »Ich weiß gar nicht, warum ich Ihnen diese alte Geschichte erzählt habe.«

»Vielleicht, weil Sie auch nicht mehr kämpfen wollen.«

Gail strich sich die Haare aus der Stirn. »Ja, das wollte ich wohl damit sagen.« Sie atmete tief. »Ich bin müde, Dr. Manoff. Und ich möchte kein Rezept, das mir hilft, mich besser zu fühlen. Das Leben besteht aus zu vielen Kämpfen. Ich möchte tot sein.«

»Warum sind Sie's dann nicht?« fragte er.

Einen Moment lang war Gail durch seine Frage wie gelähmt. Dann begann ihr Herz rasend schnell zu klopfen. »Ich weiß es nicht«, antwortete sie schließlich. »Es reicht wohl nicht, sich etwas bloß zu wünschen.« Sie schüttelte den Kopf. »Wahrscheinlich fehlt mir einfach der Mut.« Sie erinnerte sich, daß sie vor Monaten ihrer Mutter gegenüber eine ähnliche Bemerkung gemacht hatte. »Und die Pistole«, fügte sie leise hinzu, als ihr einfiel, was sie damals noch gesagt hatte.

»Es gibt andere Möglichkeiten.« Gail begriff sehr wohl, daß er nicht vorhatte, sie über die verschiedenen Selbstmordpraktiken aufzuklären, sondern im Gegenteil versuchte, ihr das Geständnis abzuringen, daß sie sich trotz allem für das Leben entschieden habe.

»Ich sag's ja, mir fehlt der Mut«, wiederholte sie. »Außerdem hat Jack Ihnen gewiß schon gesagt, daß ich probiert habe, die Drecksarbeit jemand anderem aufzuhängen.«

»Das ist es ja grade! Als Sie im Park überfallen wurden, haben Sie sich gewehrt. Als Sie in der Pension angegriffen wurden, haben Sie nach der Polizei gerufen.«

»Ich hatte Angst. Es war keine Zeit nachzudenken. Ich habe aus reinem Reflex reagiert.«

»Sie haben sich instinktiv gewehrt.«

»Ja. Wunderbarer Schöpfungseinfall, dieser Instinkt, nicht?« meinte sie sarkastisch.

»Der Überlebenswille ist in jedem Menschen mächtig.«

Gail schwieg.

»Ich wollte nur sagen…«

»Lassen Sie, Doktor, ich weiß schon«, unterbrach sie ihn. »Sie versuchen mir einzureden, daß ein kleiner Teil von mir gar nicht sterben will. Denn sonst würde ich eine Überdosis Schlaftabletten nehmen oder mir die Pulsadern aufschneiden oder 'ne Portion Abflußreiniger schlucken oder was Leute, die ernsthaft zu sterben versuchen, sonst noch alles anstellen. Vielleicht haben Sie sogar recht. Ich weiß es nicht.« Sie senkte den Blick. »Es ist mir, offen gesagt, auch egal.«

Sie stand auf. Für sie war die Sitzung beendet.

»Und wenn die Polizei nun den Mann faßt, der Ihr Kind getötet hat?«

»Den werden sie nicht finden.«

»Nehmen wir trotzdem an, sie schnappen ihn, was dann?«

»Dann werden sie ihm eins auf die Finger geben und ihn ermahnen, es nicht wieder zu tun. Und dann lassen sie ihn laufen.«

»Sie haben sehr wenig Vertrauen in unser Rechtssystem«, konstatierte er, ohne ihr zu widersprechen.

»Dieser Mann hat schließlich auch Rechte.«

»Und wir übrigen? Was ist mit unseren Rechten?«

»Wissen Sie das noch nicht? Sie haben keinerlei Rechte, ehe Sie nicht jemanden umgebracht haben.«

Es schien, als gebe es danach nichts mehr zu sagen, und Gail verließ schweigend seine Praxis.

29

Gail hoffte, Weihnachten würde ohne großes Trara an ihr vorübergehen. Weihnachten ist was für Kinder, hatte sie abzuwehren versucht, aber Jack hatte darauf bestanden, daß sie einen Baum kauften, und Gail hatte weder die Kraft noch den Mut, mit ihm zu streiten.

»Willst du das nicht jetzt schon aufmachen?« Jack kam mit einer Riesenschachtel ins Schlafzimmer, wo Gail, schon im Nachthemd, auf der Bettkante saß und ihr Haar bürstete.

»Weihnachten ist doch erst morgen«, erinnerte sie ihn.

»Ach was, in vielen Familien wird schon vor dem Heiligabend beschert.« Er stellte die Schachtel auf ihren Schoß und sah sie erwartungsvoll an.

»Na schön.« Sie zog an der leuchtendroten Schleife, die sich fast wie von selbst löste, und hob den Deckel ab. »O Jack, das ist ja ein Traum.« Gail zog den glänzenden schwarzen Nerz aus der Verpackung und hielt ihn gegen das Licht.

»Ich dachte, du könntest einen neuen Mantel brauchen.« Jack lächelte schüchtern.

»Aber ich hab' für dich nicht annähernd so was...«

»Das habe ich auch nicht erwartet.«

»Ich kann ihn nicht annehmen. Er ist zu kostbar, ich verdiene es nicht, daß...«

»Ich liebe dich, Gail.« Er setzte sich zu ihr aufs Bett. »Probier ihn doch mal an.«

»Jetzt? Überm Nachthemd?«

»Ich fand schon immer, daß Flanell und Nerz gut zusammenpassen.« Er lachte, und Gail stimmte mit ein. Sie sprang auf und drapierte den weichen, dunklen Pelz um ihre Schultern.

»Wie sehe ich aus?« Sie drehte sich, immer noch lachend, von einer Seite zur anderen.

»Wunderschön«, rief Jennifer von der Tür her. »Darf ich reinkommen, oder ist das 'ne Privatparty?«

Gail streckte die Arme nach ihrer Tochter aus.

»Ich hab' auch was für dich.« Jennifer hielt ihr ein kleines, hübsch eingeschlagenes Päckchen entgegen.

»Möchtest du, daß ich's jetzt aufmache?«

Jennifer nickte.

»Also gut.« Gail setzte sich wieder aufs Bett, der schwarze

Nerz glitt von ihren Schultern und ergoß sich über die weiße Daunendecke.

Gail riß das Silberpapier auf, öffnete das kleine Etui, das darunter zum Vorschein kam, und zog ein zartes goldenes Kettchen heraus, an dem eine ausgesucht schöne Perle hing, eingefaßt von zwei winzigen Diamanten. Sprachlos wandte Gail sich ihrer Tochter zu. »Jennifer, das geht doch nicht«, stammelte sie endlich.

»Gefällt sie dir nicht?«

»Was? Aber wie könnte sie mir denn nicht gefallen? Sie ist zauberhaft. *Du* bist zauberhaft. Aber ich kann nicht zulassen, daß du all dein Geld für mich ausgibst. Diese Kette ist doch viel zu teuer...«

»Mach dir darum keine Sorgen«, unterbrach Jennifer sie. »Dad hat mir was zugeschossen.«

»Hat er das?« fragte Gail erstaunt. Soweit sie sich erinnern konnte, war Mark nur dann großzügig gewesen, wenn ihn sein Schuldgefühl plagte. »Ich wollte dir gern was Besonderes schenken, und Dad war einverstanden. Er fand auch, daß diese Kette wie für dich gemacht sei.« Jennifer sah Jack an. »Gefällt sie dir?«

»Ich finde sie wunderschön. Und ich bin sicher, daß sie am Hals deiner Mutter noch schöner aussehen wird. Komm, ich helf' dir.«

Er legte Gail das Kettchen um den Hals und ließ den Verschluß zuschnappen. Gail trat vor den Spiegel und betrachtete die Frau im weißen Flanellnachthemd mit dem funkelnden Geschmeide um den Hals. Als Jack ihr den Nerz um die Schultern legte, lächelte sie. Ihr Spiegelbild sah genauso unwirklich aus, wie sie sich fühlte. »Jetzt bin ich so fein rausgeputzt, fehlt nur noch die Einladung zum Ball«, scherzte Gail, als Jack und Jennifer sie umarmten.

»Frohe Weihnachten«, sagte Jack.

»Habt ihr beide Silvester was vor?« Ahnungslos brach Jennifer mit ihrer Frage den Zauber.

»Nicht daß ich wüßte«, antwortete Gail.

»Carol hat uns nach New York eingeladen«, sagte Jack gleichzeitig.

»Ach, wirklich?«

»Ich hab' gestern mit ihr telefoniert. Sie hat einen neuen Freund, den sie uns vorstellen möchte. Ich dachte, wir könnten gemeinsam zu Abend essen und im Plaza übernachten.«

»Und was wird mit Jennifer?«

»Mach dir um mich keine Sorgen. Eddie und ich gehen zu 'ner Party. Und schlafen kann ich bei Dad.«

»Ich weiß nicht.« Gail zögerte. »Vielleicht haben Mark und Julie selber was vor. Könnte doch sein, daß sie wegfahren...«

»Das tun sie bestimmt nicht«, warf Jennifer ein. »Julie hat sich in letzter Zeit nicht besonders wohl gefühlt.«

»Nein? Aber wenn sie krank ist, wird sie schon gar nicht wollen, daß...«

»Sie ist nicht krank. Sie ist schwanger.«

»Sie ist was?« fragte Gail, obwohl sie Jennifer sehr wohl verstanden hatte.

»Julie bekommt ein Baby.«

»Wann?« Gail tastete nach dem Kettchen an ihrem Hals. »Erst nächsten August. Sie hat grade das Testergebnis gekriegt.«

Gail ließ den Nerz von ihren Schultern gleiten. »Ich wußte gar nicht, daß sie Kinder wollten.«

»Wollten sie eigentlich auch nicht. Jedenfalls früher nicht.«

Gail nahm das Kettchen ab. »Tja, dann vergiß nicht, den beiden meinen Glückwunsch auszurichten. Und sag deinem Vater vielen Dank von mir... weil er dir mit der Kette geholfen hat. Das war sehr großzügig von ihm.«

»Er meinte, sie sei wie für dich gemacht«, wiederholte Jennifer.

»Fröhliche Weihnachten.«

»Na, wie gefällt er dir?« fragte Carol.

»Ich finde, er sieht Dad ähnlich«, sagte Gail. Die beiden Schwestern standen in der Küche von Carols winzigem Apartment. Der Hauptgang war beendet, das Geschirr abgetragen, und jetzt warteten sie darauf, daß der Kaffee durchlief. »Machst du Witze? Wie Dad?! Das kann doch nicht dein Ernst sein.«

»Ja, siehst du die Ähnlichkeit denn nicht?«

»Ich meine, er sieht 'n bißchen wie Jack Nicholson aus.«

»Jack Nicholson hat entfernte Ähnlichkeit mit Dad.«

»Ist mir nie aufgefallen.«

»Dad kann sich durchaus sehen lassen«, versicherte Gail ihrer jüngeren Schwester und kicherte vergnügt. Sie war fast den ganzen Abend guter Stimmung gewesen und hatte viel gelacht. Sie hatte sich wirklich amüsiert und sich nur ab und zu darüber gewundert, daß es ihr gelang, ihre Erinnerungen zu verdrängen.

»Weißt du, was du mir da erzählst? Jetzt ist die Verwandlung komplett. Ich klinge sowieso schon von Tag zu Tag mehr wie Mom. Kannst du dir vorstellen, daß ich sogar angefangen habe, genau wie sie dauernd die Möbel umzustellen? Und nun willst du mir einreden, daß mein neuer Freund aussieht wie mein Vater. Also das ist einfach zuviel!«

»Ach, nimm's nicht so schwer«, scherzte Gail. »Ist doch sowieso bloß für zwei Jahre.«

Einen Moment lang herrschte Schweigen. Die beiden Schwestern tauschten einen liebevollen Blick.

»Es scheint dir viel besser zu gehen«, sagte Carol schließlich.

»Wirklich?« fragte Gail. Der Gedanke beunruhigte sie, ohne daß sie hätte sagen können, warum.

Um Mitternacht erhoben sie ihre Gläser und stießen auf das neue Jahr an.

Als Jack sich zu ihr beugte und ihr einen Kuß geben wollte, stand Gail hastig auf und stellte ihr Glas weg.

»Was hast du denn?« fragte Jack.

»Ich denke, es wird Zeit, daß wir gehen.«

»Was?« rief Carol. »Der Abend fängt doch erst an. Fühlst du dich nicht wohl?«

»Ich möchte gehen«, wiederholte Gail, ohne eine Erklärung zu geben.

»Gail ist müde«, entschuldigte Jack sie. »Wir werden ins Hotel fahren und uns mal richtig ausschlafen.«

»Ich will aber nicht ins Hotel. Ich will nach Hause.«

»Heute nacht noch? Gail, ich bitte dich, wir können doch gleich morgen früh fahren.«

»Es *ist* schon morgen.«

»Aber was ist denn passiert?« fragte Carol verwirrt. Steve, ihr neuer Freund, saß stumm auf der Couch und beobachtete die Szene mit einer Mischung aus Neugier und Verlegenheit. »Vor ein paar Minuten haben wir doch noch miteinander gelacht und uns alle prächtig amüsiert!«

»Das ist es ja gerade!« Gail lief gequält im Zimmer auf und ab. »Ich habe kein Recht, mich zu amüsieren. Verstehst du das denn nicht? Vergessen, lachen, plötzlich wieder Freude am Leben haben, wenn auch nur ein wenig – das alles ist Verrat an Cindy! Wie darf ich mir erlauben, an irgend etwas Freude zu empfinden, wo doch meine sechsjährige Tochter ermordet wurde? Kannst du mir das sagen?!«

Die Frage blieb unbeantwortet im Raum stehen. Es gab keine Antwort darauf. Jack half Gail in den neuen Pelzmantel. Auf der langen Heimfahrt, die sie schweigend zurücklegten, stand die Frage immer noch zwischen ihnen.

Knapp eine Stunde später hielten sie vor der Einfahrt zum Haus Nummer 1042 am Tarlton Drive.

»Ist das nicht Eddies Wagen?« fragte Gail und deutete auf den blauen Trans Am, der am Straßenrand parkte.

»Vielleicht wollte Jennifer zu Hause vorbeifahren und ihre Sachen holen.«

»Warum ist dann drinnen alles dunkel?« Gails Unruhe wuchs.

»Gail, bitte, reg dich nicht auf. Vielleicht ist es gar nicht Eddies Wagen.«

»O doch!« sagte Gail sehr bestimmt. »Und ich will wissen, was hier vorgeht.«

Gail war ausgestiegen, ehe Jack sie zurückhalten konnte.

»Gail, so warte doch! Tu nichts, was dir nachher leid tun könnte. Bleib ruhig. Herrgott, wirst du wohl auf mich warten?«

Aber noch ehe Jack ausgestiegen war, stand Gail an der Haustür, und bevor er sie einholen konnte, schloß sie auf und betrat den Flur.

Sie saßen zusammen auf dem Sofa. Gail bemerkte sie nicht gleich, und die beiden konnten sie weder sehen noch hören, so sehr waren sie mit sich selbst beschäftigt. Gail lief durch die Diele, ohne Licht zu machen oder die Tür hinter sich zu schließen. Sie rannte unverzüglich ins Wohnzimmer, als sie das unterdrückte Stöhnen vernahm. Und dann sah sie die beiden.

Er hielt sie in den Armen, und trotz der Dunkelheit konnte Gail den entblößten Schenkel ihrer Tochter erkennen. Jennifer hatte die Arme um den Nacken des Jungen geschlungen. Beider Lippen waren aufeinandergepreßt, die ganze Szene wirkte wie eine Parodie auf Teenager-Leidenschaft.

Gail trat an den Ecktisch und knipste die Leselampe an. Sie fuhren auseinander. Jennifer faßte sich mit fliegender Hast an den Rock und zog ihn über die Knie hinunter. Eddie verschränkte die Hände im Schoß. Ihre erhitzten Gesichter waren rot und verquollen.

»Mom!« Jennifer sprang auf und strich ihren Rock glatt. »Was machst du denn hier?«

»Komisch, dasselbe wollte ich dich gerade fragen.« Gail blickte von ihrer Tochter zu Eddie, der seine Erektion mit den Händen zu verbergen suchte. »Frohes neues Jahr.« Ihre Stimme triefte vor Ironie.

»Mom, bitte... Wir haben nichts Unrechtes getan.« Jennifer begann zu weinen.

»Ich hab' genau gesehen, was ihr getan habt!«

»Es war meine Schuld, Mrs. Walton«, versuchte Eddie sie zu schützen. »Ich hab' Jennifer überredet, früher von der Party wegzugehen.«

»Hast du sie auch dazu überredet, mich zu belügen?« herrschte Gail ihn an.

»Ich hab' nicht gelogen! Wir *waren* auf der Party. Und ich wollte nachher zu Dad und Julie und dort übernachten«, verteidigte sich Jennifer.

»Du meinst, wenn ihr mit der Schlaferei hier fertig gewesen wärt.«

»Gail, gib acht, was du sagst«, warnte Jack von der Tür her.

»Wir haben nichts getan!« Schluchzend lief Jennifer zu ihrem Stiefvater. »Wir sind nicht zu weit gegangen, das schwöre ich!«

»Ich glaube, es ist besser, wenn du jetzt gehst«, sagte Gail zu dem Jungen, der wie ein Häuflein Elend dahockte.

»Nein!« widersprach Jennifer.

»Laß nur«, sagte Eddie. »Deine Mutter hat recht. Ich ruf' dich morgen früh an.« Er stand auf und ging hinaus.

»Das halte ich für keine gute Idee«, rief Gail ihm mit schneidender Stimme nach. »Ich möchte nicht, daß du meine Tochter morgen anrufst. Oder übermorgen. Ich möchte, daß du sie überhaupt nicht mehr anrufst.«

»Mom! Was redest du da?«

Gail stürzte sich mit unglaublicher Heftigkeit auf ihre Tochter. »Wie konntest du nur? Hast du's etwa schon vergessen? Kannst du dich nicht mal bis zum April zurückerinnern? Muß ich dein Gedächtnis auffrischen?«

»Mom, bitte hör auf.«

»Du hattest eine kleine Schwester. Erinnerst du dich?«

»Gail, hör sofort auf!«

»Mrs. Walton«, bat Eddie, »bitte tun Sie das nicht.«

»Du wagst es noch, hier den Mund aufzumachen?« Gail wandte sich wieder ihrer Tochter zu. »Sie hieß Cindy und war erst sechs Jahre alt. Sie wurde von einem Kerl vergewaltigt und erwürgt, der sie vorher genauso abtatschte, wie du dich von dem da hast begrapschen lassen.«

»Mrs. Walton...«

»Wer weiß?« Gail fiel ein, daß Eddie der Polizei noch immer kein Alibi hatte liefern können. »Vielleicht ist's ein und derselbe.« Sie bedauerte ihre letzten Worte, kaum daß sie ausgesprochen waren. Sie sah die Qual in Eddies Gesicht, las das Entsetzen in den Augen ihrer Tochter, den Kummer in Jacks Haltung und wußte, daß sie zu weit gegangen war. Was hatte sie angerichtet? Natürlich wußte sie, daß Eddie nichts mit Cindys Ermordung zu tun hatte. Sie hatte ihn nicht eine Sekunde lang verdächtigt. Ihr Blick wanderte von den gespenstisch verzerrten Zügen des Jungen hinunter zu seinen zitternden Händen.

»Fahr nach Hause, Eddie«, hörte sie Jack leise sagen. Gleich darauf schlug die Haustür zu.

Die drei Menschen im Zimmer waren zu erschöpft, um sich zu rühren. Wir stehen da wie leblose Statuen, dachte Gail und suchte den Blick ihrer Tochter.

»Jetzt haßt du mich«, sagte sie voller Scham über ihren Wutausbruch.

»Nein«, antwortete Jennifer. »Ich könnte dich nie hassen.«

»Ich wollte das nicht sagen. Ich war einfach nicht ich selbst. Als ich dich so mit Eddie sah, da hab' ich die Nerven verloren.«

»Ich weiß. Ich kann's verstehen.«

Gail sah ihrer Tochter forschend in die Augen. »Ist das wahr? Verstehst du's wirklich?«

Jennifer nickte. »Wenn's dir recht ist, möchte ich jetzt gern zu Bett gehen.«

»Natürlich.«

»Ich ruf' Dad vom Schlafzimmer aus an und sag' ihm, daß ich heute nacht nicht mehr komme.«

Gail nickte. »Ich liebe dich«, flüsterte sie, aber Jennifer war bereits aus dem Zimmer gegangen.

30

Am nächsten Tag kam Jennifer erst gegen Mittag herunter. Gail war nicht erstaunt darüber; vermutlich hatte Jennifer in der letzten Nacht nicht viel geschlafen, genausowenig wie sie und Jack.

Gail hatte Jennifer nachts mehrmals ins Bad gehen, einen Schluck Wasser trinken und wieder in ihr Zimmer zurückkehren hören. Sie hatte erwogen, ihrer Tochter nachzugehen und noch einmal alles zu erklären. Aber sie wußte, das hatte keinen Sinn. Sie hatte überreagiert, daran gab es nichts zu deuteln. Es war nichts weiter als eine harmlose Teenager-Knutscherei gewesen. Das versuchte sie sich wieder und wieder einzureden, bis sie schließlich in einen unruhigen Schlaf fiel.

Jack war morgens sehr früh aufgestanden und hatte das Haus verlassen mit der Begründung, er brauche unbedingt frische Luft, um wieder einen klaren Kopf zu bekommen. Die Szene, die Gail heraufbeschworen hatte, war ihm sehr nahegegangen, auch wenn er kein Wort darüber verlor, wohl weil er einsah, daß es nichts mehr zu sagen gab. Als Gail geduscht hatte und in die Küche hinunterkam, war er noch nicht zurück.

Sie setzte sich mit der letzten Sonntagsausgabe der »Times« an den Tisch und las einen Artikel über eine Frau, die man wegen Mißachtung des Gerichts mit einer Haftstrafe belegt hatte, weil sie sich – aus Angst um ihr Leben – geweigert hatte, gegen zwei Männer auszusagen, die beschuldigt wurden, sie vergewaltigt zu haben. Die beiden Männer waren wieder auf freiem Fuß. In einem anderen Bericht war von einem überführten Mörder die Rede, der zwar zu lebenslänglich verurteilt worden war, nun aber nach sieben Jahren Gefängnis auf Bewährung freigelassen werden sollte. Allerdings wurde sein Straferlaß rückgängig gemacht, als sich in der Bevölkerung empörter Protest regte. Doch das Appellationsgericht legte Wert auf die Feststellung, daß die Entrüstung der Öffentlichkeit nicht bewirken könne, einem Menschen Straferlaß zu verweigern, und so bestand nach wie vor die Chance, daß der Mörder freikommen würde. Dem Pressesprecher der Haftanstalt zufolge besaß dieser Mann, der einen Jugendlichen umgebracht, ferner drei Frauen vergewaltigt und fast ein Dutzend weiterer Kapitalverbrechen begangen hatte, eine »unter dem Durchschnitt« liegende Neigung zu Gewalttätigkeit. Gail war noch in ihre Lektüre vertieft, als Jennifer kurz vor Mittag herunterkam. Rasch legte sie die Zeitung weg und stand auf, um ihre Tochter zu begrüßen.

»Was möchtest du zum Frühstück?« fragte sie und bemerkte, daß Jennifer geweint hatte. Ihre Augen waren rot, die Lider geschwollen, auf ihren Wangen brannten hektische Flecken. Jennifer wich dem Blick ihrer Mutter aus. Sie starrte auf ihre Hände und kratzte mit dem Finger an der Tischplatte. »Ich hab' keinen Hunger«, sagte sie.

»Möchtest du was trinken? Einen Orangensaft?«

Jennifer schloß die Augen und atmete tief durch. »Na gut«, sagte sie schließlich.

Gail ging zum Kühlschrank und goß ihrer Tochter ein großes Glas Orangensaft ein. »Konntest du letzte Nacht nicht schlafen?« Jennifer schüttelte den Kopf, nahm das Glas, das ihre Mutter ihr reichte, und setzte es an die Lippen. Doch sie trank nicht. »Ich dachte, du seist vielleicht doch noch eingeschlafen«, fuhr Gail fort. Sie verspürte eine diffuse Angst.

Jennifer schüttelte wieder den Kopf. »Ich hab' fast den ganzen Morgen telefoniert.«

»Oh.« Gail war völlig überrascht. »Ich hab' dich gar nicht gehört.«

»Ich hab' mit Eddie gesprochen.« Jennifer setzte das Glas ab, ohne auch nur einen Schluck getrunken zu haben.

»Wie geht's ihm?« fragte Gail ehrlich besorgt. »Ich werde ihn nachher anrufen und um Entschuldigung bitten.«

»Ich glaube nicht, daß er das möchte.«

»Aber das ist doch das mindeste, was ich tun kann.«

»Bitte, Mom, mach's nicht noch schlimmer, als es sowieso schon ist.«

»Na schön, wenn du's nicht möchtest, werde ich ihn nicht anrufen. Du kannst ihm ja von mir bestellen, wie leid es mir tut, daß ich gestern abend so häßlich zu ihm war.«

Jennifer sah ihre Mutter an. »Ich werde nicht mehr mit ihm sprechen«, sagte sie langsam. Tränen traten ihr in die Augen. »Er meint, es sei besser, wenn wir uns eine Weile nicht träfen.« Ihre Stimme klang verzweifelt, so als könne sie es nicht fassen.

»O Spätzchen, es tut mir ja so leid für dich...«

»Es tut dir leid? Wie kannst du das sagen? Jetzt hast du doch erreicht, was du wolltest, oder etwa nicht? Du wolltest doch, daß wir Schluß machen. Monatelang hast du mich bekniet. Tja, nun hast du's endlich geschafft. Du hast dein Ziel erreicht, also wage ja nicht, mir vorzumachen, es täte dir leid. Denn das stimmt nicht. Du freust dich drüber!«

»Nein, mein Liebes, ganz bestimmt nicht. Bitte, laß mich zu ihm gehen. Ich bin sicher, wenn ich mit ihm rede und ihm alles erkläre...«

»Nein«, sagte Jennifer entschieden. »Ich will nicht, daß du hingehst. Er hat gesagt, er sei die ganze Nacht auf gewesen, weil er schreckliche Magenkrämpfe hatte. Er habe alles mit seinen Eltern besprochen, und sie hielten es so für das Beste.« Eine Weile schwiegen beide, dann fuhr Jennifer fort: »Da ist noch was, worüber ich mit dir reden muß.«

»Was denn?«

»Gleich nachdem ich mit Eddie gesprochen hatte, hab' ich Dad angerufen.«

»Und?« Gail war zumute, als werde sich jeden Moment die Erde vor ihr auftun.

Jennifer holte tief Luft und platzte dann mit ihrem Geständnis heraus: »Ich möchte zu ihm ziehen.« Gail spürte, wie ihr schwindlig wurde, und sie griff haltsuchend nach der Stuhllehne. »Dad sagt, wenn ich es wirklich will, dann sind er und Julie einverstanden. Platz haben sie, und ihnen ist's recht. Julie könnte sowieso ein bißchen Hilfe brauchen, und wenn erst das Baby da ist, kann ich mich wirklich nützlich machen.«

»Wovon sprichst du?« fragte Gail.

»Ich ziehe zu Julie und Dad«, wiederholte Jennifer.

»Aber warum? Bloß weil ein Junge sagt, daß er sich nicht mehr mit dir treffen will?«

»Nein, nicht nur deswegen. Es spielen 'ne Menge Dinge mit, nicht bloß das mit Eddie oder der Krach gestern abend.«

»So was wird nicht wieder vorkommen, Spätzlein, ich verspreche es dir.«

»Mom, du verstehst mich nicht. Es ist nicht nur wegen gestern nacht. Sicher, das gehört dazu, es war sozusagen der Auslöser, aber früher oder später wär's sowieso passiert. Mom, ich komm' mir vor wie im Gefängnis. Ich kann hier nicht atmen. Ich brauche ein bißchen Platz für mich.«

»Ich werde dir Platz geben, bestimmt.«

»Du kannst es nicht, Mom. Du schaffst es nicht.«

Gail ließ sich auf den Stuhl fallen. »Wann willst du ausziehen?« Ihre Stimme brach.

»Dad wird gleich hier sein.« Wie schnell sich alles entwickelt, dachte Gail bestürzt. »Gepackt hab' ich schon«, erklärte Jennifer.

»Du hast wirklich keine Zeit verloren«, sagte Gail und setzte hastig hinzu: »Entschuldige den Sarkasmus, ich hab's nicht so gemeint.«

»Ist schon gut.« Jennifer nahm das Glas vom Tisch und stürzte den Orangensaft in einem Zug hinunter.

Als Mark zwanzig Minuten später kam, um Jennifer abzuholen, empfing Jack ihn im Wohnzimmer.

»Tag, Jack«, hörte Gail ihren Exmann sagen. Falls ihm die Situation peinlich war, merkte man das zumindest seiner Stimme nicht an. Welche Ironie, dachte Gail. Jetzt würde Mark zwei Kinder bekommen, während sie keines mehr hatte.

»Jennifer schaut nur noch mal nach, ob sie nichts vergessen hat«, sagte Jack, als Gail ins Zimmer trat. »Ich fürchte, ich verstehe nicht ganz, was hier vorgeht«, fuhr er fort. »Ich bin erst vor zehn Minuten zurückgekommen. Gail sagte mir, Jennifer möchte für eine Weile bei dir und Julie wohnen?«

»Es war nicht meine Idee«, sagte Mark mehr zu Gail als zu ihrem Mann.

»Von dir geht doch nie die Initiative aus«, erwiderte Gail.

Mark überhörte die spitze Bemerkung. »Ich bin sicher, wenn sie sich wieder beruhigt hat, wird sie zurückkommen.«

Gail antwortete nicht, denn Jennifer stand in der Tür. »Na, alles klar?« fragte Mark offenbar erleichtert über ihr Erscheinen.

Jennifer nickte. Mark nahm ihre Koffer und wandte sich zum Gehen.

»Du kannst es dir jederzeit anders überlegen«, sagte Gail zu ihrer Tochter.

»Ich weiß.«

Gail ging auf sie zu und zog sie fest an ihre Brust. »Auf Wiedersehen, mein Kleines.«

»Wiedersehen, Mom.«

Ein paar Minuten später standen Gail und Jack sich allein in dem großen, stillen Zimmer gegenüber. Jack machte nicht den Versuch, ein Gespräch zu beginnen; das war auch gar nicht nötig. Die Sprache seiner Augen war nur allzu beredt. Bald wird uns nichts mehr bleiben, sagten sie klar und deutlich.

Wir müssen eine Lösung finden.

31

Seine Lösung hieß Ferien in Florida.

Sie hörte ihn am Telefon kurzfristige Entscheidungen treffen. Er buchte zwei Flüge. In drei Tagen sollten sie abreisen. Er stellte eine Liste mit Tierärzten zusammen, die bereit waren, in Notfällen für ihn einzuspringen. Er rief Lieutenant Cole an, teilte ihm mit, daß sie zwei Wochen verreisen würden, und gab ihm die Nummer, unter der er sie erreichen konnte. Er vereinbarte mit Dr. Manoff einen Termin für Gail, unmittelbar nach ihrer Rückkehr. Er teilte Gails Eltern ihre genaue Ankunftszeit mit. Sie hatten Jack und Gail schon vor einiger Zeit eingeladen, nach Florida zu kommen. Sie selbst wollten nach New York, um Carol und deren neuen Freund zu besuchen. Sie würden ein paar Tage mit Gail und Jack verbringen und den beiden dann ihre Wohnung überlassen. Vielleicht sei das ihre letzte Chance, im Eden Rock zu wohnen, hatte Gails Mutter ihrem Schwiegersohn verraten. Sie und ihr Mann trügen sich nämlich mit dem Gedanken, weiter unten am Strand eine andere Wohnung zu nehmen.

»Wir fliegen nach Miami«, sagte Jack.

»Nach Miami? Wieso das?«

»Es war der einzige Flug, den ich kriegen konnte. Wir werden einen Wagen mieten und nach Palm Beach fahren. Haben wir doch schon mal gemacht«, erinnerte er sie. »Ist ja nicht mehr als eine gute Stunde mit dem Wagen.«

»Und die Strecke ist hübsch.«

»Du hast deine Eltern länger nicht gesehen. Es wird bestimmt schön für dich, wieder mal mit ihnen zusammenzusein.«

Gail nickte. »Und du bist gewiß urlaubsreif.«

»Du hast recht. Ich glaube, es wird uns beiden guttun, mal richtig auszuspannen.«

Es trat eine Pause ein, und Gail suchte fieberhaft nach Worten, um sie zu überbrücken. Alles war erträglich, solange die harmlose Plauderei im Fluß blieb.

»Wie's scheint, ist der Winter dieses Jahr phantastisch da unten. In der Zeitung steht, es habe seit November nicht mehr geregnet. Die Einheimischen beklagen sich natürlich bitter wegen der Ernte, na, du weißt ja, was sie immer für'n Aufhebens machen mit der Dürre. Aber die Touristen sind anscheinend im siebenten Himmel.«

»Hört sich verlockend an«, sagte Jack, aber seine Stimme klang sorgenvoll. Von Vorfreude war ihm nichts anzumerken.

Gail war sich schmerzlich bewußt, daß dies ihre erste Reise nach Florida ohne Cindy werden würde. Sie sah sich mit dem Kind am Strand entlanggehen, hörte sich ihre Tochter ermahnen, nur ja nicht auf die Dinger zu treten, die wie blaue Blasen aussahen. »Sie heißen portugiesische Galeeren, und sie stechen ganz fürchterlich«, hatte sie gesagt und Cindy fest an der Hand gehalten, wenn sie nahe ans Wasser kamen. Sie erinnerte sich, wie sie Cindy zum Muschelnsammeln mitgenommen hatte, als das Kind gerade ein Jahr alt war. Es war an jenem Morgen sehr windig gewesen. Sie hatte Cindy auf den Arm genommen und über den schlüpfrigen Sand getragen, in dem sie mehrmals bis zu den Knöcheln versank. Schließlich mußte sie sich geschlagen geben. Das Gewicht des Kindes und der Sturm zwangen sie zur Umkehr. Auf dem Rückweg blies ihr der Wind direkt ins Gesicht. Jack wartete in den Dünen mit seiner Kamera auf sie. Er hatte eine Aufnahme von Mutter und Tochter gemacht, als sie mit eng aneinandergeschmiegten Gesichtern auf ihn zukamen; ihr Haar flatterte um sie her, als gehöre es zu einem einzigen Kopf. Gail hatte geglaubt, dieser Schnappschuß sei verschwendetes Filmmaterial, aber als das Bild entwickelt war, fanden sie es so reizend, daß sie es vergrößern und rahmen ließen. Es hing bei ihrer Mutter im Wohnzimmer. Es wartete im Eden Rock auf sie.

»Wir brauchen dringend ein bißchen Sonne«, sagte Jack, und Gail spürte, daß er sich ebenso zu überzeugen versuchte wie sie.

Gail schaute vom Schlafzimmerfenster aus hinaus zu dem grauverhangenen Himmel. Ob ein Winter streng oder mild war, schien weniger ausschlaggebend als das ewig düstere Firmament, unter dem die Menschen zu leiden hatten.

Am Tag vor dem Abflug kündigte Jacks neue Sprechstundenhilfe. Er hatte sie gerade erst einen Monat lang angelernt, und nun eröffnete sie ihm ohne jede Vorwarnung, daß sie nicht weiter für ihn arbeiten werde. Als er darauf bestand, den Grund für ihre Kündigung zu erfahren, gab sie an, sie habe eine unüberwindliche Angst vor Schlangen. Er versicherte ihr, die Boa constrictor, die man ihm gestern morgen gebracht habe, sei seit zehn Jahren die erste Schlange, die er behandelte. In seiner Praxis habe er hauptsächlich mit Hunden und Katzen zu tun, und ab und zu noch mit Papageien und Wellensittichen, die für Abwechslung sorgten. Sie wandte ein, sie fürchte, eine Katze könne sie kratzen und infizieren, oder sie bekäme womöglich die Papageienkrankheit. Sie habe schreckliche Angst vor AIDS, fuhr sie fort, und Jack hatte sie in hilflosem Zorn angesehen und sich geschlagen gegeben. Sie ließ sich nicht einmal dazu überreden, wenigstens noch die zwei Wochen zu bleiben, in denen Jack auf Urlaub war. Buchstäblich in letzter Minute war Jack gezwungen, eine Aushilfskraft einzustellen und ihr Überstundengeld dafür zu zahlen, daß sie noch am selben Abend in die Praxis kam und sich von ihm einweisen ließ, damit er am nächsten Morgen abreisen konnte.

»Wir können den Flug stornieren«, schlug Gail vor, als Jack um Mitternacht heimkam und sich ans Kofferpacken machte. Die Maschine ging um acht Uhr früh.

»Wir würden aber keinen anderen Flug kriegen. Ich hab' mich erkundigt. Außerdem hab' ich dem neuen Mädchen vier Stunden lang alles erklärt. Ich glaube, sie wird zurechtkommen.« Er ließ sich aufs Bett fallen. »Warum bricht eigentlich immer ausgerechnet dann das Chaos aus, wenn man mal weg will?«

»Ich dachte, AIDS kriegen nur Homosexuelle?« fragte Gail mit echtem Interesse.

»Wovon redest du?« Jack setzte sich auf und starrte sie an, als habe sie völlig den Verstand verloren.

»Du hast gesagt, einer der Gründe für Mandys Kündigung sei ihre Angst vor AIDS gewesen. Aber ich dachte immer, AIDS sei eine Homosexuellenkrankheit.«

»Keiner weiß genau, was es ist. Sicher scheint nur, daß es durchs Blut übertragen wird. Wie Hepatitis. Ich nehme an, sie fürchtete, ein AIDS-Kranker, der sich in den Finger geschnitten hat, könnte ihr seine verletzte Katze reichen, und dabei würde sein Finger die Wunde berühren, auf die auch sie ganz zufällig die Hand legte. Dann würde beider Blut sich vermischen, ihr gesamtes Immunsystem zusammenbrechen und sie ein AIDS-Opfer werden.« Er lächelte bei dem Gedanken. »Ich glaube, ich habe grade die Ängste meiner Sprechstundenhilfe auf einen Nenner gebracht.«

»Das klingt, als seist du heilfroh, sie los zu sein.«

»In zwei Wochen hätte es mir besser in den Kram gepaßt.«

»In zwei Wochen würde Cindy ihren siebten Geburtstag feiern.« Gail sah, wie er zusammenzuckte.

»Ich weiß.«

»Sie wäre sieben Jahre alt geworden«, sagte Gail leise vor sich hin und setzte sich ans Fußende des Bettes.

32

Jack nahm die Küstenstraße von Miami nach Palm Beach. Auf dieser Strecke dauerte die Fahrt zwar eine gute halbe Stunde länger, aber die malerische Landschaft entschädigte reichlich für die Verzögerung. Die Sonne schien, und am Himmel war kein Wölkchen zu sehen. Aus dem Radio erklangen die neuesten Country-Melodien, zuerst ein Lied über verbotene Liebe in einer tristen, verfallenen Absteige, dann eins über die Gefahren des

Alkohols. Als nächstes kam der Wetterbericht: Für die kommenden fünf Tage war ununterbrochen Sonnenschein angesagt. Weit und breit kein Tief. Es folgten die Nachrichten zur vollen Stunde. Eine traurige Meldung aus Miami, verkündete der Sprecher bedauernd. Eine vierköpfige Familie konnte nur noch tot aus einem brennenden Wagen geborgen werden: Die Polizei hatte den Mann, seine Frau und ihre beiden Söhne im Alter von zwei und vier Jahren mit gefesselten Händen in dem Wrack gefunden. Gegenwärtig war noch unklar, ob man die Familie bereits tot oder lebendig in den brennenden Wagen geschafft hatte.

Jack drehte am Radio.

»Was machst du denn da?« Gails Hand hielt die seine fest.

»Ich such 'n bißchen Musik.«

»Ich möchte das aber zu Ende hören.«

»Warum, um Himmels willen? Es ist doch grauenvoll.«

»Ich halte es für wichtig, über diese Dinge Bescheid zu wissen.«

»Worüber denn nur? Etwa darüber, daß auf dieser Erde eine Menge kranker Menschen herumlaufen? Ich dachte, einer der Gründe für diese Reise sei unser Wunsch, genau das zu vergessen.« Er schüttelte Gails Hand ab und suchte einen anderen Kanal.

Sie hörten das Ende eines Liedes über unerwiderte Liebe, und dann meldete sich auch hier ein Nachrichtensprecher. Eine vierköpfige Familie, begann er, doch Jack brachte ihn mit einem ärgerlichen Knopfdruck zum Schweigen.

»Es ist überall«, sagte Gail leise und schloß die Augen vor dem satten Grün des wohlgepflegten Rasens und der ordentlich gestutzten Bäume, hinter denen gelb und pinkfarben die Vorstadthäuser hervorblitzten. Die Bilderbuchwelt von Palm Beach, dachte sie und erinnerte sich, daß es selbst in Märchen von bösen Hexen und häßlichen Ungeheuern wimmelte.

»Wir sind da«, sagte Jack, als sie die Augen öffnete und sich verwundert umblickte. »Du bist eingeschlafen.« Sie schaute aus dem Seitenfenster auf das sechsstöckige weiße Gebäude, das dekorativ von Palmen umrahmt war. »Willkommen im Eden Rock«, rief er und sprang aus dem Wagen. »Die Luft riecht wunderbar!« Das sagte er immer. Jedesmal, wenn sie nach Florida kamen, jedesmal, wenn sie vor dem Haus hielten, in dem ihre Eltern eine Eigentumswohnung besaßen, jedesmal, wenn er den Fuß auf den Boden setzte und an dem luxuriösen Gebäude emporblickte, sagte er denselben Satz: »Die Luft riecht wunderbar.« Gail lächelte vor sich hin, als sie ausstieg.

Der Portier empfing sie am Eingang und verständigte über die Sprechanlage Gails Eltern, die im vierten Stock wohnten, mit Blick aufs Meer. Dann sprach Jack mit ihrem Vater, während Gail sich in der Halle umsah. Nichts hatte sich verändert.

Das war so schön an Florida, dachte Gail, daß sich nie etwas veränderte. Es kam ihr vor wie eine von diesen Kitschserien im Fernsehen, wo man ein, vielleicht sogar zwei Jahre überspringen konnte, und wenn man sich dann wieder einschaltete, war es, als habe man keine Folge verpaßt.

Sandfarbene Marmorfliesen bedeckten den Fußboden in der Halle des Eden Rock. Teppich und Sitzgruppe waren im gleichen Ton gehalten, nur aufgelockert durch die weinroten Tupfen auf den Sofas. Sehr geschmackvoll. Nichts, woran man auch nur die geringste Kritik hätte üben können. Aber wie in den meisten Nobelherbergen hier unten, so fanden auch im Eden Rock die Bewohner mehr als genug, woran sie Anstoß nehmen konnten, was sie denn auch nach Kräften taten.

Vor allem gegen Kinder schienen sie eine Menge Vorbehalte zu haben. Da die Mehrzahl der Bewohner im Pensionsalter waren und sich nur noch um die eigenen Wehwehchen zu kümmern hatten, entwickelten sie skurrile Schrullen und spielten selbst die kleinsten Unannehmlichkeiten zum Drama hoch. Sie verabscheuten Krach und laute Musik, womit sich zwangsläufig eine starke Aversion gegen Teenager verband. Sie haßten unerwartetes Kreischen wie überhaupt alles Unerwartete, und da kleine

Kinder sich nur selten nach den geordneten Spielregeln der Erwachsenen verhalten, machten Kinder sie nervös. Sie hatten eine Heidenangst davor, daß ein Kind etwas Unschickliches im Swimming-pool zurücklassen könne, und untersuchten das Wasser ständig nach Verunreinigungen. Gail hatte einige ältere Herren darauf aufmerksam gemacht, daß sie von alten Blasen doch wohl mehr zu befürchten hätten als von jungen, eine Bemerkung, die sich in Windeseile in der Anlage verbreitete und Gails Mutter an ihrem nächsten Bridge-Nachmittag in arge Verlegenheit brachte.

Jedesmal, wenn Gail mit ihrer Familie zu Besuch kam, fanden sie neue Bestimmungen vor.

Als Gails Eltern hier einzogen, war das Eden Rock brandneu, und es gab noch keinerlei Vorschriften. Doch schon im nächsten Jahr waren überall Verbotstafeln aufgestellt: Essen und Trinken am Swimming-pool untersagt; Rennen und ins Becken Springen nicht erlaubt; der Pool ist kein Spielplatz; Kindern unter vier Jahren ist das Schwimmen verboten; Luftmatratzen im Wasser nicht gestattet; Duschen vor Benutzung des Pools Pflicht; nach Strandspaziergängen Füße reinigen; die Liegestühle am Pool dürfen nicht reserviert werden. Als Gail sich durch den Schilderwald gearbeitet hatte, meinte sie lakonisch: »Warum stellen sie nicht einfach *ein* Schild hin mit der Aufschrift: ›Jedes Vergnügen am Pool streng verboten‹?« Auch dieser Kommentar verbreitete sich wie ein Lauffeuer in der Wohnanlage.

In dem Jahr, als die Eigentümergemeinschaft im Freien einen Whirl-pool anlegen ließ, hatte Gail Cindy ein paar Minuten lang mit hineingenommen. Bei ihrem nächsten Besuch wies ein Schild am Whirl-pool darauf hin, daß Kinder unter dreizehn nicht darin baden dürften.

Gail fragte sich, welche neuen Vorschriften sie diesmal erwarteten, doch dann fiel ihr ein, daß sie ohne ihre Kinder davon vermutlich unbehelligt bleiben würde. Nicht, daß die Bewohner des Eden Rock kinderfeindlich gewesen wären – die meisten von ihnen hatten selbst Enkel –, aber sie schätzten eine gewisse Distanz zu Kindern. Was ihnen eigentlich gegen den Strich ging, das waren die Unbequemlichkeiten, die Kinder mit sich bringen. Darin unterscheiden diese Alten sich nicht sonderlich vom Rest der Menschheit, dachte Gail.

Auf einmal stand ihr Vater an ihrer Seite. »Mein Liebling, schön, daß du da bist!« Er drückte sie an sich. Gail erwiderte seine Umarmung. Sie freute sich wirklich, ihn wiederzusehen, sogar mehr, als sie erwartet hatte.

»Kommt rauf«, sagte ihr Vater und nahm Jack einen Koffer ab. »Deine Mutter erwartet euch oben. Sie hat die Wohnung ein wenig hergerichtet, 'n paar Möbel umgestellt. Na, ihr werdet ja sehen.«

Sie betraten den Aufzug und drückten auf den Knopf für den vierten Stock. »Was ist denn das?« Gail deutete auf einen Kanister an der Wand.

»Sauerstoff«, sagte ihr Vater.

»Sauerstoff? Aber wozu?«

»Na, du weißt doch, wie viele alte Menschen hier wohnen. Manche haben Angst, sie könnten im Aufzug einen Herzanfall bekommen oder nicht genug Sauerstoff kriegen. Also haben sie 'ne Reserve reingehängt. Übrigens einer der Gründe dafür, daß deine Mutter umziehen möchte. Sie sagt das Haus verwandle sich in ein Asyl für Tattergreise.«

Die Fahrstuhltüren öffneten sich, und sie gingen über den Teppichboden auf die Wohnung am Ende des Gangs zu. Die Tür stand offen, drinnen waren auch die Balkontüren weit geöffnet, und es sah aus, als ergieße sich das Meer direkt ins Wohnzimmer, ein Effekt, den die leuchtendblauen Keramikfliesen auf dem Fußboden noch verstärkten.

»Gail!« Ihre Mutter kam mit ausgebreiteten Armen auf sie zu. Gail zog sie fest an sich. »Laß dich anschauen.« Lila Harrington trat einen Schritt zurück. »Geht's dir gut? Du siehst aus, als hättest du noch mehr abgenommen.«

»Das glaub' ich nicht. Jedenfalls esse ich tüchtig. Manchmal kommt's mir vor, als sei das überhaupt alles, was ich tue.«

»So? Na, ich finde, du kannst ruhig noch was zulegen. Ich hab' für heute abend bei Capriccio einen Tisch bestellt.«

»Hört sich verlockend an.« Gail hoffte, ihre Stimme klinge halbwegs begeistert. »Was hast du denn mit der Wohnung gemacht? Hier hat sich ja alles verändert!«

»Ich hab' bloß die Möbel 'n bißchen umgestellt, das Sofa an die Wand gerückt und den Fernseher ins Schlafzimmer geschoben.«

»Und das hat sie nur gemacht, um mich zu ärgern«, warf ihr Vater ein. »Ich hasse es, im Bett fernzusehen.«

»Sei nicht albern, ich hab' ihn da rein gestellt, weil ein Fernseher im Wohnzimmer kein schöner Anblick ist.«

»Vier Jahre lang war an dem Anblick nichts auszusetzen.«

Gails Mutter wehrte weitere Einwände mit einer ungeduldigen Handbewegung ab.

»Und du hast die Sessel neu bezogen«, stellte Gail fest.

»Gefällt's dir?«

Ehe sie antworten konnte, ergriff ihr Vater wieder das Wort: »Wir hatten früher so ein schönes Muster, ein herrliches Grün mit weißen Blumen...«

»Aber es paßte nicht zu den Fliesen, und außerdem war ich die Blumen leid. Diese blauweißen Streifen wirken vornehmer.«

»Zu was brauchen wir vornehme Sessel?« fragte ihr Vater giftig. »Ich jedenfalls muß keinem Bridge-Club imponieren.«

»Ich wollte gar nicht den Damen vom Bridge-Club imponieren. Ich dachte nur, es würde so hübscher aussehen. Wie findest du's, Gail?«

»Mir gefällt's«, sagte sie aufrichtig.

Ihre Mutter wandte sich Jack zu. »Jack, guten Tag, mein Junge.« Sie umarmte ihn.

»Grüß dich, Lila«, sagte er herzlich. »Mir gefallen deine neue Polster auch.«

»Ihr habt eben alle keinen Geschmack«, brummelte Dave.

»Sieht aus, als hätten wir einen strahlenden Tag vor uns.« Lila versuchte das Thema zu wechseln.

»Es sieht nach Regen aus«, widersprach Dave automatisch.

»Ach was, es hat seit Monaten nicht mehr geregnet. Möchtet ihr euch mal anschauen, was ich aus eurem Zimmer gemacht habe?« fragte Lila.

»Es ist das reinste Chaos«, sagte Gails Vater. »Sie hat alles durcheinandergebracht.«

»Wo ist das Bild?« fragte Gail, als sie ihrer Mutter folgte.

Sie wandten sich um und blickten auf die Stelle, wo das vergrößerte Foto gehangen hatte, auf dem Gail und Cindy gegen den Wind ankämpften.

»Ich hab's weggetan«, sagte ihre Mutter leise. »Ich konnte es nicht mehr ertragen, jeden Tag das Bild anzuschauen und...«

»Damit fing's an«, warf ihr Vater ein. »Als sie das Bild abgehängt hatte, da fing's an sie zu jucken, und sie stellte die ganze Wohnung auf den Kopf. Und als sie endlich alles umgekrempelt hatte, kam sie auf die Idee, wir sollten hier ausziehen.«

»Es ist einfach an der Zeit für einen Tapetenwechsel.« Lila führte Gail und Jack ins Gästezimmer.

»Du meinst also, es ist Zeit?« rief Dave hinter seiner Frau her. »Ja, Zeit, daß du dich auf deinen Geisteszustand untersuchen läßt.«

»O Dave, jetzt sei endlich still!«

Was war nur mit ihren Eltern los? überlegte Gail, während sie vorgab, die Möbel im Gästezimmer zu bewundern. Früher hatten sie fast nie gestritten. Sie erinnerte sich nicht, daß ihr Vater je die Stimme erhoben hatte, außer zum Singen. Jetzt schien schon ein Blick oder ein belangloses Wort zwischen ihnen zum Zankapfel zu werden. Aber warum?

»Was ist los mit Dad?« fragte Gail ihre Mutter, sobald ihr Vater aus dem Zimmer gegangen war.

»Er hat sich verändert«, sagte sie widerwillig, so als wolle sie es nicht wahrhaben.

»Wie meinst du das?«

Gails Mutter zuckte die Achseln. Sie konnte die Tränen nicht mehr zurückhalten. »Er hat das Malen aufgegeben. Er singt auch nicht mehr, nicht mal unter der Dusche. Er sagt, es gibt nichts mehr, worüber man singen könne. Er ist dauernd gereizt. Ich kann ihm nichts recht machen. An allem, was ich sage, hat er was auszusetzen. Er hat sich eben – verändert.« Sie blickte von Gail zu Jack und dann wieder auf ihre Tochter. »Jetzt packt erst mal aus und erholt euch ein bißchen«, sagte sie liebenswürdig. Sie hatte ihre Selbstbeherrschung wiedergefunden. »Nachher können wir schwimmen gehen oder am Strand einen Spaziergang machen, wenn ihr Lust habt.« Sie wandte sich zum Gehen, zögerte aber noch einen Moment an der Tür. »Du bist mir nicht böse, oder? Ich meine, wegen des Bildes.« Sie schaute zu Boden. »Weißt du, ich konnte es einfach nicht mehr ertragen, es noch länger anzuschauen.«

»Schon gut.« Gail setzte sich auf die Bettkante. »Ich kann dich verstehen.« Ihre Mutter lächelte traurig, mit zitternden Lippen. Sie nickte vor sich hin und ging hinaus.

»Mir kommt das Zimmer gar nicht verändert vor«, sagte Jack, sobald sie allein waren.

»Das Bett stand früher auf der anderen Seite. Und die Vorhänge sind neu.«

Er hörte gar nicht richtig zu. »Kommst du mit zum Schwimmen?« fragte er abwesend.

Gail schüttelte den Kopf. Sie legte sich aufs Bett. »Nein, ich versuche ein bißchen zu schlafen.«

»Du vergeudest einen herrlichen Nachmittag.«

Sie hörte noch, wie er seinen Koffer aufmachte und sich umzog, dann nickte sie ein. Seine Stimme holte sie an die Schwelle des Bewußtseins zurück. »Willst du wirklich nicht mitkommen?«

Bevor er sie noch einmal fragen konnte, war sie fest eingeschlafen.

Sie brauchten fünfunddreißig Minuten bis zu dem Restaurant. Es war eigentlich nicht sonderlich weit, aber die Leute in Palm Beach schienen ungern schneller als dreißig Stundenkilometer zu fahren. (»Warum wundert dich das?« hatte ihre Schwester Carol einmal scherzhaft gefragt. »Die Leute hier sind halb blind, und die Hupe hören sie auch nicht mehr. Außerdem haben sie's nicht eilig.«)

»Wie geht's Carol?« fragte sie aus ihren Gedanken heraus.

»Sie klang letztens am Telefon ein bißchen deprimiert.«

»Und warum?« Gail hoffte, ihre Schwester habe sich nicht mit ihrem neuen Freund überworfen.

»Sie haben ihr wieder mal eine Rolle nicht gegeben, um die sie sich beworben hatte. Und ich glaube, sie hat ein bißchen Manschetten vor unserem Besuch.«

»Was? Aber Mutter, bildest du dir das nicht bloß ein?«

»Nein, nein. Ich hab' den Eindruck, sie hat Angst, daß wir mit diesem Stephen nicht zurechtkommen könnten, mit dem sie zusammenlebt. Ihr habt ihn doch kennengelernt, nicht, Gail?«

Gail bejahte.

»Wie ist er denn?«

»Ich fand ihn sehr nett. Er sieht Jack Nicholson ähnlich.«

»Ich dachte immer, dein Vater habe Ähnlichkeit mit Jack Nicholson«, sagte ihre Mutter.

»Du bist ja verrückt, Lila«, brummte Dave Harrington. Danach schwiegen sie alle, bis der Wagen vor dem Restaurant hielt.

Das Capriccio war überfüllt, und trotz der Vorbestellung mußten sie eine halbe Stunde auf ihren Tisch warten. Als sie Platz genommen hatten, sah Gail sich verstohlen in dem farbenprächtigen Raum um und beobachtete die anderen Gäste. Die meisten waren vornehm gekleidet und tadellos frisiert. Gail schätzte das Durchschnittsalter auf fünfundsechzig.

Das Essen ließ auf sich warten, und Gail hielt sich am Wein schadlos. Als endlich serviert wurde, hatte sie keinen rechten Appetit mehr. Sie aß wenig, trank aber zügig weiter. Ihre Mutter fragte laut, ob es nicht besser sei, sie höre auf. Aber ihr Vater sagte, seine Tochter dürfe gelegentlich ruhig einen kleinen Schwips haben, und schenkte ihr nach. Gail zuckte die Schultern und nahm einen Schluck. Sie fühlte sich ein wenig benommen, und der Raum begann sich um sie zu drehen.

»Du hast genug getrunken«, sagte Jack ruhig.

»Gibt's hier auch nur einen Gast unter Achtzig?« Gail kicherte laut.

»Keinen außer uns vieren«, antwortete ihr Vater ebenso laut.

Gail dachte an die Sauerstoffflasche im Aufzug des Eden Rock. »Sie klammern sich weiß Gott dran«, bemerkte sie, während sie an Jacks Arm schwankend zum Parkplatz stolperte.

»Woran?« fragte Jack, als er ihr auf den Rücksitz half.

»Das Leben«, murmelte sie und lehnte den Kopf an seine Schulter.

Ehe sie die Augen schloß, fiel ihr Blick auf einen Aufkleber am hinteren Kotflügel des Autos neben ihnen: »Mit Gott, Kanonen und Schneid«, stand da zu lesen, »siegt Amerika jederzeit.«

33

Der Wetterbericht hatte nicht zuviel versprochen. Der Himmel leuchtete so blau wie im Reiseprospekt. Die Temperatur sank selbst nachts selten unter fünfundzwanzig Grad, und das Wasser war einladend warm. So weit das Auge reichte, sah man überall Surfer.

Gail lag in ihrem Liegestuhl am Swimming-pool (ein seltsam geformtes Gebilde, das als Quadrat begann, dann nach rechts ausschweifte und in ein großzügiges Orthogon mündete). Sie beobachtete die Sonnenanbeter ringsum. Ihr Vater lag neben ihr, die Augen geschlossen, den unvermeidlichen Walkman im Ohr. Er rührte sich fast den ganzen Tag nicht. Kurz nach acht Uhr morgens legte er sich zurecht und blieb in dieser Stellung bis Punkt zwölf. Dann richtete er sich so plötzlich auf, als folge er einem automatischen Weckruf, und ging zum Mittagessen ins Haus. Um eins war er wieder auf Posten am Swimming-pool und lag unbeweglich da, bis die Sonne aus seiner Ecke verschwand. Dann rollte er sein Handtuch zusammen und ging hinauf in die Wohnung. Er sprach nur selten, und wenn er den Mund aufmachte, dann tat er es entweder, um jemandem zu widersprechen, oder um das Enkelkind anderer Leute zur Ruhe zu mahnen. Gail fragte sich, was er wohl mache, wenn es regnete. Ihre Mutter, die nur selten an den Pool kam (sie fürchte, die Sonnenstrahlen seien krebserzeugend, gestand sie und erntete damit den Spott ihres Mannes), erzählte ihr, Dave Harrington verließe an Regentagen nur noch selten das Bett. Früher hatten sie bei schlechtem Wetter einen Einkaufsbummel gemacht, waren zur Nachmittagsvorstellung in ein Kino gegangen oder hatten Freunde besucht. Aber in letzter Zeit taten sie das alles nicht mehr, sagte sie, ohne weitere Erklärungen anzubieten. Und Gail fragte nicht danach.

Gail hielt nach Jack Ausschau, der gerade die letzte der fünfzig Bahnen beendete, die er seit ihrer Ankunft täglich schwamm. Triumphierend hob er den Kopf aus dem Wasser und schüttelte sein Haar, so wie sich ein Hund nach dem Bad schüttelt. Er fing ihren Blick auf und winkte ihr zu. Sie winkte zurück, als er aus dem Becken stieg und auf sie zukam.

»Müde?« fragte sie und reichte ihm ein Handtuch.

Er fuhr sich damit übers Haar. »Nein. Es wird mit jedem Tag leichter. Vielleicht versuch' ich morgen fünfundfünfzig Längen.«

»Überanstreng dich nur nicht.«

»Keine Angst.« Er lächelte, offensichtlich erfreut darüber, daß sie sich um ihn sorgte. »Hast du Lust auf 'n Spaziergang?«

Gail schüttelte den Kopf. »Jetzt nicht.«

Er wirkte enttäuscht. »Macht's dir was aus, wenn ich gehe?«

»Aber nein, warum sollte es mir was ausmachen?«

»Ach, ich dachte bloß.« Er ließ das Handtuch auf den Liegestuhl neben ihr fallen. »Ich bin in einer Stunde zurück.«

»Laß dir nur Zeit.« Gail sah ihm nach, wie er über die grasbewachsenen Dünen an den Strand hinunterging. Dann drehte sie sich nach ihrem Vater um. Er hielt die Augen geschlossen. Seine Haut war fast genauso braun und faltig wie seine Badehose. Es hatte beinahe den Anschein, als fordere er die Sonne heraus, ihm zu schaden. Gail lehnte sich zurück und betrachtete die Leute ringsum.

Stimmen näherten sich, und als Gail den Kopf wandte, sah sie drei unglaublich schlanke Jünglinge die Plätze auf der anderen Seite ihres Vaters einnehmen. Sie wirkten fast feminin, ihre Gesten waren theatralisch überzogen, ihre Bewegungen im höchsten Grade unnatürlich, und sie brachten jede Platitüde so vor, als sei sie von größter Wichtigkeit. Das mußten die jungen Männer sein, von denen sie neulich gehört hatte. Sie waren das Klatschthema Nummer eins im Eden Rock. Sie hatten für den Winter von der alten Mrs. Shumaker eine Wohnung gemietet. Man munkelte, einer der drei sei ihr Neffe. Die Arme, hieß es bedauernd; einen so eindeutigen Fall in der Familie zu haben mußte doch schrecklich sein.

Gail musterte die drei unverhohlen, die nur Augen füreinander hatten. Sie trugen äußerst knappe Badehosen – gewiß ein weiterer Grund für die Hausbewohner, sich zu entrüsten – und rieben sich gegenseitig so hingebungsvoll mit Sonnenöl ein, als sei das ihr Lebenswerk. Gail überlegte, ob die jungen Männer sich wohl vor AIDS fürchteten. Sie schaute weg, als einer der drei ihren Blick erwiderte, schloß die Augen zum Schutz vor der Sonne und versuchte, ihre Unterhaltung zu ignorieren. Aber die Stimmen waren so laut und affektiert, daß man sie gar nicht überhören konnte. Gail lauschte ihrem Gespräch wie ein Schauspielschüler, der seine Kollegen abhört.

»Den schwersten Schlag«, sagte gerade einer, »versetzte mir

die Bühnenbildnerin, diese Helene van Elder, gräßliche Person. Warum sie die überhaupt engagiert haben? Da hab' ich mir zweieinhalb Jahre lang den Hintern wundgesessen, um das verdammte Stück zu schreiben, und da erzählt mir diese Ziege, sie will den ganzen Prospekt mit Silberfolie verkleiden. Ich dachte, ich fall' tot um.«

»Und wie habt ihr euch geeinigt?«

»Überhaupt nicht. Das Stück ist nie aufgeführt worden. Der Regisseur hatte 'ne Art Nervenzusammenbruch.«

»Wer war denn der Regisseur?«

»Tony French«, kam die Antwort. Gail hatte den Namen schon gehört. French war am Broadway kein Unbekannter. Sie fragte sich, ob sie womöglich auch die Namen der drei schon auf einem Theaterplakat gelesen habe. Sie hätte sie sich gern genauer angesehen, aber die Sonne schien ihr in die Augen und blendete sie.

»Armer Tony«, seufzte der mit der höchsten Stimme. »Er hat Auschwitz einfach noch nicht überwunden.«

»Das mußt du grade sagen, Ronnie! Du hast doch noch nicht mal die Mittelschule überwunden.«

Der Bühnenautor kicherte. »Hatte auch nicht viel zu lachen auf der Schule.« Er machte eine dramatische Pause. »Aber vielleicht war's ganz gut, daß sie das Stück abgesetzt haben. Ratet mal, wen sie für die Hauptrolle vorgesehen hatten. Ich wette, darauf kommt ihr nie!«

»Wen denn? Sag schon, los!«

»Raquel Welch! Könnt ihr euch das vorstellen? Die Welch als Sechzigjährige mit 'nem total vernarbten Körper. Sie meinten, durch diese Besetzung würden sie den nötigen Schuß Sex-Appeal reinkriegen. Natürlich hab' ich Schreikrämpfe bekommen. Als ich fragte, ob sie schon jemals von einer Sechzigjährigen mit Sex-Appeal gehört hätten, kamen sie mir prompt mit Marlene Dietrich und Mae West. Darauf sagte ich, von Mae West wisse ich bloß, daß sie tot sei. Sie schlugen selbstredend zurück und warfen mir vor, ich hätte keine blassen Dunst von Frauen, sexy hin oder her. Ich hatte Monica Campbell für die Rolle vorgeschlagen.«

»Monica Campbell? Diesen Saurier? Das kann doch nicht dein Ernst sein!«

»Die kann doch nicht mal mehr lachen, seit sie sich das letzte Mal hat liften lassen, geschweige denn spielen.«

»Jetzt macht aber mal 'n Punkt, Kinder.«

Gelächter erklang. »Du weißt doch, Ronnie, daß wir nicht zimperlich sind mit unserm Urteil.« Wieder lachten sie.

Gail ließ sich durch eine Unterhaltung zu ihrer Rechten ablenken. Hier ging es um ein weitaus alltäglicheres Thema: Wo sollte gegessen werden? »Ich geh' nicht gern zu Bernard«, sagte eine Frau unter lautstarkem Protest ihrer Begleiterinnen. »Ich weiß, es ist euer Lieblingsrestaurant, aber mir ist's dort einfach zu chic und zu laut. Ich möchte wohin, wo's gemütlich ist.«

»Du willst bloß in 'n billiges Lokal«, warf man ihr vor.

»Habt ihr schon das Ehepaar gesehen, das auf 502 eingezogen ist?« unterbrach eine andere Frau. »Ich bin gestern mit ihnen zusammen im Aufzug gefahren. Er sieht einfach umwerfend aus – genau wie Don Ameche.«

»Ich dachte, Don Ameche sei tot?«

»Ach, wirklich?«

»Ich hab' ja nicht gesagt, er *ist* Don Ameche. Ich hab' bloß gesagt, er sieht aus wie Don Ameche. Mein zweiter Mann hatte auch Ähnlichkeit mit Don Ameche«, fuhr sie fort. »Woher weißt du, daß er tot ist?«

Gail wandte sich wieder den drei Homos zu.

»Habt ihr den Film mit dieser großartigen Mel Gibson gesehen? ›Das gefahrvolle Jahr‹, so hieß er, glaub' ich«, sagte die Stimme, die sie als Ronnies erkannte. Die beiden anderen murmelten etwas Unverständliches. »Ich hab' mir vorgenommen, ein Stück für die Frau zu schreiben, die den Mann spielte, ihr wißt schon, diesen Zwerg.«

»Die ist doch tot«, sagte einer der beiden anderen.

»Die ist gestorben? Mein Gott, wann denn?«

»Ich glaube, du irrst dich. Ich hab' nirgends gelesen, daß sie tot ist.«

»Wie auch immer, da ist doch noch der Typ, der früher in ›Insel der Träume‹ mitgespielt hat. Schreib doch was für den.«

»Der ist tot.«

»Was? Sag mal, was redest du für 'n Stuß zusammen? Er ist nicht tot. Woran sollte er denn gestorben sein?«

»Ich weiß es nicht.« Er machte eine dramatische Pause. »Zwerge sterben eben«, sagte er endlich und hob seine mageren Schultern.

Gail stand auf und ging den Strand entlang. Anscheinend hatten die Leute nur noch zwei Gesprächsthemen: Essen und Sterben. Zumindest in Palm Beach drehte sich alles darum: Wer war gestorben, und wo hatte man gestern zu Abend gegessen.

Sie stieg die Düne hinauf und achtete dabei sorgfältig auf Schlangen. Auf dem Weg zum Swimming-pool hatte sie gehört, wie die Hausverwalter sich über Kletternattern unterhielten, die angeblich hier draußen nisteten, wohlversteckt in dem dichten Baumstreifen, den zu stutzen die Regierung den Anwohnern untersagt hatte. Weil er einen natürlichen Schutzwall gegen das Meer bildete, hatte Jack zu erklären versucht. Gail hielt wachsam nach den Schlangen Ausschau, obgleich sie angeblich harmlos waren. Sie erreichte die Dünenkuppe und blickte auf die Wasserfläche hinunter.

Jedesmal, wenn sie hier oben stand, nahm der Anblick ihr den Atem. Diese unendlichen, brausenden Wassermassen kamen unmittelbar vor ihren Füßen plötzlich zum Stillstand. Einfach unfaßbar, dachte sie und stand da wie verzaubert. Und doch lauerte im verborgenen die Angst, das Meer könne eines Tages all die teuren Wohnanlagen und das weitverzweigte Straßennetz wegspülen. Es ging sogar das Gerücht, daß irgendwo dort draußen unter Sand und Seegras schon ein alter Highway begraben läge.

Jack tat solche Geschichten als romantisches Gefasel ab, doch Gail fragte sich, wie jemand Tod und Zerstörung mit Romantik in Verbindung bringen könne.

Sie war schon auf den Stufen, die zum Strand hinunterführten, als sie das Schild sah.

Es stand mitten auf der Treppe, und Gail begriff nicht, wie sie es hatte übersehen können. Haie, verkündete die Tafel in kühngeschwungenen schwarzen Lettern, waren auf dem Zug nach Süden gesichtet worden. Badegästen wurde dringend geraten, sich vom Meer fernzuhalten und mit dem Swimming-pool vorliebzunehmen. Gail wandte sich von dem Schild ab und sah hinaus aufs Wasser. Gut ein Dutzend Menschen vergnügten sich in der Brandung, ungeachtet der schrecklichen Gefahr. Gail suchte zwischen den weißen Schaumkronen nach Haifischflossen, doch sie konnte keine entdecken. Ein Flugzeug kreiste in geringer Höhe über ihr. Sie dachte, es sei wahrscheinlich ein Kontrollhubschrauber, der den Zug der Haie beobachte, doch als sie aufsah, erblickte sie einen Doppeldecker, der ein flatterndes Band hinter sich herzog, auf dem für ein Mittel gegen Juckreiz geworben wurde. Es schien ihr ein passendes Geleit, und sie eilte die Stufen hinunter, immer zwei auf einmal nehmend.

Wenn sich auch nicht viele Leute im Wasser tummelten, so war der Strand dafür um so belebter. Menschen, wohin man schaute: Sie lagen auf Handtüchern, Liegestühlen oder auf dem bloßen Sand. Kinder gruben Tunnels, und die Erwachsenen beaufsichtigten sie, während sie gleichzeitig versuchten, möglichst nahtlos braun zu werden. Gail schlängelte sich durch das Gewirr von Leibern, wobei sie es sorgsam vermied, auf eine der portugiesischen Galeeren zu treten, die von der Flut an Land gespült worden waren. Sie hatte es immer amüsant gefunden, daß diese schädlichen kleinen Kreaturen sich proportional zu den Touristenströmen zu vermehren schienen. Gail machte einen Bogen um zwei täuschend harmlos wirkende, hübsche blaue Blasen und marschierte zielstrebig ins Wasser.

Es war kälter, als sie erwartet hatte, und sehr dunkel. Ungestüm überrollten die Wellen einander, schlugen mit gewaltiger Kraft gegen ihren Körper und warfen sie um. Ihre Füße verloren den Halt, sie spürte den starken Sog der Unterströmung, ließ sich kampflos mit fortreißen und von der Küste abtreiben. Widerwillig kam sie abermals auf die Füße, wurde jedoch Sekunden später von der nächsten Woge umgerissen und weiter aufs Meer hinausgetragen. Durch nasse Wimpern spähte sie zum Horizont und fragte sich, was sie wohl empfinden würde angesichts einer verräterischen Flosse.

Sie bemerkte ihn erst, als er schon fast über ihr war.

»Was, zum Teufel, machst du hier draußen?« keuchte Jack fassungslos. »Hast du denn das Schild nicht gelesen?« Unsanft zerrte er sie ans Ufer zurück.

»Andere schwimmen doch auch«, verteidigte sie sich zaghaft.

»Ja, vor allem Haie!« Er zog sie am Ellbogen aus dem Wasser. Gail stolperte und wäre beinahe gefallen. »Warum mußtest du ausgerechnet heute im Meer schwimmen? Das hast du doch noch kein einziges Mal gemacht, seit wir hier sind.«

»Deswegen dachte ich ja, es sei allmählich Zeit. Ich hielt es wirklich nicht für gefährlich.«

»Gail, wir kommen schon seit Jahren hierher. Hast du jemals zuvor so ein Schild gesehen? Nein! Wenn nun plötzlich eins da ist, heißt das doch, daß Gefahr bestehen muß!«

Gail schwieg.

»Wollen wir ein Stück gehen?« fragte er, und als sie nicht antwortete, setzte er hinzu: »Ich meine, ein Spaziergang wird dir guttun.«

Sie gingen eine ganze Weile schweigend am Strand entlang. Gail hielt immer wieder nach Haien Ausschau, konnte aber keine entdecken. Ihr fiel auf, daß heute nicht ein einziger Surfer auf dem Wasser war. Sie fröstelte.

»Ist deine Mutter fertig mit Packen?« fragte Jack, nur um das beklemmende Schweigen zu brechen.

»Ich glaube schon. Mein Vater bestand natürlich darauf, in den letzten Stunden vor der Abreise noch die Sonne zu genießen.«

»Sie sind länger mit uns zusammengeblieben, als sie ursprünglich vorhatten.«

»Es war schön, sie wiederzusehen«, sagte Gail, die jedoch in Wahrheit froh war, daß ihre Eltern endlich abreisten. Anfangs hatte sie das Zusammensein mit ihnen wirklich genossen, doch schon bald fühlte sie sich durch ihre Fürsorge eingeengt und litt vor allem unter den dauernden Sticheleien ihres Vaters. Sie fühlte sich wieder in die Rolle des Kindes gedrängt und verstand zum erstenmal, was Jennifer in den letzten Monaten zu Hause empfunden haben mußte.

»Paß auf«, mahnte Jack, als Gail um ein Haar auf eine purpurfarbene portugiesische Galeere getreten wäre. »Dieses Biest sieht ganz so aus, als könne es einen Menschen ernsthaft verletzen.« Er beugte sich nieder, um das Tier genauer zu untersuchen. Gail betrachtete die große pralle Blase mit ihren langen, dünnen Tentakeln und versuchte sich vorzustellen, was für ein Gefühl es sei, von ihr gestochen zu werden, zu spüren, wie das Gift in die Adern strömte. Jede Wohnanlage hielt am Swimming-pool irgendein Gegenmittel für solch einen Unglücksfall bereit. Angeblich linderte dieses Zeug den Schmerz. Aber oft mußte jemand, der gestochen worden war, auch unverzüglich ins Krankenhaus. Das hing ganz davon ab, wie schwer die Verletzung war.

Gail sah wieder hinaus aufs Meer, folgte mit den Blicken dem stürmischen Rhythmus der Wellen. Als sie merkte, daß Jack gedankenverloren den Horizont betrachtete, schaute sie verstohlen wieder hinunter auf das Ungeheuer zu ihren Füßen. Langsam hob sie den linken Fuß und setzte ihn mitten auf die glitschige Blase.

Jack begriff nicht gleich, was geschehen war. Gail rührte sich nicht. Weder schrie sie auf noch griff sie haltsuchend nach seinem Arm. Sie tat gar nichts, weil sie zunächst überhaupt nichts spürte. Einen Augenblick lang war sie versucht zu glauben, all die schrecklichen Geschichten über diese gefährlichen Ungeheuer seien genauso aus der Luft gegriffen wie die Sage von dem versunkenen Highway.

Dann spürte sie auf einmal ein winziges Prickeln unter der Fußsohle, das sich mit rasender Geschwindigkeit ausbreitete, erst an ihrem Bein und dann an ihrem ganzen Körper emporzüngelte, bis der Schmerz ins Gehirn einzudringen schien und in ihren Eingeweiden wütete, als habe sie tausend winzige Nadeln verschluckt. Ihr wurde übel, die Knie wankten und drohten unter ihr wegzusacken. Jack fing sie gerade noch rechtzeitig auf.

»O mein Gott, Gail!« schrie er. »Was hast du getan?«

Sein Rufen lockte ein paar Spaziergänger herbei, mit deren Hilfe er Gail in den Sand bettete. Gemeinsam versuchten sie, ihren Fuß von der zerquetschten Gallertblase zu befreien, die sich jedoch unlösbar festgesaugt hatte.

»Sand«, rief jemand. »Packt 'ne Menge Sand drauf.«

Gail sah noch, wie man die widerliche Masse von ihrem Fuß löste, dann verlor sie das Bewußtsein.

»Da hast du uns ja ein schönes Abschiedsgeschenk beschert«, sagte ihre Mutter, als Gail die Augen öffnete.

»Wie spät ist es?« Gail richtete sich im Bett auf. Sie war in der Wohnung ihrer Eltern.

»Gleich vier.«

»Und euer Flugzeug?«

»Die Maschine geht erst um halb sieben«, sagte ihr Vater, der auf der anderen Seite des Bettes stand.

»Wir müssen aber nicht heute fliegen«, versicherte ihre Mutter. »Wir können genausogut noch ein paar Tage bleiben.«

»Nein«, widersprach Gail. »Mir geht's schon viel besser, wirklich.« Bei dem Gedanken an die klebrige blaue Masse zwischen ihren Zehen zuckte sie angewidert zusammen.

»Tut's wieder weh?« fragte ihre Mutter. »Der Arzt sagte doch, er habe dir ein schmerzstillendes Mittel gegeben.«

»Nein, ich spüre gar nichts«, erwiderte Gail wahrheitsgemäß. »Was denn für ein Arzt?«

»Wir haben dich ins Krankenhaus gebracht«, sagte Jack von der Tür her. »Du hast Glück gehabt«, fuhr er monoton fort. »Der Arzt meinte, es hätte wesentlich schlimmer ausgehen können. Aber du mußt ein paar Tage im Bett bleiben, und wahrscheinlich wirst du dich ziemlich elend fühlen.«

»Du mußt in Zukunft besser auf dich achtgeben, Liebling«, mahnte ihre Mutter traurig.

Gail spürte, wie ihr die Tränen über die Wangen liefen. »Es tut mir ja so leid«, sagte sie. Ihre Mutter ergriff ihre Hand, ihr Vater beugte sich zu ihr hinunter und tätschelte ihre Schulter. Nur Jack blieb unbeweglich im Türrahmen stehen, machte keinerlei Anstalten, sie zu trösten, sondern blickte sie nur stumm an. Sie wußte, daß er ihrer Entschuldigung keinen Glauben schenkte.

34

In den zwei Tagen, die sie das Bett hütete, lernte Jack ein Ehepaar kennen, das erst vor kurzem nach Florida gezogen war. Sie verbrachten viel Zeit miteinander und spielten Tennis, ja sogar Golf, wofür er sich früher nie interessiert hatte. Gail hörte ihn ohne sonderliche Anteilnahme von Sandra und Larry Snider schwärmen, bis sie begriff, daß er sie in ihre gemeinsamen Unternehmungen mit einbeziehen wollte.

»Mein Fuß tut immer noch weh«, wehrte sie ab.

»Morgen ist er wieder in Ordnung. Außerdem spielen wir 'ne Doppelpartie. Da brauchst du nicht viel zu laufen.«

»Ich spiele aber doch so schlecht. Diese Leute wollen hernach bestimmt nie wieder mit dir auf den Tennisplatz.«

»Ein Spiel ist besser als keins.« Damit war für ihn das Thema beendet.

»Was sind das eigentlich für Leute?«

»Sie stammen aus Toronto. Sie hatten die langen Winter dort satt, zudem gingen seine Geschäfte nicht eben rosig. Da beschlossen sie, den ganzen Kram hinzuwerfen und hier unten noch mal von vorn anzufangen.«

»Haben sie Kinder?«

»Nein.«

»Und was ist er von Beruf?«

»Dachdecker. Er ist selbständig. Sie ist in seinem Geschäft Buchhalterin und Sekretärin in einer Person. Reizende Leute. Sie sind Mitglieder in Golfclub. Sie ist wohl von Haus aus ziemlich vermögend. Jedenfalls hab' ich so den Eindruck.«

»Interessierst du dich deshalb plötzlich so für Golf?« Gail lächelte.

»Sie haben uns für morgen nachmittag auf ein Spiel in ihren Club gebeten. Und abends sind wir bei ihnen zum Essen eingeladen.«

»Klingt vielversprechend.«

»Ich bin sicher, es wird sehr nett. Es ist bestimmt viel besser für dich, unter Menschen zu kommen und Sport zu treiben, als den ganzen Tag bloß in der Sonne zu liegen.«

Hört sich ganz nach Ferienlager an: morgens Tennis, nachmittags Golf, dachte Gail. Alle Mann raus aus dem Wasser!

Sandra und Larry Snider waren ein gutaussehendes Paar Anfang Vierzig. Sie hatte kurzgeschnittenes, dunkles Haar und genau die Figur, die Gail sich immer gewünscht hatte, schlank, aber dennoch weiblich. Ihr apartes Gesicht war faltenlos, und sie setzte sich offenbar nur selten der Sonne aus.

»Gleich als wir hier runterzogen«, erklärte sie Gail auf dem Weg zum Tennisplatz, »habe ich mir geschworen, alles zu tun, um in ein paar Jahren nicht auszusehen wie eine verschrumpelte Backpflaume. Ich lege mich pro Tag höchstens eine halbe Stunde in die Sonne, und oft lass' ich's ganz sein.«

Gail fragte sich, warum sie mit dieser Einstellung überhaupt nach Florida gekommen war, aber sie sagte nichts, sondern lächelte nur zustimmend.

Larry Snider war sehr groß, Gail schätzte ihn gut über einsachtzig. Er war vollschlank und wirkte ausgesprochen unsportlich, aber auf dem Tennisplatz erwies er sich als erstaunlich geschmeidig. Er hatte eine sympathische Stimme und eine gewinnende Art. Gail fühlte sich sofort zu ihm hingezogen.

Gail und Jack spielten gegen die Sniders und verloren sechs zu vier. Ohne es zu wollen, freute Gail sich darüber, daß Jack und sie sich so gut geschlagen hatten. Zu ihrer Verblüffung machte es ihr sogar Spaß, den Ball übers Netz zu schmettern. Kurz nach eins brachen sie zum Golfclub auf. Sie fuhren den South Ocean Boulevard entlang, dann den Southern Boulevard und kamen schließlich auf den Dixie Highway. Der Dixie Highway war eine fade, langweilige Straße, rechts und links gesäumt von ungemütlichen Schnellrestaurants und Tankstellen, fensterlosen Bars und ebenerdigen Läden und Werkstätten. Nichts an dieser tristen Straße ließ ahnen, daß unmittelbar östlich von ihr das Meer lockte. Wären sie und Jack allein gewesen, hätte Gail vor einer solch traurigen Szenerie die Augen verschlossen, aber Larry und Sandra unterhielten sie pausenlos mit amüsanten Anekdoten über ihre jeweiligen Schwiegereltern – sie fragten Gail nicht nach ihrer Familie, woraus sie schloß, daß Jack den beiden schon von ihrer »Tragödie« erzählt haben mußte –, und so hielt sie Augen und Ohren offen. Sie warteten an einer Ampel bei Rot, als Gail jenseits der Kreuzung einen fensterlosen Laden erblickte, dessen Fassade mit knalligbunten Plakaten beklebt war. Darüber stand in riesigen blutroten Lettern der Name des Geschäfts: »Mother's«, und gleich darunter war in ebenso großer, abwechselnd schwarzer und blauer Schrift zu lesen: »An- und Verkauf von Waffen aller Art – alt, neu, gebraucht. Die größte und beste Auswahl in ganz Florida.« Und weiter unten: »Gewehre, Revolver, Pistolen.« Der Laden handelte auch mit anderen Waren, für die ebenfalls an der weißen Fassade des niedrigen Gebäudes geworben wurde: Campingausrüstung, Angelzubehör, Werkzeuge. Schießeisen- und Hobby-Markt unter einem Dach, sinnierte Gail, als die Ampel auf Grün schaltete und der Wagen anfuhr. Im Vorbeifahren sah sie, daß die etwas zurückgesetzte Eingangstür mit Maschendraht überzogen war. Eine Festung, dachte sie und reckte den Hals, um einen letzten Blick auf das Geschäft zu erhaschen. Mother's, Mutters Laden, wiederholte sie still für sich. Ein Name, den sie bestimmt nicht vergessen würde. »Das ist aber 'n imposantes Geschäft«, sagte sie laut.

»Kann man wohl sagen«, bestätigte Larry. »Da kriegt man einfach alles. Die führen jeden erdenklichen Waffentyp.«

»Haben Sie eine Waffe?« fragte Gail interessiert.

»Gleich als wir hier runterzogen, hab' ich mir 'ne Pistole gekauft«, antwortete er.

»Und warum?« Gail rutschte auf ihrem Sitz nach vorn.

»Reiner Selbstschutz. Die Guten müssen endlich anfangen, sich zu wehren.«

Jack lachte. »Aber wie soll man dann noch zwischen Guten und Bösen unterscheiden können?«. fragte er.

»Wer zum Schluß noch aufrecht steht, das ist der Gute.«

Gail lächelte über Larrys Antwort.

»Die Bestimmungen über den Erwerb von Schußwaffen sind hier unten der reinste Witz«, sagte Sandra. »Man kann etwa eine Pistole kaufen, wie man sich im Supermarkt was aus dem Regal nimmt. Man muß nur ein Formular ausfüllen und versichern, nicht vorbestraft zu sein. Dann wird gezahlt, und die Kanone gehört Ihnen – so einfach ist das.«

»Gibt es denn keine Wartefristen?« fragte Gail.

»Die Regierung versucht immer wieder, eine dreitägige Wartefrist einzuführen, doch bisher wurde dieser Antrag stets niedergeschlagen.« Sandra lachte. »Wär' ja auch schade um all die improvisierten Jagdausflüge, die ins Wasser fielen, wenn man drei Tage auf ein Gewehr warten müßte.«

»Also kann jeder in so einen Laden reinspazieren und eine Waffe kaufen«, wiederholte Gail, um sich zu vergewissern.

»Genauso ist es«, bekam sie zur Antwort.

Der Golfclub war so wie die meisten seiner Art – wellige grüne Hügel, hübsche kleine Caddies, von noch hübscheren Leuten gezogen, deren farbenfrohe Lilly-Pulitzer-Hemden und Lacoste-T-Shirts weithin über den Platz leuchteten. Gail und Jack wurden im Clubhaus mit passenden Schuhen und Schlägern ausgerüstet, und los ging's.

Jack, der von Natur aus sportlich war, hatte den Bogen schon bald heraus. Gail tat sich wesentlich schwerer. Nachdem ihre Ungeschicklichkeit endlose Verzögerungen bewirkt hatte – andere Spieler standen vor dem Abschlagsplatz Schlange –, erbot sie sich, den Caddie zu übernehmen und die verschlagenen Bälle zurückzuholen. Die anderen protestierten zwar höflich gegen diesen großherzigen Vorschlag, erklärten sich aber doch rasch einverstanden, und für den Rest des Nachmittags fungierte Gail offiziell als Caddie und Ballsucherin.

Sandra schlug den Ball weit übers Ziel hinaus, und er landete in einem der zahlreichen Wasserlöcher. Gail lief los, um ihn zurückzuholen.

»Nein«, rief Larry ihr nach. »Lassen Sie ihn nur liegen. Man soll nie versuchen, in dieser Gegend einen Ball aus dem Wasser zu fischen. Denn ob Sie's glauben oder nicht, in manchen dieser Tümpel gibt's Krokodile.«

Jack lachte. »Krokodile? Na, das sind wenigstens mal ordentliche Hindernisse«, scherzte er.

»Das ist kein Witz«, versicherte Larry. »Wir sind hier in einem Sumpfgebiet. Man kann nie wissen, was hinter diesen Büschen lauert. Und in den Wasserlöchern sind schon Mokassinschlangen und Krokodile gesichtet worden. Der Club warnt ausdrücklich davor, verschlagene Bälle zu holen, wenn sie in einem dieser Golfhindernisse gelandet sind.«

Gail sah auf den Boden hinunter. Aber im Gras regte sich nichts. Sie ließ den Blick zum Wasserloch schweifen und suchte seine Oberfläche nach einer Spur der tödlichen Schlange ab. Aber nichts trübte den ruhigen Spiegel, sie erspähte keinen Krokodilskopf, den sie irrtümlich für einen Felsbrocken hätte halten können. Als die anderen sich wieder auf ihr Spiel konzentrierten, schlich sie näher an das Wasserloch heran. Wachsam spähte sie nach allen Seiten. Sie konnte den Golfball deutlich erkennen. Sie brauchte nur die Hand danach auszustrecken. Sie hörte den Schlamm unter ihren Füßen blubbern, als sie ihr Gewicht verlagerte, und hob rasch den Kopf, um sich zu vergewissern, daß niemand sie beobachtete. Gail hörte die anderen lachen. Keiner schien ihre Abwesenheit zu bemerken. Sie tauchte die Hand ins Wasser und wartete. Als sich nichts regte, ließ sie den Arm tiefer, fast bis zum Ellbogen, hineingleiten und schwenkte ihn unter Wasser hin und her. Sie hörte ein Geräusch hinter sich, zog die Hand aus dem Wasser und wandte sich erschrocken um. Jack stand nur wenige Schritte von ihr entfernt. Er starrte sie wortlos an, bis sie sich erhob, dann machte er kehrt und ging zurück zu den anderen.

Am nächsten Tag lehnte sie die Einladung auf den Golfplatz ab und ging zum Swimming-pool, während Jack Sandra und Larry in ihren Club begleitete. Gail hatte sich erboten, am Abend für alle zu kochen.

Sie saß im Liegestuhl ihres Vaters und beobachtete Ronnie und seine Freunde beim allmorgendlichen Einölungsritual ihrer ohnehin schon fettglänzenden Körper. Sie fragte sich, wie es möglich sei, daß manche Männer sozusagen ohne Hüften auf die Welt kamen, und überlegte, ob das eine Voraussetzung für Homosexualität sei. Die drei diskutierten über Tennessee Williams' intellektuellen Niedergang in den letzten Jahren seines Lebens, verbannten Edward Albee aus dem Musentempel, und einer von ihnen ging laut der Frage nach, wie es wohl ohne Homos um das amerikanische Theater stände, ein Thema, das Gail für ausgesprochen diskussionswürdig hielt, welches von den dreien aber nicht ernsthaft untersucht wurde. Ihr Gespräch wandte sich vielmehr der Frage zu, wohin sie zum Essen gehen wollten.

Gail spürte, daß ihre Wangen spannten, und beschloß, ein wenig Sonnenmilch aufzutragen. Sie griff nach ihrer Badetasche, um die Flasche herauszuholen, hielt aber mitten in der Bewegung inne. Ein Tag ohne Sonnenschutzmittel würde ihr schon nicht schaden. Sie schloß die Augen und schlief ein.

Als sie zwei Stunden später erwachte, spannten nicht nur ihre Wangen, sondern der ganze Körper, und als sie die Augen aufschlug und ihre Beine betrachtete, waren sie rosafarben und geschwollen. Sie schloß die schmerzenden Lider wieder und blieb reglos liegen.

»Sie sind ja krebsrot«, sagte eine Stimme hinter ihr. Sie legte die Hand über die Augen und blinzelte. Die Stimme gehörte einem der drei Männer, deren Unterhaltung sie mitangehört hatte.

»Meinen Sie?« fragte Gail, weil sie nicht wußte, was sie sonst hätte sagen sollen.

»Ich kenne natürlich Ihren Hauttyp nicht, aber für mich sieht das nach 'nem bösen Sonnenbrand aus. Was für 'ne Creme benutzen Sie denn?«

»Gar keine.«

»Allmächtiger!« stieß er hervor. »Sie müssen sich immer einschmieren. Sie könnten sonst 'nen Sonnenstich kriegen. Das ist sehr gefährlich. An Ihrer Stelle würde ich in den Schatten gehen«, sagte er zum Abschied. Sie sah zu, wie er und seine Freunde ihre Handtücher zusammenrollten und an den Strand hinuntergingen.

Auf der Uhr neben dem Pool war es fast zwölf, und Gail verspürte plötzlich Hunger. Doch als ihr einfiel, daß sie Vorbereitungen fürs Abendessen treffen mußte, beschloß sie, das Mittagessen ausfallen zu lassen. Wenn sie um vier anfinge zu kochen, würde sie zeitig genug mit dem Essen fertig werden. Sie drehte sich auf den Bauch. Um vier versuchte sie aufzustehen. Ihr Körper brannte wie Feuer, und in ihrem Kopf drehte sich alles. Sie wollte in ihre Sandalen schlüpfen, doch die paßten nicht mehr. Nun würde sie den Prinzen also doch nicht bekommen, dachte sie, faßte die Sandalen an den dünnen Riemchen, zog ihr Handtuch vom Liegestuhl und ging ins Haus.

Als Jack sie sah, rief er die Sniders an und sagte das Essen ab. Seine Frau sei in der Sonne eingeschlafen, hörte Gail ihn am Telefon erklären. Sie sei krebsrot und nicht in der Verfassung zu essen, geschweige denn zu kochen. Es täte ihm sehr leid, und er würde sich bald wieder bei ihnen melden.

»Sei mir bitte nicht böse«, bat Gail vom Bett her. »Ich hab' gar nicht gemerkt, daß ich einen Sonnenbrand kriege.«

Jack antwortete nicht. Er riß die Schranktür auf und holte seinen Koffer heraus.

»Was machst du da?« fragte sie bestürzt.

»Ich packe.«

»Das sehe ich.« Sie schaute zu, wie er die Schubladen ausräumte und seine Sachen in den abgeschabten Lederkoffer schichtete. »Aber warum?«

»Weil ich abreise.«

»Willst du zurück nach Livingston?« fragte sie ungläubig. »Weil ich zu lange in der Sonne gelegen habe? Weil ich das Essen für die Sniders nicht machen konnte?«

Jack hielt mit dem Packen inne. »Ich fahre nach Hause, weil ich nicht länger mit ansehen kann, was du dir antust. Ich will nicht erleben, wie du auf die nächste portugiesische Galeere trittst oder den Haien entgegenschwimmst oder deine Hand in einen Tümpel voller Giftschlangen steckst...«

»In diesem Wasserloch waren gar keine Schlangen«, widersprach Gail.

»Das wußtest du aber nicht.« Er packte weiter. »Du hast gehofft, daß welche drin wären. Du hast gehofft, eine davon würde dich beißen, genau wie du vorsätzlich probiert hast, einen Sonnenstich zu kriegen. Du versuchst mit Gewalt, dich zu zerstören, Gail. Genau wie du es schon zu Hause getan hast. Ich habe mich geirrt, als ich dachte, ich könne dich daran hindern.«

»Hältst du mich für verrückt?« fragte sie.

Wieder hielt er inne. »Nein.« Er schüttelte den Kopf. »Ich glaube, du weißt ganz genau, was du tust. Ich meine, daß du dich bewußt dafür entschieden hast zu sterben, und daß es nichts, aber auch gar nichts gibt, womit ich oder sonst jemand dich daran hindern könnte. Ich glaube, ich bin es, der hier verrückt ist, und nicht du. Oder zumindest würde ich es werden, wenn ich noch länger hierbliebe und zusähe, wie du dich umbringst. Ich kann nicht mehr. Wenn ich bliebe, würde ich mich der Beihilfe zum Selbstmord schuldig machen.« Er stopfte die letzten Kleinigkeiten in den Koffer und schlug den Deckel zu. »Ich werde versuchen, heute abend noch einen Flug zu bekommen. Wenn ich keinen mehr bekomme, übernachte ich in einem Hotel und fliege morgen früh.«

»Was ist mit den Sniders?« fragte sie.

Er schaute sie fassungslos an. »Die Sniders?« wiederholte er ungläubig. »Ich werde sie vom Flughafen aus anrufen und mich von ihnen verabschieden.« Er stand da und sah sie erwartungsvoll an. »Ist das alles, was du mir zu sagen hast?«

»Bestell Jennifer alles Liebe von mir«, flüsterte Gail, dann drehte sie das Gesicht zur Wand und ließ ihn gehen.

35

Am nächsten Tag mietete Gail einen Wagen und fuhr zu »Mother's«. Sie stellte das Auto auf dem Firmenparkplatz ab und betrat den Laden durch den Hintereingang.

Auf den ersten Blick unterschied er sich nicht sonderlich von vergleichbaren Geschäften, die sie von zu Hause her kannte. Er war nur größer. Alles wirkte imposanter und eindrucksvoller. Die Auswahl schien unbegrenzt. Gail bahnte sich einen Weg durch endlose Reihen mit den verschiedenartigsten Ausrüstungsgegenständen; vorbei an zusammenklappbaren Zweimannzelten und Taschenlampen, an Angelzeug und Werkzeugkästen gelangte sie in den vorderen Teil des Ladens. Hier sah alles anders aus. Das friedliche Campingzubehör machte der nicht so friedlichen Welt der Jäger Platz. Gewehre, Pistolen und Revolver jeder Größe und aller nur erdenklichen Fabrikate hingen an den Wänden, lagen in Vitrinen und Schaukästen. Gails Augen weiteten sich, während sie das Sortiment betrachtete.

»Kann ich Ihnen behilflich sein?« fragte eine tiefe, schleppende Stimme über den Ladentisch hinweg. »Allmächtiger! Sie sehen ja furchtbar aus«, rief der Mann, als sie den Kopf hob und ihn anschaute. »Wir haben wohl Hühnchengrillen gespielt, was?« Er pfiff durch die Zähne.

»Ich bin in der Sonne eingeschlafen.«

»Das muß ja höllisch weh tun.« Er betonte jedes Wort orakelhaft.

»Es läßt sich aushalten«, log Gail. Sie hatte sich die halbe Nacht lang übergeben, und jeder Zentimeter Haut fühlte sich an, als habe man ihren Körper zwischen zwei weit auseinanderstehende Pfähle gespannt und mit einem Käsehobel geschabt. Der Mann trug ein Schildchen an seinem blumenbedruckten Hawaii-Hemd, auf dem sein Name zu lesen stand: Irv. Irv schüttelte sich, um anzudeuten, er könne nachfühlen, welche Schmerzen sie ertragen müsse. »Was kann ich für Sie tun?« fragte er.

»Ich möchte einen Revolver kaufen.« Gail bemühte sich, das Zittern in ihrer Stimme zu unterdrücken.

»Dachten Sie an ein bestimmtes Modell?« fragte er ungezwungen, ohne ihre Nervosität zu bemerken.

»Ich weiß nicht... Ich kenne mich da nicht aus, aber nach dem, was ich so in den Zeitungen lese, hab' ich den Eindruck, ich bräuchte eine Waffe zu meinem Schutz. Mein Mann ist sehr viel auf Reisen, und da fürchte ich mich manchmal...«

»Und das zu Recht. Man lebt gefährlich heutzutage. Sie wollen also was für den eigenen Gebrauch?«

Gail nickte. »Ich kenne mich mit Waffen nicht aus«, wiederholte sie, als er den Schaukasten aufschloß und einen kleinen schwarzen Revolver herausholte.

»Der sieht ja aus wie ein Spielzeug«, sagte sie laut.

»Ist er aber nicht«, versicherte Irv. »Hier, probieren Sie mal, wie schwer der ist.«

Er legte die Waffe in ihre ausgestreckte Hand. Gail war überrascht von dem unvermuteten Gewicht. »Tatsächlich, der ist ganz schön schwer«, sagte sie und sah zu ihm auf.

»Ist kein Spielzeug«, wiederholte er.

»Was ist denn das für eine Marke?«

»Ein zweiundzwanziger H & R. Ich meine, das ist für Ihre Zwecke der beste.«

»Kann man damit töten?« fragte Gail leise.

»Scheiß drauf, wenn man das nicht könnte. Entschuldigen Sie meine Ausdrucksweise. Aber da können Sie ganz beruhigt sein, mit dem Ding legen Sie mühelos jeden Einbrecher um. Sie zielen auf Brust oder Kopf, drücken ab, und schon liegt der Schuft tot zu Ihren Füßen. Wenn Sie wollen, kann ich Ihnen auch was Größeres verkaufen. Ich hab' da zum Beispiel 'n neun Millimeter Magnum, ausgezeichneter Revolver, läßt sich aber nicht so leicht bedienen wie der hier. Probieren Sie das Ding doch einfach mal aus«, schlug er vor.

Gail nahm den Revolver sachgerecht in die Hand. Sie war immer noch erstaunt über sein Gewicht. Irv kam um den Ladentisch herum.

»So ist's richtig«, sagte er. »Sie haben sich's wohl im Fernsehen gut angeschaut, was?« Er lachte. »Sehen Sie, da in die Trommel kommen die Patronen rein, neun Schuß.«

»Neun? Ich dachte immer sechs.«

»Hängt vom Fabrikat ab. Der hier faßt neun Patronen. Da haben Sie neunmal die Chance.« Er lächelte. »So, und jetzt legen Sie den Finger an den Abzug. So ist's gut. Hahn spannen entfällt, Sie brauchen bloß abzudrücken.«

Gail probierte es, doch der Abzug ließ sich nicht bewegen. »Es geht nicht«, sagte sie nach dem zweiten Versuch.

»Sie müssen schon fester drücken«, belehrte Irv sie. »Durch so 'nen leichten Druck gehn die Dinger nicht los. Strengen Sie sich mal richtig an.«

Gail drückte so fest sie konnte den Abzug. Es machte »Klick«.

»Oh!«

»Mitten ins Schwarze«, lobte Irv.

»Was kostet der?« fragte Gail, als Irv wieder hinter den Ladentisch trat.

»Normalerweise verkaufen wir ihn für hundertneunundzwanzig Dollar, aber er ist ein paar Wochen im Sonderangebot und kostet jetzt nur neunundneunzig das Stück. Die Patronen werden extra berechnet.«

»Ich nehme ihn«, sagte Gail rasch.

Er schob ihr ein gelbes Formular zu. »Das müssen Sie ausfüllen.«

»Und was ist das?« Gail überflog das Blatt.

»Der Waffenerwerbsschein.« Aus seinem Mund klang das Wort fremd und steif. »Haben Sie Kinder?« Mit dieser Frage hatte Gail nicht gerechnet.

»Ja«, antwortete sie, »zwei.«

»In welchem Alter?«

»Siebzehn und...« Sie zögerte. »Unser Nesthäkchen wird in drei Tagen sieben«, fuhr sie leise fort.

Irv lächelte. »Das ist ein bißchen zu klein. An Ihrer Stelle würde ich noch ein Jahr warten, ehe ich ihm zeige, wie man damit umgeht.«

»Sie meinen, Sie würden einem Kind beibringen, eine Waffe zu gebrauchen?« fragte Gail erstaunt.

»Dieser Revolver ist ideal für Kinder«, sagte der Mann ernsthaft. »Hören Sie, man kann nie wissen, was passiert, hab' ich recht? Es könnte jemand bei Ihnen einbrechen, während Sie nicht zu Hause sind. Nehmen wir an, der Babysitter weiß sich nicht zu helfen. Wenn da Ihr Kind mit dem Ding umzugehen versteht, könnte es ein Unglück verhüten.«

»Oder eins heraufbeschwören«, widersprach Gail gegen ihre Überzeugung.

»Nicht, wenn Sie's dem Kleinen richtig beigebracht haben. Aber mit sieben ist er wirklich noch zu klein. Warten Sie noch ein Jahr.«

»Es ist eine Sie.« Gail fragte sich, warum sie ihm das erzählte.

»Schön, geben Sie ihr noch ein Jahr Zeit«, sagte Irv, ohne zu zögern. »Inzwischen können Sie den Abzug mit einem Bindfaden sichern, sehen Sie, so.« Er machte es ihr vor. »Dann kann nichts passieren.«

Gail suchte in ihrer Handtasche nach einem Kugelschreiber, doch ohne Erfolg. Irv schob ihr einen zu. Dann packte er den Revolver ein. Gail las das gelbe Formular durch. »Waffenerwerbsschein« stand oben drüber, und gleich darunter: »Teil 1 – Verkauf innerhalb eines Bundesstaates«. Es folgten Rubriken für Name und Anschrift. Sie trug »Gail Walton« ein und die Adresse ihrer Eltern. Sie mußte Größe, Gewicht, Hautfarbe, Geburtsdatum und – Ort angeben. Gail füllte jedes Kästchen gewissenhaft aus. Interessanter waren die folgenden Fragen, die sie nur mit *ja* oder *nein* zu beantworten brauchte: Sind Sie eines Vergehens angeklagt, das mit Gefängnis geahndet wird? Sind Sie je zu einer Haftstrafe von mehr als einem Jahr verurteilt worden? Sind Sie vor dem Gesetz auf der Flucht? Treiben Sie Drogenmißbrauch bzw. sind Sie drogenabhängig? Sind Sie je für schwachsinnig erklärt oder in eine Heilanstalt eingewiesen worden? Hat man Sie wegen unehrenhaften Betragens aus der Armee ausgestoßen? Sind Sie ein illegaler Einwanderer? Sind Sie ein Bürger der USA, der auf seine Staatsbürgerschaft verzichtet hat?

Im Kleingedruckten warnte man sie davor, daß sie sich durch eine unwahre Antwort strafbar mache. Gail bekam prompt ein schlechtes Gewissen und kreuzte bei allen Fragen *nein* an. Amüsiert überlegte sie, ob wohl jemals eine davon mit *ja* beantwortet wurde. Nun brauchte sie nur noch Datum und Unterschrift einzusetzen. Den Rest des Formulars mußte der Verkäufer ausfüllen. Gail schob Irv das Blatt zu. Sie hätte den Kugelschreiber beinahe in ihre Tasche gesteckt, doch im letzten Moment fiel ihr ein, daß er ihr gar nicht gehörte. Schuldbewußt legte sie ihn in Irvs aufgehaltene Hand.

Er überflog die Antworten. »Sie sind vierzig?« fragte er und musterte sie prüfend. Gail nickte. »Hätt' ich nicht gedacht. Aber bei der verbrannten Haut läßt sich's natürlich schlecht schätzen.« Er sah wieder auf das Formular. »Ich brauche Ihren Führerschein«, sagte er.

Gail kramte ihre Brieftasche hervor und holte den Führerschein heraus.

»Was ist denn das?« fragte er, als sie ihm das Dokument reichte.

»Mein Führerschein«, antwortete Gail verwirrt.

»Aber der ist ja aus New Jersey«, sagte er.

»Stimmt. Ich bin aus New Jersey. Wir sind erst vor ein paar Monaten hierhergezogen.«

»Sie brauchen aber einen Führerschein aus Florida.«

Gail schwieg. Sie wußte nicht, was sie darauf sagen sollte.

Er bemerkte ihre Verwirrung.

»Kein Grund, sich aufzuregen«, sagte er freundlich und schaute auf seine Armbanduhr. »Heute ist's schon ein bißchen spät. Ich glaube nicht, daß Sie's schaffen würden, ehe die schließen, noch dazu, wo heute Freitag ist. Aber das ist kein Problem, wirklich nicht. Ich lege den Revolver für Sie zurück, und den Wisch heben wir bis Montag auf. Montag früh gehen Sie dann aufs Rathaus in Lake Worth.« Er überflog noch einmal das Kleingedruckte auf dem Formular, um sich zu vergewissern.

»Das liegt Ihrer Wohnung am nächsten. Da machen Sie 'ne kleine Prüfung und kriegen den Führerschein.«

»Ich muß eine Prüfung machen?«

»Reine Formalität. Daß Sie Auto fahren können, ist ja sowieso klar. Sie brauchen nur einen schriftlichen Test abzulegen, und zehn Minuten später haben Sie Ihren Schein. Mit dem kommen Sie zu mir, und ich gebe Ihnen den Revolver.«

»Ich muß also bis Montag warten«, wiederholte sie.

»Ist Ihr Mann übers Wochenende verreist?« Gail nickte. »Ich wünschte, ich könnte Ihnen helfen«, versicherte er aufrichtig. »Aber...« Er hob die Hände, als wolle er sagen: ›Was soll ich machen? Vorschrift ist Vorschrift.‹

Gail steckte ihren Führerschein in die Brieftasche zurück. »Ich komme am Montag wieder.« Während sie das sagte, fiel ihr ein, daß Montag Cindys Geburtstag sei. Vielleicht war es Bestimmung.

Sie verbrachte das Wochenende in der Wohnung. Ihre Mutter rief an. In New York sei es zwar kalt, aber ansonsten phantastisch. Carol sehe großartig aus. Stephen sei ein Traummann. Carol habe Karten für zwei Broadway-Aufführungen besorgt, und sie hatten sich beide Male großartig amüsiert. Sie hatten im »Vier Jahreszeiten« gegessen, wo keine Preise auf der Speisekarte stehen, und David Susskind hatte mit einer reizenden Blondine am Nachbartisch gesessen. Die Rechnung für alle vier – Stephen hatte darauf bestanden, sie zu übernehmen – hatte über dreihundert Dollar betragen. Lila fragte nach Jack, nach dem Wetter und ob sie sich immer noch gut amüsiere. Gail antwortete, Jack gehe es gut, das Wetter sei wunderbar, und sie habe sich selten so wohl gefühlt. Gails Vater kam an den Apparat und wiederholte den gleichen Bericht aus einem anderen Blickwinkel. Das Wetter in New York sei unerträglich. Carol sehe müde aus. Stephen sei ein aufgeblasener Langweiler. Die beiden Vorstellungen, in die man ihn geschleift habe, seien eintönig und fad gewesen – er habe

Mühe gehabt, wach zu bleiben. Und das Essen im »Vier Jahreszeiten«, schloß er, sei das Geld nicht wert gewesen.

Als letztes sprach sie mit Carol. Ihre Schwester gestand, daß die Eltern ihr auf die Nerven gingen und sie nicht wisse, wie lange sie ihre Streitereien noch ertragen könne. Was sei nur los mit den beiden? Steve wisse nicht, wie er sich ihr Benehmen erklären solle. Sie hätten sich alle Mühe gegeben, den Eltern den Aufenthalt angenehm zu gestalten, aber man könne ihnen anscheinend nichts recht machen, gestand sie am Ende des Gesprächs niedergeschlagen. So leid es ihr tue, aber sie freue sich auf den Tag, an dem die beiden wieder abreisen würden.

Sonst riefen nur noch die Sniders an. Jack hatte vom Flughafen aus mit ihnen telefoniert und erklärt, es gebe einen Notfall in seiner Praxis, mit dem die Aushilfskraft nicht allein fertig werde, und deshalb müsse er sofort zurückfliegen. Gail würde noch ein paar Tage bleiben. Die Sniders erkundigten sich nach ihrem Befinden. Sie fragten, ob sie Lust habe, vor der Abreise noch einmal mit ihnen essen zu gehen. Gail bedauerte. Sie sei nur noch bis Montag hier. Sandra meinte, es sei eine Schande, daß man sich heutzutage auf niemanden mehr verlassen könne. Gail stimmte ihr zu und vergaß, sich zu verabschieden, ehe sie auflegte. Den Rest des Wochenendes verbrachte sie im Bett.

Irv hatte recht gehabt – es war die reinste Farce.

Gail überflog den Fragebogen, der vor ihr lag. Unbegrenzte Zeit stand ihr zur Beantwortung von zwanzig grundlegenden Fragen zur Verfügung. Außerdem verlief der Test nach dem Multiple-choice-Verfahren, und sie durfte einen Fahrschulkommentar verwenden. Wenn sie bei einer Frage nicht wußte, welche der angebotenen Lösungen sie ankreuzen sollte, brauchte sie bloß nachzuschlagen. Ferner hatte man sie, als sie zur Prüfung erschien, darüber belehrt, daß es ihr freistehe, jemanden mitzubringen, der sie beraten könne. Gail blickte sich um. Außer ihr machten noch etwa ein halbes Dutzend Leute den Test. Manche schienen ganz vertieft in ihre Aufgabe. Ein junger Kubaner hatte unverkennbar Schwierigkeiten. Wahrscheinlich liegt es an der Sprache, dachte Gail und sah an ihm vorbei auf ein junges Mädchen, das seinen Vater als Berater mitgebracht hatte.

Gail nahm den Kugelschreiber zur Hand und kreuzte rasch die richtigen Antworten an: Ein achteckiges rotes Schild bedeute (a) Vorfahrt beachten, (b) Stop, (c) Gefahrenzone, (d) kurvenreiche Strecke. Ein nach rechts gerichteter Pfeil zeige an (a) die Straße biegt nach links ab, (b) die Straße biegt nach rechts ab, (c) die Straße verläuft weiter geradeaus, (d) die Straße endet in einer Sackgasse. Achtzehn weitere Fragen nach dem gleichen Muster. Als Gail fertig war, gab sie ihren Testbogen bei der Aufsichtsperson ab. Die Frau verschwendete mehr Zeit auf die Korrektur, als Gail zum Ausfüllen gebraucht hatte. Beamte kriegen wahrscheinlich Unterricht in Langsamkeit, dachte Gail, während die Frau ihre Punkte zusammenzählte. »Alles richtig.« Sie lächelte. »Gehen Sie damit nach nebenan zu Mrs. Hartly. Die wird Ihnen den Führerschein ausstellen.«

Gail bedankte sich, nahm das Papier fest in die Hand und ging aus dem Zimmer. Wie Irv es vorausgesagt hatte, war sie zehn Minuten später im Besitz ihres Führerscheins.

»Hier ist er, brandneu!« rief Gail, holte den eben erworbenen Führerschein aus der Tasche und reichte ihn Irv über den Ladentisch. Er trug wieder eins dieser grellbunten Hawaii-Hemden. Diesmal waren Frauen in Grasröckchen und Bikinis darauf. »Ich habe alles richtig beantwortet«, sagte sie nicht ohne Stolz und lachte.

»Na prima.« Er holte das gelbe Formular aus einer Schublade und trug die Nummer ihres Führerscheins in das vorgeschriebene Kästchen ein. »Sie sehen heute schon viel besser aus. Tut nicht mehr so weh, was?«

»Dafür schäle ich mich. Meine Beine sehen aus, als hätte ich Schlangenhaut.«

»Ich hatte schon immer was übrig für Schlangen.« Irv zwinkerte ihr zu und deutete auf ihre Beine, die sie unter langen Hosen verbarg.

»Ich kann die Biester nicht ausstehen.« Gail schauderte. »Ich fürchte mich vor ihnen. Schon als Kind.«

»Ich hab' die Erfahrung gemacht, die einzigen Schlangen, vor denen man Angst haben muß, sind solche, die auf zwei Beinen daherkommen.« Irv packte den Zweiundzwanziger H & R aus und übertrug Seriennummer sowie alle nötigen Informationen auf das gelbe Formular. Dann setzte er das Datum ein und unterzeichnete.

»Das Wochenende haben Sie also lebend überstanden«, sagte er, während er die Waffe wieder verpackte.

»Na ja, knapp«, scherzte Gail. »Ich war ziemlich nervös wegen der dummen Prüfung.« Das stimmte. Sie hatte schon immer unter Prüfungsangst gelitten. In ihrer Collegezeit hatte sie während einer Examensphase manchmal bis zu vier Kilo abgenommen, und sogar die Halbjahresprüfungen in der Schule hatten sie in Panik versetzt. Sie war zwar jedesmal gut vorbereitet und bekam auch dementsprechend gute Noten, aber ihre Angst steigerte sich von einem Jahr zum anderen. Insofern war es eine Erlösung gewesen, das Studium abzubrechen und Mark zu heiraten.

»Vergessen Sie die Patronen nicht«, sagte Gail.

Irv verschnürte das Päckchen, suchte die passende Munition heraus und steckte alles zusammen in eine Plastiktüte, die er ihr über den Ladentisch reichte. »Drücken Sie erst ab, wenn Sie das Weiße in seinen Augen sehen.« Er lächelte.

36

Auf dem Heimweg hielt Gail, einer augenblicklichen Regung folgend, vor einer Bäckerei und kaufte einen kleinen Geburtstagskuchen. »›Herzlichen Glückwunsch zum Geburtstag‹ genügt«, sagte sie zu der Verkäuferin, die sich erkundigte, ob Gail auch einen Namen darauf wünsche. Es war ein runder Kuchen, mit weißem Zuckerguß überzogen und mit ein paar rosafarbenen Blumen obenauf. Gail kaufte auch noch eine Schachtel Geburtstagskerzen. Als sie in die Wohnung ihrer Eltern zurückfuhr, lagen Kuchen und Revolver neben ihr auf dem Beifahrersitz.

Zu Hause angekommen, stellte sie den Kuchen auf den Küchentisch, packte die Waffe aus und legte sie neben den Kuchen. Dann zog sie ihren Badeanzug an und ging an den Strand.

Heute schienen weniger Leute draußen zu sein als sonst, obwohl der Himmel unverändert in makellosem Blau erstrahlte. Die drei Homos waren am Wochenende abgereist. Die Saison dauerte höchstens noch einen Monat, dann würden auch die letzten Touristen verschwinden und die Einheimischen wieder unter sich sein. Die Hälfte der Geschäfte und eine ganze Reihe von Restaurants würden bis zum nächsten Oktober schließen. Man würde Fenster und Türen vernageln und zum Schutz gegen drohende Stürme alle Läden schließen. Wie man anderswo ein Ferienhäuschen winterfest macht, würde Palm Beach sich sommerfest verbarrikadieren.

Gail spazierte über den breiten Strand. Der Sand war hart, und es ging sich angenehm darauf. Sie hatte diesen Küstenabschnitt immer besonders gern gemocht. Selbst in der Hochsaison war es hier nie so überfüllt wie in Fort Lauderdale oder in Miami. Gail löste den Blick vom Meer und sah zu der Silhouette weißer Flachbauten hinüber. Die neueren Wohnanlagen wiesen abenteuerlich geschwungene und verwinkelte Formen auf, die alle dazu dienten, den Blick aufs Meer so weit wie möglich auszunutzen und die Fensterfronten bis zum äußersten zu vergrößern. Balkongitter führten um Hausecken herum; Menschen sonnten sich in Liegestühlen, vor sich eine Flasche Wein. Kann das Leben schöner sein? schienen sie zu fragen.

Gail kam an die Brücke von Boynton Beach. Rechts und links warfen Fischer ihre Angeln aus. Sie ging an ihnen vorbei bis ans äußerste Ende der Brücke. Das Meer war ruhig, die Wellen kräuselten sich leicht. Gail schaute hinunter ins Wasser. Seine Ruhe hatte sich schon immer auf sie übertragen, und selbst heute wirkte der Zauber des Meeres. Nichts war wirklich so wichtig, wie man glaubte, schienen die Wellen ihr zuzuflüstern. Man durfte das Leben nicht so ernst nehmen.

Gail machte kehrt und ging zurück zur Wohnung ihrer Eltern. Als sie am Swimming-pool vorbeikam, sah sie nach der Uhr und stellte fest, daß ihr Spaziergang über zwei Stunden gedauert hatte. Ihre Beine schmerzten; sie hatte sich erneut einen Sonnenbrand zugezogen. Was soll's, dachte sie und sprang ins Becken, um sich abzukühlen. Wenigstens werde ich eine braungebrannte Leiche sein. Sie sieht so gut aus, hörte sie die Leute flüstern, die an ihrem offenen Sarg vorbeidefilierten. Nein, dachte sie, als sie auftauchte, um Luft zu holen, den Sarg würde man zweifellos verschließen. Die wenigsten würden sich einen halb weggeschossenen Kopf anschauen wollen, ganz gleich, wie gebräunt der übrige Körper sein mochte.

Sie mußte über sich selbst lachen, so albern kam sie sich vor. Vom Beckenrand her machte eine Frau ihr Zeichen. Gail schwamm zu ihr hin. »Ja?« fragte sie und neigte den Kopf hin und her, um das Wasser aus den Ohren zu schütteln.

»Ich hab' gesagt, Sie müssen duschen, ehe Sie in den Pool gehen«, tadelte die Frau mürrisch und wies dabei auf ein Schild neben sich. »Das steht ausdrücklich in den Vorschriften.«

Zum Abendessen machte Gail sich einen schmackhaften Salat. Es waren noch ein paar von den Shrimps übrig, die Jack vor seiner

Abreise gekauft hatte. Gail überlegte, ob sie wohl noch gut seien. Sie roch daran, war sich zwar nicht sicher, kippte sie aber trotzdem in den Salat. Dann nahm sie eine Flasche ihres Lieblingsweins, einen Verdicchio, aus dem Kühlschrank. Sie entkorkte die Flasche und goß sich ein volles Glas ein. Dann setzte sie sich an den Tisch, vor sich den Salat, den Wein, den Geburtstagskuchen und den Revolver.

»Zum Wohl«, sagte sie.

Sie aß den Salat. Als sie fertig war, ging sie mit dem Teller zur Spüle und wusch ihn ab. Sie wollte kein schmutziges Geschirr zurücklassen. Wer immer sie entdecken würde, sollte die Wohnung in tadellosem Zustand vorfinden. Wer wird es wohl sein? überlegte sie, während sie das Glas leerte und sich ein zweites einschenkte. Höchstwahrscheinlich der Hausverwalter. Irgend jemand würde ihm berichten, daß man sie schon längere Zeit nicht mehr gesehen habe. Vielleicht würde auch jemand versuchen anzurufen und sich Sorgen machen, weil niemand abhob. Hoffentlich würden nicht ihre Eltern sie finden. Nein, das war nicht anzunehmen. Bestimmt würde man sie entdecken, bevor ihre Eltern zurückkamen. Sie würden die Wohnung durchsuchen und sie schließlich in der Dusche finden. Dort würde sie die wenigsten Spuren hinterlassen. Sie wollte keinen unnötigen Dreck machen. Ihr Selbstmord verstieß womöglich sowieso schon gegen die Vorschriften.

Sie setzte sich mit dem zweiten Glas Wein an den Tisch und überlegte, ob sie eine Nachricht hinterlassen sollte. Was könnte sie schreiben? Leb wohl, grausame Welt? Ich habe dich zu ernst genommen. Ich überlasse dich deinen Ungeheuern. Ich will nicht in einer Welt leben, in der Kinder vor ihrem siebten Geburtstag sterben. Ihr Blick fiel auf den Kuchen.

Sie brauchte keine Nachricht zu hinterlassen. Alle würden ihre Beweggründe kennen. Man würde richtig bemerken, daß sie seit Cindys Tod nicht mehr sie selbst gewesen sei. Laura würde sich Vorwürfe machen wegen ihrer unangebrachten Äußerungen;

Nancy würde sagen, sie habe versucht zu helfen, aber Gail habe ja nie angerufen. Sie würde nicht zur Beerdigung kommen, doch gewiß ein riesiges Bukett schicken. Laura würde Jack und Jennifer etwas zu essen machen. Ihre Eltern würden zuerst wie betäubt sein, aber dann würde Gails Tod sie vielleicht wieder zusammenführen.

Und Jennifer? Der Selbstmord ihrer Mutter würde sie niederschmettern, sie würde ihr Leben lang darunter leiden, würde sich die Schuld geben, genau wie Gail sich schuldig gefühlt hatte an Cindys Tod. Wenn sie nur dies getan und jenes unterlassen hätte. Schuld – die sinnloseste und zugleich verbreitetste aller menschlichen Empfindungen. Gail betete, daß es Mark und Julie gelingen möge, Jennifer zu helfen, sie zu überzeugen, daß niemand Schuld trug am Tode ihrer Mutter. Alle hatten sich doch so sehr um sie bemüht.

Und Jack. Was würde er empfinden? Was würde sie ihm antun? Wie Jennifer würde auch er sich die Schuld geben. Wenn er sie nicht verlassen hätte, wäre das nie geschehen. Nicht, wenn er bei ihr geblieben wäre und ihr freundschaftlich zur Seite gestanden hätte, wie es immer sein Wunsch gewesen war.

Aber das stimmte nicht, und Gail hoffte, Jack werde das mit der Zeit einsehen. Sie wußte, daß er nie vorgehabt hatte, sie zu verlassen. Er hatte nur gehofft, dieser letzte verzweifelte Schritt werde sie zur Vernunft bringen, sie zwingen einzusehen, was sie allen Nahestehenden antat, vor allem sich selbst.

Sie sah Jack vor sich, wie er auf ihrem Bett in Mrs. Mayhews Haus in Cape Cod gesessen hatte. Was hatte er gesagt? Etwas über Cindys Mörder. Laß ihn uns nicht alles wegnehmen. So etwas Ähnliches.

Ich drehe mich im Kreis, dachte sie, rieb sich die Stirn und goß sich noch ein Glas Wein ein. Sie war schon ein bißchen beschwipst und mahnte sich zur Vorsicht. Wenn sie mit dem verdammten Revolver auf ihren Kopf zielte, wollte sie schließlich nicht danebenschießen und den Duschvorhang treffen.

Gail stolperte zum Schrank, holte das Schächtelchen mit den Geburtstagskerzen und nahm acht Stück heraus – eine für jedes Lebensjahr und die überzählige als Glücksbringer. Sie stellte sieben Kerzen rings um den Rand auf und plazierte die glückbringende achte in der Mitte. Sie suchte in den Schubladen nach Streichhölzern, fand schließlich eine Schachtel mit der Reklame eines Restaurants namens »Banana Boat«, riß ein Streichholz an, schaffte es aber nur, eine einzige Kerze damit anzuzünden, ehe es abbrannte. Sie brauchte ein Streichholz pro Kerze. Dann brannten endlich alle acht. »Wünsch dir was«, befahl sie sich laut und gehorchte: »Ich wünschte, ich wäre tot«, sagte sie.

Mami, wenn wir sterben, können wir's dann zusammen tun? Hältst du mich dabei an der Hand? Versprichst du's mir?

Sie blies die Kerzen aus. Aber die in der Mitte wollte nicht erlöschen.

Sie schnitt sich ein kleines Stück von dem Kuchen ab, aß es rasch auf und spülte es mit dem restlichen Wein hinunter. Dann saß sie da und starrte den kleinen schwarzen Revolver an, der soviel schwerer war, als er aussah, und soviel gefährlicher.

Sie nahm ihn in die Hand und hielt ihn sich an den Kopf. Durch die Schläfe oder durch den Mund? Es war eine schwierige Frage, aber eine sehr wichtige. Steckte sie sich die Waffe in den Mund, bestand die Möglichkeit, daß die Kugel die falsche Richtung nahm und in ihrem Schädel steckenblieb. Dann würde sie vielleicht erblinden, aber nicht sterben, würde im Koma landen, aber nicht im Grab. Nein, das Risiko war zu groß. Sie hob die Waffe an die Schläfe.

Dann begann sie zu lachen. Sie warf den Kopf zurück und ließ den Revolver auf den Tisch fallen. »Kugeln«, sagte sie laut. »Mit Kugeln schießt sich's besser.« Sie stolperte zur Anrichte und holte das Päckchen mit der Munition. In ihrem Kopf drehte sich alles, auch das Zimmer schwankte. Mit zitternder Hand griff sie nach der Waffe, hob sie dicht vor die Augen und steckte in jede der neun Kammern eine kleine tödliche Kugel, genau wie Irv es ihr gezeigt hatte. »Feuer frei«, sagte sie und hielt sich den Revolver wieder an die Schläfe.

Sie mußte auf die Toilette.

Kannst du nicht warten? fragte sie ihre Blase, wußte aber, daß es sinnlos war. Als sie aufzustehen versuchte, fiel ihr ein, daß sie sowieso vorgehabt hatte, es im Bad zu tun.

Sie setzte sich auf die Klobrille und preßte den Revolver gegen die weiße Porzellanschüssel. In ihrem Kopf hämmerte und pochte es. Sie konnte froh sein, daß sie den Kater nicht mehr erleben würde.

Das Telefon klingelte.

Zuerst glaubte sie, das Geräusch komme aus ihrem Kopf, aber nach dem vierten Läuten wußte sie, daß jemand anderer dafür verantwortlich war. Sie überlegte einen Augenblick, der ihr wie eine Ewigkeit erschien, ob sie es einfach ignorieren sollte, doch dann beschloß sie abzunehmen. Ihre letzten Worte. Sie rappelte sich auf und wankte an den Apparat im Schlafzimmer.

»Hallo?« lallte sie und versuchte, sich an der Bettkante aufrecht zu halten.

»Gail?«

Es war Jack. Sie wollte sich räuspern, verschluckte sich dabei fast und konnte nur mit Mühe die Augen offenhalten. »'n Abend, Jack«, brachte sie endlich heraus. Wenn ich doch bloß nicht so betrunken wäre, dachte sie.

»Ist alles in Ordnung? Du klingst so komisch. Hab' ich dich geweckt?«

»Ich bin betrunken.«

Es herrschte Schweigen in der Leitung. »Verdammt noch mal«, fluchte er schließlich leise. Es klang aufgeregt, aber nicht wütend. »Bist du allein?«

»Aber ja.« Gail bemühte sich, zusammenhängend zu sprechen. »Zu Hause alles in Ordnung?«

»Ja, alles bestens. Ich hab' mit Jennifer telefoniert. Ihr geht's gut.«

»Fein.«

»Gail, ich möchte, daß du heimkommst.«

»Nein.« Sie schüttelte den Kopf und sah zu, wie das Zimmer Karussell fuhr.

»Dann komme ich und hole dich.«

»Nein, Jack, bitte nicht.«

»Ich finde, du solltest jetzt nicht allein sein. Es war dumm von mir, einfach abzureisen. Ich dachte wohl, ich könne dich mit Gewalt zur Vernunft bringen, aber...«

»Ich weiß. Bitte, gib dir nicht die Schuld.«

»Ich kann dich nicht verstehen, Gail. Du nuschelst so.«

Gail war erstaunt. Sie hatte sich eingebildet, recht deutlich zu sprechen. »Bitte, gib nicht dir die Schuld«, wiederholte sie langsam.

»Ich fliege morgen runter.«

»Nein, Jack. Bitte nicht. Das brauchst du nicht. Es ist fast vorbei.«

»Was? Ich verstehe dich nicht.«

»Ich will nicht nach Hause«, sagte Gail laut. »Jack...«

»Ja, was ist?«

»Ich möchte...« Sie schluckte mühsam. Ihre Kehle war furchtbar trocken. Sie brauchte ein Glas Wasser. »Ich möchte, daß du die Scheidung einreichst.« Sie wußte, daß eine Scheidung für einen Witwer reichlich überflüssig war, doch sie wollte ihm die Schuldgefühle ersparen, so gut es ging.

»Gail, du bist betrunken. Jetzt ist nicht der Zeitpunkt für...«

»Ich will, daß du dich von mir scheiden läßt.«

»Ich liebe dich, Gail.«

Der Hörer drohte ihrer zitternden Hand zu entgleiten.

»Ich liebe dich auch«, murmelte sie an der Sprechmuschel vorbei.

»Wie? Was hast du gesagt? Ich kann dich nicht verstehen.«

»Ich muß jetzt auflegen, Jack.«

»Gail...«

Sie ließ den Hörer auf die Gabel fallen. »Ich brauche ein Glas Wasser«, sagte sie laut und stolperte ins Bad. Sie drehte den Wasserhahn auf und trank in großen, gierigen Schlucken. Ihr fiel ein, daß sie den Revolver auf dem Bett liegengelassen hatte. »Zu blöd«, schimpfte sie laut und tastete sich an der Wand des schmalen Flurs entlang zurück ins Schlafzimmer. Also wird Jack mich finden, dachte sie, beugte sich übers Bett und griff nach der Waffe. Ihre Knie stießen gegen die niedere Kante, und sie fiel vornüber. Als ihr Kopf auf die weiche Steppdecke sank, berührte sie mit der Schläfe die Mündung des Revolvers, und ihr letzter Gedanke vor dem Einschlafen war die Frage, ob es ihr gelungen sei, abzudrücken.

Das Klingeln schien von weit, weither zu kommen, und deshalb machte sie sich gar nicht erst die Mühe, die Augen zu öffnen. Die Ereignisse der letzten Nacht fielen ihr ein. Sie begriff blitzartig, daß es Morgen sein müsse, und schlug die Augen auf. Sie war nicht tot. Der Revolver hatte zwar dicht neben ihrer Schläfe gelegen, war aber nicht abgefeuert worden. Sie hatte sich so betrunken, daß sie den Abzug nicht mehr betätigen konnte. Nirgends war Blut zu sehen. Seltsamerweise hatte sie auch keinen Kater. Vielleicht, dachte sie, als sie nach dem Telefon tastete, um das Klingeln abzustellen, vielleicht bin ich doch tot.

»Hallo«, sagte sie und setzte sich auf.

»Gail!« Jacks Stimme klang laut und eindringlich. Nichts mehr von dem zögernden Ton der letzten Nacht. »Hör mir zu. Kannst du mich verstehen?«

»Ja.« Sie war wütend auf sich und auf ihr Versagen. Ich habe einen Revolver, dachte sie, aber den Mut habe ich immer noch nicht. Der oberste Richter hatte ihr einen unwillkommenen Strafaufschub gewährt und sie zu lebenslänglichem Überleben verurteilt.

»Ich muß dir etwas sagen, und ich möchte sicher sein, daß du nicht zu betrunken bist, um mich zu verstehen.«

»Was ist passiert?« fragte Gail ängstlich und verwirrt. »Ist etwas mit Jennifer? Du sagtest doch, Jennifer geht's gut...«

»Nein, mit Jennifer hat es nichts zu tun.«

»Was ist denn dann geschehen?«

»Ich erhielt den Anruf erst vor ein paar Minuten. Ich hatte grade aufgelegt, aber ich mußte dich sofort verständigen. Die Polizei hat mich benachrichtigt...«

»Jack, um Gottes willen, was ist los?«

»Sie haben ihn«, sagte Jack, und Gail verstand nicht gleich, was er meinte. »Den Mann, der Cindy umgebracht hat. Ein Vagabund. Er hat gestanden.«

Gail spürte, wie sie am ganzen Körper zu zittern begann, jeder Nerv zuckte, und sie konnte einfach nicht mehr stillsitzen. Sie wiegte sich vor und zurück, stand auf und setzte sich gleich wieder hin. Sie wußte nicht wohin mit ihren Händen. Sie schlug mit dem Revolver auf die Bettdecke; im einen Augenblick umklammerte sie den Griff der Waffe, im nächsten fiel sie ihr beinahe aus der Hand. »Gail, hast du gehört? Sie haben Cindys Mörder gefaßt. Er hat gestanden.«

»Ich komm' nach Hause«, sagte Gail, und ihre Finger schlossen sich fest um den Lauf des Revolvers. Die Fluggesellschaft würde ihr vielleicht Schwierigkeiten machen, wenn sie die Waffe mit an Bord nehmen wollte. »Ich miete einen Wagen«, fuhr sie fort und dachte, daß sie das Leihauto auch in Livingston würde abgeben können. »In ein paar Tagen bin ich da.«

»Mit dem Wagen?! Gail, du kannst doch unmöglich die ganze Strecke allein fahren. Das ist viel zu weit für eine Person.«

»Vergiß nicht, daß ich an lange Autobahnfahrten gewöhnt bin«, entgegnete Gail. »Ich schaff' das schon, Jack. Glaub mir, beim Autofahren kann ich mich am besten entspannen. Also mach dir keine Sorgen. Sind sie auch sicher, daß sie den Richtigen erwischt haben?«

Selbst durch die Leitung konnte sie Jacks Verwirrung spüren. »Die Polizei ist sich ganz sicher«, sagte er. »Außerdem hat er ja gestanden.« Er zögerte. »Paß auf, ich fliege nach Palm Beach, und wir fahren zusammen hoch, wenn du das unbedingt möchtest...«

»Ich bin in zwei, drei Tagen zu Hause«, unterbrach sie ihn.

Sie legte den Hörer auf. Dann packte sie ihren Koffer, schob den Revolver in die Handtasche und trug ihre Sachen zum Wagen. Dann fuhr sie ohne Pause durch bis Livingston. Sie schaffte es in vierundzwanzig Stunden.

37

Als Gail in Livingston ankam, hatte der Vagabund sein Geständnis bereits widerrufen. Er behauptete, man habe ihm seine Rechte vorenthalten und ihn unter Druck gesetzt, damit er das Geständnis unterschreibe. Die Polizei bestritt das. Man habe den Angeklagten in Gegenwart mehrerer Zeugen über seine Rechte belehrt; es sei keinerlei Druck auf ihn ausgeübt worden. Der Mann habe im Gegenteil den Eindruck gemacht, er rede nur zu gern über seine Tat, ja er habe sich fast damit gebrüstet. Jedenfalls, so schloß der Polizeibericht in den Nachrichten, rechne man zuversichtlich mit einer Verurteilung, gleichgültig, ob mit oder ohne Geständnis.

Gail war zunächst bestürzt über den Widerruf. Sie war in der Hoffnung heimgekommen, daß nun alles geklärt sei und man den Mörder rasch verurteilen würde. Statt dessen war der Fall, der ohnehin viel zu lange unklar gewesen war, noch verworrener als vorher. Wie vor neun Monaten erwartete ihre gesamte Familie sie im Wohnzimmer. Das Déjà-vu-Erlebnis war zwar erschreckend, aber Gail fand es nicht so übermächtig, wie es ihr vielleicht noch vor ein paar Wochen erschienen wäre. Jetzt war sie weder über die Zeit im Zweifel, noch brauchte sie zu befürchten, daß sie die Ereignisse der letzten Monate nur geträumt habe.

Sie wußte jetzt, daß der Alptraum erschreckende Wirklichkeit war und daß sie ihn mit wachen Sinnen durchlebt hatte.

Vor neun Monaten, dachte sie und war sich der Ironie wohl bewußt, erlebte ich bei meiner Rückkehr aus dem Krankenhaus eine ähnliche Szene. Sie sah ihre Eltern an; die beiden waren ebenso braun wie damals, wirkten aber nicht mehr so kräftig. Carol zog nervös an ihrer obligatorischen Zigarette. Jennifer saß durchsichtig und blaß zwischen Julie und Mark. Lieutenant Cole unterhielt sich in einer Ecke lebhaft mit Laura und Mike. Jack stand allein am Fenster.

Gail eilte in die Arme ihres Mannes. Gleich darauf liefen alle zusammen, und jeder umarmte sie, alle netzten sie mit ihren Tränen. Tränen des Zorns, der Freude, der Erleichterung. »Erzähl mir alles ganz genau«, bat Gail, die Jacks Hand fest umklammert hielt. »Im Radio hörte ich, er habe sein Geständnis widerrufen. Ist die Polizei immer noch sicher, daß er es war?«

Jack führte sie zum Sofa. Die anderen gruppierten sich um sie herum.

»Wir sind ganz sicher.« Lieutenant Coles Stimme ließ keinem Zweifel Raum.

Gail sah die Zeitungen auf dem Couchtisch und beugte sich vor, um die körnigen Schwarzweiß-Fotos auf den Titelseiten besser erkennen zu können.

»Er heißt Dean Majors«, begann der Kommissar. »Wir waren auf der richtigen Spur. Er ist ein Vagabund, hat keine feste Adresse, aber ein langes Strafregister; Trunkenheit, ordnungswidriges Verhalten. Vor ein paar Jahren war er sechs Monate wegen Beleidigung mit tätlichem Angriff im Gefängnis.«

Gail nahm eine Zeitung zur Hand. Das Gesicht, das ihr entgegenblickte, gehörte einem Mann mittleren Alters.

»Er ist zweiundvierzig«, sagte Lieutenant Cole, als habe er ihre Gedanken erraten. »Wir haben ihn in einer Absteige in East Orange gefunden...«

»In welcher Straße?« unterbrach sie ihn.

Der Kommissar lächelte. »Shuter Street.«

Gail schüttelte den Kopf. Die gehörte nicht zu dem Gebiet, in dem sie sich auskannte.

»Es geschah folgendermaßen«, fuhr der Kommissar fort. »Ein neuer Mieter war eingezogen, ein gewisser Bill Pickering. Noch 'n ganz junger Bursche, aber mit ähnlichem Werdegang wie Majors. Eines Abends tranken sie was zusammen, kamen ins Gespräch und versuchten sich gegenseitig damit zu imponieren, was für tolle Dinger sie schon gedreht hätten. Majors brüstete sich, er habe letztes Frühjahr das kleine Mädchen im Park umgebracht. Tja, dieser Bill Pickering hatte selbst schon 'n paar Jährchen wegen Einbruch und Diebstahl gesessen, und wer Sträflinge kennt, der weiß, daß Sexualverbrecher für die der Abschaum sind, vor allem, wenn es um Kinder geht. Die beiden gerieten in einen fürchterlichen Streit, und Pickering schlug Majors zusammen. Vielleicht hätte er ihn sogar umgebracht, wenn der Hauswirt nicht dazwischengetreten wäre und Pickering an die Luft gesetzt hätte. Pickering brach noch in derselben Nacht in ein halbes Dutzend Häuser in Short Hills ein. Ein Anruf brachte uns auf seine Spur, und wir nahmen ihn fest. Da erzählte er uns von Majors.«

Der Kommissar machte eine Pause. »Wir besorgten uns einen Haussuchungsbefehl und stellten Majors' Zimmer auf den Kopf. Wir fanden die gelbe Windjacke und Stiefel, deren Größe genau mit dem Fußabdruck im Park übereinstimmt. Wir hatten also alles, was wir brauchten. Majors gestand sofort. Er spielte sich ziemlich auf und fragte uns ganz frech, warum wir so lange gebraucht hätten, um ihn zu finden.«

»Wann hat er sein Geständnis zurückgezogen?« fragte Gail.

»Ihm wurde ein Pflichtverteidiger zugesprochen und...«

»Verstehe«, sagte Gail, »sein Rechtsbeistand hat ihn beraten.«

»Du darfst nicht den Anwälten die Schuld geben«, bat Mike Cranston. »Wir tun doch bloß unsere Pflicht. Den Zeitungen zufolge behauptet Majors' Anwalt, die Polizei habe seinem Mandanten schwer zugesetzt. Der Kerl hat tatsächlich am ganzen Körper Prellungen und blaue Flecke. Die Polizei sagt, sie rührten von der Schlägerei mit Pickering her, aber das zu entscheiden ist natürlich Aufgabe des Gerichts.«

»Wie sieht's also konkret aus?« wollte Gail wissen.

»Sein Anwalt wird wahrscheinlich versuchen, eine Änderung des Gerichtsstandes durchzusetzen. Es geht da so ein Gerücht, wonach Majors in unserem Bezirk nicht mit einem fairen Prozeß rechnen könne. Der Staatsanwalt wird natürlich dagegen ankämpfen. Vorläufig sitzt Majors jedenfalls im Gefängnis. Er wird auch nicht gegen Kaution freikommen, sondern bleibt bis zur Verhandlung in Haft.«

»Und wann ist die Verhandlung?«

Lieutenant Cole zuckte die Schultern. »In einem Monat, vielleicht auch erst in einem Jahr. Aber ich vermute, sein Anwalt wird auf Eile dringen.«

»Und Majors wird bei seinem Widerruf bleiben.« Gail sah, wie Mike und der Kommissar nickten.

»Machen Sie sich deswegen keine Sorgen, Gail«, sagte Lieutenant Cole. »Seine Schuld ist einwandfrei erwiesen. Das Geständnis war nur 'ne schöne Zugabe.«

»Man sollte das Schwein erschießen«, fluchte Dave Harrington vor sich hin.

»Ich möchte gern ein Weilchen allein sein«, bat Gail leise.

»Aber Gail...«, wandte ihre Mutter besorgt ein.

Jack kam ihr zu Hilfe. »Ich denke, Gail sollte sich etwas ausruhen. Geben wir ihr noch Zeit, alles erst einmal zu verkraften, hm?«

Laura nickte. »Kommt, wir gehn einen Happen essen.« Damit komplimentierte sie einen nach dem anderen hinaus. Gail wandte den Kopf und sah ihnen nach. Laura stand in der Tür, und ihre Lippen formten lautlos einen aufmunternden Gruß. Gail dankte ihr mit einem Lächeln.

Sie sah Mark und Julie, die beide noch kein Wort gesprochen

hatten, mit Jennifer hinausgehen. An der Tür löste Jennifer sich plötzlich aus dem schützenden Arm ihres Vaters und lief zu Gail zurück. Sie sank auf die Knie nieder und legte den Kopf in den Schoß ihrer Mutter. »O Mom«, schluchzte sie.

»Ist ja gut, Spätzlein, ist ja gut«, tröstete Gail sie und strich begütigend über das weiche Haar ihrer Tochter. »Nicht weinen, Liebes, nur nicht weinen.«

Jennifer sah zu ihrer Mutter auf. Gail wischte ihr die Tränen von den Wangen. »Darf ich heimkommen?« fragte Jennifer.

Gail zog sie fest an sich. »Natürlich darfst du, aber sicher doch.«

Jennifer stand auf und umarmte Jack, ehe sie wieder zu ihrem Vater trat.

»Lila«, rief Gails Vater, »müssen wir denn immer auf dich warten?«

»Wir sind bald wieder da«, versicherte Lila Harrington ihrer Tochter.

»Soll ich auch gehen?« fragte Jack, als die anderen schon draußen standen.

Gail streckte die Hand nach ihm aus. »Nein«, sagte sie leise. »Du sollst bei mir bleiben.«

Gail verbrachte über eine Stunde damit, die Fotos des Mannes auf den Titelseiten der Zeitungen zu studieren. Das Gesicht eines Durchschnittsamerikaners, dachte sie, und dann fiel ihr ein, daß sie sich selbst früher ebenso charakterisiert hätte. Er wäre ihr nicht aufgefallen, auch wenn sie ein dutzendmal auf der Straße an ihm vorbeigegangen wäre.

Er hatte keine besonderen Kennzeichen, sah weder gut aus, noch war er häßlich. Seine Augen waren weder auffallend groß noch sonderlich klein. Ihr Abstand voneinander war durchaus normal, und auf einem Foto lag sogar etwas wie ein Leuchten in ihnen, das zwar nicht unbedingt auf Intelligenz, aber doch auf Vitalität schließen ließ. Seine Nase war krumm, was aber nicht unangenehm wirkte. Anscheinend hatte er sie sich bei Schlägereien mehrmals gebrochen, aber nie für ärztliche Behandlung Sorge getragen. Seine Lippen waren schmal und kräuselten sich zu einem wissenden kleinen Lächeln, das man beinahe ölig hätte nennen können. Sein glattes Haar war hellbraun und für die jetzige Mode etwas zu lang. Gail fand, er sehe weit weniger bedrohlich aus als der Junge mit dem Bürstenschnitt, dessen Zimmer sie durchsucht hatte. Er hatte abfallende Schultern, und auf den Fotos, wo er zwischen zwei Polizisten auf die Kamera zukam, schien sein Rücken gebeugt. Seine Hüften waren schmal. Gail fuhr sich mit den Fingern durchs Haar. Er sah so *alltäglich* aus.

Ihr Blick wanderte von Foto zu Foto, und sie überflog die Bildunterschriften. Das war der Mann, der ihr sechsjähriges Kind vergewaltigt und erwürgt hatte, ein Mann, der selbst im Alter von fünf Jahren von seinem eigenen Vater mißbraucht worden war, ein Mann mit einem IQ knapp unter hundert – unterer Durchschnitt, aber durchaus normal. Normal, wiederholte Gail still für sich. *Normal.*

Einen Moment lang versuchte sie sich vorzustellen, was für ein Leben dieser Mann geführt haben mochte, der durch Zufall in ein liebloses Zuhause hineingeboren worden war. Er hatte nicht darum gebeten, auf die Welt zu kommen. Er war gezeugt worden, geboren worden und war dann wehrlos den verrückten Launen seiner sogenannten Familie ausgesetzt. Ihr war klar, daß er nie eine wirkliche Chance gehabt hatte. Doch den Versuch, Mitleid mit ihm zu empfinden, gab sie rasch wieder auf. Sie war dazu einfach nicht fähig.

Es gab bessere Menschen als sie, Gail wußte das, Menschen, die solche Grausamkeiten überleben und immer noch Mitgefühl für die Schuldigen aufbringen konnten. Aber zu denen gehörte sie nicht. Es war leichter, Verständnis zu zeigen, wenn das Schreckliche jemand anderem widerfuhr. Großmut ließ sich nur in der Theorie mühelos praktizieren. Wenn man hingegen selbst von der Tragödie betroffen wurde, ja wenn sie um ein Haar das eigene Heim zerstörte, sah der Fall anders aus. Nein, dachte Gail, als sie die Zeitungen zusammenfaltete und weglegte, ich empfinde kein Mitleid mit diesem Mann. Sie wollte kein Erbarmen mit ihm haben. Es war zu spät, ihm zu helfen, genau wie es zu spät war, ihrem toten Kind zu helfen.

Gail stellte sich die bange Frage, ob es auch für ihre übrige Familie zu spät sei.

38

Sechs Monate vergingen, ehe die Verhandlung begann. Es war ein heißer Juli. Der Sommer hatte lange auf sich warten lassen und schien nun das Versäumte mit Gewalt nachholen zu wollen. Der April war kühl und feucht gewesen und hatte sich am letzten Nachmittag mit einem heftigen Gewitter verabschiedet. Wenn es doch nur vor einem Jahr so geregnet hätte, dachte Gail. Dann suchte sie Zuflucht in der tröstlichen Gewißheit, daß man wenigstens Cindys Mörder gefaßt hatte.

Auch der Mai war naßkalt und unfreundlich gewesen, und selbst im Juni blieb es für die Jahreszeit zu kühl. Aber dann war das Wetter plötzlich umgeschlagen; die Sonne war durch die Wolken gebrochen und die Temperaturen waren stetig gestiegen. Das erste Juliwochenende, an dem man den Unabhängigkeitstag feierte, brach alle Hitzerekorde der letzten Jahre.

Seit Prozeßbeginn versammelte sich Gails Familie jeden Tag im Gerichtsgebäude auf der Livingston Avenue. Nach einer langwierigen und hitzigen Debatte war der Antrag auf Überstellung an ein anderes Gericht abgelehnt worden. Die Verhandlung fand in Livingston statt. Die Medien hatten in der Vorphase ihre Bereitschaft bekundet, möglichst unvoreingenommen zu berichten. Man kam zu dem Schluß, die Chancen des Angeklagten auf einen fairen Prozeß seien in Essex County nicht schlechter als anderswo.

Das Geständnis des Angeklagten war für ungültig erklärt worden. Einige Anzeichen sprächen dafür, daß es sich um ein erzwungenes Schuldbekenntnis handele, urteilte der Richter, und damit war das unterzeichnete Geständnis gegenstandslos.

Der Staatsanwalt blieb zuversichtlich. Er hatte einen Zeugen, der beschwören würde, daß der Beschuldigte ihm den Mord in allen Einzelheiten geschildert habe. Zwar mußte auch der Anklagevertreter einräumen, daß Bill Pickering nicht gerade der Prototyp des unbescholtenen Bürgers war – tatsächlich hatte man ihm sogar eine »Gegenleistung« für seine Aussage zugesichert –, aber sein Alibi für den Nachmittag des Mordes war hieb- und stichfest, und sein Lebenswandel machte ihn über jeden Verdacht erhaben, was das grausige Verbrechen an einem Kind betraf.

Der Angeklagte hatte kein Alibi für die Tatzeit; er war als Einzelgänger bekannt; niemand in der Pension, wo er logierte, konnte sich erinnern, ihn je mit einer Frau gesehen zu haben. Schlimmer noch, die Polizei hatte in seinem Schrank versteckt einen Stapel Pornohefte mit Aufnahmen von Kindern gefunden.

Die Last der Indizienbeweise war erdrückend. Majors' Fußabdruck stimmte mit dem überein, den die Polizei am Tatort gefunden hatte. Er besaß eine gelbe Windjacke, wie die Jungen im Park sie an dem flüchtenden Mörder gesehen hatten. Den schwerwiegendsten Beweis lieferte freilich die gerichtsmedizinische Untersuchung, die eine unleugbare Verbindung zwischen Mann und Kind ergab.

Am ersten Verhandlungstag kamen die Waltons frühzeitig und sahen die Neugierigen in Scharen vor dem Gerichtsgebäude eintreffen. Nach einer Weile standen die Leute Schlange bis auf die Straße. Viele wurden wegen Überfüllung der Zuschauertribüne abgewiesen, als man Gail und ihre engsten Verwandten hineinführte. Fotoreporter schossen nun wenige Zentimeter vor Gails Gesicht ihre Aufnahmen. Das Blitzlichtgewitter blendete sie, doch die Journalisten zögerten nicht, ihre Verwirrung im Bild festzuhalten und für die Titelseite auszuschlachten. Wie

Dauerlutscher hielten sie Gail ihre Mikrophone vor den Mund. Sie wollten wissen, ob Dean Majors in ihren Augen schuldig war, und ob sie hoffte, daß man ihn zum Tode verurteilen werde. An der Tür zum Gerichtssaal stellte Gail sich den Fragen der Zeitungsleute, während um sie herum unablässig Kameras klickten und Blitzlichter aufflammten. Die erste Frage beantwortete sie mit einem schlichten Ja; sie sei von Majors' Schuld überzeugt. Ob sie auf die Todesstrafe für ihn hoffe? Sie schüttelte den Kopf – sie hoffe auf gar nichts mehr, erklärte sie.

Das brachte die Reporter zum Schweigen. Die Blitzlichter erloschen. Die Fragen verstummten. Gail betrat den überfüllten Gerichtssaal und setzte sich auf ihren Platz in der ersten Reihe.

Während des gesamten Prozesses drängten Familienmitglieder und Freunde sich eng zusammen: Gail und Jack hatten Carol und ihre Eltern neben sich; direkt hinter ihnen saßen Jacks Mutter und Mark Gallagher; seine Frau Julie, die inzwischen hochschwanger war, blieb daheim. Auch Laura und Mike waren da – alle in Reichweite. Nach dem ersten Verhandlungstag hatte Gail Jennifer überredet, Julie Gesellschaft zu leisten. Sie wollte ihrer Tochter die Folter dieses Prozesses ersparen. Es ist so viel geschehen, dachte Gail, während sie in die vertrauten Gesichter neben sich schaute und im Geiste auf die letzten fünfzehn Monate zurückblickte. Still für sich zählte sie alles auf, was sich verändert hatte. Sie waren nicht mehr dieselben Menschen wie früher – sie würden den Rest ihres Lebens für das büßen, was dieser Mann getan hatte.

Gail sah Jack an, der den Kopf gesenkt hielt und mit seinen Händen die ihren umklammerte. Er hatte sie schließlich doch überredet, an den Treffen des Selbsthilfeverbandes der Opfer von Gewaltverbrechen teilzunehmen, und als ihre anfängliche Beklemmung sich gelegt hatte, stellte sie fest, daß diese Leute ihr tatsächlich halfen.

»Wir haben alle den Wunsch, uns zu rächen«, hatte Lloyd Michener ihr versichert, und die Gruppe hatte nickend ihr Einverständnis bekundet, als der über ein Jahr mit Gewalt unterdrückte Zorn endlich aus ihr herausbrach.

Die Befreiung von ihrem Haß half ihr, die nächsten sechs Monate zu überstehen. Doch Gail wußte, daß immer noch etwas fehlte, um ihr das Leben wieder erträglich zu machen. Sie hatte gelernt, ihren Zorn anzunehmen, mit ihrer Bitterkeit und ihrer Enttäuschung zu leben, und war sogar zu der Einsicht gelangt, daß ihre Mutter recht gehabt hatte – das Leben ging weiter, mochte man sich auch noch so sehr bemühen, das Rad anzuhalten. Die Zeit war zwar nicht das Wunderheilmittel, als das alle Welt sie pries, aber es gelang ihr immerhin, dem Leben allmählich wieder den Anschein von Normalität zu verleihen, auch wenn es sich noch so sehr von früher unterschied.

Doch etwas fehlte, etwas nicht Greifbares, das sie nicht in Worte zu fassen vermochte.

Irgendwann in den letzten sechs Monaten hatten Gail und Jack auf wunderbare Weise wieder zusammengefunden. Sie hatten sich eines Nachts in den Armen gehalten, und ihre Körper waren ganz natürlich wieder eins geworden. Der Ekel und die Scham, von denen sie geglaubt hatte, sie könne sie nie überwinden, waren verschwunden. Zwar wußten sie beide, daß sie einander nie mehr mit der sorglosen Unbeschwertheit früherer Zeiten lieben würden, aber Gail entdeckte überrascht, welch heilsamen Trost der Liebesakt ihr spendete.

Sie erinnerte sich an die ersten tastenden Erfahrungen ihrer Teenager-Zeit, das erste Erwachen körperlicher Gefühle, das erste Entzücken über die Berührung durch einen Mann, die beglückende Seligkeit, sich einem geliebten Menschen hinzugeben. Cindy waren all diese Erlebnisse verwehrt worden. Sie durfte nie erfahren, welche Zärtlichkeit in der Vereinigung von Mann und Frau liegen kann.

Der Coroner, der in Fällen gewaltsamen Todes die Untersuchungen leitet, bezeugte, Cindy sei zum Zeitpunkt der Vergewaltigung bewußtlos gewesen. Der unmittelbare physische

Schmerz war ihr also erspart geblieben. Gail seufzte hörbar, als sie das hörte. Tränen tropften in ihren Schoß.

Sie betrachtete die Geschworenen. Nach dreitägigem erbittertem Feilschen zwischen Anklagevertreter und Verteidigung hatte man schließlich acht Männer und vier Frauen nominiert. Obwohl sie in der Gruppe ebenso unauffällig wirkten wie der Angeklagte, war doch jedes einzelne Mitglied des Ausschusses mit größter Sorgfalt ausgesucht worden. Die Verteidigung hatte erbittert – und mit Erfolg – darum gekämpft, keine Mütter auf der Geschworenenbank zuzulassen. Ihr einziges Zugeständnis war eine Frau, deren Kinder, zwei Söhne, schon fast erwachsen waren.

Von den drei übrigen Frauen war die jüngste geschieden, die beiden anderen, eine davon Zahntechnikerin und im gleichen Alter wie der Angeklagte, waren ledig.

Die Männer hatte man gleichermaßen unter die Lupe genommen und wenn irgend möglich Väter kleiner Mädchen ausgesondert. Die einzige Ausnahme bildete ein junger Mann, dessen Tochter noch ein Baby war. Die Verteidigung hatte sich bei der Auswahl der Geschworenen auf beruflich besonders engagierte Bürger konzentriert, die nur wenig Zeit fürs Familienleben erübrigen konnten.

Gails Blick wanderte von einem der zwölf ernsten Gesichter zum anderen. Sie wirken aufgeregter als der Angeklagte, dachte sie einmal, noch in der Anfangsphase des Prozesses. Wenn der Richter ihnen juristische Details erklärte, wurden sie spürbar nervös und schienen zu befürchten, sie könnten einen entscheidenden Punkt nicht verstehen.

Den Ausführungen der Gutachter folgten sie je nach Thema gelangweilt oder voller Entsetzen. Eine Frau weinte, als Fotos des toten Kindes herumgereicht wurden. Gail studierte alle zwölf Gesichter so gespannt, wie die Geschworenen gemeinsam in den Zügen des Angeklagten forschten. Sie versuchte, in ihre Gedanken einzudringen, ihre Reaktionen zu erraten, aber es gelang ihr nicht, hinter die höfliche Fassade zu blicken, die sie zur Schau trugen. Sie war ebensowenig in der Lage, sich ein Urteil darüber zu bilden, ob diese zwölf Menschen das Ausmaß der Tragödie ermessen konnten, mit der sie hier konfrontiert wurden.

Gail lauschte aufmerksam den Aussagen aller Zeugen der Anklage und zwang sich, jedes grauenhafte Detail anzuhören, widerstand dem Drang, ihre Ohren vor dem zu verschließen, was sie nicht noch einmal durchleiden wollte. Sie zergliederte Satz für Satz, als handele es sich um eine grammatische Übung. Ein Polizeibeamter beschrieb die Szene am Tatort, die beiden Jungen schilderten ihre verschwommenen Erinnerungen an den Mann, den sie hatten fliehen sehen, und der Coroner faßte die unwiderlegbaren Ergebnisse der gerichtsmedizinischen Untersuchung zusammen. Sie hörte Lieutenant Coles sichere, kräftige Stimme von dem Fund berichten, den seine Leute in Dean Majors Zimmer gemacht hatten. Gail erkannte, daß die Staatsanwaltschaft einen unangreifbaren Fall aufbaute.

Besondere Beachtung schenkte sie Bill Pickering, dem Denunzianten; ein Blick zur Geschworenenbank belehrte sie, daß sein verschlagenes Gesicht ihnen ebensowenig gefiel wie ihr. Er wirkte arrogant und gemein. In einem mißlungenen Versuch, den Regeln der Schicklichkeit Rechnung zu tragen, hatte er sich in einen Anzug gezwängt. Leicht fiel ihm diese selbstauferlegte Pflichtübung offenbar nicht, denn er schwitzte und zupfte dauernd unbehaglich an Kragen und Manschetten. Die Verteidigung betonte, daß es sich bei diesem Zeugen um einen ehemaligen Häftling handele, und versuchte ihn als Spitzel abzustempeln, dem es nur darauf ankomme, die eigene Haut zu retten. Er hatte die Polizei erst dann über Majors unterrichtet, als er sich davon einen Vorteil versprechen durfte. War es nicht möglich, gab der Verteidiger zu bedenken, daß Pickering das Belastungsmaterial in Majors' Zimmer geschmuggelt hatte? Immer wieder wies der Anwalt während Pickerings Vernehmung auf die Eventualität hin; beharrlich ritt er darauf herum, daß dieser Zeuge nicht vertrauenswürdig sei und berechtigte Zweifel an der Wahrheit seiner Aussage beständen. Darüber vergaß er, die für seinen Mandanten höchst ungünstigen Ergebnisse des gerichtsmedizinischen Gutachtens auch nur zu erwähnen.

Dean Majors saß neben seinem Anwalt, ohne sich zu regen und ohne etwas zu sagen, so wie er es vom ersten Prozeßtag an gehalten hatte. Gail hatte sich oft gefragt, was sie empfinden würde, wenn sie ihm zum erstenmal gegenüberstände. Er war ein seltsamer Mensch, bleich, mit Nägeln, die bis aufs Fleisch abgekaut waren. Anscheinend fühlte er sich nicht wohl in seiner Haut, denn er wandte immerzu den Kopf ruhelos von einer Seite zur anderen, und doch wirkte er irgendwie herausfordernd.

Gail haßte ihn vom ersten Augenblick an. Konnte er ihren Abscheu spüren? Dreh dich um, befahl sie ihm stumm. Sieh mich an. Aber sein Blick begegnete dem ihren nie. Jedesmal, wenn sie glaubte, er würde sie anschauen, wandte er sich im letzten Moment ab.

Die Verteidigung hatte keine Zeugen geladen. Auch der Angeklagte wurde nicht aufgerufen. Sein Anwalt beharrte im Schlußplädoyer beredt auf seinen berechtigten Zweifeln. Aber in Wahrheit gab es keine Zweifel. Die Geschworenen berieten nur knapp eine Stunde, ehe sie Dean Majors schuldig sprachen.

Gail sank Jack in die Arme und weinte, während man sie von allen Seiten mit Glückwünschen überhäufte. Sie schaute auf, als Majors hinausgeführt wurde. Ihre Blicke trafen sich fast zufällig, und er begegnete dem ihren wie ein Gefangener, der wehrlos in der Falle sitzt. Die Kraft ihrer Empfindungen bannte ihn.

Die Menge im Gerichtssaal schien verschwunden. Nur sie beide waren übrig, traten einander so offen entgegen, daß zwischen ihnen nur die Wahrheit Platz hatte.

Die Szene dauerte nur wenige Sekunden, aber ihr kam es vor wie eine Ewigkeit, bis seine Augen den ihren gestanden, was seine Zunge leugnete, daß er ihr Kind vergewaltigt und umgebracht hatte, daß er ihr Töchterchen ins Gebüsch gezerrt, sie bewußtlos geschlagen und ihr die Kleider vom Leib gerissen hatte, daß er brutal in sie eingedrungen war, ehe seine Finger sich um ihren zarten, kleinen Hals schlossen.

Ich bin der Mann, nach dem du gesucht hast, sagte er wortlos zu ihr – der Mann im Buchladen, im Leihhaus, im dunklen Gang. Der Mann auf dem Highway, der Mann auf der Straße. In deinem Alptraum siehst du mein Gesicht, in diesem Alptraum, der um genau siebzehn Minuten nach vier an einem ungewöhnlich warmen und sonnigen 30. April begann, dem Alptraum, der einen Anfang hat, aber kein Ende.

Man sollte das Schwein erschießen, hörte sie ihren Vater sagen.

Mami, wenn wir sterben, können wir's dann zusammen tun? Hältst du mich dabei an der Hand? Versprichst du's mir?

Gail dachte an ihr früheres Leben – an die Unbeschwertheit, mit der sie jeden neuen Tag begrüßt hatte, an die vertrauten Werte, mit denen sie am Morgen erwacht, und an die schlichten Ideale, mit denen sie des Abends zu Bett gegangen war. Alles dahin. Dieser eine Nachmittag hatte ihre Unschuld zerstört, und sie war für immer verloren.

Wie weit sie sich doch von ihrem ursprünglichen Wesen entfernt hatte. Der Spiegel zeigte ihr nicht mehr das Gesicht einer Durchschnittsamerikanerin. Wie sehr unterschied sie sich heute von ihrem früheren Selbst.

Und auf einmal wußte Gail, was in diesen letzten Monaten in ihrem Leben gefehlt hatte – all das, was dieser Mann ihr an jenem Aprilnachmittag geraubt hatte, und alles, was sie sich von ihm hatte nehmen lassen.

Der Gedanke an ihn hatte ihre Tage ausgefüllt und ihre Träume beherrscht. Wohin sie auch ging, er war immer bei ihr, lenkte jeden ihrer Schritte, schlich sich in ihre Gedanken ein wie der Geruch eines starken, unerwünschten Parfums, ließ ihr kaum Luft zum Atmen. *Sie* war die Gefangene. Sie hatte einem

Fremden, der im Gebüsch lauerte, die Herrschaft über ihr Leben abgetreten.

Gail sah, wie Dean Majors' Lippen sich zu jener seltsamen Andeutung eines Lächelns kräuselten, das man beinahe ölig hätte nennen können. Aber jetzt, sagte sie zu ihm, während das Lächeln sich fast unmerklich auf ihre Lippen übertrug, jetzt will ich diese Herrschaft zurück.

Das Lächeln breitete sich über ihr ganzes Gesicht, während sie die lang entbehrte Kontrolle zurückgewann, so deutlich spürbar, so greifbar wie der Revolver, der plötzlich aus ihrer Tasche in ihre Hand geraten war. Man sollte das Schwein erschießen, wiederholte eine Stimme, aber diesmal war es nicht die ihres Vaters, sondern ihre eigene.

Vom ersten Schuß bis zu dem Augenblick, als Dean Majors von fünf Kugeln getroffen tot zu Boden sank und jemand ihr die Waffe aus der Hand nahm, bevor sie ein weiteres Mal abdrücken konnte, spürte Gail nur diese wiedergewonnene Herrschaft über sich und ihr Leben.

Ganz allmählich drang auch die Außenwelt wieder in ihr Bewußtsein – sie hörte Geräusche, Stimmen, eilende Schritte. Viele Hände hielten sie fest, obgleich sie gar nicht den Versuch machte, sich zu rühren. Sie sah die Leute zusammenlaufen, die ihre Neugier befriedigen wollten, beobachtete die allgegenwärtigen Kameras, die Sinn in das Unfaßbare zu bringen suchten, hörte Schreie wie »Mein Gott!« und »Er ist tot!« die Stimmen übertönen, die an die Menge appellierten, Platz zu machen.

Gail wunderte sich still über das, was sie getan hatte. Ihr Blick hing an den Augen ihres Mannes. Sie fragte sich, was wohl mit ihr geschehen werde. Vielleicht würde eine Geschworenenversammlung sie zum Tode verurteilen, als Warnung für andere, nicht zu weit von der Herde fortzulaufen. Sollte es so kommen, war sie bereit, sich zu beugen.

Und dann hörte sie es, ein anderes Geräusch, das ihr verkündete, sie habe sich vielleicht doch nicht gar so weit von der Herde entfernt. Gail warf den Kopf zurück, sog den Klang auf und ließ sich von ihm einhüllen. Er schwoll an, breitete sich aus wie ein Feuer im trockenen Unterholz, bis er den ganzen Gerichtssaal erfüllte.

Rauschender Beifall.